SARAH KEMPFLE

Übung macht den Mörder

AF178229

Autorin

Sarah Kempfle ist Lehrerin für Deutsch und Sport und unterrichtet zurzeit Gefängnisinsassen in der Justizvollzugsanstalt Stuttgart. Wenn sie nicht gerade auf einem entlegenen Fernwanderweg unterwegs ist, widmet sie sich ihrer größten Leidenschaft, der Verbrecherjagd. Natürlich nur auf dem Papier. Sarah Kempfle ist Mitglied bei den Mörderischen Schwestern und hat bislang einige Kurzgeschichten in Krimi-Anthologien veröffentlicht. »Übung macht den Mörder« ist ihr Debüt und der Beginn einer Reihe um die kriminalistisch begabte Lehrerin Isa Klein.

SARAH KEMPFLE

Übung macht den Mörder

Ein Provinzkrimi

blanvalet

Ähnlichkeiten mit real existierenden Personen oder Gegebenheiten sind rein zufällig und entspringen keiner Absicht.

Sollte diese Publikation Links auf Webseiten Dritter enthalten, so übernehmen wir für deren Inhalte keine Haftung, da wir uns diese nicht zu eigen machen, sondern lediglich auf deren Stand zum Zeitpunkt der Erstveröffentlichung verweisen.

Penguin Random House Verlagsgruppe FSC® N001967

1. Auflage 2023
Copyright © 2023 by Sarah Kempfle
Copyright © 2023 by Blanvalet
in der Penguin Random House Verlagsgruppe GmbH,
Neumarkter Straße 28, 81673 München
Redaktion: Sabine Biskup
Umschlaggestaltung und -motiv: Guter Punkt,
München, unter Verwendung von Motiven von
© Daria Ustiugova / iStock / Getty Images Plus (Landschaft)
© gemenacom / iStock / Getty Images Plus (Stiefel)
© Fitzer / iStock (Herz)
JA · Herstellung: sam
Satz: Buch-Werkstatt GmbH, Bad Aibling
Druck und Bindung: GGP Media GmbH, Pößneck
Printed in Germany
ISBN 978-3-7341-1205-8

www.blanvalet.de

Für Mama und Papa

Kapitel 1

»Ich zieh bei dir ein, bis das vorbei ist«, verkündete Renate mit zittriger Stimme, als Isa kurz vor Unterrichtsbeginn ins Lehrerzimmer geschlurft kam. Sie hatte vorher schon miese Laune gehabt, nicht nur weil Montag war.

Doch jetzt war ihr Morgen endgültig ruiniert.

»Vergiss es«, entgegnete sie, »ich brauch meine Privatsphäre.«

»Aber ein Mörder läuft frei herum.«

Gestern Abend hatte sich die Nachricht vom Mord an Jutta Liebknecht wie ein Lauffeuer in Grimmingen verbreitet. Es war eine schaurige Sensation für das verschlafene Nest, in dem sonst nicht viel passierte – oder gar nichts, wenn man Isa fragte.

Sie marschierte zur Kaffeemaschine hinüber und drückte energisch auf den Knopf für einen doppelten Espresso. Anders würde sie den heutigen Tag nicht überstehen. Ein paar Kollegen warfen ihr verärgerte Blicke zu, denn die lauten Mahlgeräusche übertönten die Worte von Rektor Maier. Der war gerade dabei zu erörtern, wie man das Geschehene im Unterricht feinfühlig aufarbeiten könnte.

»Man könnte meinen, Juttas Tod lässt dich völlig kalt«, raunte Renate ihr zu.

»Tut es nicht. Ich finde es schrecklich, was ihr passiert ist, auch wenn ich sie nicht gut gekannt habe. Im Gegensatz zu dir halte ich es allerdings für äußerst unwahrscheinlich, dass es sich bei ihrem Mörder um einen Serienkiller handelt und ich als Nächste dran bin.«

Sie ignorierte Renates entsetzten Blick und steckte sich einen der Kekse in den Mund, die jemand neben den Kaffeetassen drapiert hatte. Er schmeckte wie eine alte Schuhsohle.

»Widerlich«, rief sie, und auch der Espresso, den sie eilig hinterherkippte, vermochte den Geschmack nicht zu vertreiben.

»Die sind von Jens«, flüsterte Renate, »hat er letzte Woche mit den Schülern gebacken.«

Isa würgte den Keks herunter und schielte zu Jens hinüber, der sie mit einer strafenden Miene bedachte.

Jens Koll, oder *Schmoll*, wie Isa ihn heimlich nannte, weil er ständig wegen irgendetwas schmollte, verstand sich darauf, aller Welt seine Ansichten aufzuzwingen. Ob man sie nun hören wollte oder nicht.

»Ein Mensch ist gestorben«, rief er vorwurfsvoll in ihre Richtung.

»Und es geht los«, grummelte Isa, während sich Renate in weiser Voraussicht vom Acker machte.

»Vielleicht kannst du wenigstens heute mal ein bisschen Taktgefühl zeigen«, redete Jens ungefragt weiter.

Isa seufzte und beugte sich über den Teller mit den Keksen. »Tut mir leid, ich wollte eure Gefühle nicht verletzen.«

Jens schüttelte verächtlich den Kopf. »Du bist unmöglich.«

Der mahnende Blick ihres Rektors hinderte sie daran, noch etwas zu erwidern, und die Schulglocke tat ihr Übriges.

»Sie schaffen das«, rief Maier bestärkend in die Runde und klopfte den Vorbeilaufenden auf die Schultern. Als Isa an der Reihe war, hob er nur warnend die Brauen. Aus irgendeinem Grund schien er es als seine Pflicht anzusehen, Jens vor ihr zu beschützen. Dabei war es wohl kaum ihre Schuld, dass Schmoll keinen Spaß verstand und alles persönlich nahm.

Sie schulterte ihre Tasche und machte sich auf den Weg zum Klassenzimmer. Wenn sie sich nicht täuschte, hatte sie jetzt Deutsch bei den Fünftklässlern, doch wie aus dem Nichts tauchte Renate plötzlich wieder hinter ihr auf.

»Ich komme nach dem Unterricht zu dir«, sagte sie, als wäre ihre Unterhaltung nie unterbrochen worden. Bevor Isa protestieren konnte, war ihre Freundin in ein Klassenzimmer abgebogen und hatte die Tür hinter sich zugezogen.

Am Nachmittag schleppte Isa sich über den Lehrerparkplatz zu ihrem alten Mazda 323, der längst ein Fall für den Schrotthändler war. Sie bugsierte ihre Schultasche auf den zerschlissenen Rücksitz und schlug die quietschende Hintertür zu. Wie immer hielt sie den Atem an, als sie den Schlüssel im Zündschloss herumdrehte. Ihr Auto besaß die Unart, bei Kälte und Nässe und neuerdings auch ohne ersichtlichen Grund erst nach mehreren Versuchen anzuspringen. Oder gar nicht.

Diesmal ließ der Motor sie nicht im Stich und knatterte schon nach dem dritten Anlauf los. Den ersten Gang musste sie mit Gewalt in die vorgesehene Position rammen, dann holperte sie über den gepflasterten Parkplatz Richtung Straße.

Es war die einzige Hauptstraße im Ort, die sich einmal der Länge nach durch Grimmingen schlängelte.

Wie es schien, hatte der Räumdienst Sonderschichten eingelegt, nachdem es den ganzen Tag ohne Unterlass geschneit hatte. Kiesgespickte Haufen türmten sich rechts und links am Straßenrand auf.

Mit dem Ärmel wischte Isa die beschlagene Windschutzscheibe frei und starrte angestrengt nach draußen. Bevor sich die Straße eine leichte Steigung hinaufwand, führte sie an der Kirche und an Walters Dorfladen vorbei. Als sie den Bäcker passierte, strömte der heimelige Duft nach Plunder und Kaffee zu ihr in den Innenraum.

Auf den letzten Metern vor dem Ortsausgang lichteten sich die Häuserreihen und machten einem dunklen Tannenwald Platz, an den sich Isas Grundstück schmiegte.

Danach kam nur noch ein gelbes Ortsschild, das die Grenze Grimmingens markierte. Wenn man der Straße mit den Augen folgte, schien sie im Dunkel des Waldes zu versiegen. Tatsächlich musste man mehrere Kilometer einsame Landstraße zurücklegen, um Undingen zu erreichen, wo die Gemeindeverwaltung Sonnenbühls ihren Sitz hatte.

Isa bog nach rechts in die Einfahrt ihres Hauses ein und trat unvermittelt auf die Bremse. Renates Golf versperrte die Zufahrt zu ihrem Carport. Daneben tauchte das Auto ihrer Eltern im Lichtkegel des linken Scheinwerfers auf. Ihre Hände umklammerten das Lenkrad fester. Offenbar hatte sich die Nachricht vom Mord mittlerweile auch über die Grenzen Grimmingens hinaus verbreitet.

»So viel zum Thema Privatsphäre«, stöhnte sie und stellte den Mazda neben dem Carport ab. Sie schlug die Autotür so schwungvoll zu, dass der ganze Wagen wackelte. Unter dem Vordach fummelte sie in ihrer ausgeleierten Manteltasche nach dem Schlüsselbund, da wurde die Haustür schon schwungvoll aufgerissen.

»Hallo, Liebling!«, flötete ihre Mutter und breitete die Arme aus.

»Mama! Nur weil ihr die Hälfte meines Hauses bezahlt habt, heißt das noch lange nicht, dass ihr sie auch benutzen dürft, wann immer ihr wollt.«

Isa ignorierte die ausgebreiteten Arme und quetschte sich an ihrer Mutter vorbei in den Flur.

»Ich hab dich mehrmals angerufen«, murmelte Margret Klein, als würde das alles erklären. »Du meldest dich ja nicht.«

Aus gutem Grund.

»Ich musste von Renate erfahren, was hier los ist.«

Isa würde mit Renate mal ein paar ernste Takte wechseln müssen. Als ob es nicht reichte, dass ihre Eltern nur wenige Kilometer entfernt wohnten und sich ständig selbst einluden. Jetzt glaubten sie dank Renate offenbar auch noch, Isa vor einem Mörder beschützen zu müssen. Sie schüttelte ihre Stiefel von den Füßen und warf ihre dicke Winterjacke einfach obendrauf.

»Außerdem hab ich dein Lieblingsessen gekocht. Sonst isst du wieder nur diesen ungesunden Mist.« Margret griff nach der Jacke und hängte sie an den Garderobenhaken.

Tapsende Hundepfoten lenkten Isas Aufmerksamkeit nach unten. Alfons, ihr Rauhaardackel, kam schwanzwedelnd auf sie zugelaufen. Mit den Vorderpfoten kletterte er an ihrem Hosenbein hoch.

»Hallo, alter Mann.« Sie tätschelte ihm das Köpfchen.

In Wirklichkeit war Alfons noch keine drei Jahre alt, aber schon bei ihrer ersten Begegnung hatte er sie an einen schnauzbärtigen Senior erinnert.

»Wo warst du denn noch so lange?«, ertönte Renates Stimme aus der Küche.

Seufzend folgte sie dem Ruf ihrer Freundin und dem Duft des Linseneintopfs. Renate hatte es sich bereits auf der Eckbank bequem gemacht und prostete ihr mit einem Glas Eierlikör zu.

»Fühlt euch wie zu Hause«, brummte Isa und ließ sich neben Renate auf das abgetragene Sitzpolster fallen.

Ihre Freundin drückte ihr unaufgefordert ein Glas in die Hand und füllte es bis zum Rand mit der sämigen Flüssigkeit. Isa nippte geistesabwesend daran. Aus dem Augenwinkel sah sie, wie ihre Mutter sich über den Ofen beugte und einen goldgelben Kuchen zum Vorschein brachte. Beinahe hätte sie sich an ihrem Likör verschluckt. »Wie lange seid ihr denn schon hier?«

Im Kopf machte sie sich eine Notiz, den Schlüssel zurückzuverlangen, den sie ihren Eltern ausgehändigt hatte. Für Notfälle! Zum Beispiel, wenn sie sich aus Versehen ausschloss oder beide Beine brach. Wie es schien, würde sie die Vereinbarung noch einmal gründlich überdenken müssen.

Aus der Gästetoilette im Flur erklang das Geräusch der Klospülung und kurz darauf kam ihr Vater zur Küchentür herein.

»Hallo, Papa.«

»Hallo, Schätzle.« Herbert Klein beugte sich zu seiner Tochter herunter und drückte ihr einen Kuss auf die Wange. Im Gegensatz zu seiner Frau gab er sich keine Mühe, seinen schwäbischen Dialekt zu verstecken. Isas Mutter vertrat die

Meinung, dass sie gebildeter klang, wenn sie ihr kantiges Hochdeutsch sprach.

Isa lächelte ihren Vater müde an und seufzte leise. Ihren Plan von einem ruhigen Abend auf dem Sofa konnte sie sich abschminken. Sie leerte gerade mit einem einzigen großen Schluck ihr Glas, als ein lautes Hämmern an der Tür alle gleichzeitig zusammenzucken ließ.

»Was ist denn heute nur los?« Mit einem Fingerzeig gab sie Renate zu verstehen, dass sie ihr Glas erneut befüllen sollte. Dann schob sie sich an ihrer Mutter vorbei in den Hausflur, Alfons im Schlepptau und den Likör in der Hand.

Beim Öffnen der Tür wirbelte ein kalter Windhauch ihr unzählige Schneeflocken entgegen und sie zog unwillkürlich die Schultern hoch. Zu ihrer Überraschung erkannte sie Ortsvorsteher Gmeiner vor sich, in Begleitung eines hochgewachsenen Mannes, den sie noch nie zuvor gesehen hatte. Neben ihm stand ein schicker Koffer im platt getretenen Schnee.

»Frau Klein, entschuldigen Sie bitte die Störung, aber wir haben einen Notfall«, begrüßte Gmeiner sie.

»Ich auch«, entgegnete Isa, »da sitzen drei Einbrecher in meiner Küche und ich weiß nicht, wie ich sie wieder loswerden soll.«

Der Ortsvorsteher blinzelte irritiert.

Sie leerte ihr Glas und nutzte die Pause, die durch das verdutzte Schweigen entstand, um es sauber auszulecken.

Während Gmeiner sich zumindest ein halbherziges Lachen abrang, blieb der Gesichtsausdruck seines Begleiters völlig teilnahmslos. Wer auch immer dieser Kerl war, Isa konnte ihn jetzt schon nicht ausstehen.

»Das ist Kriminalkommissar Bähr«, sagte der Ortsvorsteher prompt und deutete auf den Fremden.

Der nickte ihr knapp zu, ohne einen Ton von sich zu geben.

»Sie haben sicher von dem Mord an Jutta Liebknecht gehört? Schreckliche Geschichte.«

Isa nickte und schlang beide Arme um sich. Es war verdammt kalt hier draußen.

»Kommissar Bähr wurde von der Reutlinger Kripo zur Unterstützung aus Esslingen angefordert. Er wird die nächsten Tage hier im Ort übernachten müssen.«

Isa runzelte die Stirn. Wieso denn ausgerechnet hier, im kleinsten der fünf Dörfer Sonnenbühls? Hier gab es ja nicht mal eine Pension, geschweige denn ein Hotel. Und was hatte das alles überhaupt mit ihr zu tun?

Alfons tapste nach draußen und schnupperte an den Hosenbeinen des Ortsvorstehers. Als Kommissar Bähr den kleinen Hund entdeckte, wich er hastig einen Schritt zurück.

»Keine Angst, der beißt nicht«, sagte Isa und rief nach dem Dackel, der wie üblich so tat, als hörte er sie nicht.

»Ich habe keine Angst. Ich will nur keine dreckigen Pfotenabdrücke auf meiner Hose.«

Isa schnaubte. »Warum wundert mich das nicht?« Sie brummte die Worte gerade laut genug, dass er sie hören konnte.

»Jedenfalls hat die Bürgermeisterin vorgeschlagen«, nahm der Ortsvorsteher den Faden wieder auf, »Herrn Bähr hier im Dorf einzuquartieren, weil Jutta ja nun einmal Grimmingerin ist.« Er schien seinen Versprecher zu bemerken und schüttelte den Kopf. »War«, verbesserte er sich mit belegter Stimme.

Isa kniff die Augen zusammen. »Hier? In Grimmingen?«
Gmeiner nickte.

»Das hat nicht zufällig etwas mit der Wintersaison und den lieben Touristen zu tun, die zurzeit in den umliegenden Hotels nächtigen?«

Sie traute der Bürgermeisterin, Frau Dr. Schindele, durchaus zu, dass sie den Kommissar aus rein wirtschaftlichen Gründen in das von Touristen am wenigsten beachtete Grimmingen verbannte.

Der Ortsvorsteher sah sie nur flehend an und Isa ahnte schon, worauf das hinauslief. Das Dachgeschoss ihres Hauses war, dank des Vorbesitzers, zu einem Appartement ausgebaut worden. Nicht besonders edel, auch nicht gerade groß, aber funktional. Neben einem kleinen Badezimmer befand sich eine schmale Küchenzeile darin.

Ihr Exfreund Mark hatte das Zimmer hin und wieder günstig an vereinzelte Touristen vermietet, die zum Langlaufen oder Wandern angereist waren oder um einen Tagesausflug in die Altstadt Reutlingens zu unternehmen. Zumindest, bis er beschlossen hatte, Isa für seine Fitnesstrainerin zu verlassen. Kurz darauf war per Post die höfliche Bitte gefolgt, ihm seinen Teil des Hauses auszuzahlen, was Isa nur mit der finanziellen Unterstützung ihrer Eltern hatte bewerkstelligen können.

Die Ironie daran war, dass sie sich anfangs mit Händen und Füßen gewehrt hatte, die Stadt zu verlassen und zurück auf die Hochfläche der Schwäbischen Alb zu ziehen. Noch dazu in die Nähe ihres elterlichen Heimatorts.

Mit romantischen Liebesschwüren und malerischen Zukunftsfantasien hatte Mark es schließlich geschafft, sie zum Umzug zu bewegen. Nur dass er mittlerweile wieder in der

Stadt lebte und sie hier draußen in der Pampa festsaß. Seit nunmehr fast zwei Jahren.

»Ich habe mich gefragt, ob es möglich wäre, dass Sie Herrn Bähr für die Dauer der Ermittlungen Ihre Dachgeschosswohnung vermieten«, holte der Ortsvorsteher sie in die Gegenwart zurück.

Isa schüttelte die Gedanken an ihren Exfreund ab und verschränkte demonstrativ die Arme vor der Brust. Sie verspürte keine große Lust, diesen überheblichen Kerl, noch dazu einen Polizisten, bei sich wohnen zu lassen.

»Guten Tag«, erklang plötzlich Renates Stimme hinter ihr, ein paar Oktaven höher als gewohnt. Verwundert drehte Isa sich zu ihrer Freundin um, die sich in diesem Moment linkisch an ihr vorbeidrängte, um dem fremden Mann die Hand entgegenzustrecken.

»Ich bin Renate, eine Freundin von Frau Klein«, verkündete sie.

Bähr ergriff zögerlich ihre Hand und schüttelte sie flüchtig. Isa fand, dass dieser Mann eine unterschwellige Gereiztheit ausstrahlte.

»Ist die Wohnung denn noch frei?«, fragte er an sie gewandt. Offensichtlich hatte er keine Lust mehr, noch länger in der Kälte herumzustehen und Small Talk abzuhalten.

Isa unterdrückte ein Seufzen. Auf die Schnelle wollte ihr einfach keine passende Ausrede einfallen. Außerdem konnte sie die zusätzlichen Einnahmen gut gebrauchen.

»Von mir aus. Kommen Sie rein.« Sie schob Renate zur Seite, die eine beleidigte Schnute zog. Vermutlich, weil ihr gerade klar geworden war, dass nun nichts mehr aus ihrem Plan wurde, hier einzuziehen.

Gmeiner klatschte sichtlich erleichtert in die Hände.

»Wunderbar, wunderbar, dann wäre das geklärt. Herr Bähr, wenn Sie noch etwas brauchen, melden Sie sich jederzeit.« Er nickte ihnen zu und stahl sich davon.

Der Kommissar drückte den Griff seines Koffers in die Verankerung und hievte ihn in den Hausflur. Über seiner Schulter baumelte eine dicke Aktentasche.

»Das können Sie neben der Kommode abstellen«, sagte Isa und deutete auf sein Gepäck.

»Da vorn befindet sich die Küche.« Ohne auf ihn zu warten, lief sie darauf zu. »Oben gibt es zwar auch eine Küchenzeile, die ist aber zurzeit nicht an den Strom angeschlossen.«

»Ich dachte, du hättest einen Kurzschluss ausgelöst, als du Eierliköreis machen wolltest?«, brachte Renate sich unnötigerweise ein. Isa warf ihr einen bösen Blick über die Schulter zu. Es ging den Kommissar ja wohl gar nichts an, dass sie hin und wieder auf die obere Küche ausgewichen war, weil sie unten erst hätte putzen müssen. Leider hatte ihre alte Eismaschine dabei das Stromnetz der Küche lahmgelegt, sodass sich dieses Ausweichmanöver nun auch seit einiger Zeit erledigt hatte.

Mit dem Fußballen stieß sie die angelehnte Küchentür auf, die lautstark gegen die dahinterliegende Eckbank donnerte, auf der ihr Vater gerade saß. Vor Schreck ließ er seinen Löffel in den Teller vor sich platschen. Sämige Linsenbrühe spritzte sternförmig auf sein Flanellhemd.

»Das ist Hauptkommissar Bähr«, sagte Isa, »er wird vorübergehend in die Wohnung unterm Dach einziehen.«

Ruckartig, wie ein dienstbeflissener Soldat, fuhr Margret Klein von ihrem Stuhl hoch.

»Ich bin Isas Mutter«, rief sie und schüttelte dem Kommissar strahlend die Hand. »Ist das nicht beruhigend, Herbert«, sagte sie dann an ihren Mann gewandt, der gerade dabei war, sein Hemd mit einer Serviette zu bearbeiten. »Wissen Sie, unsere Isa wohnt hier ganz allein, seit ihr Freund sie verlassen hat.«

»Das ist also die Küche«, rief Isa schnell dazwischen, bevor ihre gesamte Lebensgeschichte vor dem Fremden ausgebreitet werden konnte.

Die Augen des Kommissars wanderten im Raum umher. Er wirkte nicht gerade angetan. Isa folgte seinem Blick zum massiven Tisch aus Buchenholz und der dazu passenden Eckbank aus den Achtzigern, mit ihren verblassten schwarzen Sternen und Monden auf mintgrünem Untergrund. Auf dem Regal darüber thronte die alte Kuckucksuhr, die der Vorbesitzer ihr ungefragt hinterlassen hatte. Und die verstaubten Plastikblumen, die ein Geschenk von Renate gewesen waren. Sie musste zugeben, dass diese Küche schon bessere Zeiten gesehen hatte.

»Am besten zeige ich Ihnen jetzt Ihr Appartement«, schlug sie eilig vor und wandte sich von der gaffenden Meute ab.

Der Kommissar folgte ihr wortlos zur Treppe und die knarrenden Stufen hinauf, an ihrem Schlafzimmer und dem grün gefliesten Badezimmer vorbei. Ein weiterer Treppenabsatz führte unters Dach, zu dem kleinen Appartement.

Bis auf einen dünnen Staubfilm, der sich auf den Oberflächen abgesetzt hatte, war es aufgeräumt und sauber.

»Ich werd gleich noch mal durchwischen«, murmelte sie. Der Kommissar trat hinter ihr ein und stellte seinen Koffer neben dem alten Schrank ab. Sein anhaltendes Schweigen fing an, ihr auf die Nerven zu gehen. Sie riss das Fenster auf, um die dicke Luft zu vertreiben, und sofort bauschten sich die Vorhänge im kalten Durchzug auf.

Als sie sich zu ihm umdrehte, stand der Kommissar noch immer wie versteinert in der Tür.

»Gewöhnen Sie sich nicht zu sehr an den Luxus«, sagte Isa und grinste schief. Statt einer Antwort hob der Kommissar nur die Brauen. Der Ausdruck in seinen dunklen Augen sprach Bände. Sie sah ihn abwartend an, aber wie es schien, wollte er tatsächlich nicht auf ihren Scherz eingehen.

Was für ein humorloser Spießer. Sie presste die Zähne aufeinander und ging grußlos zur Tür hinaus. Über ihren Ärger hatte sie das Staubwischen schon wieder vergessen.

Kapitel 2

Draußen war es noch dunkel, als Isa sich am nächsten Morgen in ihre zu engen Jeans quetschte. Wenn ihre Mutter nicht aufhörte, sie weiter wie eine Weihnachtsgans zu mästen, würde sie bald in der Abteilung für Umstandsmode einkaufen müssen. Sie zog den Bauch ein und presste den Knopf mit Gewalt ins vorgesehene Loch.

»Du meine Güte.« Keuchend wandte sie sich zur verspiegelten Schranktür um. Der verfilzte Wollpulli spannte über den Brüsten und reichte gerade so bis zum Hosenbund.

»Den hab ich wohl zu heiß gewaschen«, murmelte sie vor sich hin und zog ihn am Saum nach unten. Sie trat näher an den Spiegel, fuhr sich mit den Händen durch die verstrubbelten, schulterlangen Haare und betastete ihre geschwollenen Tränensäcke. Probeweise zog sie die Haut an den Schläfen straff nach hinten und ließ sie wieder los.

»Ich geb's auf.«

Barfuß tapste sie auf den Flur hinaus und wäre um ein Haar mit dem Kommissar zusammengestoßen.

»Himmel«, entfuhr es ihr. Den hatte sie völlig vergessen. Oder verdrängt, wie man es nahm.

»Guten Morgen«, grüßte er förmlich und zog sich eine Wollmütze über die dunklen Haare. Seine modernen Sportklamotten entlockten ihr beinahe ein abschätziges Schnauben.

»Gut ist übertrieben.« Sie drängte sich an ihm vorbei, die Stufen hinunter.

»Können Sie mir eine Strecke zum Joggen empfehlen?«, fragte Bähr hinter ihr.

Sie kannte durchaus ein paar weniger schneebedeckte Pfade im angrenzenden Wald, aber sie hatte keine Lust, ihm zu erklären, wie sie zu finden waren.

»Ich jogge nicht«, sagte sie deshalb, »hab schließlich ein Auto.«

Hinter sich vernahm sie ein Räuspern. Sie machte sich gar nicht erst die Mühe, ihr hämisches Grinsen zu verbergen.

Am Treppenabsatz bog sie wortlos Richtung Küche ab und kurz darauf hörte sie, wie die Haustür ins Schloss fiel.

»Morgen, alter Mann«, begrüßte sie Alfons, der ihr schwanzwedelnd entgegenkam. Sie holte einen Sack Hundefutter aus dem Vorratsschrank und ließ die trockenen Pellets in seinen Napf prasseln. Schmatzend machte sich der Dackel darüber her.

Gerade als sie die Kaffeemaschine einschalten wollte, klingelte das Telefon. Alfons hörte zu kauen auf und hob den Kopf.

»Es ist noch nicht mal sieben«, schimpfte Isa.

Nur um dem durchdringenden Schrillen ein Ende zu setzen, schlurfte sie in den Flur hinaus und nahm das Telefon aus der Ladestation.

»Ja?«

»Wie immer, gut gelaunt.«

»Toni!« Schon seit Tagen hatte sie auf einen Anruf ihrer Zwillingsschwester gehofft.

»Hab gehört, du hast wieder einen Mann im Haus.«

»Nicht zu fassen«, zischte Isa, »wer hat's dir gesagt?«

Ihre Schwester kicherte. »Wer wohl?«

Isa verdrehte die Augen. Sie hätte ihrer Mutter niemals zeigen dürfen, wie man Nachrichten mit dem Handy verschickte.

»Wo bist du gerade?«, wechselte sie das Thema.

»Immer noch New York. Ich komm grade von 'ner Party heim.«

Isa lehnte sich gegen die Kommode, auf der die Telefonstation stand, und schüttelte schmunzelnd den Kopf.

»Hab gehört, der Typ ist Polizist«, kam Toni, hartnäckig wie sie nun mal war, wieder auf das unliebsame Thema zu sprechen.

»Mmh«, brummte Isa nur.

»Hast du das Gras in Sicherheit gebracht?«

»Was?«

»Du wolltest das Päckchen oben im Appartement aufbewahren. Für Notfälle, weißt du noch?«

Schlagartig fiel Isa ein, wovon ihre Schwester sprach. Nach Marks Auszug war Toni, die mit vollem Namen eigentlich Antonia hieß, mit einem »Tütchen Trost«, wie sie es genannt hatte, aufgekreuzt – und sie hatten mit einem Teil davon Kekse gebacken.

»Ich muss auflegen!«, rief Isa. Dabei klang ihre Stimme viel höher als beabsichtigt. Sie hörte noch Tonis lautes Gackern, bevor sie den Hörer in die Ladestation rammte. Trotz ihrer Abneigung schnellem Laufen gegenüber rannte sie die Treppe hinauf und nahm zum Schluss sogar zwei Stufen auf einmal. Völlig außer Atem kam sie oben an.

Der Duft von Bährs Aftershave hing noch in der Luft, als

sie die Tür zum Appartement aufstieß. Hektisch sah sie sich um und war kein bisschen verwundert, alles picobello vorzufinden. Er hatte die Bettdecke zurückgeschlagen und die Säume akkurat aufeinandergelegt. Sein aufgeklappter Koffer gab den Blick auf penibel gefaltete Kleidung frei. Wie es schien, hatte er nicht die Absicht, sie in den Schrank zu legen. Aber jetzt war nicht der richtige Zeitpunkt, sich über den spießigen Polizisten aufzuregen.

Sie schob einen Stuhl an den Schrank und stieg vorsichtig auf die knarrende Sitzfläche. Mit den Fingerspitzen hielt sie sich am Rahmen fest und zog sich hoch.

»Verdammt.« Die Tüte mit dem Gras war nicht mehr da. Stattdessen lag da nur ein Stapel Akten. Ihr Puls beschleunigte sich. Hatte der Kommissar das Kraut etwa gefunden? Ratlos ließ sie den Blick über die staubige Oberfläche und den Aktenstapel schweifen.

»Obduktionsbericht«, las sie leise vom obersten Schriftstück ab. Im selben Moment hatte sie das verschollene Grastütchen vergessen. Die Raumtemperatur schien um mehrere Grade zu sinken und die blonden Härchen auf ihren Unterarmen stellten sich auf. Bestimmt waren das die Akten zum Mordfall. Sie würde verdammt gern einen Blick hineinwerfen, aber das durfte sie natürlich nicht. Bähr war ihr Gast. Wenn auch ein unerwünschter.

Egal, wie sie es drehte und wendete, es gehörte sich nicht, in den Sachen anderer Leute zu wühlen. Noch dazu, wenn es sich dabei um offizielle Dokumente der Polizei handelte. Sie starrte den Stapel an und kaute unentschlossen auf ihrer Unterlippe herum. Dann zuckte sie mit den Schultern. »Selbst schuld, wenn er sie hier rumliegen lässt.«

Mit Daumen und Zeigefinger hob sie den Umschlag des obersten Schriftstücks an und legte den Kopf schräg, um einen Blick hineinwerfen zu können.

»Halleluja.«

Ganz oben lag das Foto eines blutigen Hinterkopfs. Diese verklebten blonden Strähnen gehörten zum Schopf der toten Jutta Liebknecht, daran hatte Isa keinen Zweifel. Weitere Ablichtungen zeigten den blassen Hals der Toten, an manchen Stellen unnatürlich verfärbt, und Nahaufnahmen der blutunterlaufenen Augen, die seltsam starr in die Kamera blickten.

Das letzte Foto war eine Ganzkörperaufnahme von Jutta, wie sie mit gefalteten Händen im Schnee lag und zum Himmel hinaufblickte. Fast sah es aus, als mache sie nur ein verträumtes Päuschen. Im Hintergrund glaubte Isa den Wegweiser eines Wanderparkplatzes zu erkennen. Auch ohne die winzigen Buchstaben entziffern zu können, wusste sie sofort, wohin die pfeilförmigen Schilder wiesen. Unzählige Male schon war sie an diesem Parkplatz vorbeigefahren.

Wenn man dem gewundenen Weg hinauf folgte, kam man beim Schnatren raus, einer Burgruine aus dem 12. Jahrhundert. Im Winter konnte man sie durch die kahlen Baumwipfel sehen, an den Hang geschmiegt, wie ein alter Hirte, der über seine Schützlinge wacht. Der armen Jutta war er keine Hilfe gewesen.

Sie bemerkte, dass ihre Finger zitterten, als sie das Bild zur Seite schob. Darunter lag ein Schriftdokument. Vorsichtig zog sie es aus der Akte und überflog die eng aneinandergereihten Zeilen.

»Stumpfes Schädeltrauma. Fremdeinwirkung nicht auszuschließen«, las sie flüsternd. »Würgemale am Hals. Petechiale Blutungen in den Bindehäuten sowie Einblutungen im Kehlkopf.«

Sogar für einen Laien wie sie war es nicht schwer, sich einen Reim darauf zu machen. Jutta war offensichtlich erwürgt worden.

Bislang hatte sie den Gedanken an den Mord erfolgreich von sich geschoben. Je weniger man wusste, desto weniger betraf es einen letztlich auch. Aber wie es schien, war das nicht einfach ein dummer Unfall aus dem Affekt heraus gewesen, den jemand hatte vertuschen wollen.

»Sie wissen schon, dass Sie sich strafbar machen.«

Isa entfuhr ein erstickter Schrei. Sie krallte sich mit den Fingernägeln am Schrank fest, um nicht nach hinten zu kippen. Als sie ihr Gleichgewicht wiedergefunden hatte, linste sie verschämt zur Tür hinüber, wo wenig überraschend Bähr stand, die Hände in den Hosentaschen vergraben und die Augenbrauen abschätzig erhoben.

Sie öffnete den Mund, suchte nach den richtigen Worten und spürte, wie ihr die Schamesröte heiß den Hals hinaufkroch.

»Ich … wollte Staub wischen«, stotterte sie.

Der Kommissar schnalzte mit der Zunge und blickte sich im Zimmer um. Sie sah es natürlich auch. Die Oberflächen waren noch genauso verstaubt wie am Abend zuvor.

»Bin noch nicht fertig«, fügte sie kleinlaut hinzu. Dass sie keinen Staubwedel bei sich hatte, war nicht gerade hilfreich.

Wortlos ging Bähr an ihr vorbei ins Badezimmer und sie stieg mit weichen Knien vom Stuhl. Als er kurz darauf wieder herauskam, hielt er eine Pulsuhr in der Hand.

»Die hatte ich vergessen.«

»Ich mache so was normalerweise nicht«, platzte sie heraus.

»Haben Sie die Tote gekannt?«

Bildete sie sich das ein, oder redeten sie völlig aneinander vorbei? Sie zuckte mit den Schultern. »Nur flüchtig.«

Er nickte.

»War das geplant?« Sie konnte nicht länger über das schweigen, was sie da gesehen hatte. Zu deutlich sah sie den bläulich verfärbten Hals, die starren Augen noch immer vor sich. Der Kommissar blickte sie verständnislos an.

»Ich meine Juttas Tod.«

»Darüber werde ich nicht mit Ihnen sprechen.« Er sagte das in einem Ton, als spräche er zu einem Schulkind. Isa verzog trotzig das Gesicht.

Bähr streckte sich und nahm den Aktenstapel mühelos vom Schrank. Dabei purzelten mehrere Staubflusen über die Kante und segelten wie in Zeitlupe zu Boden. Zähneknirschend verfolgte Isa ihre Flugbahn mit den Augen. Bähr wandte sich ab und verließ das Zimmer, ohne sie eines weiteren Blickes zu würdigen.

Ihr entfuhr ein animalisches Schnauben. Sie hatte unbewusst die Luft angehalten.

»Mir doch egal«, raunte sie und zupfte sich eine Staubfluse vom Pulli. Verärgert stellte sie fest, dass ihr Kopf sich noch immer heiß anfühlte und vermutlich leuchtete wie eine Rettungsboje.

Als sie zu Beginn der ersten Stunde gemeinsam aus dem Lehrerzimmer liefen, sah Renate sie prüfend an. »Was ziehst du denn für ein Gesicht?«

Isa schulterte ihre Tasche, während sie versuchte, ihre

Kaffeetasse so zu balancieren, dass sie den Inhalt nicht verschüttete.

»Dieser Polizist macht mich verrückt.«

»Meine Güte! Was hat der arme Mann dir denn getan?«

»Du weißt, was ich von Polizisten halte.« Isa nahm einen Schluck von ihrem Kaffee und verbrannte sich prompt die Zunge.

»Er kann nun wirklich nichts dafür, dass die Polizei damals bei Toni versagt hat.«

Isa verzog das Gesicht. Darüber wollte sie jetzt nicht reden.

»Ich hab in seine Akten geguckt.«

Wie angewurzelt blieb Renate stehen und riss die Augen auf. Es kostete Isa einige Mühe, einen möglichst unschuldigen Gesichtsausdruck zu machen.

»Du hast was?«

»War keine Absicht«, sie räusperte sich, »nicht so richtig.«

»Was stand drin?«

»Er hat mich erwischt«, gestand sie, anstelle einer Antwort.

»Nein!«

Isa zog den rechten Mundwinkel zur Seite. »Hat gesagt, dass ich mich strafbar machen würde, oder so.«

Renate sah aus, als würden ihr gleich die Augen aus den Höhlen plumpsen.

»Anschließend hat er sich die Akten geschnappt und in seinem Auto weggeschlossen. Ich hab's durchs Fenster beobachtet.«

In einer dramatischen Geste warf Renate die Hände in die Höhe und ließ sie wieder fallen.

»Da tritt endlich ein gut aussehender junger Mann

in dein Leben, die beste Chance der letzten zwei Jahre, möchte man meinen, und du versaust es.«

Isa sah Renate mitleidig an. »Diesen Spießer würde ich nicht mal dann in Erwägung ziehen, wenn er der letzte Mann auf Erden wäre.«

»Und das innerhalb eines einzigen Tages«, redete Renate einfach weiter, als hätte Isa nie etwas gesagt.

Glücklicherweise trennten sich am Ende des Ganges ihre Wege. Wortlos bog Isa nach rechts ab und wich ein paar rennenden Schülern aus, die genau wie sie im Begriff waren, zu spät zum Unterricht zu kommen. Beim Betreten des Klassenzimmers der 9b prallte ein Papierflieger gegen ihren Busen und blieb mit der Spitze in der Wolle ihres Pullovers hängen. Zwei Jungs prusteten unterdrückt auf.

Das hatte ihr gerade noch gefehlt. Mit mahlenden Kiefern knüllte sie den Flieger zusammen und warf ihn einem der Jungs gegen die Stirn, was die anderen dazu veranlasste, noch lauter zu prusten.

»Hefte raus!«, blaffte sie.

Denen würde das dumme Lachen gleich vergehen. Mit einem lauten Donnern lud sie ihre Schultasche auf dem Pult ab und holte damit auch die letzten Schüler aus ihrem morgendlichen Dämmerschlaf.

Wenig später brütete die Klasse über einer ungeliebten Erörterung und Isa hatte endlich Gelegenheit, ihre Gedanken zu sortieren. Sie starrte aus dem Fenster und wippte in ihrem ergonomischen Stuhl auf und ab.

Das Bild von Jutta Liebknecht, die fast wie ein Schneeengel auf dem Parkplatz lag, wollte ihr nicht mehr aus dem Kopf gehen. Was hatte die Frau des Zahnarztes dort gemacht? War sie hingelockt worden? Oder hatte der Täter sie an diesen verlassenen Ort verschleppt? Und wieso waren auf dem Bild keine Blutspuren im Schnee zu sehen gewesen? Das passte nicht zu der Platzwunde an Juttas Hinterkopf. Möglicherweise war Jutta gar nicht dort gestorben, sondern nur abgelegt worden.

Ihr kam in den Sinn, dass sie durch ihre Schnüffelei nun vermutlich mehr über die tote als über die lebende Jutta Liebknecht wusste. Sie hatte nie sonderlich viel mit der Frau des schmierigen Zahnarztes zu tun gehabt. Mit ihm dafür mehr, als ihr lieb war. Auf dem letzten Zwetschgenfest hatte er in angetrunkenem Zustand versucht, sie unter der Bierbank zu begrapschen. Bei dem Gedanken an seine Schnapsfahne und die feuchten Hände auf ihren Oberschenkeln verzog sie das Gesicht.

»Da unten sind Bullen«, riss eine Stimme sie plötzlich aus ihren Gedanken. Erschrocken fuhr sie aus dem Stuhl hoch. Ehe sie die Schüler davon abhalten konnte, stürzten sie bereits zu den Fensterbänken und balgten sich um die beste Aussichtsposition. Isa wollte sie gerade auf ihre Plätze verweisen, da entdeckte sie Bähr unten vor dem Rathaus. Er und ein anderer Mann in Zivil unterhielten sich mit zwei uniformierten Beamten. Obwohl man das kaum eine Unterhaltung nennen konnte, denn Bähr redete und die anderen nickten eifrig mit den Köpfen.

Plötzlich erschallte ein lautes Johlen von einem der Schüler und zog die Aufmerksamkeit der Polizisten auf sich. Alle vier hoben gleichzeitig die Köpfe und bevor Isa zurückzucken konnte, hatte Bährs stechender Blick sie schon durchbohrt. Sie duckte sich weg, als wollte sie einer Ohrfeige ausweichen. Eilig tastete sie nach hinten, zog ihren Stuhl zu sich heran und rutschte, noch immer geduckt, auf die Sitzfläche.

Glücklicherweise hatte die Klasse mehr Interesse an den Polizisten als an ihr, sodass ihnen das absurde Verhalten ihrer Lehrerin nicht aufzufallen schien.

»Wer von euch war das?«, krächzte sie, nachdem sie genug Abstand zwischen sich und das Fenster gebracht und wieder eine aufrechte Position eingenommen hatte.

Mit eingezogenen Köpfen trollten sich die Schüler auf ihre Plätze.

»Von Neuntklässlern sollte man erwarten können, dass sie sich nicht wie Primaten im Urwald verhalten.«

Zwei Mädchen pressten sich mit hochroten Köpfen die Hände vor den Mund, um nicht laut zu lachen.

Isa zupfte ihren Pulli zurecht und strich sich ein paar verirrte Haarsträhnen aus dem Gesicht. Das Läuten der Pausenglocke war auch für sie eine Erleichterung.

Während die Jugendlichen tuschelnd aus dem Klassenzimmer liefen, lehnte sie sich zurück und nahm einen langen Atemzug. Dieser Bähr musste sie mittlerweile für völlig bescheuert halten. Sie ließ ihm auch nicht gerade viel Interpretationsspielraum, wenn sie mit der ganzen Klasse zu ihm runterglotzte. Dabei konnte es ihr völlig egal sein, was der Kommissar von ihr hielt.

»Kommst du?« Renate streckte ihren schwarzen Lockenkopf zur Tür herein. Sie hatten es sich zur Gewohnheit gemacht, in den Pausen gemeinsam zum Lehrerzimmer zu laufen.

Isa griff nach ihrer Tasse und erhob sich schwerfällig aus ihrem Stuhl. Sie brauchte dringend eine Ladung Koffein.

»Ich hoffe, es geht schnell«, murmelte Renate, als sie den breiten Gang entlangliefen.

»Was soll schnell gehen?«

»Na, Jens und Anna-Maria wollen doch das Schulfest besprechen.«

Isa stöhnte auf und warf ihren Kopf wie zum Stoßgebet in den Nacken. »Hättest du das nicht früher sagen können?« Zum Umkehren war es jetzt zu spät, sie steuerten direkt auf die offene Lehrerzimmertür zu und waren bereits von etlichen Kollegen gesichtet worden.

»Das hat mir gerade noch gefehlt.«

»Wie ihr seht«, begann Anna-Maria kurz darauf mit ihrer Engelsstimme, »haben wir unsere Ideen für die Schulfastnacht an der Stellwand hinter uns gesammelt.«

»Wie kann man nur so übermotiviert sein?«, raunte Isa. Sie zuckte zusammen, als Renate ihr mit dem Ellbogen in die Seite boxte. Da erst sah sie, dass Maier hinter ihnen stand. Netterweise tat er so, als hätte er nichts gehört.

»Jeder von euch muss eine Aufgabe übernehmen, damit das Fest ein voller Erfolg wird«, fuhr Anna-Maria fort.

Dieser Tag konnte nicht schlimmer werden.

»Isa, wir dachten uns, dass du die Einladung entwerfen und mit den Schülern verteilen könntest«, rief Jens euphorisch, als würde er ihr damit einen Gefallen tun. Die Blicke der Kollegen hefteten sich an sie. Fieberhaft überlegte sie, wie sie sich aus dieser Nummer herauslavieren konnte.

»Ist es nicht etwas unpassend, Fastnacht zu feiern, nachdem am Sonntag erst eine unserer Mitbürgerinnen gewaltsam aus dem Leben geschieden ist?« Zugegeben, es war ein bisschen schäbig, Juttas Tod als Ausrede zu benutzen. Andererseits hatte sie damit ja nicht ganz unrecht.

»Daran haben wir auch gedacht«, murmelte Jens, »aber wir sind zu dem Schluss gekommen, dass wir dem Mörder keine Macht über unsere Entscheidungen geben wollen. Niemand hat das Recht, unsere Traditionen zu stören und der Jugend die Freude zu nehmen.«

Bedeutungsvolle Stille folgte.

»Inspirierende Worte«, zischte Isa, während sie wie ein leerer Kartoffelsack auf ihrem Stuhl zusammensank.

Rektor Maier klopfte ihr auf die Schulter. »Finde ich toll, dass Sie das übernehmen, Frau Klein.«

Kapitel 3

»Wollen wir noch eine Runde spazieren gehen?«, fragte Renate, als sie in der nachmittäglichen Dämmerung aus dem Schulhaus kamen. Isa sah ihre Freundin skeptisch an. Das konnte sie nicht ernst gemeint haben.

»Was denn? Wir sind den ganzen Tag nicht an der frischen Luft gewesen. Ich brauche meine Bewegung.«

»Ich aber nicht, wie du weißt.«

Renate schnalzte tadelnd mit der Zunge. »Irgendwann bekommst du noch einen Herzinfarkt, so wenig, wie du …«

»Ja, ja.« Isa hatte mittlerweile Übung darin, ihren persönlichen Gesundheitsapostel zu ignorieren. Sie ließ Renate stehen und stapfte die Stufen zum Parkplatz hinunter. Offensichtlich hatte der Hausmeister sich heute noch nicht die Mühe gemacht, die Schneefräse aus dem Schuppen zu holen. Der Schnee reichte ihr bis an die Knöchel. Sie zog wie ein Storch die Füße hoch, damit er ihr beim Laufen nicht in die halbhohen Schuhe rieseln konnte.

»Man kann doch gerade nirgends alleine hingehen«, hörte sie Renate maulen. »Hinter jedem Busch sehe ich Gespenster.«

»Dann bleib doch einfach zu Hause«, bemerkte Isa lakonisch und warf mit geübtem Schwung die Schultasche auf den Rücksitz ihres Autos, wo sie genau so bis zum nächsten Morgen liegen bleiben würde.

»Da fühl ich mich auch nicht mehr sicher«, jammerte Renate weiter. »Ich hab mal gelesen, dass die meisten Mordfälle in den eigenen vier Wänden passieren.«

Isa ließ die Tür zufallen und drehte sich zu ihrer Freundin um.

»Wo hast du das …« Sie sprach den Satz nicht zu Ende. Renates Worte drangen erst jetzt so richtig zu ihr durch.

»Was ist denn?«, wisperte Renate und warf gehetzte Blicke um sich. »Ist jemand hier?« Sie klammerte sich an Isas Arm.

»Was hast du gerade gesagt?«, fragte Isa, ohne Renates aufsteigende Panik zu beachten.

»Ist jemand hier?«, wiederholte Renate. Ihre Stimme war nur noch ein Hauchen.

»Nein!« Energisch schüttelte Isa die Hand ab. »Reiß dich zusammen. Das davor. Was hast du davor gesagt?«

Renate runzelte die Stirn. »Dass ich mich daheim auch nicht mehr sicher fühle.«

Isa leckte sich aufgeregt über die Lippen. »Weil die meisten Morde in den eigenen vier Wänden passieren.«

Renate entfuhr ein kläglicher Jammerlaut. Ihre Finger krallten sich erneut in Isas Arm.

»Vielleicht hat ihr Ehemann etwas damit zu tun?«, dachte Isa laut nach.

»Was?« Renate riss die Augen auf.

»Du hast es doch selbst gesagt. Die meisten Mordfälle passieren in den eigenen vier Wänden.«

Und so, wie der Zahnarzt sich benahm, war seine Ehe mit Jutta möglicherweise nicht die glücklichste gewesen. Was, wenn sie genug von seiner Flirterei gehabt hatte? Vielleicht hatte sie sogar vorgehabt, sich zu trennen. Diese

Schmach hatte Liebknecht nicht hinnehmen wollen und deshalb hatte er Jutta kurzerhand ...

»Hallo?« Renate wedelte mit der Hand vor Isas Gesicht herum. »Was redest du denn da für wirres Zeug?«

Isa biss sich auf die Zunge. Sie hatte gar nicht gemerkt, dass sie offensichtlich wieder einmal laut mit sich selbst gesprochen hatte.

»Ich werd zum Schnatren fahren«, murmelte sie und wandte sich zum Einsteigen.

Renate zerrte sie am Ärmel zurück. »Zur Burgruine? Spinnst du?«

»Wieso denn?«

Schnaubend warf ihre Freundin die Arme hoch. »Jutta ist dort gestorben. Und du ...« Sie verstummte abrupt und zog die Augenbrauen zusammen. »Es hat was mit diesen Akten zu tun, stimmt's?«

Isa zuckte nur mit den Schultern.

»Du weißt, dass du Tonis Unfall nicht ungeschehen machen kannst, indem du Detektiv spielst und versuchst, dem Kommissar bei diesem Fall zu helfen.«

Isa blies prustend die Luft zwischen ihren spöttisch verzogenen Lippen aus. »Als ob ich diesem eingebildeten Polizisten jemals helfen würde.«

»Stimmt ja«, brummte Renate, »du stehst mit der Polizei auf Kriegsfuß.«

Isa winkte genervt ab. Renate übertrieb wieder einmal maßlos.

»Kann doch nicht schaden, sich den Tatort mal genauer anzuschauen.« Oder den Fundort, fügte sie in Gedanken hinzu. »Vielleicht fällt uns als Ortsansässigen etwas auf, das die Polizei übersehen hat.«

Renate schnappte hörbar nach Luft. »Uns? Du kannst nicht ernsthaft glauben, dass ich dich begleite.«

»Du wolltest doch ein bisschen frische Luft schnappen.« Isa ließ sich auf den Fahrersitz fallen und lächelte süßlich zu Renate hinauf. Innerlich hoffte sie, dass ihre Freundin einknicken würde. Schon die Vorstellung, allein auf dem dunklen Wanderparkplatz zu stehen, jagte ihr einen Schauer über den Rücken.

»Keine zehn Pferde bringen mich dahin«, verkündete Renate. In einer für sie untypischen Geste verschränkte sie die Arme vor der Brust.

»Du willst mich echt alleine gehen lassen?«

Kaum merklich sackten Renates Schultern nach vorn. »Nein, aber …« Sie seufzte kapitulierend. »Du bist echt mies.«

Schnaubend schlurfte sie ums Auto herum und ließ sich, mit trotzig verzogenem Mund, in den Beifahrersitz plumpsen. Isa unterdrückte ein triumphierendes Grinsen.

Ein rot-weißes Plastikband flatterte im Wind und versperrte ihnen die Zufahrt zum Wanderparkplatz.

»Tja«, machte Renate mit einem Gesicht, das wohl so etwas wie Bedauern ausdrücken sollte. Isa nahm es ihr keine Sekunde ab.

»Wenn du es ein Stück anhebst, kann ich drunter durchfahren.« Sie schaltete in den ersten Gang und wartete, dass Renate aus dem Auto stieg. Als keine Reaktion vom Beifahrersitz zu vernehmen war, blickte sie fragend zu ihr hinüber. Renate starrte zurück, als sei Isa der leibhaftige Teufel.

»Das ist eine Polizeiabsperrung«, krähte sie.

»Schon klar.« Isa wies mit einem Kopfnicken hinüber. »Wärst du so freundlich?«

»Ist das dein Ernst?« Renates schrille Stimme schmerzte regelrecht in ihren Gehörgängen. »Ich bin doch keine Kriminelle.«

»Komm schon. Bestimmt haben die nur vergessen, das Band wieder abzunehmen«, schlug Isa einen versöhnlicheren Tonfall an. »Sonst würden die den Parkplatz doch nicht unbewacht lassen.«

Renate kaute auf ihrer Unterlippe herum und Isa hielt angespannt den Atem an. Sie wollte das wirklich nicht alleine machen müssen.

Endlich stieß Renate die Tür auf und schälte sich aus dem Sitz. Augenblicklich fiel die Temperatur im Innenraum ab, Schneeflocken wirbelten herein und verteilten sich wie Konfetti auf den Armaturen.

Renates Mund war nur noch eine verkrampfte Linie, als sie das Band anhob, damit Isa drunter durchfahren konnte. Sie gab Gas, die Vorderreifen drehten kurz durch, dann fanden sie Halt und bugsierten den Mazda holpernd über die festgefahrenen Schneebuckel.

Als er mit dem Unterboden an einer vereisten Kuppe hängen blieb, gab er ein metallisches Ächzen von sich. Isa wollte sich lieber nicht vorstellen, was los wäre, wenn ihr Auto hier draußen den Geist aufgab. Kopfschüttelnd schob sie den Gedanken beiseite und zog den Zündschlüssel ab. Der Motor erstarb und machte der winterlichen Stille Platz. Nur Renates knirschende Schritte waren gedämpft von draußen zu hören, als sie den frischen Reifenspuren folgte.

Eine Böe riss Isa beim Öffnen die Autotür aus der Hand und ließ sie frösteln.

»Huh!« Sie stopfte sich ihren Wollschal tiefer in den Kragen, dann setzte sie den linken Fuß nach draußen und krachte prompt durch die harsche Schneedecke. Sie machte sich nicht die Mühe, ihren Schuh aus dem Loch zu ziehen. Stattdessen versenkte sie auch ihr rechtes Bein im Schnee und schlug entschlossen die Autotür hinter sich zu.

Als sie zum Waldrand hinübersah, wäre ihr diese Entschlossenheit beinahe mitsamt dem Herzen in die Hose gerutscht. Obwohl der Vollmond durch die Wolken lugte und alles mit seinem milchigen Schleier überzog, formierten sich die Bäume vor ihnen zu einem undurchdringlichen, dunklen Wall.

Zum Glück schien Renate Isas Zögern nicht zu bemerken. Sie war gerade damit beschäftigt, den Reißverschluss ihres knöchellangen Parkas zuzuziehen.

»Wollen wir?« Isa patschte ihre behandschuhten Hände aneinander, hauptsächlich, um einen resoluten Eindruck zu machen.

»Von wollen kann überhaupt nicht die Rede sein«, maulte Renate. Trotzdem hakte sie sich bei Isa unter und gemeinsam stapften sie auf den Waldrand zu.

»Irgendwo hier muss es gewesen sein«, murmelte Isa nach wenigen Schritten. Sie zog ihr Handy hervor und aktivierte die Taschenlampenfunktion. Der Schnee warf den Lichtschein der Taschenlampe zurück und ließ die angrenzenden Schatten umso dunkler erscheinen.

Enttäuscht schob Isa den Unterkiefer vor. Außer einer Menge verschneiter Fußspuren wies nichts darauf hin, dass hier vor Kurzem noch eine Leiche gelegen hatte.

Doch so schnell würde sie nicht aufgeben. Natürlich hatte die Spurensicherung alle relevanten Spuren aufgelesen und mitgenommen. Was hatte sie denn erwartet? Sie musste vermutlich tiefer graben, wenn sie Hinweise darauf finden wollte, dass hier ein Verbrechen stattgefunden hatte.

Sie ging in die Hocke und ließ das Handy wie einen Metalldetektor über dem Boden schweben.

»Vielleicht, wenn wir ein bisschen graben …«, sie unterbrach sich selbst und spähte ins Dickicht hinein. Abgebrochene Zweige ragten aus der Schneedecke hervor. Sie griff nach dem obersten Stock und zerrte daran. Er schien am Waldboden festgefroren zu sein. Als sie ihn hin und her bewegte, wölbten sich Laub und Schnee wie ein lebendiges Wesen über ihm auf. Schließlich löste der Boden seinen frostigen Griff und Isa ging dazu über, mit ihrem provisorischen Werkzeug den Boden durchzupflügen.

Irgendwo hier musste Jutta gelegen haben. Ganz alleine, im kalten Schneebett, am Rande des Waldes. Niemand war ihr zu Hilfe gekommen. Keiner hatte ihre Schreie gehört.

Hatte sie um Gnade gefleht? Oder war sie längst tot gewesen, als der Mörder sie hier abgelegt hatte wie eine ausrangierte Puppe?

Wenn sie keine Spuren fand, konnte das eigentlich nur zwei Dinge bedeuten. Entweder hatte die Spurensicherung ganze Arbeit geleistet oder der Mord hatte sich an einem anderen Ort zugetragen. Sie fragte sich, ob der werte Hauptkommissar Juttas Ehemann überhaupt auf dem Schirm hatte. Vielleicht sollte sie ihm bei Gelegenheit mal von den grapschenden Fingern und den anzüglichen Bemerkungen des Zahnarztes berichten?

»Wonach suchst du eigentlich? Hier ist doch nichts.«

Isa zuckte zusammen. Sie war so in Gedanken gewesen, dass sie Renate völlig ausgeblendet hatte. Ächzend erhob sie sich aus ihrer kauernden Haltung und stützte sich auf ihr Astwerkzeug.

»Ganz genau.« Sie verzog die Lippen zu einem süffisanten Grinsen. Hier war nichts zu sehen. Kein Blut, keine Kampfspuren, keine versteckten Hilferufe einer Sterbenden. Zumindest nicht für ihr ungeschultes Auge.

»Und das findest du gut?« Renate sah sie verständnislos an.

»Zumindest weiß ich jetzt, dass Jutta nicht hier gestorben ist«, verkündete Isa.

Renate gab ein skeptisches Schnauben von sich. »Sondern?«

»Wer weiß?« Isa schleuderte den Stock in den Wald zurück und klopfte sich die Hände ab. »Vielleicht ja in ihren eigenen vier Wänden«, verwendete sie Renates Worte. Ihre Freundin schauderte sichtbar. Isa war sich ziemlich sicher, dass es nicht nur an der Kälte lag.

»Hans-Werner würde doch niemals ...« Renate verstummte, weil Isa ruckartig ihren Zeigefinger erhoben hatte und jetzt vor ihrem Gesicht herumschwenkte.

»Sag niemals nie. Wenn das Ganze nur ein schrecklicher Zufall war, Jutta quasi zur falschen Zeit am falschen Ort, und sie den Täter nicht kannte, dann wäre das hier doch sehr wahrscheinlich der Tatort.« Sie zeigte auf den Boden vor sich. »Müsste man dann nicht etwas davon sehen? Würde die Polizei diesen Parkplatz dann nicht immer noch bewachen und tonnenweise Schnee abtransportieren, um ihn im Labor untersuchen zu lassen? Aber das tut sie nicht. Frag dich mal, warum.«

»Ich weiß nicht«, murmelte Renate.

Isa beobachtete, wie ihre Freundin den Blick über den

Parkplatz streifen ließ und dann nachdenklich im dunklen Wald versenkte. Man konnte regelrecht mitansehen, wie die Rädchen in ihrem Oberstübchen Fahrt aufnahmen.

»Vielleicht wurde die Arme oben bei der Ruine attackiert und hat sich noch runtergeschleppt.«

Ein dumpfes Pochen meldete sich in Isas Schläfen. Es dauerte einen Moment, bis sie begriff, dass Renate recht haben könnte. Warum war sie nicht selbst darauf gekommen? Was, wenn Jutta es geschafft hatte, ihrem Peiniger zu entkommen? Wenn sie durch den Wald geflohen war, weil sie gehofft hatte, an der Hauptstraße auf Hilfe zu treffen?

»Wir müssen zur Ruine«, verkündete sie und marschierte kurzerhand auf den Wegweiser zu. Mit dem Handy leuchtete sie ins Dickicht hinein. Die Schneedecke hatte sich über dem tiefer liegenden Pfad abgesenkt und die kahlen Zweige des Unterholzes hielten gebührenden Abstand. So ließ sich der Weg erstaunlich gut erkennen. Er erinnerte Isa an ein zugefrorenes Bachbett, das sich durchs Dickicht nach oben schlängelte.

Erst jetzt merkte sie, dass Renate ihr nicht gefolgt war.

»Kommst du?«, rief sie möglichst unverfänglich nach hinten.

»Vergiss es.« Renate schüttelte energisch den Kopf.

Isa spürte, wie sich ihr der Magen zusammenkrampfte. Sie würde auf keinen Fall ohne Renate durch den Wald irren, so viel war sicher. Aber sie setzte darauf, dass Renate bestimmt auch keine Lust hatte, allein auf dem verlassenen Parkplatz zu bleiben. Beim kleinsten Knacken würde sie einen Herzinfarkt bekommen.

»Dann warte hier auf mich«, rief sie mit gespielter Entschlossenheit und tat so, als wolle sie im Wald verschwinden.

»Isa!«

Sie unterdrückte ein erleichtertes Seufzen und zwang sich, möglichst unschuldig dreinzublicken. Mit fragend erhobenen Augenbrauen drehte sie sich um.

»Ich lass dich doch nicht alleine durch den Wald laufen«, schnappte Renate.

Ein Glück.

Schwitzend und keuchend folgten sie dem steilen Pfad im Gänsemarsch nach oben. Unter der Schneedecke verbargen sich fiese Wurzeln. Wenn man nicht gerade an ihnen hängen blieb und stolperte, rutschte man garantiert auf den Dingern aus. Alle paar Meter mussten sie sich mit den Händen im kalten Schnee abfangen, um nicht auf dem Gesicht zu landen.

Glücklicherweise ging der gewundene Pfad bald in einen breiten, lichteren Waldweg über. Isa blieb schnaufend stehen und stützte ihre Hände auf den Oberschenkeln ab. Das Mondlicht sickerte durch die Wolken und belegte den Weg und die Bäume mit einem silbernen Schimmer.

»Da vorn muss es irgendwo nach links gehen«, brachte sie keuchend hervor und zeigte mit dem Arm ins dichte Gehölz.

Als Jugendliche hatten ihre Eltern sie einmal hierher mitgeschleppt. Bisher war ihre einzige Erinnerung daran gewesen, dass sie sich zu Tode gelangweilt hatte und lieber mit ihren Freunden in die Stadt gefahren wäre. Aber offensichtlich hatte sie unbewusst doch mehr von dem Ausflug abgespeichert.

Nach wenigen Metern tat sich eine Lücke zwischen den Bäumen auf, hinter der sich ein weiterer, schmaler Pfad die Steigung hinaufschlängelte.

»Wir sind wohl«, japste Renate, als sie endlich oben ankamen, »nicht die Einzigen, die sich für den Mord interessieren.«

Erst verstand Isa nicht, was sie meinte, doch dann blickte sie an Renates ausgestrecktem Arm entlang und entdeckte unter dem vorgewölbten Felssockel der Burgruine Zigarettenkippen und eine leere Wodkaflasche.

»Bestimmt irgendwelche Jugendlichen aus dem Ort«, mutmaßte sie. Die sahen es womöglich als eine Art Mutprobe an, nachts an der verlassenen Burgruine rumzuhängen, in deren Nähe eine Tote gefunden worden war.

Isa ging näher ran und stieß mit der Fußspitze gegen die leere Wodkaflasche. Leise klirrend strich sie am Fels entlang und fiel in den Schnee. Wer auch immer die Besucher gewesen waren, sie mussten nach dem Mord hier gewesen sein. Sonst hätte die Polizei ihre Hinterlassenschaften doch sicher als Beweismittel eingetütet und mitgenommen.

Mit dem Handy strahlte Isa die hellen Mauersteine an. Sie erinnerte sich, wie sie sich als Jugendliche lautstark bei ihren Eltern darüber beschwert hatte, dass man die Ruine nach der Plackerei des Aufstiegs noch nicht einmal betreten konnte. Lediglich ein einzelner Turm war von der einstigen Erpfinger Burg übrig geblieben. Und dieser hatte weder Ein- noch Ausgang, es sei denn, man wollte an der Mauer hinaufklettern und eines der ehemaligen Fenster als Einstieg nutzen. Oder man umrundete die Ruine und versuchte es über die Rückseite. Isa wusste, dass der Turm aus ihrer Perspektive den Anschein erweckte, in einem Stück zu sein, obwohl in Wirklichkeit nur noch die vordere Fassade vorhanden war. Seine Rückseite glich einem hohlen, abgebrochenen Zahn, aus dessen Mitte eine Tanne in den wolkenverhangenen Himmel ragte. Trotzdem, der Sockel der Ruine war rundherum zu hoch, als dass man ohne zu klettern hineingelangte.

»Können wir jetzt gehen?«, fragte Renate im Tonfall eines ungeduldigen Kindes.

Isa seufzte. Eigentlich gab es keinen Grund, enttäuscht zu sein. Dass sie nichts gefunden hatte, bestätigte nur ihren Verdacht, dass Juttas Tod kein zufälliger Überfall gewesen war. Es fühlte sich dennoch ernüchternd an, mit leeren Händen heimzukehren.

»In Ordnung«, murmelte sie. So konnte sie wenigstens noch ihren längst überfälligen Wocheneinkauf bei Walter erledigen, bevor der seinen Laden schloss.

Kapitel 4

Als wäre der Aufstieg nicht schon beschwerlich genug gewesen, entwickelte sich der Abstieg zu einer waghalsigen Rutschpartie. Zuverlässig landete abwechselnd eine von ihnen alle zwei Meter auf dem Hintern. Irgendwann musste Isa ihr Handy in der Manteltasche verstauen, weil es bei einem ihrer Stürze in den Schnee geplumpst war und sie es nur dank des schwachen Scheins der Taschenlampe wiedergefunden hatte.

»Ich hab echt was gut bei dir«, keuchte Renate und zog das letzte Wort dabei seltsam in die Länge, weil sie offensichtlich schon wieder den Halt verlor. Isa hörte ein dumpfes Poltern hinter sich, gefolgt von unterdrücktem Fluchen.

»Alles okay?« Sie drehte sich um und streckte Renate die Hand entgegen. Ihre Freundin lag wie ein Käfer auf dem Rücken im Schnee und zog eine beleidigte Schnute.

»Ich hab keine Lust mehr«, jammerte sie und ergriff Isas Hand.

»Wir sind gleich unten.« Isa hatte keine Ahnung, ob das stimmte. Aber sie wollte nicht riskieren, dass die Stimmung endgültig kippte und der Gefallen, den sie Renate offensichtlich schuldete, noch größere Ausmaße annahm. Immerhin hatten sie vor gut fünf Minuten den breiteren Waldweg gekreuzt und waren nach links auf den schmalen

Anfangspfad abgebogen. Es konnte nicht mehr allzu lange dauern.

»Siehst du das auch?« Renate klopfte sich den Schnee vom Hintern und spähte an Isa vorbei. Isa folgte ihrem Blick und erstarrte. Zwei Lichtkegel frästen sich durch die Dunkelheit und brachen sich an den dicht stehenden Baumstämmen. Der Parkplatz lag offensichtlich direkt vor ihnen.

Instinktiv ging Isa in die Hocke. Sie schaute zu Renate hoch und fuchtelte mit der Hand, als Zeichen, dass sie sich gefälligst auch kleinmachen sollte. Sichtlich widerwillig folgte Renate ihrer Aufforderung und kauerte sich neben Isa in den Schnee.

»Wer ist das?«, fragte sie.

Isa warf ihr einen gereizten Blick zu. »Woher soll ich das wissen. Ich sehe das Gleiche wie du.« Aber die Frage war berechtigt. Wer, außer ihnen, war verrückt genug, das Absperrband der Polizei zu ignorieren und auf den Parkplatz zu fahren?

Um das herauszufinden, mussten sie näher ran. Isa blieb in der Hocke und watschelte wie eine Indische Laufente durchs Unterholz. Binnen Sekunden fingen ihre Oberschenkel an zu brennen. Sie presste die Kiefer aufeinander und kroch weiter, den Blick fest auf die Scheinwerfer gerichtet. Die hatten aufgehört, sich zu bewegen, und durchbohrten wie die Augen eines Raubtieres die Dunkelheit.

Kurz bevor das Gestrüpp sich am Waldrand lichtete, unterbrach Isa ihr anstrengendes Hockschleichen und linste hinter einem dicken Stamm zum Parkplatz hin.

Erschrocken riss sie die Augen auf. Die Frage, wer außer ihnen noch verrückt genug war, ein Absperrband der Polizei zu ignorieren, hatte sich soeben geklärt.

Es war die Polizei höchstselbst.

»Himmel«, hörte sie Renate neben sich zischen. Sie sahen sich an und in der entsetzten Miene ihrer Freundin spiegelte sich ihr eigener Gesichtsausdruck.

»Das ist jetzt ungut«, flüsterte Isa nüchtern, um Renate nicht noch mehr aufzuregen.

»Ungut?«, flippte die trotzdem aus.

»Sch…« Isa hob beschwichtigend die Hände. Sie hatte keine Lust, entdeckt zu werden, während sie sich wie eine Kriminelle im Wald versteckte.

»Was machen wir denn jetzt?« Renates Stimme klang schon ganz weinerlich. Lange würde sie nicht mehr durchhalten. Sie war der anständigste Mensch, den Isa kannte. Renate verstieß nicht gegen Regeln. In der Regel jedenfalls. Wenn sie mit Isa zusammen war, konnte das schon mal zur berühmten, bestätigenden Ausnahme führen. Offensichtlich hatte sie nicht den besten Einfluss auf ihre Freundin.

»Wir sagen einfach«, murmelte sie schnell, »dass wir mal mussten.«

Renate machte einen gequälten Gesichtsausdruck. Aber etwas Besseres schien ihr auch nicht einzufallen. Schließlich nickte sie und wollte sich eben erheben, als Isa sie grob zurückzog.

»Was ist …«

»Sch …«, machte Isa wieder. Sie deutete auf zwei weitere Scheinwerfer, die, begleitet vom ächzenden Knirschen des Schnees, über den Parkplatz glitten.

Renate schlug die Hände vor den Mund. »Bestimmt denken die, dass wir was mit Juttas Tod zu tun haben«, nuschelte sie hinter den Fingern. »Die haben Verstärkung gerufen.«

Isa schob den Gedanken daran zur Seite und versuchte, trotz des Gegenlichts, etwas von dem Auto zu erkennen.

»Das ist kein Streifenwagen«, wisperte sie erleichtert. Doch im selben Moment zog sich ihr Magen krampfhaft zusammen.

Es war ein schwarzer Audi.

Der Kommissar fuhr ein solches Auto. Sie wusste das so genau, weil sie ihn erst neulich dabei beobachtet hatte, wie er seine Akten darin vor ihr weggeschlossen hatte.

Frustriert biss sie sich in die Unterlippe. Dass ausgerechnet er jetzt auch noch hier auftauchen musste. Als ob sie sich vor diesem Mann nicht schon genug blamiert hatte.

Die Scheinwerfer erloschen und kurz darauf erkannte sie seine hochgewachsene Silhouette neben dem Auto.

»Das ist der Kommissar«, zischte Renate.

Was sie nicht sagte. Isa schielte zu ihrer Freundin hin und runzelte die Stirn. Sie hatte keine Ahnung, warum Renate so erleichtert aussah. Dass zwei uniformierte Polizisten um ihr Auto herumschnüffelten, war schlimm genug. Aber das Auftauchen des Kommissars setzte dem Ganzen die Krone auf.

Sie wollte Renate gerade raten, sich etwas zu mäßigen, da durchschnitt eine Stimme die winterliche Stille.

»Tut mir leid, Sie zu stören. Wir waren uns nicht sicher, wie wir verfahren sollen.«

Durch die Bäume beobachtete sie, wie Bähr auf die Beamten zustapfte.

»Das war schon ganz richtig so«, hörte sie ihn antworten. Er schüttelte den beiden die Hände.

»Lass uns auf den Parkplatz gehen«, flehte Renate. Isa presste sich einen Finger auf die Lippen. »Wenn du die ganze Zeit dazwischenquatschst, kann ich nicht hören, was die Männer bereden«, wisperte sie.

»Wir haben den Mazda schon gemeldet«, sagte der andere Polizist gerade.

Ihr gefror das Blut in den Adern. Hatten die etwa eine Fahndung rausgegeben? Das war doch völlig übertrieben. Nur weil sie kurz hier parkte? Vielleicht hatte Renate recht und sie sollten aus der Deckung kommen, bevor hier eine Spezialeinheit anrückte. Die darauffolgenden Worte des Kommissars brachten diesen Gedanken abrupt zum Verstummen.

»Nicht nötig. Ich weiß, wem er gehört.«

»Ach ja?«

Renate stieß Isa in die Rippen, die nach dem Ellbogen schlug wie nach einer lästigen Fliege.

»Ich wohne in ihrem Ferienappartement, in Grimmingen.«

Jetzt war sie ganz Ohr.

»Auch nicht schlecht. Die Fahrt von Esslingen hierher ist im Berufsverkehr sicher die Hölle.«

Sie beobachtete, wie Bähr sich zu seinem Kollegen umdrehte. Gerade laut genug, dass sie es hören konnte, sprach er die nächsten Worte aus. »Im Nachhinein betrachtet würde ich lieber jeden Tag diese Fahrt auf mich nehmen, als bei ihr zu wohnen.«

Neben ihr sog Renate pfeifend die Luft ein. Isa blies die Backen auf und ließ die weißen Atemwölkchen schnaubend wie ein Stier durch die Nasenlöcher wieder entweichen.

Dieser Mistkerl. Als ob sie darum gebeten hätte, ihn bei sich aufzunehmen. Aus reiner Nettigkeit, und zugegeben auch aus finanziellen Gründen, war sie letztlich eingeknickt.

Wenn es nach ihr ging, konnte er gerne wieder ausziehen. Sie verzichtete bereitwillig auf das Zusatzeinkommen, wenn sie dafür nicht jeden Morgen in das Gesicht dieses humorlosen Lackaffen blicken musste.

»Ist wohl 'ne alte Schabracke?«, hörte sie den Polizisten glucksend fragen.

»Alt ist sie nicht«, erwiderte Bähr.

Das war zu viel!

Wie von der Tarantel gestochen, fuhr Isa vom Boden hoch. Sie ignorierte ihre schmerzenden Knie und auch Renates Hände, die sie zurückhalten wollten, und pflügte wutschnaubend durch das Dickicht. Das Geräusch von krachenden Zweigen hallte durch den Wald. Die Polizisten fuhren herum. Einer zog seine Taschenlampe, der andere seine Waffe. Mit weit aufgerissenen Augen starrten sie in die Richtung, aus der Isa angewalzt kam. Nicht einmal die Aussicht, erschossen zu werden, konnte sie aufhalten.

»Ihre Gesellschaft ist auch nicht gerade ein Vergnügen«, schrie sie und brach aus dem Unterholz hervor.

Die drei Männer blickten ihr verblüfft entgegen. Keiner regte sich. Isa blinzelte unschlüssig, bevor sie entschlossen ihre Hände in die Hüften stemmte.

Endlich ließ der Beamte seine Waffe sinken. Sein Kollege richtete den Strahl seiner Taschenlampe noch immer direkt auf ihr Gesicht.

»Was machen Sie hier?«, rief Bähr, bevor sie etwas sagen konnte.

»Ich musste mal«, platzte sie heraus.

»Ich hätte Sie erschießen können«, brachte sich der Beamte mit der Waffe ein. Isa bemerkte den dünnen Flaum auf seiner Oberlippe und die babyglatte Haut. Da entwickelte man ja beinahe Muttergefühle.

»Haben Sie die Absperrung nicht gesehen?«, fragte Bähr. »Ach, was frag ich überhaupt«, setzte er grimmig hinterher, ohne ihre Antwort abzuwarten.

Isa zog die Augen zu schmalen Schlitzen zusammen.

»Tja, ich denke, wir ziehen dann mal ab«, mischte der junge Beamte sich erneut ein und nickte seinem Kollegen mit erhobenen Augenbrauen zu. Sie murmelten einen leisen Gruß zum Abschied und trollten sich.

Bähr beachtete die beiden gar nicht. Er sah Isa scharf an. »Sie haben hier nichts verloren.«

»Wollen Sie mir etwa verbieten zu pinkeln?«

Bähr gab einen höhnischen Laut von sich. »Von allen Orten, die sich dafür anbieten, darunter Ihr Haus, müssen Sie ausgerechnet diesen Parkplatz wählen, um sich zu erleichtern?«

»War sicher nicht geplant«, log sie. Es knackte verräterisch im Unterholz, aber sie zwang sich, nicht nach hinten zu sehen. Hoffentlich blieb Renate in ihrem Versteck, bis der Kommissar von dannen gezogen war. Aber wo er schon mal da war …

»Mir ist aufgefallen, dass hier keine Spuren eines Kampfes zu sehen sind«, sagte sie und gab sich dabei größte Mühe, ihre Feindseligkeit herunterzuwürgen. Zumindest für den Moment.

»Bitte?« Der Kommissar sah sie an, als hätte sie Chinesisch gesprochen.

»Na ja. Das ist doch ein Tatort. Müsste man da nicht etwas sehen?«

Weil er immer noch so dämlich verständnislos guckte,

redete sie einfach weiter. »Blutspuren, zum Beispiel. Oder abgebrochene Äste. Einkerbungen in den Bäumen ...« Sie fand sich ziemlich gut.

»Was reden Sie denn da bloß?« Der Kommissar schien allmählich die Geduld zu verlieren.

Isa hob den Zeigefinger. »Wollen Sie wissen, was ich glaube?«

»Nein!« Er verschränkte die Arme vor der Brust.

Sie ignorierte seinen Einwand. »Ich glaube, dass Jutta gar nicht auf diesem Parkplatz gestorben ist. Sie wurde hier nur abgelegt.«

Er zwinkerte. Nur einmal. Aber das genügte ihr. Der Kommissar hatte kurzzeitig die Kontrolle über sein Pokerface verloren.

»Ha!«, rief sie triumphierend. »Ich habe recht.«

Er rollte mit den Augen und murmelte etwas Unverständliches vor sich hin. Seinem Tonfall nach zu urteilen, war es nichts besonders Nettes.

»Folgendes«, sagte er dann ganz ruhig, fast schon bedrohlich. Isa zog erwartungsvoll die Brauen hoch. »Sie steigen jetzt in Ihr Auto und fahren nach Hause. Dann werde ich vielleicht von einer Anzeige absehen.«

Um ein Haar wäre ihr die Kinnlade nach unten geklappt. Dieser Typ war doch wirklich nicht zu fassen. Er konnte sie wohl kaum dafür belangen, dass sie kurz mal ausgetreten war.

»Und wofür wollen Sie mich drankriegen? Erregung öffentlichen Ärgernisses? Wildpinkeln im Naturschutzgebiet? Traumatisierung der Rehkitze?« Sie wollte weitere lächerliche Gründe aufzählen, aber es fiel ihr keiner mehr ein.

»Wie wäre es mit Störung einer Amtshandlung?«

Isa schnaubte spöttisch. »Das haben Sie doch erfunden.«

Er verzog keine Miene. »Wenn Sie so weitermachen, verbringen Sie die Nacht in einer Zelle.«

Isa hatte das Gefühl, dass ihr das höhnische Grinsen im Gesicht gefror. Verärgert räusperte sie gegen den wachsenden Kloß in ihrem Hals an. »Zum letzten Mal, ich musste pinkeln.«

Ein lautes Krachen hinter ihnen, gefolgt von einem hohen Jaulen, ließ sie beide zusammenzucken. Bährs Hand fuhr zu seiner Hüfte. Isa glaubte die mattschwarze Beschichtung einer Waffe unter seinem schicken Wintermantel zu erkennen.

Ohne nachzudenken, machte sie einen Schritt zur Seite und stellte sich zwischen Bähr und den Wald. Im Gegensatz zu ihm wusste sie schließlich, wer für das markerschütternde Jammern verantwortlich war.

Tatsächlich purzelte fast im selben Moment Renate zwischen den Bäumen hervor und landete auf allen vieren im Schnee vor ihnen. Die Ärmste sah ziemlich mitgenommen aus. Die nasse Vorderseite ihres Parkas und die zerzauste Frisur zeugten von einem kürzlichen Sturz im unwegsamen Unterholz. Vermutlich hatte sie deshalb wie ein getretener Hund gejault.

Isa stöhnte innerlich auf. Renate würde ihr diesen Abend ohne Zweifel bis in alle Ewigkeit vorhalten. Aber darüber konnte sie sich später Gedanken machen. Jetzt galt es, Schadensbegrenzung zu betreiben.

»Renate? Was machst du denn hier?«

Ihre Freundin richtete sich schnaufend auf und sah sie mit einer Mischung aus Empörung und Verwirrung an.

»Es reicht jetzt, Frau Klein«, sagte Bähr gepresst. Sie drehte sich zu ihm um und fing seinen wütenden Blick auf.

»Was denn?« Es kostete Isa ihre ganze Selbstbeherrschung, ahnungslos dreinzublicken.

Sie beobachtete, wie Bähr das Kinn senkte und einen sehr tiefen Atemzug durch die Nase machte. Jeden Moment würde er explodieren. Unwillkürlich zog Isa den Kopf ein.

»Fahren Sie nach Hause.«

»Aber ...«

»Sofort!«

Obwohl er die Stimme nicht erhoben hatte, ließ sein scharfer Tonfall sie zusammenzucken. Unfähig, sich zu rühren, starrte sie in sein wütendes Gesicht. Renate stellte sich zwischen sie und packte Isa am Arm.

»Das machen wir«, rief sie unterwürfig und zog Isa mit sich. Widerwillig ließ sie es über sich ergehen. Als sie neben ihrem Mazda anhielt und in der Manteltasche nach dem Schlüssel kramte, warf sie einen verstohlenen Blick über die Schulter. Der Kommissar stand mit verschränkten Armen am Waldrand und ließ sie offensichtlich keine Sekunde aus den Augen.

Erst als sie eingestiegen waren, konnte sie durch den Rückspiegel beobachten, wie er zum Absperrband hinüberstapfte.

Sie steckte den Schlüssel ins Zündschloss und ignorierte Renates vorwurfsvollen Blick, den sie nur zu deutlich auf sich spürte. Man hätte die Luft im Wagen schneiden können, sie war so dick wie Butter. Saure Butter.

Innerlich sandte sie ein Stoßgebet zum Himmel, dass der Motor sie nicht ausgerechnet jetzt im Stich lassen würde. Es wäre nicht auszuhalten, wenn sie den grätigen Kommissar auch noch um Starthilfe bitten müsste.

Tatsächlich kostete es sie vier Versuche und den Rest

ihrer Nerven, ehe der Wagen sich endlich dazu herabließ, ein lautes Knattern durch den Auspuff in die Nacht zu entsenden.

»Gott sei Dank«, hörte sie Renate neben sich wispern. Ein verdächtiges Schniefen folgte. Isa vermied es, sie anzusehen, und schaltete in den Rückwärtsgang. Sie tippte das Gaspedal vorsichtig an, da gaben die Reifen schon ein schleifendes Geräusch von sich. Die Front des Mazdas schlug nach rechts und links aus, dann endlich schien der Untergrund seinen Widerstand aufzugeben und das Auto bewegte sich stotternd rückwärts.

Isa stieß erleichtert den angehaltenen Atem aus. Mit zusammengebissenen Zähnen rammte sie die Kupplung in den ersten Gang und das Prozedere wiederholte sich. Die Augen starr geradeaus gerichtet, jeden Blickkontakt vermeidend, schlitterte sie an dem Kommissar vorbei, der noch immer das Absperrband anhob.

Sie reckte trotzig das Kinn, als sie nach rechts auf die Hauptstraße abbog und im Schneckentempo davonfuhr. Ein Abgang mit Vollgas wäre ihr lieber gewesen, aber sie hatte keine Lust, im Straßengraben zu enden. Diese Genugtuung gönnte sie dem Kommissar nicht.

Als sie um die erste Kurve gebogen und außer Sichtweite waren, ging das befürchtete Gezeter los. Isa gab sich alle Mühe, auf Durchzug zu schalten. Doch das war gar nicht so einfach, weil Renate ihr bei jedem Wort mit der Rückseite ihrer Hand gegen die Schulter schlug.

»Was denkt der denn jetzt von mir?«, hörte sie ihre Freundin keifen.

»Glaub mir, du bist nicht sein Problem.«

»Wohl wahr«, pflichtete Renate ihr unnötigerweise bei.

»Ich möchte gerade wirklich nicht mit dir tauschen. Würde mich nicht wundern, wenn er seine Koffer packt und sich eine andere Bleibe sucht.«

»Hoffentlich«, raunte Isa und ließ die Scheibenwischer über die zugefrorene Windschutzscheibe schaben. Sicherheitshalber sollte sie stehen bleiben und sich ein Guckloch freikratzen. Aber dann holte der Kommissar sie am Ende noch mit seinem Auto ein.

»... riesigen Gefallen«, übertönte Renates Stimme ihre Gedanken.

»Mmh?«, stellte sie sich dumm.

»Du hast mich schon gehört. Du schuldest mir einen Gefallen. Einen dicken, fetten Gefallen.«

»Ist ja gut«, murmelte Isa. Damit würde sie sich befassen, wenn es so weit war. Jetzt wollte sie nur noch heim, auf ihr Sofa oder, noch besser, in ihre Badewanne, und die Kälte aus ihren Knochen vertreiben.

Sie stöhnte auf, als ihr wieder einfiel, dass sie dringend einkaufen musste, wenn sie heute Abend keine unfreiwillige Diät einlegen wollte.

Kapitel 5

Nachdem sie Renate an ihrem Auto auf dem Lehrerparkplatz abgesetzt hatte, fuhr Isa beim Dorfladen vorbei. Sie
wollte Walters Gutmütigkeit nicht überstrapazieren, indem
sie wieder einmal die Öffnungszeiten seines Ladens aus-
reizte.

Beide Hände fest am Steuer, lenkte sie ihren Mazda auf
den Vorplatz, der von einem Scheinwerfer an der Hauswand
ausgeleuchtet wurde. Die geteerte Fläche war ordentlich
freigeschippt und ein Schild am Eingang kündigte wie üblich irgendwelche Schnäppchen an. Heute waren Dosen-
erbsen mit Möhrchen und knackige Salamisticks im Angebot.

Als sie die Ladentür aufstieß, ertönte das übliche Bimmeln der Glöckchen. Kauend, mit einer Serviette um den
Hals, rollte Walter auf seinem Stuhl zur Bürotür im hinteren Teil des Ladens und winkte ihr zu.

»Bin gleich bei dir, Isa.«

Wie versprochen kam er kurz darauf ohne Serviette und
rollbaren Untersatz auf sie zumarschiert.

»Na, was gibt's Neues?« Er nahm einen Korb vom Stän-
der und passte sich Isas schlurfenden Schritten an, während
sie durch die Gänge bummelten.

»Du meinst, abgesehen vom Mordfall?«

Walter presste die Lippen aufeinander, seine Nasenlöcher

weiteten sich. »Lass uns über was anderes reden, ja? Ich hab die ganze Nacht nicht geschlafen.«

Isa klopfte ihm tröstend auf die Schulter. Die dunklen Ringe unter seinen Augen waren ihr nicht entgangen. Sein kleiner Laden war der einzige Supermarkt im Ort und eine Art Anlaufstelle für die Grimminger. Sie konnte sich gut vorstellen, was seit Bekanntwerden des Mordfalls hier los gewesen war. Besser sie behielt ihren Ausflug zur Burgruine vorerst für sich und lenkte den armen Walter stattdessen mit etwas Banalem ab.

»Die alljährliche Fastnachtsparty steht an.«

»Wie schrecklich.« Er grinste schief und legte das Päckchen Fertigsuppe, das sie ihm reichte, in den Korb.

»Dreimal darfst du raten, wer die Organisation übernimmt.« Sie zog die Brauen hoch und machte einen übertrieben spitzen Mund.

»Jens und Anna-Maria?«

Für seine richtige Antwort wurde er von Isa mit sarkastischem Beifall belohnt, bevor sie zwei Dosen Ravioli in den Korb kullern ließ.

»Ausgerechnet ich muss die Einladung entwerfen. Ich hoffe, dir ist klar, dass sie auch deinen Laden verunstalten wird. Das ganze Dorf wird eingeladen.«

»Wieso?«, rief Walter mit gespielter Verzweiflung und entlockte Isa ein Glucksen.

Sie verstand nicht, warum er noch immer alleinstehend war. Er war nicht nur humorvoll, sondern mit seinen blauen Augen und dem vollen, dunklen Haar ein durchaus attraktiver Mann. Vermutlich blieb ihm einfach keine Zeit für eine Beziehung.

»Wie gehts deinem Vater?«, fragte sie. Seit einem schweren Schlaganfall kümmerte Walter sich aufopferungsvoll um ihn.

»Unverändert. Seine Leberwerte machen den Ärzten gerade mehr Sorgen als seine geistige Verfassung.«

Isa beäugte die Rotweinflasche, die sie eben aus dem Regal genommen hatte.

»Das tut mir leid.«

Walter zuckte die Achseln und seufzte. »So ein Lebenswandel fordert seinen Tribut.«

Jetzt hätte Isa die Flasche tatsächlich um ein Haar reumütig wieder zurückgestellt, als ein dröhnender Motor vor dem Laden ihre Aufmerksamkeit erregte.

»Ist das nicht Liebknecht?«

Sein Porsche Cayenne stand mit qualmendem Auspuff am Straßenrand. Der Zahnarzt saß hinterm Steuer und hatte den Blick nach unten gerichtet. Seine vom Solarium gebräunte Haut schimmerte bläulich, wahrscheinlich vom Widerschein eines Handys.

Walter spähte neben ihr durch die Glasfront. »Herrje, er tut mir so leid.«

Isa schnalzte mit der Zunge.

»Ich bezahl das morgen, ja?«, sie deutete auf ihre Einkäufe.

»Klar, aber …«

Noch bevor Walter zu Ende gesprochen hatte, entriss sie ihm den Korb und rannte zur Tür, just in dem Moment, als der Cayenne sich geräuschvoll in Bewegung setzte.

»Willst du nicht lieber eine Tüte?«, hörte sie Walter hinter sich rufen, doch sie antwortete nicht. Stattdessen stürmte sie zu ihrem Mazda und verfrachtete die Einkäufe neben sich auf den Beifahrersitz.

»Komm schon!«, beschwor sie ihr Auto und drehte den Schlüssel energisch im Zündschloss herum. Ruckelnd setzte sich der Motor in Bewegung.

Hinter ihr hupte ein Auto, als sie, ohne zu schauen, auf die Hauptstraße hinausfuhr. Sie ignorierte den schimpfenden Fahrer im Rückspiegel und drückte aufs Gas. Wohin auch immer Liebknecht in diesem halsbrecherischen Tempo fuhr, es war nicht sein Zuhause. Das stand in der entgegengesetzten Richtung, im schicken Neubaugebiet hinter der Kirche, weit weg vom bescheidenen Anblick ihres in die Jahre gekommenen Heims.

Sie biss sich schuldbewusst auf die Unterlippe, als sie an ihrem dunklen Haus vorbeibrauste, wo der arme Alfons sie vermutlich sehnsüchtig erwartete. Bestimmt hatte er wieder irgendwo in die Ecke gepinkelt, nachdem sie den ganzen Tag nicht zu Hause gewesen war. Vielleicht hatte ihre Mutter recht, wenn sie sich in Dauerschleife über Isas Verantwortungslosigkeit beschwerte.

Sie verschob diesen Gedanken auf später und konzentrierte sich auf Liebknechts schrumpfende Rücklichter. Wenn sie nicht aufpasste, verlor sie ihn noch.

Nach dem Ortsschild schlängelte sich die Straße kurvenreich durch aufgetürmte Schneemassen und den angrenzenden Wald, dessen Tannen in der Dunkelheit riesig wirkten und beklemmend näher zu rücken schienen.

Hinter der nächsten Biegung tauchte ein alter Mercedes vor Liebknecht auf, der gemächlich die Landstraße entlangtuckerte. Die aufblitzenden Bremslichter von Liebknechts Porsche brannten sich in Isas Netzhaut ein. Blinzelnd nahm sie den Fuß vom Gas. Sie durfte dem Zahnarzt nicht zu nahe kommen und riskieren, dass er sie entdeckte.

Immer wieder setzte er in dem Waldstück zu gewagten Überholmanövern an, musste aber jedes Mal zurückziehen, entweder weil ein Auto entgegenkam oder die Straße zu unübersichtlich war. Im Vorbeifahren verschwammen die roten und weißen Warnstreifen der Leitplanke ineinander. Unwillkürlich musste Isa an das Absperrband vom Parkplatz denken. Bährs grimmiges Gesicht tauchte vor ihrem inneren Auge auf. Sie schüttelte den Kopf, doch dadurch ließ er sich nicht aus ihren Gedanken vertreiben.

Wenn der Kommissar wüsste, was sie hier tat, würde er ihr vermutlich höchstpersönlich die Handschellen anlegen. Aber so, wie Isa die Sache sah, konnte er ihr dankbar sein. Sie erledigte nämlich gerade seinen Job.

Wohin auch immer Liebknecht fuhr, er hatte Dreck am Stecken, da war sie sicher. Sie verstand nicht, warum Bähr sich nicht an die Fersen des Zahnarztes klemmte.

Einer plötzlichen Eingebung folgend, tastete sie auf dem Beifahrersitz nach ihrem Handy, ohne dabei den Blick von der Straße zu lösen. Sollte sie auf etwas Verdächtiges stoßen, würde sie es mit ihrem Smartphone festhalten. Dann konnte sie es später schön dem arroganten Kommissar unter die Nase reiben.

In Undingen bog Liebknecht an einer kleinen Kreuzung Richtung Genkingen ab. Wie es schien, hatte der lahme Mercedes-Fahrer dasselbe Ziel. Zumindest vorerst.

Sie klopfte triumphierend mit den Fingern aufs Lenkrad. Das erleichterte ihr die Verfolgung doch sehr.

Vor dem historischen Rathaus in Genkingen, mit seinen grünen Fensterläden und den dunklen Fachwerkstreben, setzte der Zahnarzt ausnahmsweise einmal den Blinker und signalisierte, dass er Richtung Reutlingen abbiegen wollte. Isa wusste natürlich, dass er dort seine Praxis hatte.

Nachdenklich sog sie die Lippen ein. Was, wenn Liebknecht nur etwas vergessen hatte und sie sich mit ihrer Verfolgungsjagd zum Affen machte?

Ihr blieb keine Zeit, weiter über dieser Möglichkeit zu brüten, denn als sie nach ihm abbiegen wollte, drängte sich von links ein Autofahrer zwischen ihren Mazda und Liebknechts Cayenne. Schnaubend trat sie auf die Bremse und beeilte sich, in den ersten Gang zu schalten. Zumindest ersparte ihr der Drängler den Stress, auf ausreichend Abstand zu achten. Und auch die Sorge, dass Liebknecht ihr davonfahren könnte, war dank des Mercedes-Fahrers unbegründet, zumal die kommenden Kilometer sich nicht gerade zum Rasen anboten. Mehrere Kreuze entlang der Serpentinen sandten eine eindeutige Mahnung aus.

Als wären sie durch eine unsichtbare Kette miteinander verbunden, schlängelten sich die drei Autos hintereinander durch die abschüssigen Kurven. Auf der Geraden, die nach Pfullingen hineinführte, gab Liebknecht hörbar Gas, aber im nächsten Moment musste er bremsen, weil ein Schneepflug, schon von Weitem sichtbar, vor ihnen auf den Ort zufuhr. Isa lachte hämisch auf, doch ihre Finger klammerten sich fest um das Lenkrad. Wenn sie Liebknecht unten im Ort aus den Augen verlor, würde er sie vermutlich abhängen.

Sie schenkte weder dem gewaltigen Albtrauf Beachtung, der sich wie eine herannahende Riesenwelle hinter den Häusern aufbäumte, noch dem kegelförmigen Georgenberg direkt vor ihr. Wie eine Katze auf Mäusejagd war sie auf Liebknechts Porsche fixiert.

Der zunehmende Verkehr und die vielen Abzweigungen entpuppten sich als echte Herausforderung. Bei jedem Auto, das sich zwischen sie und Liebknecht drängte, brach ihr ein bisschen mehr der Schweiß aus.

Sie hatte das Gefühl, einmal durch ganz Pfullingen gefahren zu sein, als Liebknecht endlich den Blinker setzte und sich zum Abbiegen einordnete. Sie folgte ihm in gebührendem Abstand und nutzte die kurze Pause, um sich die feuchten Hände an der Jeans abzuwischen.

Im Gegenverkehr entstand eine Lücke und Liebknechts Porsche setzte sich in Bewegung. Mit den Augen folgte sie ihm und erstarrte.

Himmel! Die Abzweigung führte zu einem Baumarkt. Was, wenn er nur ein paar Erledigungen zu machen hatte? Dann würde sie Bähr heute Abend höchstens Fotos von Liebknecht mit der Nagelpistole vorhalten können. »Ganz toll!«

Besser sie drehte gleich um, bevor sie sich komplett lächerlich machte. Sie griff ins Lenkrad und schlug es ein, um zu wenden. Aus dem Augenwinkel sah sie gerade noch, wie Liebknecht am Baumarkt vorbeifuhr. Sie riss das Steuer nach rechts, ignorierte das wütende Hupen eines Lieferwagens und schanzte in die Ausbuchtung einer Bushaltestelle. Dort aktivierte sie kurzerhand den Warnblinker und sprang aus dem Auto.

Während sie im Laufschritt auf die Abzweigung zueilte, schlug sie sich den Kragen ihres Mantels hoch. Ein bisschen fühlte sie sich wie eine verruchte Tatortkommissarin auf Alleingang. Mit gesenktem Kopf bog sie nach links ab und drückte sich am Zaun eines Sonderpostenmarktes entlang. Als sie um die Ecke spähte, wich sie erschrocken zurück.

Liebknecht war soeben aus dem Auto gestiegen und hatte direkt zu ihr herübergesehen. Sie presste sich mit dem Rücken gegen das Gitter und hielt den Atem an.

Vielleicht ließ sie sich besser gleich eine glaubhafte Ausrede einfallen, für den Fall, dass er sie gesehen hatte.

Doch es blieb ruhig und sie wagte einen erneuten Blick. Liebknecht stand genauso da wie zuvor und glotzte in ihre Richtung. Aber jetzt erkannte Isa den Grund dafür. Er schien auf eine Frau zu warten, die eben aus ihrem Kleinwagen gestiegen war und auf ihn zugelaufen kam. Bei ihm angelangt, schloss sie ihn herzlich in die Arme.

»Bisschen zu herzlich, wenn man mich fragt«, murmelte sie. Aber natürlich fragte keiner.

Arm in Arm schlenderten die beiden zum erleuchteten Eingang eines Restaurants hinunter. Es konnte viele Gründe geben, warum Liebknecht ausgerechnet dieses Lokal gewählt hatte, doch Isa fiel nur einer ein. Das Restaurant war weit weg von Grimmingen und den neugierigen Blicken der Dorfbewohner. Was sie anging, war damit auch der letzte Zweifel an Liebknechts Schändlichkeit ausradiert. Mörder oder nicht, dass er sich hier heimlich, wenige Tage nach dem Tod seiner Frau, mit einer anderen traf, stank zum Himmel.

Sie stieß sich vom kalten Messing des Zauns ab und huschte zu den parkenden Autos hinüber. Von dort spähte sie zum Restaurant hinüber.

Es war undenkbar, einfach durch den Haupteingang zu spazieren. Liebknecht würde sie erkennen und wäre alarmiert. Aber rechts vom Restaurant erstreckte sich praktischerweise ein Garten. Die Möbel auf den Steinplatten waren sauber gestapelt und mit Planen bedeckt, vermutlich um sie vor der Witterung zu schützen. Warmes Licht fiel durch bodentiefe Fenster auf die unberührte Schneedecke.

Isa huschte zwischen den parkenden Autos hindurch, schlüpfte in den Garten und spurtete vornübergebeugt durch den Schnee. Hinter dem Stamm einer symmetrischen Tanne kauerte sie sich zusammen und lugte zum Fenster hinüber.

»Mist!« Füllige Thujas versperrten ihr die Sicht. So schnell es der eisige Boden zuließ, schlich Isa zwischen den gestapelten Möbeln hindurch und ging neben der mittleren Thuja in die Hocke. Dann suchte sie hinter den Scheiben nach Liebknechts arrogantem Gesicht. Lange musste sie sich nicht bemühen. Der Kellner nahm dem Zahnarzt und seiner Begleitung gerade die Jacken ab und schob ihnen die Stühle zurecht.

»Perfekt.« Sie hatte die beiden bestens im Blick.

Die junge Frau setzte sich Liebknecht gegenüber und warf sich kokett die hellblonden Haare über die schmalen Schultern. Mitleidig lächelnd legte sie ihm eine Hand auf den Arm.

Isa schnaubte. Eindeutiger ging es ja wohl nicht. Liebknecht schien nichts gegen diese intime Berührung zu haben. Er plusterte sich auf und leckte sich anzüglich über die Lippen.

»Mistkerl«, zischte Isa, »deine Frau ist noch nicht mal unter der Erde und du amüsierst dich hier mit einer jüngeren Version von ihr.«

Sie würde schon dafür sorgen, dass ihm sein großspuriges Gehabe verging. Wenn sie dem Kommissar von dieser Begegnung erzählte, musste er Liebknecht als Verdächtigen ins Auge fassen. Schlimm genug, dass er das bisher offensichtlich nicht getan hatte. Weshalb sonst konnte Liebknecht unbescholten herumlaufen und diese Barbiepuppe zum romantischen Abendessen ausführen?

Aber was war von diesem Bähr schon zu erwarten? Wahrscheinlich kam er den ganzen Tag nicht hinter seinem Schreibtisch hervor, weil er Angst hatte, sich die schicke Anzughose zu zerknittern.

In diesem Moment beugte sich Liebknecht zu seiner Begleitung vor und spitzte die Lippen. Isa schnappte nach Luft und fingerte in der Jackentasche nach ihrem Handy. Das durfte sie auf keinen Fall verbocken, jeden Augenblick würden die beiden sich küssen. Ihr Daumen zitterte beim Aufrufen der Kamerafunktion. Mit angehaltenem Atem richtete sie die Linse auf das Paar hinter der Scheibe. Just in diesem Moment verschmolzen die Münder der beiden miteinander – und Isa drückte den Auslöser.

Ein grellweißer Lichtblitz verwandelte die Nacht für einen Sekundenbruchteil zum Tag.

Erschrocken taumelte Isa zurück. Sie stieß mit der Schulter gegen etwas Hartes und im selben Moment fühlte es sich an, als zöge ihr jemand den Boden unter den Füßen weg. Als sie unsanft auf dem Hintern landete, entwich ihr ein unterdrückter Schrei.

So schnell sie konnte, rappelte sie sich wieder auf und schlitterte hinter den nächsten Möbelstapel. Dort machte sie sich so klein wie sie konnte und lauschte über ihren hetzenden Atem hinweg in die Dunkelheit hinein. Hatte man sie entdeckt? Würde gleich jemand durch den Schnee gestapft kommen, um die Terrasse zu überprüfen?

Aber es blieb ruhig und schließlich wagte sie einen Blick

zum Fenster hinüber. Liebknecht und seine Begleitung starrten verwirrt nach draußen.

»Verdammt.« Sie zog den Kopf zurück. Wie hatte sie nur so blöd sein können, den Blitz ihrer Kamera zu vergessen. Das war wieder einmal typisch.

Vorsichtig wie eine Schildkröte fuhr sie den Hals aus und spähte noch einmal über die nasse Plane zum Fenster hinüber.

Mittlerweile hatten die beiden den Kellner gerufen. Liebknecht gestikulierte wild und starrte immer wieder mit zusammengekniffenen Augen nach draußen.

»Na, wenn sich da mal nicht einer ertappt fühlt«, flüsterte Isa. Dabei ging es ihr selbst nicht besser. Sie musste zusehen, dass sie schleunigst von dieser Terrasse verschwand. Nicht auszudenken, was hier los wäre, wenn man sie hinter den Möbeln kauernd vorfand.

Noch immer diskutierte Liebknecht mit dem armen Kellner, der hilflos mit den Schultern zuckte. Die Blondine legte dem Zahnarzt beruhigend eine Hand auf den Arm.

»Ganz schön angespannt, der gute Herr Doktor«, frotzelte Isa.

Sie sprang auf und durchquerte den Garten im Laufschritt. Der Schnee knirschte laut unter ihren Schuhsohlen. Keuchend stolperte sie auf die geräumte Straße und rannte los. Erst als sie beim Sonderpostenmarkt um die Ecke gebogen war, blieb sie stehen und ließ sich gegen den Zaun fallen.

Geschafft. Sie stieß erleichtert die Luft aus.

Blieb nur zu hoffen, dass das Foto nicht komplett für die Tonne war. Mit dem Daumenabdruck erweckte sie ihr Display zum Leben. Und dann klang sie ein bisschen wie der Weihnachtsmann aus der Cola-Werbung, als sie rau und höhnisch auflachte.

Liebknecht und seine kleine Freundin waren deutlich zu erkennen. Zwar reflektierte das Fenster den Blitz genau an der Stelle, wo ihre Münder zueinanderfanden, trotzdem war die Geste eindeutig und konnte kaum fehlinterpretiert werden.

Selbstgefällig grinsend schob Isa das Handy in ihre Jackentasche und machte sich mit schwingenden Armen auf den Weg zu ihrem Auto.

Doch als sie auf die Einbuchtung vor dem Bushäuschen zulief, entglitten ihr die Gesichtszüge.

»Was soll das?«

Die Stelle, wo ihr Mazda gestanden hatte, war leer.

Kapitel 6

Verwirrt drehte Isa sich um die eigene Achse. Sie war ganz sicher, ihr Auto hier geparkt zu haben.

»Hallo, junge Frau.«

Zögernd drehte sie sich zu der rauchigen Stimme um. Ein bärtiger Mann saß unter dem Plexiglasdach der Haltestelle und starrte sie an. Nach seiner Kleidung und dem voll beladenen Einkaufswagen zu urteilen, hatte er das Bushäuschen wohl als Bleibe für die Nacht auserkoren.

»Suchst du dein Auto?«

Ein ungutes Gefühl breitete sich in Isas Magengegend aus. Sie nickte.

»Ist nicht mehr da.«

»Was Sie nicht sagen.« Der Typ schien ein richtiger Spaßvogel zu sein.

»Ich soll dir die Adresse geben, wo du es abholen kannst«, rief er und zog einen zerknitterten Zettel aus der Brusttasche seiner verlotterten Jacke. Das konnte doch bloß ein schlechter Scherz sein. Schnaubend entriss Isa dem Mann die Notiz.

»Macht'n Zehner.«

»Schreiben Sie mir 'ne Rechnung«, blaffte sie und wollte sich schon abwenden. Da fiel ihr wieder ein, dass ihre Mutter neulich aus dem Kirchenblatt vorgelesen hatte. Darin war an die Leserschaft appelliert worden, Obdachlose in der kalten Jahreszeit zu unterstützen. Also zog sie zähneknirschend ihren Geldbeutel aus der Tasche und streckte dem Alten einen Schein entgegen. Er zeigte ihr grinsend seine Zahnlücken, rollte den Schein zusammen und steckte ihn sich wie eine Zigarette zwischen die Lippen.

Isa verzog unwillkürlich das Gesicht. Sie wollte lieber nicht wissen, wo der Zettel mit der Adresse ihres Autos schon überall gesteckt hatte. Während sie sich entfernte, googelte sie im Handy nach dem schnellsten Weg zum Abschleppdienst.

»Na toll!«

Wie es schien, befand sich der Sitz des Abschleppunternehmens am anderen Ende der Stadt. Erst ihr Missgeschick mit dem Blitz und jetzt das. Es reichte wohl nicht, dass sie als selbst ernannte, verdeckte Ermittlerin eine Niete war.

Widerwillig klickte sie auf den Link eines Taxiunternehmens und wählte die Nummer. Sie hatte nicht vor, stundenlang durch die Eiseskälte zu irren.

Die Frauenstimme am anderen Ende der Leitung versprach, dass es nur wenige Minuten dauern würde, bis einer der Fahrer bei ihr wäre. Tatsächlich schien diese Angabe eher Auslegungssache zu sein. Als das Taxi endlich vor ihr hielt, spürte Isa ihre Zehen bereits nicht mehr.

Eilig zog sie die Autotür auf und wedelte gegen den herausquellenden Zigarettenrauch an. Der tiefe Bass aus den Lautsprechern hämmerte sich durch ihre Organe.

Beim Fahren plapperte der Taxifahrer ununterbrochen in sein Telefon, während er gleichzeitig versuchte, mit der freien Hand zu lenken und sich den Schnickschnack aus dem Gesicht zu wischen, der von seinem Rückspiegel herabbaumelte.

Isa war so erleichtert, wohlbehalten beim Abschlepp-dienst anzukommen, dass sie sich nicht mal mehr über die exorbitante Summe aufregen konnte, die der Taxifahrer ihr abknöpfte. Sie schlug die Tür zu, inhalierte einen großen Schluck frische Luft und sah sich um.

Der Hof, auf dem die abgeschleppten Autos auf ihre treulosen Besitzer warteten, war bis auf ihres leer. Wie ein streunender Hund trottete sie an dem großen Elektrotor entlang, fand schließlich eine Klingel und drückte sie.

»Ja«, blaffte es unfreundlich aus der Gegensprechanlage.

»Ich will mein Auto abholen.«

»Welches?«

Isa richtete sich auf und sah sich stirnrunzelnd um. »Den Mercedes SLK.«

Am anderen Ende blieb es still.

»Den weißen Mazda«, lenkte sie ein.

Der Mann gab sich keine Mühe, sein lautes Schmatzen zu verbergen.

»Moment«, nuschelte er, dann verstummte das Rau-schen. Nichts geschah.

Isa versenkte ihre Hände in den Jackentaschen und trat ungeduldig von einem Bein aufs andere. Nach der Fahrt in der Taxinebelmaschine hatte sie gar nicht schnell genug aus-steigen können. Doch so erfrischend die Luft hier draußen war, so kalt war sie auch. Und der Typ vom Abschleppdienst hatte offenbar keine Eile, das Tor zu öffnen.

Ungeduldig sah sie auf die Uhr. Sie wollte nur noch nach Hause. Irgendwann hielt sie es nicht mehr aus und drückte den Klingelknopf so lange, bis ihr der Daumen vom kalten Wind abzufallen drohte.

»Zweihundertfünfsich«, krächzte jemand mit starkem

Akzent. Sie zog den Finger zurück und sah auf. Ein beleibter Mann kam über den Hof marschiert und brachte den stählernen Sesam mit einer Art Fernbedienung dazu, sich zu öffnen. Das musste der Typ von der Sprechanlage sein. Isa blies sich warme Luft in die Hände und wartete, bis die Lücke groß genug war, um hindurchzuschlüpfen. Als er die Hand ausstreckte, wurde ihr klar, was er gemeint hatte. Dieser Spaß kostete sie eine Menge Scheinchen.

»Ich muss mit Karte zahlen. Hab nicht so viel Bargeld bei mir«, murmelte sie und verschwieg, dass sie auch nicht sehr viel mehr auf ihrem Konto hatte.

Als sie ihren Mazda endlich auf die Landstraße Richtung Grimmingen lenkte, war Isa immer noch total durchgefroren. Obwohl sie die Heizung voll aufgedreht hatte, klapperte sie mit den Zähnen. Der spontane Ausflug hatte sie mehr gekostet als ein Wochenende in der Alb-Therme und bei ihrem Pech hatte sie sich zum Andenken an diesen desaströsen Abend wahrscheinlich eine Erkältung eingefangen.

Grauer Schneematsch bedeckte die Straße und war angesichts der Kälte dabei zu überfrieren. Glücklicherweise hatten die Wolken sich mittlerweile verzogen. Der weiße Schein des Vollmonds wurde vom Schnee am Straßenrand zurückgeworfen und tröstete über die schwächelnden Scheinwerfer ihres Autos hinweg.

Angestrengt starrte Isa auf die Straße. Ihre Augenlider fühlten sich schwer an. Sie sehnte sich nach ihrem warmen Wohnzimmer und der Kuscheldecke auf dem Sofa. Vielleicht würde sie sich noch einen Eierlikör gönnen. Zum Trost. Oder zur Belohnung. Wie man es nahm. Immerhin hatte sie ein wichtiges Beweisfoto geschossen.

Und das Beste stand ihr noch bevor. Sie würde Bähr ihre Errungenschaft unter die Nase reiben, gleich wenn sie daheim war. Der Gedanke an seinen arroganten Gesichtsausdruck, der ihm beim Anblick des knutschenden Liebknecht vergehen würde, wärmte sie von innen. Sie musste zugeben, dass diese Vorstellung sie ein wenig mit dem finanziellen Verlust des Abends versöhnte.

Doch schon beim Einfahren in ihren Hof machte sich Enttäuschung breit. Bährs Auto war nicht da. Sie sah auf die Uhr. Fast neun. Wahrscheinlich schob er Überstunden. Das war wirklich bedauerlich. Nicht dass sie wild darauf war, den Kommissar in ihrer Nähe zu haben. Gott bewahre. Aber nun wurde nichts aus ihrem Plan, ihn mit dem Beweisbild ihrer erfolgreichen Observation in Verlegenheit zu bringen.

Missmutig betrat sie das stille Haus. Nicht einmal Alfons kam sie begrüßen. Sie schälte sich aus ihrer Straßenkleidung und quälte ihre müden Beine die Treppe hinauf. Im Schlafzimmer tauschte sie Jeans und Wollpulli gegen Jogginghose und Schlabbershirt. Anschließend schlurfte sie auf warmen Wollsocken ins Wohnzimmer und entfachte ein Feuer im Schwedenofen. Es dauerte nicht lange, bis das trockene Holz sich knackend den Flammen ergab.

Erschöpft vom Frieren und der Aufregung, ließ sie sich in die senfgelben Kissen sinken und tastete nach der Fernbedienung ihres Fernsehers. Doch im selben Moment erstarrte sie in der Bewegung. War da gerade jemand über ihre Terrasse gehuscht?

Sie richtete sich auf und starrte durch die gläserne Tür in die Dunkelheit hinaus. Ihr eigenes Gesicht spiegelte sich im Glas, die Augen unnatürlich groß.

Ein Rumpeln ließ sie erneut zusammenfahren.

Kein Zweifel, da draußen war jemand. Mit klopfendem Herzen rollte sie sich vom Sofa und presste sich an die Wand unter dem Fenstersims, verharrte dort einen Moment und lauschte. Diesmal blieb es still. Gebückt kroch sie Richtung Terrassentür. Wer auch immer zu dieser Uhrzeit um ihr Haus herumschlich, konnte nichts Gutes im Sinn haben.

»Alfons«, rief sie gepresst, inständig hoffend, dass er herbeispringen und den Fremden mit seinem Gebell vertreiben würde. Aber auf diesen Hund war einfach kein Verlass. Statt des ersehnten Bellens vernahm sie nur sein gedämpftes Schnarchen aus der Küche. Sie huschte zum Schwedenofen hinüber, bewaffnete sich mit einem Stück Holz und kroch über den Teppich zum Fenster zurück.

Sollte der Einbrecher versuchen, ihre Terrassentür aufzustemmen, würde sie ihm damit eins über die Rübe ziehen. Vorausgesetzt, das Holz fiel ihr nicht aus den zitternden Fingern.

Mit einem Mal kam ihr die tote Jutta in den Sinn. In Grimmingen lief ein Mörder frei herum. Was, wenn es Doktor Liebknecht war, der da draußen vor der Tür auf sie lauerte? War sie heute doch zu unvorsichtig gewesen? Womöglich hatte er sie bemerkt und war ihr gefolgt? Sie spürte plötzlich einen unangenehmen Druck auf der Blase. Wenn sie nicht gleich etwas unternahm, würde sie sich vor Angst in die Hose machen.

Instinktiv umklammerte sie das Holzstück fester. Vor ihrem inneren Auge tauchten die Bilder aus dem Obduktionsbericht auf. Jutta Liebknechts starrer Blick, die Haut seltsam blass. So wollte sie nicht enden.

Entschlossen sprang sie auf die Füße, stieß einen Schrei

aus und riss die Terrassentür auf. Eine dunkle Gestalt taumelte zurück und riss die Hände in die Höhe. Es dauerte einen Moment, ehe Isa den Eindringling erkannte. Dann breitete sich eine Mischung aus Ärger und Erleichterung in ihrer Magengrube aus.

Vor ihr stand kein Geringerer als Bähr. Beim Anblick seines abweisenden Gesichts spürte sie, wie ihr Ärger die Oberhand gewann. »Was soll das?«

Bähr ließ langsam die Hände sinken, die er zum Schutz hochgerissen hatte. Sein Blick glitt zu dem Holzstück, das Isa wie einen Knüppel festhielt, und er zog eine Augenbraue hoch. Die herablassende Geste machte aus Isa wieder vollständig die Alte. Sie hätte diesem Penner eins überziehen sollen, als sie die Gelegenheit dazu gehabt hatte.

»Haben Sie Ihren Schlüssel stecken lassen?«, blaffte Bähr anstelle einer Erklärung.

Isa verzog irritiert das Gesicht. »Was?«

Der Kommissar klimperte mit einem riesigen Schlüsselbund vor ihrem Gesicht herum. »Ich komme nicht rein.« Er sprach die Worte übertrieben langsam aus, als sei sie schwer von Begriff. »Im Wohnzimmer habe ich Licht gesehen, also bin ich zur Terrasse gelaufen. Vermutlich haben Sie Ihren Schlüssel von innen stecken lassen.«

Isa schnaubte spöttisch. »Sicher nicht. Wahrscheinlich haben Sie einfach den falschen Schlüssel verwendet. Kein Wunder, bei dieser kapitalen Sammlung.«

»Darf ich?« Ohne ihr Einverständnis abzuwarten, schob er sie beiseite und durchquerte das Zimmer. Isa lief ihm eilig hinterher.

An ihrer Haustür blieb er stehen und presste vielsagend die Lippen aufeinander. Sie folgte seinem Blick und fluchte innerlich auf. Da steckte tatsächlich ihr Schlüssel bis zum Anschlag im Schloss!

»Erwarten Sie jetzt eine Entschuldigung?«, zischte sie.

Doch Bähr beachtete sie gar nicht. Es schien ihm zu genügen, im Recht zu sein. Er beugte sich zu seinen Schuhen hinunter und zog seelenruhig einen Schnürsenkel nach dem anderen auf. Die schicken Treter sahen ein wenig mitgenommen aus, nachdem er mit ihnen durch den hohen Schnee gestapft war. Geschah ihm ganz recht, fand Isa.

Er stellte die Schuhe sauber nebeneinander und hängte anschließend seine Jacke an den Garderobenhaken neben der Tür. Isa verschränkte die Arme vor der Brust. Von seinem überheblichen Schweigen ließ sie sich nicht beeindrucken.

»Ich habe eine Klingel, wissen Sie. Der kleine Knopf neben der Haustür. Den kann man in so einem Fall betätigen.«

»Da ist keine Klingel.«

Zugegeben, es war nicht einfach, den Schalter zu finden, der sich hinter einer wild wuchernden Efeuranke versteckte. Die meisten Besucher hämmerten einfach laut gegen das Holz, um sich bemerkbar zu machen.

»Und ob da eine Klingel ist. Neben der Tür. Mit meinem Namen drauf«, sie lächelte süßlich, »das wäre mir jetzt peinlich.«

Bähr kniff die Augenlider zusammen.

»Was Peinlichkeiten angeht, liegen Sie deutlich vorn.«

Ihr schoss die Röte ins Gesicht und zu ihrem Ärger wollte ihr keine passende Antwort einfallen. Wie ein Fisch öffnete sie den Mund und schloss ihn wieder, ohne einen Laut von sich zu geben.

Alfons rettete sie aus ihrer misslichen Lage, indem er wie ein geölter Blitz laut bellend aus der Küche geschossen kam. Knurrend blieb er vor der Haustür stehen und markierte den Wachhund.

»Gutes Timing«, bemerkte Bähr lakonisch. Dann ließ er sie einfach stehen und verschwand die Treppe hinauf.

In diesem Moment fiel Isa das Foto vom trauernden Witwer und seiner kleinen Freundin wieder ein. Sie schnaubte. Das würde warten müssen. Keine zehn Pferde brachten sie heute noch dazu, an die Tür dieses Lackaffen zu klopfen.

Kapitel 7

Eine kurzfristig einberufene Pressekonferenz war am nächsten Tag das Hauptgesprächsthema in Grimmingen. Offenbar ließen die immer lauter werdenden Rufe nach Aufklärung der Polizei keine andere Wahl. Der Mord war immerhin schon fast vier Tage her und bislang war noch kein Zeichen des Fortschritts an die Öffentlichkeit gedrungen.

Die Kastenwagen der Presseleute und das Polizeiaufgebot im Ort waren beeindruckend. Sogar der Lehrerparkplatz war von Autos mit auswärtigen Kennzeichen zugeparkt.

Zu Isas Freude hatte Maier den Entfall des Nachmittagsunterrichts genehmigt. Also lief sie nach der Mittagspause mit Renate zum Rathaus hinüber.

Der kleine Saal, der normalerweise für Versammlungen des Ortschaftsrats genutzt wurde, war brechend voll. Die Stühle schienen nicht für alle Besucher zu reichen, denn im hinteren Teil des Raumes drängten sich die Menschen stehend aneinander, während die Reporter versuchten, den besten Platz für ihre Kamerastative zu ergattern.

Vorne, unterhalb der verstaubten Deckenstrahler, war ein langer Tisch aufgestellt worden. Darauf standen Gläser und Plastikwasserflaschen.

Und Namensschilder. Isa musste nicht näher rangehen, um zu wissen, wer auch an diesem Tisch Platz nehmen würde.

»Da ist Walter«, rief Renate. Tatsächlich hatte er es irgendwie geschafft, drei Stühle in der dritten Reihe zu belegen. Es kam einem Wunder gleich, dass sein Laden für die Dauer der Pressekonferenz geschlossen blieb. Nicht mal nach dem Tod seiner Mutter hatte er einen Tag Pause eingelegt.

»Hast du mit Schlafsack und Thermoskanne vor dem Rathaus campiert?«, fragte Isa, als sie sich zu ihm vorgearbeitet hatten.

»Ich glaube, so viele Leute kommen sonst im ganzen Jahr nicht nach Grimmingen«, murmelte er.

Sie nahmen ihre Plätze ein und Isa nutzte die Zeit, bis es losging, um sich ein wenig umzusehen. Mit Ausnahme der Polizisten und Presseleute kannte sie die meisten Gesichter hier im Saal. Da war Ortsvorsteher Gmeiner, der soeben vorne neben der Bürgermeisterin am langen Tisch Platz nahm. Und Liebknecht, ganz in Schwarz, in der ersten Reihe. Frau Simmler von der Bäckerei und auch Rektor Maier, der offensichtlich noch vor ihnen das Schulgebäude verlassen hatte. Zwei Reihen hinter ihm saß die Frau des Ortsvorstehers mit versteinerter Miene.

Voller Genugtuung stellte Isa außerdem fest, dass sich ihre Streberkollegen Jens und Anna-Maria gerade erst zum Eingang hereinquetschten und vergeblich ihre Hälse nach einem Sitzplatz reckten. Es würde Isa nicht wundern, wenn sie die Mittagspause durchunterrichtet hätten, um mit ihrem Stoff nicht hinterherzuhinken. Jedenfalls hatten sie Isa vorher im Lehrerzimmer ziemlich entrüstet angesehen, als sie laut über den Unterrichtsentfall gejubelt hatte.

Sie drehte sich wieder nach vorn und entdeckte Bähr. Er hatte am äußeren Ende des Tisches Platz genommen und tippte etwas in sein Handy ein. Neben ihm saßen zwei Männer im Anzug, einer von ihnen klopfte mehrmals auf das Mikro, ohne dass der Lärm im Saal verebbte.

Erst nachdem er zum dritten Mal hineingesprochen hatte, verstummte das Gemurmel nach und nach, bis nur noch das leise Klicken der Kameras zu hören war.

»Willkommen zur Pressekonferenz«, begann der Anzugträger. »Der Anlass dürfte bekannt sein. Hier in Grimmingen hat es am Sonntag einen Mord an einer Bürgerin gegeben.« Er machte eine kurze Pause und sofort schnellten einige Hände in die Höhe.

»Bitte haben Sie Verständnis«, sprach er unbeeindruckt weiter, »dass wir zum laufenden Fall im Moment nicht viel sagen können, um die Ermittlungen nicht zu gefährden. Wir sind aber gerne bereit, über die Rahmenbedingungen zu sprechen.«

Die Blitze der Kameras zuckten über sein Gesicht.

»Mein Name ist Jochen Birnbaum, Pressesprecher des Kriminalkommissariats Reutlingen. Neben mir«, er zeigte zu seiner Linken, »sitzen Staatsanwalt Matthias Seitz und«, nun zeigte er auf Bähr, »Götz Bähr, von der Kripo Esslingen, mit der wir eng zusammenarbeiten.«

Renate drückte Isa ihren Ellbogen in die Seite. »Dein neuer Mitbewohner sieht gut aus im Anzug.«

Isa hätte den Arm am liebsten weggeschlagen. Ihrer Meinung nach war es Renates Pflicht als loyale Freundin, auf ihrer Seite zu stehen und den Kommissar zu verachten.

»Ich würde jetzt auch direkt an Herrn Bähr abgeben, der für Sie die aktuelle Faktenlage darlegen wird«, verkündete der Pressesprecher.

Bähr räusperte sich und rutschte näher an sein Mikro heran. Er ließ den Blick über die Köpfe der Zuschauer schweifen. Seine Kiefermuskeln traten hervor und Isa fragte sich, ob dies ein Zeichen von Nervosität war.

»Danke, Jochen. Was wir zum jetzigen Zeitpunkt sagen können, ist, dass die Tote, Jutta Liebknecht, am Sonntagnachmittag gegen halb drei von zwei auswärtigen Schneeschuhwanderern unterhalb der Erpfinger Burgruine aufgefunden wurde.«

Er überging ein paar Handzeichen von besonders eifrigen Pressevertretern und sprach weiter.

»Die Todesursache, das können wir auch sagen, ist Ersticken durch Strangulation.«

»Gehen Sie von Missbrauch aus?«, rief eine Frau dazwischen. Alle Köpfe im Saal drehten sich in ihre Richtung. Sie hatte ihr schwarzes glänzendes Haar zu einem wippenden Pferdeschwanz hochgebunden. Auf ihrer Nase saß eine moderne Brille und ihre Lippen glänzten knallrot. In ihrer Hand hielt sie Schreibblock und Stift.

»Vielleicht warten Sie, bis ich fertig bin«, sagte Bähr ungehalten.

Isa presste sich eine Faust vor die Lippen. Es war wirklich unangebracht, bei einem solchen Anlass zu kichern. Aber mitansehen zu dürfen, wie diese Frau den ach so perfekten Herrn Kommissar mit nur einer Frage aus dem Konzept bringen konnte, war ein Genuss. Insgeheim hoffte sie auf einen Nachschlag.

»Aber«, sagte Bähr, »bei einem Mord kann man wohl grundsätzlich von Missbrauch sprechen, meinen Sie nicht?«

Da war sie wieder, seine unerträgliche Arroganz.

»Ich denke, Sie haben schon verstanden, wie ich es gemeint habe«, giftete die Journalistin zurück.

»Und der Ring ist eröffnet«, murmelte Walter neben Isa. Er schüttelte abschätzig den Kopf. Diese Szene schien ihm nicht die gleiche Freude zu bereiten wie ihr. Aber er musste den Polizisten ja auch nicht täglich ertragen.

»Ich mach jetzt einfach mal weiter«, sagte Bähr und warf einen Blick in irgendwelche Papiere, die vor ihm auf dem Tisch lagen. Seine Kollegen nickten zustimmend.

»Der Fundort der Leiche ist nach derzeitigem Ermittlungsstand nicht der Tatort.«

Isa spitzte selbstgefällig die Lippen. Das hatte sie dank ihrer detektivischen Intuition längst selbst herausgefunden.

»Die Spurensicherung konnte am Fundort dennoch Material sichern, das derzeit ausgewertet wird«, hörte sie Bähr sagen.

»Könnten Sie das konkretisieren? Was wurde gefunden? Fasern, Fingerabdrücke, Haare?«

Bähr stierte die Journalistin feindselig an und stemmte die Ellbogen auf den Tisch.

»Wenn Blicke töten könnten«, flüsterte Renate.

Isa nickte. Er sah aus, als wollte er der Frau gleich an die Gurgel gehen. Im Geiste sah Isa sich schon aufspringen und die Journalistin im Zweikampf mit gereckter Faust anfeuern.

»Soll ich Ihnen meine Unterlagen geben und Sie machen für mich weiter?«, fuhr Bähr sie an.

Unterdrücktes Glucksen ging durch die Reihen der anderen Journalisten. Die Reporterin reckte trotzig das Kinn.

»Das wird ja immer besser«, quietschte Isa.

»Bitte warten Sie doch mit Ihren Fragen, bis mein Kollege fertig ist«, appellierte nun auch der Pressesprecher an die Reporterin.

Bähr räusperte sich, bevor er weitersprach. »Wir haben die Sonderkommission Burgruine gebildet und arbeiten mit Hochdruck an der Aufklärung des Falls.« Er ließ eine kurze Pause und im Saal war es jetzt mucksmäuschenstill.

»Derzeit konzentrieren wir uns vor allem auf die Befragung von Menschen aus dem Umfeld des Mordopfers. Jede Information, erscheint sie auch noch so unwichtig, kann entscheidend zur Aufklärung des Falls beitragen. Deshalb bitten wir auch die Öffentlichkeit um Mithilfe. Jeder, der glaubt, in der Nacht zu Sonntag etwas Verdächtiges in der Umgebung der Burgruine gesehen oder gehört zu haben, soll sich bitte umgehend bei der Reutlinger Polizeidienststelle melden.«

Die Beharrlichkeit der Journalistin war beeindruckend. Dieses Mal war sie zumindest bereit, die Hand zu heben, bevor sie ihre Frage stellte. Und wie es schien, hatte Bähr ein Einsehen. Nicht gerade freundlich nickte er in ihre Richtung.

»Wie aus zahlreichen Statistiken hervorgeht, sind die ersten Stunden und Tage nach einem Mordfall entscheidend, was die Erfolgsaussichten bei der Aufklärung eines Falls angeht.«

»Das ist richtig«, bestätigte Bähr.

»Nun sind ja seit dem Tatzeitpunkt bereits einige Tage vergangen und es klingt nicht gerade so, als hätten Sie Relevantes vorzuweisen.«

Die Männer vorne am Tisch warfen sich vielsagende Blicke zu. Es war nicht schwer, in ihren Gesichtern zu lesen. Die Journalistin machte sich alles andere als beliebt.

»Genauso ist es doch«, zischte Isa und verschränkte die Arme vor der Brust.

»Darf ich fragen, für welches Blatt Sie arbeiten?«, fragte der Pressesprecher an die Journalistin gewandt.

»Schwäbisches Wochenblatt.«

»Kenn ich nicht«, raunte Walter.

Isa hatte auch noch nie davon gehört, was aber, da sie keine Zeitung las, nicht weiter verwunderlich war.

»Okay«, durchbrach Bährs Stimme das allgemeine Gemurmel, »Ihr Blatt kenne ich nicht. In der Regel pflegen wir ein gutes Verhältnis zu den Leuten von der Presse. Viele der Gesichter hier im Saal kenne ich persönlich. Durch die langjährige Zusammenarbeit wissen Ihre Kollegen auch, dass wir über relevante Spuren und mögliche Verdächtige während einer laufenden Ermittlung keine Auskunft geben können.«

Die Frau presste die Lippen zusammen und rang sich ein spitzes Lächeln ab. Nun schien sie nichts mehr erwidern zu wollen.

Enttäuscht schob Isa den Unterkiefer vor. Sie hatte sich mehr Kampfgeist von ihr erhofft.

In diesem Moment begegnete Bährs Blick dem ihren und er nickte ihr zu. Ohne dass sie es wollte, verselbstständigte sich ihre Halsmuskulatur und ließ sie zurücknicken.

Renate schnappte nach Luft. »Hat der etwa dich gemeint?«

Verärgert blies Isa die Backen auf. Was war denn nur los mit ihr? Sie war fest entschlossen gewesen, dem Kommissar bei der nächsten Begegnung ihre Abneigung wie einen Duellhandschuh entgegenzuschleudern. Und nun das. Sie musste sich künftig wirklich besser im Griff haben.

Der Rest der Pressekonferenz verlief enttäuschend gesittet. Keine weiteren verbalen Zweikämpfe. Kein erzürnter Kommissar. Es wurde noch über die Zusammensetzung der Sonderkommission gesprochen und von der Presse um Verhaltenstipps für die verängstigten Bürger gebeten. Auch nach einem möglichen Täterprofil wurde gefragt. Was von den Ermittlern allerdings nur sehr oberflächlich beantwortet werden konnte. Der Tonfall zwischen Presse und Polizei war nun deutlich gemäßigter.

Trotzdem, Journalistenknigge hin oder her. Isa war sich sicher, dass die Reporterin ausgesprochen hatte, was noch mehr Leute im Saal dachten. Der Mord war inzwischen eine halbe Woche alt und so, wie sie die Sache sah, wies nichts darauf hin, dass man dem Mörder auch nur annähernd auf den Fersen war.

Als sie kurz darauf, eingekeilt zwischen Renate und Walter, aus dem Rathaussaal geschoben wurde, fühlte sie sich seltsam ernüchtert. Die Euphorie, die sie bei der Auseinandersetzung zwischen Bähr und der Journalistin empfunden hatte, war verflogen. Auch wenn sie es niemals laut sagen würde, sie musste zugeben, dass Bähr sich wacker geschlagen hatte. Und das passte ihr gar nicht.

»Wie läuft's eigentlich mit dem Kommissar?«, fragte Walter kurz darauf und schloss die Tür zu seinem Geschäft auf. Isa war zu dem Schluss gekommen, dass sie ihren unterbrochenen Wocheneinkauf ebenso gut gleich fortsetzen konnte, und hatte ihn die wenigen Meter zum Laden begleitet.

Walter ließ seine Brauen vielsagend auf und ab hüpfen, was sie mit einem Augenrollen quittierte, bevor sie zum Regal mit den Konserven einbog.

Ihre Reaktion entlockte ihm einen Pfiff. »Wenn dir mal die Sprüche ausgehen.«

»Ich hoffe einfach nur, dass dieser Fall bald aufgeklärt ist«, murmelte sie und griff wahllos nach einer Dose Eintopf.

»Das hoffe ich auch. Die Vorstellung, dass hier ein Mörder frei herumläuft, ist echt unheimlich«, antwortete Walter.

»Ja … genau.« Sie räusperte sich beschämt, denn in erster Linie war es ihr darum gegangen, den Kommissar so schnell wie möglich loszuwerden.

»Aber, so wie ich die Sache sehe«, brummte sie, »kann das noch Wochen dauern.« Sie stellte die Dose ins Regal zurück.

»Denkst du?« Walter sah sie entgeistert an.

»Du hast es doch gehört. Die Polizei hat keine heiße Spur.«

Walter schüttelte den Kopf. »Das wollen uns die Reporter von der Klatschpresse gerne glauben lassen.«

»Die Frage ist doch, warum der Liebknecht immer noch auf freiem Fuß ist.«

»Wieso sollte er es nicht sein?«

Sie warf ihm einen bedeutungsvollen Blick zu.

»Weißt du etwas?«, rief er.

Isa zog einen imaginären Reißverschluss über ihre Lippen.

»Komm schon.« Verschwörerisch sah er sich im Laden um, dabei wusste er genau, dass sie allein waren.

Sie hielt es sowieso nicht länger aus, darüber zu schweigen. »Der Liebknecht hat 'ne Freundin«, ließ sie die Bombe platzen. Es gab keinen Grund, warum sie das für sich behalten sollte. Liebknecht gab sich ja nicht gerade große Mühe, seine Liaison zu verheimlichen.

Walter riss die Augen auf. »Nicht dein Ernst?«

Isa nickte. »Ich hab's mit eigenen Augen gesehen.«

»Ach du Schande.«

Sie grinsten sich an.

»Denkst du, er war's?«

Sie zuckte mit den Schultern. »Mein Bauchgefühl sagt mir jedenfalls, dass mit ihm was faul ist.«

»Offensichtlich habe ich mich in mehr als einem Menschen hier getäuscht«, murmelte Walter. Der Klang seiner Stimme ließ sie aufhorchen.

»Von wem sprichst du?«

»Vor ein paar Tagen war Jutta bei mir im Laden.«

»Siehst du jetzt schon Gespenster?«

»Bevor sie ermordet wurde, natürlich.«

Isa runzelte die Stirn. »Und?«

»Sie hatte Streit mit Ute«, murmelte er.

»Mit der Frau des Ortsvorstehers?« Jetzt hatte er ihre ungeteilte Aufmerksamkeit.

Kapitel 8

»Worum ging es?«, fragte Isa ungeduldig.

Die Glöckchen über der Ladentüre ertönten und augenblicklich verstummten die beiden. Walter reckte den Kopf. Im Gegensatz zu Isa war er groß genug, um über die Regale sehen zu können.

»Grüß dich, Peter«, rief er und raunte Isa ein gedämpftes »Bin gleich wieder da« zu.

Sie hörte nur Wortfetzen und konnte sich zusammenreimen, dass Peters Frau gerade dabei war zu backen, ihr aber die Eier ausgegangen waren. Kurz darauf war Walter zurück.

»Also worum ging es bei dem Streit?«, flüsterte sie.

»Ich bin mir nicht mehr ganz sicher. Als sie gemerkt haben, dass ich sie beobachte, haben sie aufgehört, sich anzuschreien.«

»Sie haben sich angeschrien?«

Walter hob beschwichtigend die Hände. »Nicht so laut.«

Aber Isa dachte gar nicht daran, leiser zu sprechen.

»Wieso hast du mir bisher nichts davon erzählt?«

Er zuckte mit den Schultern.

»Versuch, dich an die Details zu erinnern.« Isa konnte sich täuschen, aber sie hatte den Eindruck, Walter genoss es, dass sie an seinen Lippen hing wie die Biene am Honig. Er tat, als müsse er nachdenken, und ließ sich übertrieben viel Zeit mit seiner Antwort.

»Walter!«

Er zuckte zusammen. »Wenn ich mich recht erinnere, gefiel es Ute nicht, dass Jutta sich so gut mit ihrem Mann verstand.«

Ohne es zu wollen, klappte Isa die Kinnlade herunter. Nicht dass sie sich als Zugezogene dem eingeschworenen Kern der Grimminger Gemeinde zugehörig gefühlt hätte. Das hatte sie ohnehin nie gewollt. Dennoch entsetzte es sie, wie wenig sie offensichtlich tatsächlich mitbekam.

»Hat die Gmeiner ihr unterstellt, etwas mit ihrem Mann zu haben?«, fragte sie.

»Indirekt schon.«

Isa schürzte die Lippen. Das warf ein ganz neues Licht auf Jutta Liebknecht. Und auch auf ihren Mann. Auf den ganzen Fall, um genau zu sein. Denn falls die Verstorbene tatsächlich etwas mit dem Ortsvorsteher gehabt haben sollte, bedeutete das im Umkehrschluss, dass es sie vielleicht gar nicht gestört hätte, wenn ihr Mann fremdging. Vielleicht hatten sie sogar eine Übereinkunft für eine Art offene Ehe getroffen. Das würde erklären, warum der verwitwete Zahnarzt nicht gerade vor Trauer verging.

»Sie hat alles abgestritten und Ute für verrückt erklärt«, riss Walter sie aus ihren Gedanken.

»Wer?«

»Na, Jutta.«

Wieder wurden sie von der bimmelnden Türglocke unterbrochen und Walter eilte emsig davon. Isa blieb zwischen den Regalen zurück und runzelte nachdenklich die Stirn. Sollte zwischen der Liebknecht und dem Ortsvorsteher etwas gelaufen sein, hätte seine Frau Ute ein Mordmotiv.

Sie ging zur Kasse, wartete, bis die alte Frau Müller gezahlt hatte, und warf ihre Einkäufe auf das Band. Ein Produkt nach dem anderen über den Scanner ziehend, ließ Walter Isa keine Sekunde aus den Augen. Er trug ein selbstgefälliges Grinsen im Gesicht.

»Hast du das der Polizei erzählt?«, fragte sie.

Er schüttelte den Kopf.

»Walter, du musst das melden!«

»Hör auf zu schreien«, zischte er und rutschte unruhig auf seinem Kassenstuhl herum.

»Ist dir klar, dass Ute Gmeiner ein Mordmotiv hätte?«

Seine Gesichtszüge entglitten ihm.

»Offensichtlich nicht«, stellte Isa trocken fest.

Das Netz Zwiebeln, das er soeben über den Scanner hatte ziehen wollen, baumelte in seiner Hand hin und her.

»Ich werde dem Kommissar sagen, dass er mit dir sprechen soll.«

Walter nickte stumm. Nur das Piepsen der Kasse war zu hören, als er endlich die Zwiebeln drüberzog.

Geistesabwesend fuhr Isa nach dem Einkauf nach Hause. In ihrem Kopf purzelten die Gedanken wild durcheinander. Jutta Liebknecht und der Ortsvorsteher wollten in ihrer Vorstellung einfach nicht recht zusammenpassen. Sie war eine attraktive, moderne Frau gewesen. Gmeiner ein rustikaler Bursche vom Lande. Aber vielleicht hatte Jutta ja eine Schwäche für Bierbäuche und Trachtenmode gehabt.

Gut möglich, dass Ute Gmeiner auch einfach nur zu viel hineininterpretiert hatte. Eifersucht konnte dem eigenen Verstand bekanntlich gemeine Streiche spielen.

Sie setzte den Blinker und bog in ihre Einfahrt ein. Im

selben Moment entfuhr ihr ein verzweifelter Seufzer. Das Auto ihrer Eltern stand schon wieder neben dem Carport. Es wurde höchste Zeit, ein paar Grenzen zu ziehen.

Während sie über den Hof stapfte, legte sie sich im Geiste die richtigen Worte zurecht. Sie war erwachsen, brauchte ihre Freiheit. Und vor allem ihre Privatsphäre. Es war nicht okay, dass ihre Eltern bei ihr ein und aus gingen, wie und wann es ihnen gerade passte.

Entschlossen drehte sie den Schlüssel herum und wollte die Haustür aufschieben, aber irgendetwas schien sie zu blockieren.

»Obacht«, hörte sie ihren Vater von drinnen undeutlich rufen. Sie zog den Bauch ein und zwängte sich durch den schmalen Spalt. Hinter der Tür stand Herbert Klein auf einer Leiter und werkelte mit einem Schraubenzieher im Mund an der Deckenlampe herum. Die Glühbirne hatte seit Isas Einzug nackt in der Baufassung gehangen. Jetzt verschwand sie in einer schlichten Halbkugel aus Glas.

»Ach Papa, das kann ich doch selbst«, rief sie. Die zweijährige Absenz eines Lampenschirms und der Blick ihres Vaters straften sie Lügen.

»Was macht ihr denn schon wieder hier?«, sagte sie deshalb schnell.

Ihr Vater nahm den Schraubenzieher aus dem Mund und runzelte die Stirn. »Mir wolltet doch heut Obed zamma essa.«

Das war ihr neu. »Wann haben wir das denn ausgemacht?«

Ihre Mutter kam beschwingt aus der Küche getänzelt, eine Schürze um den Hals, die sie sich offensichtlich von zu Hause mitgebracht hatte.

»Hallo, Mäuschen.«

Im selben Moment ertönte die Türglocke und Isa unterdrückte mit Mühe einen verzweifelten Schrei.

»Des hammer am Mondagobed b'sprocha«, murmelte ihr Vater. Er stieg von der Leiter und klappte sie zusammen.

Isa konnte sich an keine derartige Verabredung erinnern. Aber angesichts des allgemeinen Alkoholpegels an besagtem Abend war das auch nicht verwunderlich. Ihre Mutter huschte an ihnen vorbei, um Renate und eine Flasche Rotwein hereinzulassen.

»Hallöchen«, rief die, drückte Isa ihr Mitbringsel in die Hand und hängte ihren pinken unechten Fellmantel an den Garderobenhaken.

Als Isa ihr in die Küche hinterhertrottete, war sie kein bisschen überrascht, einen gedeckten Tisch vorzufinden. Sogar die Gläser waren bereits gefüllt. Sie brauchte nur noch Platz zu nehmen. Wie ein nasser Sack sank sie auf der Eckbank in sich zusammen. Die anderen folgten ihrem Beispiel weniger sackartig und verdarben Isa mit ihrer ungetrübten Heiterkeit den Appetit.

»Ich muss mit euch reden«, brach es aus ihr hervor.

»Raus mit der Sprache, Mäuschen.« Margret lächelte ahnungslos und tat jedem eine riesige Portion Spätzle mit Gulasch auf. Ein Teller blieb leer. Im Geiste zählte Isa nach. Sie täuschte sich nicht. Es war einer zu viel.

»Wofür ist der fünfte Teller?« Streng sah sie in die Runde. Es würde sie kein bisschen wundern, wenn ihre Mutter noch irgendeinen Ehrengast eingeladen hätte. Das war ihre Spezialität. Meist handelte es sich dabei um den Sohn irgendeiner Freundin, der rein zufällig alleinstehend war.

Renate beschäftigte sich plötzlich auffallend konzentriert mit einem Fussel auf ihrer Lederoptik-Leggins und wich ihrem Blick aus. Also taxierte sie ihren Vater. Er konnte nur schwer etwas vor ihr verheimlichen. Prompt begannen seine Mundwinkel zu zucken. Gleich würde er lossprudeln wie ein Wasserfall.

»Worüber wolltest du mit uns sprechen?«, kam ihre Mutter ihm zuvor.

Isa sah mit schmalen Augen zwischen den beiden hin und her. Schließlich beschloss sie, sich erst mal auf das armselige Ablenkungsmanöver ihrer Mutter einzulassen. Der ominöse leere Teller würde warten müssen. Im Moment gab es Wichtigeres zu besprechen. Sie holte Luft.

»Hin und wieder brauche ich einfach etwas Zeit für mich.«

Alle drei nickten ein bisschen zu eifrig.

»Wenn ihr vorbeikommen wollt, müsst ihr vorher anrufen.«

»Hasch recht, Schätzle«, sagte Herbert und tätschelte ihren Arm, »des mach m'r in Zukunft so.«

»Ist schließlich dein Haus«, pflichtete ihre Mutter ihm bei. Das war einfach gewesen. Zu einfach. Aber die Erleichterung, das so schnell geklärt zu haben, und der betörende Geruch des Gulaschs lullten sie ein und stimmten sie friedlich.

Sie schob sich einen Löffel in den Mund und rollte genießerisch mit den Augen. Die selbst gemachten Butterspätzle ihrer Mutter waren herrlich fluffig. Das zarte Fleisch zerging förmlich auf ihrer Zunge. Und erst die Kombination aus Schalotten, Rotwein und einem Hauch Knoblauch. Eine Weile schwiegen alle, einträchtig kauend. Erst als Isa nach dem Schöpflöffel griff, um sich eine zweite Portion zu sichern, rückte erneut der leere Teller in ihr Blickfeld.

»Was hat es mit dem Teller da auf sich?«, nuschelte sie mit vollem Mund und wies mit dem Kinn darauf.

Die drei wechselten verräterische Blicke.

»Wir bekommen heute noch einen weiteren Gast«, zwitscherte ihre Mutter unschuldig. Sie sah auf die Uhr und zog eine Schnute. »Hoffe ich jedenfalls.«

»Mama!«

Klirrend ließ Isa den Schöpflöffel in den Topf zurückfallen.

»Ist doch keine große Sache«, rief Margret, »er wohnt ja sowieso hier.«

»Nein!«, entfuhr es Isa. Sie klang wie ein Hirsch in der Brunft. »Hast du mir denn vorher nicht zugehört?«

Sie konnte es nicht fassen. Ihre Mutter hatte allen Ernstes den arroganten Kommissar zum Essen eingeladen.

Margret winkte beschwichtigend ab. »Ich hab ihn heute zufällig getroffen und höflichkeitshalber gefragt, ob er dazukommen will. Der arme Mann muss doch auch mal was Anständiges essen.«

»Ich kann ihn nicht ausstehen«, brüllte Isa und schlug mit der geballten Faust auf den Tisch, dass die Gläser wackelten. Ihr war endgültig der Appetit vergangen.

Ihre Mutter blieb beeindruckend unbeeindruckt.

»Er ist ein gut aussehender Mann, weißt du.«

Isa stieß sich vom Tisch ab. »Was soll denn das werden? Wollt ihr mich jetzt etwa auch noch mit diesem Langweiler verkuppeln?«

Renate entfuhr ein schrilles Lachen und Isa wusste, dass sie ins Schwarze getroffen hatte. Genau das war offensichtlich der Plan gewesen. Die arme, einsame Isa brauchte endlich einen Mann. Sie fuhr von ihrem Platz hoch und stampfte aus der Küche. Ihr Vater kam unbeholfen hinterher.

»Isa!«, rief er versöhnlich. »Jetzt wart' halt.«

Beim Klang seiner Stimme konnte sie nicht anders. Sie blieb am Fuß der Treppe stehen und nahm einen tiefen Atemzug. Wie immer, wenn es zwischen ihr und ihrer Mutter zu Spannungen kam, versuchte er zu vermitteln.

»Ich hab es satt, dass sie glaubt, mir einen Mann suchen zu müssen«, sagte sie trotzig, ohne sich umzudrehen. »Noch dazu einen Polizisten.«

»Der Kommissar ka nix für des, was dr Toni bassiert isch, des woisch du.«

Erstaunt sah sie ihn an. »Manchmal ist es mir fast schon unheimlich, wie gut du mich kennst.« Sie hockte sich auf die unterste Treppenstufe und schlang die Arme um ihre angezogenen Knie. Ihr Vater ließ sich schwerfällig neben ihr nieder.

»Du musch aufhöra, die ganz' Welt dafür zu verurteila. Antonia goht's gut. Die kommt beschtens mit der Prothese klar.«

»Ich rede mir ein, dass es weniger schmerzhaft wäre, wenn die Polizei den Schuldigen gefunden hätte.«

Herbert nickte, ein kummervoller Schatten huschte über sein Gesicht.

»Außerdem«, Isa stieß ihn sanft mit dem Ellbogen an, »habt ihr euch seit dem Vorfall auch verändert.«

Wieder nickte ihr Vater. »Mir klammret zu arg, stimmt's?«

»Na ja.« Sie zuckte die Schultern. »Ich bin erwachsen.«

»I woiß doch.« Ihr Vater zog sie an sich. »Mir hams net bös g'meint.«

Das Geräusch leiser Schritte ließ beide aufblicken. Renate kam sichtlich zerknirscht herausgeschlichen. »Alles in Ordnung?«

»Ja, alles gut«, bemühte Isa sich um eine feste Stimme. Sie half ihrem Vater von der Treppe hoch und hakte sich bei Renate unter. In trauter Einigkeit kehrten sie in die Küche zurück, wo ihre Mutter gerade dabei war, wie wild die Arbeitsfläche zu schrubben.

»Ich hatte ja keine Ahnung, dass du ihn nicht leiden kannst«, sagte sie schnippisch.

»Vergiss es.« Das spielte jetzt auch keine Rolle mehr.

»Tu mir wenigstens den Gefallen«, sagte ihre Mutter, ohne mit dem Schrubben aufzuhören, »und erzähl nicht wieder einen deiner unanständigen Witze, wenn der Kommissar nachher da ist. Hildegunds Sohn ist immer noch völlig verstört, wenn die Sprache auf dich kommt.«

Der Nachtisch, Vanilleeis mit heißen Himbeeren, zauberte allen ein zufriedenes Lächeln ins Gesicht und lockerte die Stimmung allmählich wieder auf. Es hätte noch ein schöner Abend werden können, wäre da nicht der drohende Besuch dieses gewissen, ungebetenen Gastes gewesen. Immer wieder sah Isa unruhig auf die Uhr und hoffte, dass Bährs Versprechen zu kommen genauso leer war wie der Teller auf dem Tisch. Doch als der kleine Zeiger sich der Zehn zuneigte, hörte sie, wie ein Schlüssel im Schloss herumgedreht wurde. Alfons setzte sich auf und hob seine Schlappohren.

»Fass!«, zischte Isa und ignorierte das empörte Schnalzen ihrer Mutter. Kurz darauf öffnete sich die Küchentür und Bähr streckte den Kopf herein. Er wirkte geradezu unsicher, wie er zwischen den Anwesenden umherblickte.

»Hereinspaziert, Herr Kommissar«, rief Isas Mutter und klopfte auf die Stuhllehne neben sich.

»Ach wissen Sie«, begann er zögerlich, »ich muss morgen früh raus. Ich denke, ich werde gleich nach oben gehen.«

Obwohl Isa es durchaus genoss, zuzusehen, wie er sich wand, kam sie ihm ausnahmsweise zu Hilfe.

»Kein Problem, gehen Sie nur. Wir sind auch alle müde.«

»Isa!« Margret lachte künstlich in Bährs Richtung. »Das war ein Witz.«

»Eigentlich nicht«, brummte Isa. Sie spürte Bährs Blick auf sich und hoffte, dass er ihren Wink verstanden hatte. Doch ihre Mutter wies man nicht so einfach zurück. Sie sprang auf und zog den Kommissar zur Tür herein. Er wirkte völlig überfordert.

»Wein?« Renate beugte sich über den Tisch und schenkte ihm das Glas randvoll ein, ohne seine Antwort abzuwarten.

»Mussten Sie Überstunden machen?«, fragte Isas Mutter und sah ihn mitfühlend an.

Bähr nickte verkrampft. Sein Unbehagen stand ihm ins Gesicht geschrieben.

»Wie läuft's denn mit Ihrem Fall?« Renate stierte den Kommissar an, als wollte sie ihn gleich mit Haut und Haar verschlingen.

»Das darf er doch nicht sagen«, antwortete Margret an seiner Stelle. »Nennt sich Dienstgeheimnis, stimmt's? Das respektieren wir natürlich.«

»Offensichtlich nicht jeder hier«, murmelte Bähr und nahm einen Schluck aus seinem übervollen Glas.

Isa verengte die Augen zu Schlitzen. Ihre ahnungslose Mutter kicherte, als habe er gerade einen großartigen Witz gerissen. Die Einzige, die außer Isa noch wusste, worauf er anspielte, war Renate. Erwartungsvoll blickte sie zwischen ihr und Bähr hin und her.

»Wollen Sie noch was essen?«, fragte ihre Mutter und sah sich nach dem unbenutzten Teller um. Den hatte Isa vorhin heimlich in den Schrank zurückgestellt.

»Danke, aber ich habe mir unterwegs was geholt.«

»Ich hoffe, Sie essen nicht denselben ungesunden Single-fraß wie unsere Isa. Oder sind Sie verheiratet, Herr Bähr?«

Isa trat unter dem Tisch nach ihrer Mutter, aber stattdessen zuckte ihr Vater zusammen und jaulte unterdrückt auf. Sie formte eine stumme Entschuldigung mit den Lippen.

»Bin ich nicht«, sagte Bähr. Irritiert sah er zu Isas Vater hinüber, dessen Kopf hochrot angelaufen war.

»Sind Sie nicht«, wiederholte Margret unnötigerweise, jedes einzelne Wort überdeutlich betonend. Isa spürte, wie sich unter ihrem Pulli die Hitze staute. Das ging echt zu weit.

»Hey, kennen Sie den? Ein Priester und eine Nutte …«

»Isa!«

Sie hob unschuldig die Brauen und schlug sich dann mit der flachen Hand an die Stirn. »Ach ja, 'tschuldige. Ein Priester und eine Prostituierte …«

»Diese obszönen Witze will wirklich niemand hören«, fuhr Margret dazwischen.

»Isch des der mit d'r Ziege und 'em Bier?« Ihr Vater stützte sich mit beiden Ellbogen auf dem Tisch ab und sah sie in freudiger Erwartung an.

»Herbert!« Margrets Wangen glühten. Über ihrer Oberlippe glänzten winzige Schweißtropfen. »Bitte entschuldigen Sie den fragwürdigen Humor meiner Familie, Herr Bähr.« Sie schien fest entschlossen, das Ruder herumzureißen. »Apropos, was ist mit Ihrer Familie? Lebt sie auch in Esslingen?«

Bähr räusperte sich. »Meine Schwester wohnt in Esslingen«, antwortete er.

»Und Ihre Eltern?«

Er nahm einen riesigen Schluck Wein, als wollte er darin ertrinken. »Meine Schwester und ich sind bei unseren Großeltern aufgewachsen.«

Einen Moment lang herrschte betretenes Schweigen. Sogar Isa biss sich ausnahmsweise auf die Zunge. Jeder schien sich im Geiste die schlimmsten Gründe für Bährs elternlose Kindheit auszumalen. Einzig Alfons' Schmatzen war zu hören. Wahrscheinlich hatte er unter dem Tisch etwas Essbares gefunden.

»Dieses Haus erinnert mich an das meiner Großeltern«, sagte Bähr plötzlich in die Stille hinein. »Es war auch ziemlich chaotisch.«

Isa presste die Lippen zusammen. Ihr aufziehendes Mitgefühl verpuffte wie eine Wolke in der Mittagssonne. »Wie heißt es so schön? Ordnung braucht nur der Dumme. Das Genie beherrscht das Chaos.«

Ihr Vater zwinkerte ihr anerkennend zu.

»Ist der von Ihnen?« Der Hohn in Bährs Stimme war nicht zu überhören.

»Einstein.« Es fehlte nicht viel und sie hätte triumphierend beide Fäuste in die Luft gerissen.

Margret stammelte irgendwas von Ordnungsliebe und Struktur, aber Bähr schien sie gar nicht zu hören. Grimmig sah er Isa an. Sie grinste süffisant und hielt seinem durchdringenden Blick so lange stand, bis er nach seinem Glas griff und es in einem Zug leerte. Als er Anstalten machte, sich zu erheben, füllte Margret ihm eilig nach.

»So«, sagte sie dann und warf Isas Vater bedeutungsvolle

Blicke zu. Subtilität war wirklich nicht ihre Stärke. Herbert schien die Aufforderung seiner Frau trotzdem nicht zu verstehen.

»Schon so spät«, versuchte sie es deshalb mit großen Augen, was ihn nur dazu veranlasste, auf seine Uhr zu sehen und mit den Schultern zu zucken.

Mit vorgeschobenem Unterkiefer schielte Isa zu Bähr hinüber. Obwohl sie das Ganze selbst lächerlich fand, ärgerte sie sich über den spöttischen Zug um seine Mundwinkel. Ihre Mutter schien nun endgültig die Geduld zu verlieren. Sie stand abrupt auf und klemmte sich ihre ausgeleierte Handtasche unter den Arm. »Zeit zu gehen.«

Herbert erhob sich brummend und warf seiner Tochter einen entschuldigenden Blick zu.

Wenigstens war Renate noch da. Isa wollte auf keinen Fall mit Bähr allein bleiben. Nicht auch nur für eine Minute.

Doch als Isa sich zu ihrer Freundin umwandte, robbte die gerade unbeholfen von der Eckbank.

»Seit wann gehst du denn so früh?«

Renate hob unschuldig die Hände. »Ich brauche meinen Schönheitsschlaf.«

Von wegen. So selbstgefällig, wie sie dreinblickte, schien sie auch noch zu glauben, Isa mit ihrem verfrühten Aufbruch einen Gefallen zu tun.

Da spielte sie nicht mit. Die Handflächen auf die Tischplatte gestützt, stemmte sie sich hoch. Doch ihre Mutter war schneller. »Bleib nur, du hast ja schließlich einen Gast.« Und ehe Isa etwas erwidern konnte, rauschten die drei davon und ließen sie mit Kommissar Spießer zurück.

Kapitel 9

»Haben Sie den Fall bald gelöst?«, brummte Isa, hauptsächlich, um die peinliche Stille zwischen ihnen auszufüllen.

Bähr sah sie forschend an. »Sie wollen mich so schnell wie möglich loswerden, was?«

Sie riss theatralisch die Augen auf. »Wie kommen Sie denn darauf?«

»Ich kann mir auch was Schöneres vorstellen.« Er räusperte sich, wirkte mit einem Mal unsicher. »Auch wenn ich es nur ungern zugebe, könnte ich einen Tipp gebrauchen.«

Sie richtete sich auf. Damit hatte sie tatsächlich nicht gerechnet. Bat er sie etwa gerade um ihre Hilfe?

»Die Grimminger sind mir gegenüber so verschlossen. Ich habe das Gefühl, dass sie etwas zurückhalten.«

Davon konnte Isa ein Lied singen. Als sie hergezogen war, hatte sie diesen Argwohn Fremden gegenüber am eigenen Leib erfahren. Zeitweise war sie sich vorgekommen wie ein verlauster Kater, dem niemand zu nah kommen wollte. Aber das würde sie schön für sich behalten, weswegen sie nur mit den Schultern zuckte. »Wundert mich nicht.«

»Ach ja? Und warum, wenn ich fragen darf?«

»Ich versuch mal, mich nett auszudrücken.« Sie lächelte mitleidig. »Sie kommen ziemlich unsympathisch rüber.«

Bähr schnalzte mit der Zunge. »Das war die nette Version?« Er drehte sein Glas im Kreis und schien zu beobachten, wie sich das Licht im dunklen Rot des Weins brach.

Isa verkniff sich ein Grinsen. Sollte er sich doch an den Grimmingern die Zähne ausbeißen. Andererseits, wenn sie ihm ein bisschen unter die Arme griff, würde er den Fall vielleicht schneller lösen. Was wiederum bedeutete, dass sie ihn eher wieder los wäre.

»Sie sollten Walter Messel einen Besuch abstatten.«

»Wem?«

Isa schnaubte. »Sehen Sie, das ist Ihr Problem. Sie kennen noch nicht einmal die Leute hier.«

Bähr stützte beide Ellbogen auf die Tischplatte und rieb sich mit den Händen übers Gesicht. »Klären Sie mich auf.«

»Ihm gehört der Dorfladen. Wenn im Ort was passiert, ist er einer der Ersten, der davon erfährt. Er hat mir erzählt, dass Ute Gmeiner, die Frau des Ortsvorstehers, vor einigen Tagen einen Streit mit Jutta Liebknecht hatte.«

Bähr ließ die Hände sinken. Offensichtlich war sein Interesse geweckt.

»Ist dieser Messel denn vertrauenswürdig?«

»Ich vertraue ihm«, sagte sie.

»Na schön. Nehmen wir einmal an, es stimmt. Hat er Ihnen dann auch verraten, worum es in dem angeblichen Streit ging?«

»Ute Gmeiner hatte wohl ein Problem damit, dass die Liebknecht sich so gut mit ihrem Mann verstand.«

»Wie gut?«

Isa zuckte die Schultern. »Das müssen Sie Ute schon selbst fragen.«

Bähr lehnte sich zurück und trommelte gedankenverloren mit den Fingern auf der zerkratzten Tischplatte herum.

Wie es schien, war ihr Hinweis nicht gänzlich unbrauchbar. Doch was sie betraf, war noch immer Liebknecht ihr Hauptverdächtiger. Selbst wenn er und seine Frau eine offene Ehe geführt hatten, war sein Verhalten seit ihrem Tod äußerst schräg. Plötzlich fiel ihr das Foto wieder ein. Sie schlug sich an die Stirn.

»Was ist?«

Isa fischte nach ihrem Handy, das hinter ihr auf dem Regalbrett lag, und öffnete die Bildergalerie.

»Das sollten Sie sich ansehen.«

Bähr griff nach dem Smartphone.

»Ist das …?« Er runzelte die Stirn.

»Ganz genau. Der trauernde Witwer.« Sie zog eine Grimasse und tat, als müsste sie gleich weinen.

»Und dieser liebreizenden Blondine hier«, sie deutete auf das Bild, »hat er gestern den Lippenstift vom Mund gesaugt, wenn Sie verstehen, was ich meine.«

»Das ist seine Angestellte.«

»Schätze, sie nimmt ihren Job ziemlich ernst.« Sie würde noch herausfinden, woher er wusste, dass die Blondine für Liebknecht arbeitete.

»Der Typ war mir schon immer suspekt«, sagte sie. Die Erinnerung an das Zwetschgenfest kam ihr wieder und sie schüttelte sich innerlich.

»Sein Alibi muss neu überprüft werden«, murmelte Bähr vor sich hin und zog sein eigenes Smartphone aus der Innentasche seines Jacketts. Isa horchte auf. Man hatte Liebknecht als Verdächtigen also durchaus ins Auge gefasst, sonst hätte die Polizei wohl kaum nach seinem Alibi gefragt.

»Seine Angestellte«, Bähr stockte, »oder seine Geliebte«,

verbesserte er sich, »hat ausgesagt, mit ihm auf einem Zahn-medizinischen Kongress gewesen zu sein.«

»Ich wette, da standen Doktorspielchen auf der Agenda.« Isa lachte grunzend über ihren eigenen Witz.

Bähr verzog keine Miene.

Dieser Mann besaß wirklich keinen Funken Humor. Aber das wusste sie ja inzwischen. »Wie hoch stehen die Chancen, dass eine junge Geliebte für ihren Angebeteten lügt?«, fragte sie.

»Man kann es nicht ausschließen«, bestätigte Bähr. Er deutete auf ihr Handy. »Das werde ich erst mal mitnehmen müssen.«

»Vergessen Sie's.« Sie entriss ihm das Gerät. Es war undenkbar, ihm ihr Smartphone zu überlassen. Nicht nur, weil sie ein paar unschöne Gemeinheiten über ihn an Renate getextet hatte.

»Dann gebe ich Ihnen meine Nummer und Sie schicken mir das Bild.«

Isa wackelte mit den Brauen. »Wir kennen uns doch kaum.«

Er wich ihrem Blick aus und schwieg. Hatte sie den blasierten Kommissar etwa aus der Fassung gebracht? Sein ungeduldiges Seufzen belehrte sie eines Besseren. Er legte ihr sein Handy hin und sie tippte die Nummer ab, die auf dem Display angezeigt wurde. Anschließend schickte sie ihm das Bild.

»Werden Sie auch mit Ute Gmeiner reden?«

»Sicher«, sagte er nickend. »Die Tat spricht allerdings eher für einen männlichen Mörder.«

»Wieso?«

Bähr sah auf, als wäre ihm eben erst wieder eingefallen,

mit wem er da sprach. Sie konnte ihm ansehen, dass er abwägte, wie viel er preisgeben durfte. Für seine Verhältnisse war er ungewöhnlich redselig gewesen. Bestimmt hatte der Alkohol seinen Teil dazu beigetragen. Blieb nur zu hoffen, dass nicht ausgerechnet jetzt, wo es spannend zu werden versprach, die Wirkung nachließ. Besser, sie setzte Rotwein auf ihre geistige Einkaufsliste. Wenn sie zukünftig auf dem Laufenden bleiben wollte, könnte sich das als hilfreich erweisen.

»Jutta Liebknecht hat einen Schlag auf den Hinterkopf bekommen, aber der hat sie nicht getötet«, antwortete er endlich.

Isa verkniff sich den Kommentar, dass sie das bereits wusste. Sie musste ihn nicht auch noch explizit an ihre Schnüffelei erinnern.

»Inwiefern deutet das auf einen männlichen Mörder hin?«, fragte sie stattdessen.

»Um jemanden zu erwürgen, braucht man Kraft. Die Spuren deuten darauf hin, dass Jutta Liebknecht sich heftig gewehrt hat.«

»Du meine Güte.« Isa schauderte, aber Bähr schien es nicht zu bemerken. Er redete einfach weiter, als würde er laut denken.

»Frauen neigen allgemein weniger zu aggressivem, affektivem Vorgehen. Wenn sie töten, dann eher aus pragmatischen Gründen.«

»Aha.« Sie hörte nur mit halbem Ohr hin. Was er vorher gesagt hatte, hallte immer noch durch ihren Kopf und ließ sie frösteln.

»Zum Beispiel aus finanziellen Gründen«, fuhr er fort. »Um sich abzusichern. Oder weil sie sich von jemandem befreien wollen. Die Tötung selbst läuft oft unblutig ab, nicht selten sogar ohne direkten Körperkontakt. Wenn sie Gift verwenden beispielsweise.«

»Und Männer?«, unterbrach sie ihn.

Er sah aus, als hätte sie ihn aus dem Schlaf wachgerüttelt.

Innerlich beschwor sie sich, endlich den Mund zu halten. Sonst würde er dichtmachen und ihr gar nichts mehr erzählen. Sie blinzelte ihn möglichst unschuldig an.

»Da sind die Gründe und Vorgehensweisen schon vielfältiger.«

Eine flüchtige Berührung an ihrem Bein ließ Isa erschrocken zusammenzucken. Sie beugte sich zur Seite und entdeckte Alfons, der zu ihren Füßen saß und sie erwartungsvoll ansah.

Normalerweise ließ sie ihn um diese Zeit noch einmal in den Garten. Sein Biorhythmus war so zuverlässig wie ein Schweizer Uhrwerk. Jetzt schien auch Bähr zu bemerken, wie spät es bereits war. Er räusperte sich und klopfte auf den Tisch. »Ich werd mal ins Bett gehen.«

Bevor sie etwas sagen konnte, war er aufgestanden und zur Tür hinaus.

Isa sank gegen die Lehne und blies sich eine lose Haarsträhne aus der Stirn. Das war besser gelaufen als gedacht. Plötzlich streckte Bähr noch einmal den Kopf zur Tür herein. »Nur dass Sie es wissen … ich mochte das Haus meiner Großeltern.« Er blickte dabei so ernst drein, dass Isa seine Worte im ersten Moment für eine weitere beleidigende Anspielung auf ihre Unordnung hielt.

Sie schnappte nach Luft, um etwas zu erwidern, da war er schon verschwunden.

Mit offenem Mund blieb sie zurück.

Mitten in der Nacht erwachte sie aus einem unruhigen Schlaf. Sie hatte von Jutta Liebknecht geträumt, wirr und unzusammenhängend. Zurück blieb nur der Nachhall eines bedrohlichen Gefühls. Sie tastete nach dem Lichtschalter und kniff die Augen zusammen. Die Leuchtziffern ihres Weckers bestätigten ihre Ahnung. Es war kurz vor drei Uhr morgens.

Sie schlug die zerwühlte Bettdecke zurück und tapste zur Tür. Begleitet vom Knarren der Treppenstufen lief sie hinunter ins Erdgeschoss. In der Küche ließ sie sich ein Glas Leitungswasser einlaufen und trank es in einem Zug leer. Die Tropfen, die danebengegangen waren, wischte sie mit dem Ärmel vom Kinn und lehnte sich matt gegen die Arbeitsplatte.

Immer wieder rauschten Wortfetzen aus dem Gespräch mit Bähr durch ihren Kopf, wie ein Ohrwurm, den man nicht mehr loswurde.

Sie blickte neidvoll zu Alfons hin, der zusammengerollt in seinem Körbchen lag und gleichmäßig atmete. Über diesem Hund könnte das Haus zusammenbrechen und er würde es verschlafen.

Für sie hingegen war an Schlaf nicht mehr zu denken. Unschlüssig betrachtete sie ihre Zehennägel, auf denen der rote Lack bis zur Hälfte herausgewachsen war. Statt hier in der Kälte herumzustehen, konnte sie sich ebenso gut aufs Sofa legen und vom Fernseher berieseln lassen. Der hatte immer eine beruhigende Wirkung auf sie.

Also tapste sie ins Wohnzimmer hinüber und wickelte sich ihre flauschige Decke um die Schultern. Als sie sich in die Kissen fläzte, drückte ihr etwas unangenehm in den Rücken. Ächzend rollte sie sich zur Seite und ertastete ihren Laptop zwischen den Polstern. Sie zog ihn raus und wollte ihn schon zur Seite legen, da hatte sie eine plötzliche Eingebung.

Damals, nachdem Mark sie von heute auf morgen verlassen hatte, war auch nicht an Schlaf zu denken gewesen. Sie hatte sich mit Ratgeberbroschüren und Foren im Internet die Nächte um die Ohren geschlagen. In einem Ratgeber hatte gestanden, dass es helfen könne, eine Art Tagebuch zu führen. Und tatsächlich hatte sie einige Wochen fleißig daran geschrieben. Bis sie eines Nachts endlich wieder hatte durchschlafen können. Letzten Endes blieb ungeklärt, ob es wirklich am Schreiben oder an der berühmten wundheilenden Zeit gelegen hatte.

»Was soll's«, sagte sie zu sich selbst. Sie klappte den Laptop auf, wartete, bis er hochgefahren war, und öffnete ein neues Dokument. In fett gedruckten Lettern schrieb sie »Mordfall Jutta Liebknecht« in die Kopfzeile. Sie zupfte mit den Fingern an ihrer Unterlippe herum und überlegte, wie sie beginnen sollte. Der Cursor blinkte geduldig vor sich hin.

»Hauptverdächtiger«, murmelte sie und tippte Liebknechts Namen. Stichwortartig listete sie dann alles auf, was ihr zu ihm einfiel. Zum Beispiel, dass er eine Geliebte hatte, die sein Alibi stützte. Auch das romantische Abendessen, bei dem sie die beiden beobachtet hatte. Seine regelrecht gleichgültige Art im Umgang mit dem Tod seiner Frau.

Sie hielt inne und legte den Kopf auf der Rückenlehne ab. Bähr würde sicher noch einmal überprüfen lassen, ob Liebknecht zur Tatzeit wirklich auf dem Kongress gewesen war. Doch Isa wollte vor allem mehr über die Ehe von Hans-Werner und Jutta Liebknecht erfahren. Das könnte aufschlussreich sein.

Dann war da noch Ute Gmeiner. Die machte dem Witwer durchaus Konkurrenz im Rennen um den Titel des Hauptverdächtigen.

Auch zu ihr schrieb Isa alles auf, was sie bereits wusste, wobei das bedauerlicherweise nicht sonderlich viel war.

Den Ortsvorsteher setzte sie in Klammern darunter. Wenn sich bestätigte, dass zwischen ihm und Jutta etwas gelaufen war, rückte auch er ins Feld der Verdächtigen vor. Schließlich speicherte sie das Dokument und seufzte. Sie fühlte sich tatsächlich irgendwie erleichtert.

Als sie wenig später ins Bett zurückkehrte, dauerte es nicht lange, bis sie eingeschlafen war.

Am nächsten Morgen achtete Isa in der Schule tunlichst darauf, weder Anna-Maria noch Jens über den Weg zu laufen. Wenn es nach Schmoll ging, müssten die Einladungen für das Schulfest bereits in den Schaufenstern hängen und die Ladentheken schmücken. Stattdessen hatte sie noch nicht einmal damit angefangen. Aber nach ihrer Rechnung blieb ihr dafür auch noch genügend Zeit. Unter Druck ließ sich ohnehin besser arbeiten.

Sie schickte Renate mit ihrem Handy eine Nachricht, dass sie das Lehrerzimmer heute meiden würde, und kurz darauf erschien die Gute mit zwei dampfenden Kaffeetassen in ihrer Klassenzimmertür.

»Ich könnte dich küssen«, rief Isa.

»Zur Wiedergutmachung.«

Isa nickte vorwurfsvoll. »Du hast mich gestern ganz schön hängen lassen.«

»Wie war's denn noch?«

Sie nahm die heiße Tasse entgegen und schnupperte genießerisch daran. »Der Abend hat nicht in heißen Liebesschwüren und kamasutrischen Verrenkungen geendet, falls du das hören wolltest.«

Renate platzierte eine in Kunstleder gehüllte Pobacke auf dem Pult.

»Aber du hast ihm auch nicht die Augen ausgekratzt, hoffe ich.«

Isa zog eine Braue hoch. »So was machen kleine Mädchen. Erwachsene Frauen reißen Männern die … «

In weiser Voraussicht hob Renate die Hand und brachte Isa zum Schweigen.

»Schon gut, das musst du nicht weiter ausführen.«

Eine Weile tranken sie schweigend ihren Kaffee und beobachteten das Schneetreiben vor dem Fenster.

»Worüber habt ihr euch noch unterhalten?«, fragte Renate in die Stille hinein. Sie konnte es einfach nicht lassen.

»Über den Fall«, sagte Isa.

»Und?«

Obwohl sie Renate vertraute, überlegte sie, wie viel sie preisgeben durfte. »Es gibt wohl noch keine heiße Spur.«

Enttäuscht ließ Renate die Schultern hängen. Isa musste an Liebknecht und seine Freundin denken. Das war ihre eigene Entdeckung gewesen und hatte nicht in den Akten gestanden. Außerdem machte Liebknecht nicht gerade ein Geheimnis daraus. Sie beschloss, dass es legitim war, Renate wenigstens in dieses Detail einzuweihen.

»Der Liebknecht hat übrigens 'ne Geliebte.« Das klang ein bisschen wie der Titel eines schlechten Films.

»Was?« Geräuschvoll stellte Renate ihre Tasse auf dem Pult ab. Kaffee schwappte über, lief kranzförmig am Porzellan herunter und schloss sich auf der Tischplatte zu einem Ring zusammen.

Isa griff nach ihrem Handy. Sie öffnete ihre Galerie und hielt Renate das Beweisbild vor die Nase. Die fummelte hektisch ihre an einer Kette baumelnde Lesebrille aus dem Blusenausschnitt hervor und starrte auf das Foto von Liebknecht und seiner Blondine. »Ach du meine Güte!«

»Na ja«, brummte Isa, »dass er kein Heiliger ist, haben wir ja bereits gewusst.«

»Nein, nicht deshalb. Ich kenne die Frau!«, piepste Renate.

Isa zuckte die Schultern. »Sie arbeitet in seiner Praxis.«

»Kann sein. Aber ich kenne sie aus dem Nagelstudio.« Renate sah sie über den Brillenrand hinweg aus ihren blau geschminkten Augen an.

»Wie klein die Welt doch ist«, murmelte Isa. Wenn sie es recht bedachte, war das ein wirklich praktischer Zufall.

»Ich hab eine Idee.«

Renate verzog das Gesicht. »Ich kenne deine Ideen und weiß nicht, ob ich sie hören will.«

Isa beachtete den Einwand gar nicht. Sie war bereits dabei, sich im Geiste einen Plan zurechtzulegen.

»Das letzte Mal«, jammerte Renate weiter, »hat Maier darauf bestanden, dass ich mich vor dem versammelten Kollegium bei Jens entschuldige. Dabei warst du es, die ihm …«

Isa wedelte mit der Hand vor Renates Gesicht herum. »Das tut jetzt nichts zur Sache.«

Dass Renate aber auch immer wieder auf diesen alten Kamellen herumreiten musste. Ihr und allen anderen wäre geholfen, wenn sie sich wie Isa in der Kunst des Verdrängens üben würde.

Renate schob die Unterlippe vor und verschränkte die Arme vor der Brust.

»Morgen nach der Schule fahren wir nach Reutlingen«, verkündete Isa.

»Werd ich vielleicht auch noch gefragt?«

»Wir warten, bis diese …« Isa verstummte und sah Renate fragend an.

»Alisa.«

»Bis Alisa aus der Praxis kommt, tun so, als wäre es ein Zufall, sie zu treffen, und verwickeln sie in ein Gespräch.«

Sie hob die Brauen und wartete darauf, dass ihre Euphorie auf Renate übersprang. Doch ihre Freundin sah kein bisschen begeistert aus.

»Ich weiß nicht«, murmelte sie, »ich bin zurzeit ziemlich beschäftigt.«

Isa tätschelte ihre Schulter. »Ich weiß, dass du Zeit hast. In deinem Kalender steht unter Freitag nur: *Mit Bini spielen.*«

Renate stieß ein empörtes Schnauben aus. »Guckst du etwa in meinen Kalender?«

»Du sitzt im Lehrerzimmer neben mir, da lässt es sich wohl kaum vermeiden. Dir sollte eher zu denken geben, dass du Verabredungen mit deiner Katze in deinen Kalender einträgst.«

»Ich würde dich Alisa vorstellen müssen. Was ist, wenn sie weiß, dass Kommissar Bähr bei dir wohnt?«, wich Renate aus.

Isa nickte langsam. Das war ein berechtigter Einwand.

»Richtig. Besser, du sprichst allein mit ihr, und ich halte mich im Hintergrund.«

Renate schien kein bisschen überzeugt. Sie war eine ehrliche Haut und jemanden in ein Gespräch zu verwickeln, um an private Informationen zu kommen, behagte ihr offensichtlich gar nicht.

»Ich hab's«, rief Isa, »du rufst mich vorher an und behältst das Handy in der Hand. Dann kann ich hören, was ihr miteinander redet.«

»Das mache ich nicht«, rief Renate entsetzt. »Das geht echt zu weit.«

Schrilles Läuten verkündete das Ende der Pause. Kaum dass die Schulglocke verstummt war, strömten die ersten Schüler ins Klassenzimmer. Während der kalten Jahreszeit ließen sie nichts unversucht, im warmen Schulhaus bleiben zu können. Manchmal versteckten sie sich lieber zu mehreren in einer engen, stinkenden Klokabine, statt zu riskieren, draußen an der frischen Luft zu erfrieren.

»Bis später«, sagte Isa und grinste unschuldig. Renate rutschte vom Pult und schlurfte mit hängenden Schultern zum Klassenzimmer hinaus.

Kapitel 10

Dicke Flocken schwebten vom Himmel, als Isa am Nachmittag das Schulhaus verließ. Die graue Wolkendecke schien eine Verbündete der Dunkelheit zu sein, denn die Dämmerung setzte heute noch früher ein als sonst. Beim Anblick ihres Autos verzog sie missmutig den Mund. Es war unter einer dicken Schneeschicht begraben.

Sie halbierte die weiße Masse mit dem Ärmel ihrer Winterjacke und schob den hinteren Teil vom Dach. Dumpf polterte der Schnee zu Boden.

»Guten Abend, Frau Klein.«

Isa fuhr herum. Beinahe wäre ihr vor Schreck die Schultasche aus den behandschuhten Fingern gerutscht. Mit zusammengekniffenen Augen versuchte sie, durch den Vorhang aus Schneeflocken zu sehen. Sie glaubte, die Umrisse einer zierlichen Gestalt auszumachen. Bestimmt die Mutter eines Schülers.

»Guten Abend«, brummte sie. Musste die sie so erschrecken? Doch als die Person sich dem beleuchteten Hintereingang näherte, erkannte Isa, wen sie da vor sich hatte.

»Ach, Frau Gmeiner.«

Die Frau des Ortsvorstehers war gerade im Begriff gewesen, das Schulhaus zu betreten, und hatte offensichtlich nicht vorgehabt, ein Gespräch zu beginnen. Sie blieb stehen und blickte Isa unschlüssig an.

»Ich habe Sie erst gar nicht erkannt.« Schnell stapfte Isa zu der kleinen Frau hinüber. Sie streckte ihr die Hand entgegen und Ute Gmeiner schüttelte sie zaghaft. Sie schien von Isas ungewohnter Freundlichkeit überrumpelt.

»Wie geht's?« Das klang sogar in Isas Ohren plump. Aber irgendwie musste sie ja anfangen, wenn sie ein Gespräch in Gang bringen wollte.

»Danke, gut.« Gmeiner deutete ein Nicken an und wandte sich wieder dem Schulgebäude zu.

»Kann ich Ihnen helfen?«, rief Isa schnell. Erneut blieb Gmeiner stehen und drehte sich zu ihr um. Zugegeben, es war wirklich ein erbärmlicher Versuch, die Frau daran zu hindern, im Schulhaus zu verschwinden. Aber im Moment war Isa jedes Mittel recht, um sie in eine Unterhaltung zu verwickeln. Sie musste mehr über den Streit zwischen ihr und Jutta herausfinden.

»Ich denke, ich weiß, wo ich Jürgen finde, danke.«

Isa nickte lahm. Ute Gmeiner war Vorständin der örtlichen Narrenzunft, den *»Grimminger Hexen«*, und bei der alljährlichen Schulfastnacht durften die natürlich nicht fehlen. Jedes Jahr traf sie sich einige Tage vor dem großen Fest mit Rektor Maier, um den Ablauf zu besprechen.

»Ich finde, es ist wichtig, dass die Feier trotzdem stattfindet«, zitierte Isa ihre Kollegen, ohne mit der Wimper zu zucken.

Gmeiner presste die Lippen zusammen und Isa unterdrückte ein Stöhnen. Mehr als ein steifes Nicken war ihr wohl nicht zu entlocken. Durfte man als Frau des Ortsvorstehers überhaupt derart wortkarg sein? Doch so schnell würde Isa nicht lockerlassen. »Haben Sie Jutta gut gekannt?«

Gmeiner verschränkte die Arme vor der Brust. Ihre Augen wurden ganz schmal. »Was soll das? Jeder hier weiß, wie es zwischen uns stand.«

Isa hob fragend die Brauen und hoffte, Ute Gmeiner würde ihr die Rolle der Ahnungslosen abnehmen.

»Was damals im Fässle passiert ist, ist lange her. Sie dürfen mir glauben, dass ich Jutta so etwas nie gewünscht hätte.«

Es kostete Isa all ihre Selbstbeherrschung, sich die Überraschung nicht anmerken zu lassen. Was damals im Fässle passiert war? Was zur Hölle war denn in der Dorfkneipe passiert? Und warum wusste sie nichts davon?

»Natürlich«, stieß sie schnell hervor, um ihre Ahnungslosigkeit zu überspielen.

Wortlos drehte Gmeiner ihr den Rücken zu und verschwand im Schulgebäude. Kaum war die Tür ins Schloss gefallen, stakste Isa durch den Schnee zu ihrem Auto und riss die Fahrertür auf. Sie hatte einen Plan.

Der Motor sprang tatsächlich schon nach zwei Versuchen an, aber die Frontscheibe war mit einer dicken Schneeschicht tapeziert und es dauerte eine Weile, bis die Scheibenwischer sich hindurchgequält hatten. Dann setzte Isa zurück, legte den Vorwärtsgang ein und drückte aufs Gas. Im Rückspiegel konnte sie die imposante weiße Wolke sehen, die sie zurückließ.

Das Fässle war eine alte Kneipe am Ortsausgang von Grimmingen. Isa war nur einmal dort gewesen, kurz nachdem Mark sie verlassen hatte. Renate, mit der sie damals noch nicht lange befreundet gewesen war, hatte es für ratsam gehalten, ihren Kummer mit Alkohol wegzuspülen. Das Ganze hatte damit geendet, dass Isa heulend und in Selbstmitleid zerfließend von der Theke gezupft werden musste. Wenn sie daran zurückdachte, spürte sie noch immer die Schamesröte in sich aufsteigen.

Sie parkte vor der abbröckelnden Hauswand und steckte sich ihren Geldbeutel in die Manteltasche. Als sie die Stufen zur Tür hinaufstieg, musste sie sich am wackeligen Geländer festhalten, um nicht auf den vereisten Kanten abzurutschen. Der Eingang wirkte nicht gerade einladend. Rechts neben dem Treppenaufgang stand ein vertrocknetes braunes Buchsbäumchen. Links davon war von der einstigen Dekoration nur noch der leere Blumentopf übrig geblieben, der nun offenbar zum Aschenbecher umfunktioniert worden war. Dem leuchtenden Schriftzug über der Tür fehlte ein Buchstabe und die Reklame für regionales Bier war so verblasst, dass sie kaum noch zu lesen war.

Beim Aufziehen der schweren Eingangstür wehte Isa ein Schwall warmer, abgestandener Luft entgegen.

»Mach zu, Mädchen. Die ganze Wärme geht flöten.«

Sie trat ein und die Tür fiel hinter ihr ins Schloss.

Viel war nicht los. Nur ein älterer Herr am Tresen und ein paar Männer am Rentnerstammtisch. Alle Augen richteten sich auf sie. Sogar die Musikanlage schien absichtlich zu pausieren, bevor sie mit dem nächsten Schlager aufwartete.

Isa gab sich einen Ruck, hob den Kopf ein wenig höher und marschierte zum Tresen hinüber.

»Eine Cola, bitte.«

Mike, der Wirt, füllte ihr kommentarlos ein Glas und stellte es auf die speckige Holztheke. Sie griff eilig danach und nahm einen langen Schluck, froh, etwas zu tun zu haben. Die aufsteigende Kohlensäure kitzelte an ihrer Nasenspitze, während sie über den Rand des Glases hinweg zu Mike hinüberschielte und sich fragte, wie sie beginnen sollte. Sein grauer Rauschebart, die vielen Tattoos auf den Armen und die Ringe in beiden Ohren verfehlten ihre Wirkung nicht. Er war eine einschüchternde Erscheinung.

»Ganz schönes Sauwetter.«

Er nickte schweigend und sie kämpfte mit einem Räuspern gegen die Stille an. Als sie sich über die Schulter in dem dunklen Raum umsah, stellte sie fest, dass sie noch immer angestarrt wurde. Die Rentner am Stammtisch gaben sich keine Mühe, ihre Neugierde zu verbergen. Schnell drehte sie sich wieder um. Mike war gerade damit beschäftigt, mit einem Tuch über den Tresen zu wischen. Sie beschloss, einen Vorstoß zu wagen. Was hatte sie schon zu verlieren?

»Schlimme Geschichte, dieser Mord, mmh?«

Als hätte er sie nicht gehört, wischte er schweigend in gleichmäßigen Bewegungen weiter.

»Für Ute Gmeiner muss es seltsam sein, nach diesem Zwischenfall hier«, riet sie ins Blaue hinein.

Sie konnte nur hoffen, dass der Typ endlich ins Reden kam. Sonst war er ihrer Meinung nach eindeutig falsch in seinem Job. Tatsächlich schob er den Putzlappen beiseite, stemmte die Pranken auf den Tresen und richtete sich auf.

»Schon möglich.«

Innerlich verdrehte Isa die Augen über diese Einsilbigkeit. Sie konnte sehr gut nachfühlen, wie Bähr sich in den letzten Tagen gefühlt haben musste.

»Wissen Sie, worum es ging?«

»Ist nicht meine Art, über meine Gäste zu reden. Wenn Sie etwas wissen wollen, müssen Sie die Leute schon selbst fragen.«

Isa schluckte. Instinktiv wusste sie, dass sie das Ende der Fahnenstange erreicht hatte.

»Machsch uns no a Runde, Mike?«, erklang eine kratzige Stimme neben ihr. Sie wandte den Kopf und blickte in das rundliche Gesicht eines älteren Herren.

»Hallo, junge Frau.« Er machte eine Geste, als wolle er sich mit den Fingern an die Krempe eines Huts tippen.

»Guten Abend.« Isa rang sich ein Lächeln ab, obwohl ihr nicht danach zumute war.

»Sie send die neue Lehrerin, stimmt's?«

Isa nickte, obwohl sie die Bezeichnung »neu« etwas unpassend fand.

»Des schmeckt doch id.« Der Opi deutete auf ihre Cola und schüttelte missbilligend den Kopf. Isa starrte ihr Glas an. Wenn sie so darüber nachdachte, wäre ihr ein Eierlikör jetzt auch lieber.

»Mach ihr au so oins«, rief der Mann dem Wirt zu, während er auf sein eigenes Glas zeigte.

»Oh, nein danke …«

»Koi Widerred'.«

Kurz darauf stand ein frisch gezapftes Weißbier vor ihr auf der Theke. Die fluffige Schaumkrone quoll über den Rand und kroch langsam am Glas entlang abwärts. Unter den wachsamen Augen des Alten nippte Isa am Schaum und lächelte dann zustimmend. Der Opa machte ein zufriedenes Gesicht und sie fasste sich ein Herz. »Kann ich mich vielleicht zu Ihnen setzen.«

»Des isch en Stammtisch, junge Dame.«

»Lass'e doch, Willi«, rief einer der anderen, »Karl und Dieter fehlet heut sowieso.«

Willi gab sich großzügig und wies mit ausgestrecktem Arm

auf den runden Tisch. Isa ließ sich nicht zweimal bitten. Sie schnappte sich ihr Bier und quetschte sich neben einen massigen Glatzkopf auf die Bank. Noch bevor sie sich gegenseitig bekannt gemacht hatten, wurde schon der erste Obstler vor ihr platziert. Isa spürte, wie ihr allein beim Anblick übel wurde. Aber wenn sie die werten Herren für sich gewinnen und zum Reden bringen wollte, musste sie wohl mitspielen.

»Lebet Sie sich langsam ei, in Grimminga?«, fragte Willi.

»Na ja«, sie hüstelte, »ich wohne ja nun schon seit zwei Jahren hier.«

Die Männer sahen sie abwartend an, als wäre das keine akzeptable Antwort.

»Langsam, aber sicher«, setzte sie deshalb nach.

Die Alten nickten und Isa lächelte erleichtert.

»Heute bin ich Ute Gmeiner begegnet«, warf sie möglichst beiläufig ein und vermied dabei den Blickkontakt mit ihren neuen Kumpels.

»Ach die Ute, lang nemme gseha.« Der Mann, der Helmut hieß, klopfte mit den Fingerknöcheln auf die Tischplatte.

Fast erwartete Isa ein »Hört, hört« im Chor. Doch zu ihrer Enttäuschung blieb es aus.

»Eine nette Frau«, murmelte sie. Sie wagte noch immer nicht, die Männer anzusehen, aus Angst, ihre Heuchelei würde auffliegen.

»Koi Oifache«, brummte Willi.

»Stimmt«, pflichtete Harald ihm bei.

»Tatsächlich?« Isa hoffte, dass ihr Gesichtsausdruck so arglos wirkte, wie sie ihn aussehen lassen wollte.

Die Männer nickten vielsagend. »Die hat dahoim d'Hosa a.«

Der Ortsvorsteher stand also unter dem Pantoffel seiner Frau. Vielleicht hatte er ausreißen, endlich wieder ein ganzer Kerl sein wollen. Isa beschloss, aufs Ganze zu gehen.

»Ist was dran an dem, was man sich über ihn und Jutta erzählt?«

»A wa, die Ute sieht G'spenschter«, brummte Helmut, »wie so oft, nach a baar Gläser z'viel.«

Der Wirt brachte die nächste Runde Obstler. Sein stechender Blick durchbohrte Isa wie ein Giftpfeil. Sie gab sich Mühe, ihn zu ignorieren, und griff nach ihrem Glas. Die klare Flüssigkeit kroch ätzend langsam ihren Hals hinunter. Jetzt schon merkte sie, wie ihre Beine schwer wurden und eine unangenehme Hitze in ihrem Körper aufwallte.

»Und dann diese alte Geschichte«, stieß sie das Gespräch wieder an. Aus dem Augenwinkel sah sie, wie der Wirt zum Tresen zurückging und auf seinem Handy herumtippte. Immer wieder schaute er zu ihr herüber. Sie rutschte auf der Bank herum und drehte ihm, so gut es ging, den Rücken zu.

»Peinliche Gschichd«, brummte Harald zustimmend.

Zu ihrer Freude nickten die anderen Männer. Sie wussten also, wovon die Rede war, ganz im Gegensatz zu ihr, die noch immer ins Blaue hinein riet.

»Des war au für den Dieter oagnehm.«

Wieder wackelten sie zustimmend mit ihren Köpfen.

Und Isa wackelte mit.

»Aber Jutta hat's doch au drauf a'glegt.«

»Worauf?«, platzte Isa heraus.

»Ha, jeder woiß doch, dass d'Ute manchmal eifersüchtig isch«, murmelte Helmut.

Isa spürte, wie ihre Wangen zu glühen begannen, und das nicht nur wegen des Alkohols.

Ausgerechnet in diesem Moment kam der Wirt erneut an den Tisch und füllte ungefragt die Schnapsgläser auf. Die Männer verfielen in Schweigen, als ob es ein ungeschriebenes Gesetz war, dass man hier nicht über Ute Gmeiner reden durfte.

»Dr ganze Obed hat d'Jutta am Dieter g'hanga und ihm scheene Auga g'macht«, fuhr Willi gedämpft fort, als Mike vom Tisch verschwunden war, »da hat d'Ute halt d'Kontroll verlora.«

»Des war a beachtlich's Veilchen«, warf einer ein. Die anderen lachten verhalten. Isa traute ihren Ohren kaum. Hatten die beiden Frauen sich etwa geprügelt? Ihr blieb keine Zeit nachzuhaken, schon erzählte Willi eifrig weiter. »Danach isch se für zwoi Monat' von der Bildfläch' verschwunda.«

»Weiß man, wo sie war?« Isa hoffte, dass sie nicht zu forsch vorging und damit die Männer verschreckte.

»D'r Dieter hat verzählt, dass se a Sprachreis' macht. Aber d'Ute alloi im Ausland?« Helmut zog gleichzeitig den linken Mundwinkel nach unten und die rechte Augenbraue nach oben. »Des glaubsch doch selbr id.«

Wie aus dem Nichts tauchte plötzlich wieder der Wirt neben Isa auf. Er hielt die Schnapsflasche in der Hand, doch diesmal machte er keine Anstalten, die Gläser zu füllen.

»Ich denke, es reicht«, brummte er.

Isa hob den Kopf und bemerkte, dass er ausschließlich sie ansah. Plötzlich versperrte ein dicker Kloß ihren Hals. Sie schluckte hörbar.

»Ich wollte sowieso gerade gehen«, murmelte sie.

Die Männer protestierten. Doch der Wink des Wirts war eindeutig gewesen. Groß wie ein Berg stand er vor ihr und wich keinen Zentimeter zurück. Sie zog den Bauch ein, quetschte sich an ihm vorbei und griff nach ihrem Mantel.

»Was bin ich euch schuldig?«, fragte sie und stellte zu ihrem Ärger fest, dass ihr die Worte nicht mehr ganz klar über die Lippen kamen. Sie kramte in ihrer Jackentasche nach dem Portemonnaie, aber natürlich winkten die Herren des Stammtischs wohlwollend ab.

Mike geleitete sie bis zum Ausgang und hielt ihr sogar die Tür auf, als wollte er sichergehen, dass sie auch wirklich verschwand.

Sie trat auf die oberste Stufe hinaus, die Tür fiel hinter ihr ins Schloss und die Kälte wand ihre eisigen Finger um sie. Wie es schien, war die Temperatur während ihres Aufenthaltes in der Kneipe weiter gefallen. Seufzend zog sie den Reißverschluss ihres Mantels zu und schlüpfte in ihre Handschuhe. Während sie sich am Geländer nach unten hangelte und eine glatte Stufe nach der anderen bewältigte, wurde ihr schlagartig klar, dass sie nicht mehr fahrtüchtig war. Es wäre das Vernünftigste, ihr Auto stehen zu lassen und jemanden um einen Fahrdienst zu bitten.

Die einzige Person, die ihr auf Anhieb einfiel, war Renate. Sie kramte ihr Handy hervor und scrollte in ihrer Kontaktliste nach der Nummer. Bibbernd verlagerte sie das Gewicht von einem Bein auf das andere und presste sich das Telefon ans Ohr. Doch für eine ganze Weile war nur das zermürbende Tuten zu hören.

Unschlüssig starrte sie das leuchtende Display an. Sie hatte keine Ahnung, wen sie sonst noch anrufen könnte. Ihre Eltern kamen nicht in Frage. Wenn Isa sie jetzt um Hilfe bat, würde der Kampf um ihre Privatsphäre von vorne losgehen. Außerdem würde es mindestens zwanzig Minuten dauern, bis sie bei ihr wären. Und dann würde sie erklären müssen, was sie hier machte. Worauf sie getrost verzichten konnte, weil ihre Mutter auch so schon der Meinung war, dass sie sich nicht wie eine Erwachsene benahm.

Sie schob den Unterkiefer vor und durchforstete ein weiteres Mal ihre Kontakte, während der Wind ihr die Schneeflocken wie blanken Hohn ins Gesicht schleuderte.

Das hatte sie nun von ihren Detektivspielchen. Es blieb ihr wohl nichts anderes übrig, als auf ihren eigenen zwei Beinen nach Hause zu laufen. Allerdings würde das bedeuten, einmal der Länge nach durch Grimmingen zu marschieren. In der Dunkelheit. Durch den Schnee.

Als sie ihr Handy zurück in die Jackentasche steckte, berührte sie mit den Fingerspitzen ihren Schlüsselbund. Es wäre so einfach, ins Auto zu steigen und loszufahren. In wenigen Minuten wäre sie zu Hause.

Das Gellen einer Hupe riss sie aus ihrer Überlegung. Sie sah auf und erblickte einen schwarzen Audi am Straßenrand.

»Brauchen Sie Hilfe?« Bähr hatte sich vorgebeugt und blickte zum Fenster der Beifahrerseite heraus.

»Nein, danke.« Sie winkte ab und lehnte sich betont lässig mit einem Arm an ihren Mazda. Der Kommissar brauchte nicht zu wissen, dass sie sich an einem Wochentag mit der Rentnergang in der Dorfkneipe volllaufen ließ.

Er verengte die Augen. »Sind Sie betrunken?«

Isa presste die Lippen zusammen.

»Ich kann Sie mitnehmen, bin sowieso gerade auf dem Heimweg.«

»Ich möchte mein Auto nur ungern stehen lassen«, rief sie gegen den Wind an. Außerdem wollte sie ihm keinen Gefallen schulden.

»Keine Sorge, das klaut niemand.«

Sie legte den Kopf schief. Da war sie wieder, seine gewohnte Überheblichkeit. Und zu ihrem Ärger wollte ihr abermals kein passender Konterspruch einfallen. Was war denn nur los mit ihr? Sie beschloss, dem hochprozentigen Nebel in ihrem Hirn die Schuld zu geben.

»Nun steigen Sie schon ein. Es ist eiskalt.«

Das war es wirklich, sie spürte ihre Nasenspitze kaum noch. Und ihre Ohren kribbelten. Mit ihm mitzufahren war eindeutig das kleinere Übel. Lieber würde sie fünf Minuten in der Spießerkarre zubringen, als eine Ewigkeit durch die Kälte zu marschieren. Sie gab sich einen Ruck, stapfte über den vereisten Hof und stieg ins warme Auto. Als Bähr keine Anstalten machte loszufahren, sah sie zu ihm rüber und bemerkte, dass er sie belustigt anstarrte.

»Was?«

»Was machen Sie hier?«

»Ich war beim Stammtisch.«

Zu ihrer Überraschung prustete er ungehalten los.

»Zu Recherchezwecken«, blaffte Isa. Sie verstand nicht, was es da zu lachen gab.

»Schreiben Sie ein Buch?«

Sie schnaubte. Er machte sich schon wieder über sie lustig.

»Ich habe mich über Ute Gmeiner erkundigt, wenn Sie es genau wissen wollen.«

Bährs Lachen verstummte. Er hob die Brauen. »Und haben Sie etwas herausgefunden?«

»Glaub schon.«

»Dieser Ort macht mich wahnsinnig.« Er legte ruckartig den Gang ein und fuhr los.

»Sind Sie noch immer nicht weitergekommen?«, fragte sie höhnisch. Er biss die Zähne aufeinander und schwieg.

»Na schön, Sie brauchen nichts zu sagen. Dann interessiert es Sie bestimmt auch nicht, was ich über Ute Gmeiner herausgefunden habe.« Sie biss sich in die Unterlippe und schielte zu ihm rüber. Bähr starrte nach draußen und schien zu überlegen, ob er darauf eingehen sollte. Schließlich seufzte er, was sie als Zeichen seiner Kapitulation ansah.

»Liebknechts Alibi scheint hieb- und stichfest zu sein. Er konnte Belege vom Hotel und von zwei Restaurants vorlegen, die er während des Kongresses besucht hat.«

»In Begleitung seiner Geliebten«, warf Isa ein.

»Schon möglich, aber das ändert nichts an seinem Alibi.«

»Vielleicht hat er jemanden beauftragt, seine Frau für ihn zu töten.«

Bähr schüttelte den Kopf. »Das passt nicht zur Inszenierung der Leiche.«

Da hatte er auch wieder recht. Isa musste an die gefalteten Hände von Jutta denken. Ein Auftragsmörder würde seinen Job schnell erledigen und zusehen, dass er Land gewann.

»Also«, mischte sich Bährs Stimme in ihre Gedanken, »was haben Sie über Ute Gmeiner herausgefunden?«

»Sie ist wohl ziemlich eifersüchtig.«

»Das wissen wir doch bereits.«

»Aber das ist noch nicht alles. Ich glaube, sie ist Jutta Liebknecht gegenüber handgreiflich geworden. Hat wohl zu tief ins Glas geschaut. Anschließend war sie angeblich für zwei Monate von der Bildfläche verschwunden. Blöderweise hat der Wirt uns unterbrochen, gerade als es anfing, interessant zu werden.«

Bähr lenkte sein Auto um eine Kurve, den Blick fest auf die Straße geheftet. Sie sah ihn stirnrunzelnd an.

»Wollen Sie gar nichts dazu sagen?«

»Ich überlege«, murmelte er.

»Wie wäre es mit *Danke, Frau Klein. Gute Arbeit, Frau Klein*?«

Er schien es vorzuziehen zu schweigen. Isa verzog abschätzig den Mund. Aber sie war eindeutig zu müde und zu betrunken, um sich weiter über seine Undankbarkeit auszulassen. Stattdessen ließ sie ihren schweren Kopf gegen die Nackenstütze fallen und wandte den Blick zum Seitenfenster hinaus. Das Auto bewegte sich geschmeidig durch die Häuserreihen, die verschwommen an ihnen vorbeirauschten.

»Man bringt diese Leute einfach nicht zum Reden. Wenn das so weitergeht, bin ich im Sommer noch hier«, sagte Bähr auf einmal in die Stille hinein.

»Nicht auszuhalten«, erwiderte sie trocken.

Sie merkte, dass er zu ihr rübersah, aber sie hielt den Blick nach draußen gerichtet.

»Es ist ja kein Geheimnis, dass die Menschen auf der Alb Eigenbrötler sind. Trotzdem kann es doch nicht sein, dass ich ihnen alles aus der Nase ziehen muss. Immerhin war die Tote eine von ihnen.«

Isa brummte zustimmend. Sie spürte, wie ihre Augen schwer wurden, und hörte nur noch mit halbem Ohr hin.

»Sogar die Reutlinger Kollegen stoßen allmählich an ihre Grenzen.«

Träge beobachtete sie, wie die Schnauze von Bährs Auto die weiß gepuderte Straße vor sich verschlang. Das gleichmäßige Brummen des Motors und die Sitzheizung taten ihr Übriges. Sie wollte nur ganz kurz die Augen schließen und …

Erschrocken fuhr sie hoch. Es dauerte einen Moment, ehe sie realisierte, wo sie sich befand. Sie saß noch immer in Bährs Auto. Nur dass es nicht mehr fuhr. Es stand auf ihrem Hof.

»Sind Sie etwa eingeschlafen?«

»Nein, ich hab Ihnen zugehört. Blöder Ort, blöde Leute, blöder Fall«, entgegnete sie.

»Eigentlich hatte ich Ihnen gerade eine Frage gestellt.«

»Erwischt.« Sie zog sich eine feuchte Haarsträhne aus dem Mundwinkel und sah ihn an. »Was wollten Sie fragen?«

»Nicht so wichtig.«

Kapitel 11

»Ich finde immer noch, dass das eine blöde Idee ist«, maulte Renate, als sie nach der Schule zu Isa ins Auto stieg. Die drehte gerade zum vierten Mal den Zündschlüssel herum, so fest, dass er abzubrechen drohte. Endlich ratterte der Motor los und sie stieß einen erleichterten Seufzer aus.

»Hast du dein Handy dabei?«

Renates Unbehagen konnte ihre eigene Euphorie nicht schmälern. Was sollte schon schiefgehen? Sie hatte schließlich einen gut durchdachten Plan. Statt einer Antwort wedelte Renate nur mit dem Smartphone vor ihrer Nase herum und zog eine Schnute.

Isa nickte und trat aufs Gaspedal. »Wir müssen uns beeilen, ich hab im Internet gesehen, dass die Praxis um vierzehn Uhr schließt.« Viel zu schnell holperten sie vom Parkplatz.

Kurz vor Reutlingen gerieten sie in den typischen Feierabendverkehr, der freitags bereits um die Mittagszeit einsetzte. Durch die Parkplatzsuche verloren sie zusätzlich Zeit, aber auf keinen Fall wollte Isa riskieren, dass ihr Auto ein zweites Mal abgeschleppt wurde. So mussten sie einen längeren Fußmarsch in Kauf nehmen, der sie in ihren dicken Wintermänteln zum Schwitzen brachte. Als sie endlich bei der Praxis anlangten, war es bereits kurz vor zwei.

»Du stellst dich hier an die Ecke«, flüsterte Isa Renate

verschwörerisch zu, »und sobald du sie herauskommen siehst, läufst du los und tust so, als würdest du sie zufällig treffen.«

»Was mache ich, wenn Liebknecht bei ihr ist?«

Isa stutzte. Tatsächlich hatte sie diese Option bisher nicht in Betracht gezogen.

»Dann lassen wir uns was anderes einfallen. Hoffen wir einfach, dass sie allein ist.«

Während Isa hinter einer Hausecke in Stellung ging, lungerte Renate vor dem grauen Bürogebäude herum. In der rechten Hand hielt sie wie vereinbart ihr Handy, sodass Isa das Gespräch mitanhören konnte. Es war ihr anzusehen, wie unwohl sie sich fühlte. Immer wieder warf sie nervöse Blicke um sich und trat von einem Bein auf das andere.

Als sich die große Tür des Gebäudes endlich aufschob, hielt Isa den Atem an. Der Eingang lag im Schatten, so konnte sie nicht sofort erkennen, wer über die Schwelle kam, doch dann blies sie erleichtert den angehaltenen Atem aus. Wenn das nicht Liebknechts Freundin war. Sie trug auffälliges Make-up und Schuhe, in denen Isa nicht mal mit Hilfe von Stützrädern laufen könnte. Und wie es schien, war sie allein.

»Ach hallo, Alisa«, rief Renate übertrieben laut und winkte hektisch. Sie eilte auf die Blondine zu, die überrascht einen Schritt zurückwich. Isa seufzte angesichts dieses fragwürdigen Schauspiels.

»Was für ein Zufall«, hörte sie Renate sagen. Bis jetzt war der Trick mit dem Handy völlig überflüssig, so laut wie sie sprach. Mit zusammengekniffenen Augen spähte Isa gegen das Zwielicht an und glaubte, in Alisas Gesichtsausdruck so etwas wie ein zaghaftes Lächeln auszumachen.

»Ich bin gerade auf dem Weg ins Nagelstudio«, verkündete Renate.

»Schon wieder?«

Renate zuckte mit den Schultern. »Und du? Feierabend? Um ehrlich zu sein, hätte ich nicht erwartet, dass ihr die Praxis in diesen Tagen öffnet.«

Im Geiste zog Isa einen imaginären Hut vor ihrer Freundin. Sie musste zugeben, dass Renate, die eigentlich überhaupt keine Lust gehabt hatte, den Lockvogel zu spielen, ihre Sache gut machte.

»Ach weißt du, Hans-Werner ist der Meinung, dass ihm die Ablenkung guttut«, antwortete Alisa.

»Wie geht es ihm denn? Wir sind alle so schockiert.«

Alisa schien zu zögern. Isa presste sich das Handy fester ans Ohr.

»Nicht besonders. Aber ehrlich gesagt, lief es zwischen den beiden überhaupt nicht mehr rund.«

»Jackpot«, wisperte Isa.

»Wirklich?«

Kein normaler Mensch würde Renate ihre übertriebene Mimik abnehmen, doch Alisa schien es nicht zu bemerken. Überhaupt schien sie nicht die hellste Kerze am Weihnachtsbaum zu sein. Wie sonst ließ sich erklären, dass sie einer flüchtigen Bekannten so ein pikantes Detail anvertraute?

»Wieso hat er sich nicht getrennt?«, fragte Renate. Sie lief ja zu wahrer Hochform auf.

Alisa lachte bitter. »Hätte er, wenn er gekonnt hätte. Aber sie hatten keinen Ehevertrag. Seine Frau hätte ihn doch ausgenommen wie einen …« Sie verstummte und schien nach dem richtigen Wort zu suchen.

»Wie eine Weihnachtsgans?«, half Renate ihr auf die Sprünge.

»Genau.«

»Aber er wollte sicher nicht, dass sie stirbt?«

Die junge Frau stockte. Jetzt erst schien sie zu bemerken, in welche Lage sie ihren Geliebten mit ihren Bemerkungen bringen konnte.

»Nein«, rief sie und zog dabei die Worte in die Länge, »Hans-Werner ist am Boden zerstört.«

Und, offensichtlich um jede Skepsis im Keim zu ersticken, fügte sie schnell hinzu: »Er wünscht sich nichts sehnlicher, als dass die Polizei den Mörder endlich findet.«

»Das hoffen wir alle.« Renate nickte verständnisvoll. »Du meine Güte«, rief sie dann unvermittelt und zeigte auf ihre Uhr, »so spät schon. Ich muss los. Bis bald mal.«

Sie deutete ein Küsschen für jede Wange an, winkte noch einmal und marschierte los. Während sie auf Isa zugelaufen kam, beendete sie das heimliche Telefonat und verstaute das Handy in ihrer Jackentasche.

»Wolltest du nicht ins Nagelstudio?«, rief Alisa da plötzlich. Sie stand noch immer vor der Praxis und sah ihr verdutzt nach. Renates Miene erstarrte.

»Richtig«, sie lachte künstlich auf, »wo hab ich nur meinen Kopf.«

»Ich begleite dich, mein Auto steht ganz in der Nähe.«

Hilfesuchend sah sich Renate nach Isa um. Die wich eilig zurück und presste sich an die kalte Hauswand. In Gedanken beschwor sie Renate, jetzt bloß keinen Fehler zu machen. Sie würde mitspielen müssen, wenn sie nicht auffliegen wollte. Bis jetzt hatte sie sich wirklich gut geschlagen.

Isa ließ ein paar Sekunden verstreichen und lugte dann

noch einmal vorsichtig um die Ecke. Sie sah gerade noch, wie Alisa und Renate hinter dem Gebäude verschwanden.

»Puh.« Das war gerade noch mal gut gegangen. Sie stieß sich von der Hauswand ab und machte sich mit ausholenden Schritten auf den Weg zu ihrem Mazda. Es würde wohl noch eine Weile dauern, bis Renate zurückkam, da konnte sie ebenso gut im Auto auf sie warten. Zu blöd, dass sie die Telefonverbindung verfrüht unterbrochen hatte. Vielleicht hätte sich noch mehr in Erfahrung bringen lassen. Aber schon jetzt fand sie, dass man die heutige Mission als Erfolg verbuchen konnte. Sie hatte genug gehört. Alles passte zusammen. Liebknechts Mordmotiv ließ sich nicht von der Hand weisen.

Gedankenverloren wich sie zwei kostümierten Jungen aus, die den Gehweg entlanggerannt kamen und sich aus unerfindlichen Gründen gegenseitig mit grauem Schneematsch bewarfen. Sie bedachte den Minipolizisten mit einer grimmigen Miene. Beim Anblick des Kostüms kam ihr unweigerlich Bähr in den Sinn.

Sie hatte sich gestern nicht gerade von ihrer besten Seite gezeigt. Wieder einmal. Aber im Gegensatz zu ihm war sie immerhin drauf und dran, Liebknecht den Mord an seiner Frau nachzuweisen und den Fall damit zu lösen. Genüsslich malte sie sich die Reaktion des Kommissars aus, wenn sie ihm von ihren heutigen Erkenntnissen berichtete.

Doch bei all der Schadenfreude musste sie zugeben, dass es nett von ihm gewesen war, sie gestern heimzufahren. Er hatte ihr sogar angeboten, sie heute vor der Schule zu ihrem Auto zu fahren. Aber weil sie ihm auf keinen Fall noch einen Gefallen schulden wollte, hatte sie abgelehnt und stattdessen lieber Renate um einen Fahrdienst gebeten.

Das hatte wiederum dazu geführt, dass sie ihre Freundin in die Stammtischrecherche einweihen musste – was nur recht und billig war, wenn man bedachte, dass sie Renate heute gewissermaßen für ihre detektivischen Zwecke benutzt hatte.

Kurzerhand beschloss sie, dass sie dem Kommissar ebenso gut gleich den Tag vermiesen und sich den Weg zum Auto versüßen konnte. Sie zog ihr Handy hervor und suchte nach Bährs Nummer. Er nahm nach dem zweiten Klingeln ab.

»Ich hab was rausgefunden«, rief sie ungefragt in den Hörer. Die zischenden Druckluftbremsen eines Lastwagens übertönten Bährs Antwort. Sie redete einfach weiter. »Liebknechts Geliebte hat sich verplappert.«

»Haben Sie etwa mit ihr geredet?«, fragte Bähr. Er klang gereizt. Aus dem Hintergrund hörte sie laute Stimmen und das Klingeln mehrerer Telefone.

»Ähm, kann man so sagen, ja.«

»Frau Klein!«

»Wollen Sie nun hören, was ich erfahren habe, oder nicht?«

Er seufzte hörbar. »Schießen Sie los.«

»Die Geliebte sagt, dass Liebknecht sich eigentlich von seiner Frau trennen wollte«, verkündete Isa und machte eine Pause, um dem Kommissar die Gelegenheit zu geben, einen verärgerten Ton auszustoßen.

Am anderen Ende der Leitung blieb es enttäuschenderweise still. Wenn es nach ihr ging, durfte er seinem Neid über ihren Ermittlungserfolg ruhig Luft machen und sie daran teilhaben lassen. Doch wieder einmal schien er es vorzuziehen zu schweigen.

»Er konnte sich aber nicht trennen«, redete sie deshalb

weiter, »weil sie keinen Ehevertrag hatten und sie ihn wahrscheinlich finanziell ruiniert hätte.«

»Vor allem dann«, meldete Bähr sich nun doch endlich zu Wort, »wenn sie herausgefunden hätte, dass er eine Geliebte hat. Trotzdem ist er vermutlich nicht unser Mann.«

»Wie bitte?« Isa blieb stehen. Das konnte unmöglich sein Ernst sein.

»Ich bin gerade bei den Kollegen in Reutlingen.«

Neben ihr hupte ein Auto markerschütternd lang und sie hielt sich mit einem Finger das freie Ohr zu, während sie sich weit weniger schwungvoll wieder in Bewegung setzte.

»Nach unserem Gespräch neulich Abend habe ich noch einmal die Handhaltung der Leiche zur Sprache gebracht.«

Sofort zuckte das Bild von Juttas verschränkten Fingern durch Isas Erinnerung.

»Ein Psychologe hat sich das Ganze angesehen und stimmt mir zu«, redete Bähr weiter, als wäre sie eine von seinen Mitarbeiterinnen. »Wie die Leiche abgelegt wurde, hat sehr wahrscheinlich eine tiefere Bedeutung.«

»Und welche?«

»Wir schließen ein religiöses Motiv nicht aus.«

»Ich glaube nicht, dass Liebknecht besonders religiös ist.« Kaum hatte sie die Worte ausgesprochen, ergriff ein dumpfes Gefühl von ihr Besitz. Sie brauchte einen Moment, ehe sie erkannte, dass es Enttäuschung war.

Denn wenn Liebknecht nicht religiös war, hieß das im Umkehrschluss, dass er als Mörder ausschied. Und das wiederum bedeutete, dass sie die ganze Zeit auf den falschen Verdächtigen gesetzt hatte. Dass all ihre Mühe umsonst gewesen war.

»Wissen Sie zufällig, ob Ute Gmeiner religiös ist?«, mischte sich Bährs Stimme in ihre Gedanken.

»Keine Ahnung. In der Regel meide ich kirchliche Veranstaltungen.«

Mittlerweile war sie bei ihrem Auto angelangt. Sie schloss die Tür auf und ließ sich auf den Fahrersitz plumpsen.

»Außerdem haben Sie gesagt, dass eine Frau nicht in Frage kommt.«

»Ich habe es nicht kategorisch ausgeschlossen. Ich habe nur einen Mann für wahrscheinlicher gehalten. Das tue ich noch immer. Trotzdem darf nichts außer Acht gelassen werden.«

Sie hörte, wie jemand im Hintergrund Bährs Namen rief.

»Ich muss hier weitermachen«, sagte er, »keine weiteren eigenmächtigen Ermittlungen, klar?« Im nächsten Moment hatte er aufgelegt.

Isa ließ das Handy sinken und seufzte. Sie war sich mit Liebknecht so sicher gewesen. Und dieses Gespräch hätte auch ganz anders verlaufen sollen. Aber wie es schien, war sie auf dem Holzweg. Wenn es stimmte, was der Psychologe sagte, bekam Liebknechts Bild eines Mörders Risse. Er mochte vieles sein, aber ganz bestimmt kein strenggläubiger Mann. Das Sakrament der Ehe jedenfalls schien er nicht gerade zu heiligen.

Sie startete den Motor und lenkte den Wagen gedankenverloren durch die Autoreihen. Auf dem Heimweg ging sie wieder und wieder alles im Geiste durch. Irgendwie ergab nichts Sinn. Ute Gmeiner hatte sich mit ihrer Eifersucht verdächtig gemacht, keine Frage, und wenn Isa den Stammtischherren glauben durfte, hatte Ute Jutta Liebknecht sogar eine geknallt. Doch war sie auch zu einem Mord fähig?

Und wenn ja, was hatte es dann mit der Inszenierung der Leiche auf sich?

Das Klingeln ihres Handys riss sie jäh aus ihrer Grübelei. Sie warf einen Blick aufs Display und sog pfeifend die Luft ein. Renate! Die hatte sie völlig vergessen. »Ja?«

»Wo bist du?«

»Bin in fünf Minuten da.« Sie legte auf und warf das Handy auf den Beifahrersitz. Glücklicherweise war sie gerade erst auf die Landstraße eingebogen, die nach Grimmingen zurückführte. Sie steuerte ihren Mazda in die nächstbeste Wendemöglichkeit, einen zugeschneiten Feldweg, und betete, dass er nicht stecken blieb. Die Reifen drehten kurz durch und der Motor heulte gequält auf, doch er ließ sie nicht im Stich. So schnell die vereisten Straßen es zuließen, brauste sie nach Reutlingen zurück.

Auf dem großen Parkplatz, inmitten all der Autos, wirkte Renate klein und verloren. Ihr aufgetürmtes Haar hatte offensichtlich unter den Strapazen des Tages gelitten. Es war in beachtliche Schieflage geraten.

»Ich frag besser gar nicht«, knurrte sie, als sie zu ihr ins Auto stieg. Das war Isa nur recht. Die Antwort würde ihr nicht gefallen.

»Ich musste mit Alisa bis zum Nagelstudio laufen«, murmelte Renate und klappte die Sonnenblende herunter. »Sie hat die Gunst der Stunde genutzt und gleich noch einen Termin für sich selbst gemacht.«

Isa beobachtete, wie Renate sich verlaufene Mascara aus den Augenwinkeln wischte.

»Und du?«, fragte sie vorsichtig.

Renate seufzte. »Ich werd mir ein neues Nagelstudio suchen müssen.«

»Was? Wieso?«

»Na, ich musste doch die Täuschung aufrechterhalten. Also hab ich einen Aufstand gemacht und so getan, als hätte die Angestellte vergessen, meinen Termin einzutragen, weswegen ich angeblich ganz umsonst nach Reutlingen gefahren bin.«

»Ach du Schande.« Bei der Vorstellung der friedliebenden Renate, die im Nagelstudio eine Szene machte, musste Isa sich ein Grinsen verkneifen. »Wir suchen dir ein neues Nagelstudio.« Tröstend tätschelte sie ihrer Freundin das Knie. »Ein besseres.«

»Was tut man nicht alles.«

Die beiden sahen sich an und prusteten los.

Kapitel 12

Nachdem Renate am Freitag wegen des Verlusts ihres Nagelstudios so betrübt gewesen war, hatte Isa sie zu Eis und Schnulzen eingeladen. Es war ein gemütlicher Abend geworden, obwohl sie sich nach dem Trubel der letzten Tage eigentlich auf etwas Zeit für sich allein gefreut hatte.

Die Verschnaufpause gab ihr neuen Antrieb und so lief sie am Samstagmorgen eine ausgiebige Runde mit Alfons, den sie, genau wie ihr Sofa, in letzter Zeit doch sehr vernachlässigt hatte.

Die trübe Seite des Winters schien heute eine kurze Pause einzulegen. Es hatte zu schneien aufgehört und die Wolken waren strahlendem Blau gewichen. Zwar vermochte die Sonne kaum die klirrende Kälte zu vertreiben, dafür verwandelte sie die Schneedecke in funkelnden Zuckerguss, der sich über die Landschaft ergoss.

Wieder zu Hause bemerkte Isa, dass Bährs Auto noch immer nicht an seinem gewohnten Platz stand. Möglicherweise war er übers Wochenende nach Esslingen zurückgefahren. Aber so, wie sie ihn einschätzte, saß er viel eher hinter seinem Schreibtisch in Reutlingen.

Sie hingegen hatte sich für den heutigen Samstag nichts weiter vorgenommen, als endlich ihren Haushalt in Ordnung zu bringen und den restlichen Tag auf dem Sofa zu verschlafen. Zuvor musste sie allerdings noch in der

Reinigung vorbei. Bei dem Gedanken daran sträubte sich alles in ihr.

Sie öffnete die Beifahrertür und Alfons sprang leichtfüßig auf den Sitz. Er liebte es, mit ihr mitzufahren. Während der Fahrt stemmte er seine kleinen Pfötchen auf die Verkleidung der Tür und drückte die feuchte Schnauze gegen die Scheibe. Wann immer sie an einem lebendigen Wesen vorbeifuhren, kläffte er rau auf und wedelte mit dem Schwänzchen.

Isa parkte vor der Reinigung und schüttelte angesichts der Reklametafel, die vor dem Laden stand, verächtlich den Kopf. Sie war über und über mit Luftschlangen behangen und kündigte *närrische* Rabatte auf alle »Fasnetskostüme« an. Das war ein weiterer Punkt auf ihrer Kontraliste zum Landleben gewesen, damals, als Mark sie mit allen Mitteln zu diesem Umzug hatte bewegen wollen: der Zwang, sich an kruden Traditionen beteiligen zu müssen. Rektor Maier bestand als eingefleischter Fastnachtsnarr darauf, dass alle Lehrer bei der Schulfeier ein Kostüm trugen.

»Das ist Teil unserer Schulkultur und daher Dienstpflicht«, hatte er verkündet, als Isa in ihrem ersten Jahr dagegen hatte protestieren wollen.

»Verdammte fünfte Jahreszeit«, murrte sie. Alfons landete mit den Vorderpfötchen auf dem Beifahrersitz und blinzelte sie an. Sie bildete sich ein, in seinen Knopfaugen so etwas wie mitfühlende Zustimmung zu erkennen. Grimmig stieß sie die Autotür auf und stieg aus.

Aufdringliche Schlagermusik dudelte ihr beim Betreten der Reinigung aus den Lautsprechern entgegen. Auch außerhalb der Fastnachtssaison war der Laden vollgestopft und unübersichtlich. Doch jetzt verunstalteten ihn zusätzlich Konfetti und Luftschlangen bis in die hinterste Nische.

Suchend sah sie sich nach Karin, der Angestellten, um. Zwischen all dem Fastnachtskrempel konnte Isa sie nirgends entdecken.

»Hallo?« Ungeduldig schlug sie mehrmals auf die kleine Klingel am Tresen. Aus dem Hinterzimmer waren schlurfende Schritte zu hören und kurz darauf guckte eine junge, stark geschminkte Frau um die Ecke.

»Morgen«, nuschelte sie und ließ eine Kaugummiblase zerplatzen. Ein kleines Schild an ihrem Arbeitskittel verriet, dass sie Nadine hieß.

»Wo ist denn Karin?«

»In Mutterschutz«, murmelte Nadine.

»Jetzt schon?«

Die junge Frau zuckte mit den Schultern und sah einfältig zwischen ihren Fliegenbeinwimpern hervor.

»Sie kommen nicht von hier«, stellte Isa fest. Sie konnte sich nicht erinnern, das Mädchen schon einmal gesehen zu haben.

»Bin normalerweise in unserer Hauptfiliale in Reutlingen.« Nadine ließ ihre unechten Fingernägel bedeutungsvoll auf dem Tresen klackern. Isa verstand den Wink. Die Angestellte schien keine große Lust auf ein längeres Gespräch zu haben. Da waren sie schon zu zweit.

»Ich möchte mein Kostüm abholen«, beendete sie den Small Talk und drückte Nadine ihre Abholmarke in die Hand.

»Was für ein Kostüm?«

Isa zog die Brauen hoch. Sie zeigte auf den kleinen hellblauen Zettel, auf dem fünf Ziffern standen. Das musste doch wohl ausreichen, um ihren persönlichen Albtraum in Gelb aufzuspüren. Aber die junge Frau machte keine Anstalten.

»Die Banane«, presste Isa widerstrebend hervor.

Nadine drehte sich zum Kleiderband um und betätigte einen Hebel. Langsam setzte sich das Gerät in Bewegung. Während sich ein buntes Sammelsurium an Kleidungsstücken und Kostümen jeder Art und Größe an ihr vorbeischob, betrachtete Isa Nadines rot gefärbten Hinterkopf, unter dem sich ein dunkler Ansatz abzeichnete.

»Ist es die da?«, nuschelte Nadine und zeigte auf eine riesige, flauschige Südfrucht, die einzige ihrer Art hier im Laden. Durch einen Reißverschluss am Schritt konnte man sie wie einen überdimensionalen Pullover überziehen. Für Kopf, Arme und Füße waren Löcher eingelassen. Rechts und links, auf Höhe der Hüfte, saßen zwei Taschen, in denen man seinen Kram verstauen konnte.

Isa nickte unglücklich. Sie hasste dieses verdammte Ding. Eigentlich gehörte es ihrer Schwester, die im Gegensatz zu ihr ein großer Fan von Kostümpartys war. Sie hatte es ihr netterweise überlassen, weil Isa nicht einsah, für das schlimmste Fest des Jahres auch noch Geld auszugeben.

Nadine nahm das Ungetüm von der Stange und hievte es auf den Tresen. Dann tippte sie eine gefühlte Ewigkeit auf der altmodischen Kasse herum, ohne einen Ton von sich zu geben.

»Als was gehen Sie?«, versuchte Isa die Stille zu überbrücken.

»Als gar nix«, sagte Nadine, ohne von der Kasse aufzublicken, »maskieren ist nicht mein Ding.«

»So was.« Die dicke Schicht Make-up in ihrem Gesicht erzählte eine andere Geschichte.

Plötzlich erregte etwas am rückseitigen Band Isas Aufmerksamkeit.

»Können Sie dieses Ding noch einmal drehen?«, rief sie aufgeregt.

Gleichgültig folgte Nadine ihrer Bitte und betätigte den Hebel. Das Band bewegte sich ratternd vorwärts und Isas Anspannung steigerte sich mit jedem vorbeischwingenden Kleidungsstück.

»Stopp!«, rief sie hektisch. Ein dunkelblauer Wollmantel schob sich in ihr Blickfeld. Er hatte eine goldene Knopfleiste und an den Schultern waren glänzende Applikationen eingearbeitet. Nadine ließ den Hebel los und blickte sie ausdruckslos an. »Der Mantel da?«

Isa nickte. Ihr Mund war ganz trocken vor Aufregung. Sie war sich ziemlich sicher, dass Jutta Liebknecht einen solchen Mantel besessen hatte.

Nadine nahm ihn vom Band und legte ihn neben die Banane auf den Tresen.

»Den hätte ich fast vergessen.« Isa lachte künstlich.

»Wir wussten nicht, wem er gehört«, murmelte Nadine, »war nicht in den Unterlagen vermerkt.«

Das wunderte Isa nicht. Karin kannte jeden ihrer Kunden persönlich, obwohl sie auswärts wohnte. Sie hatte sich selten einen Namen aufgeschrieben.

Die Angestellte beugte sich nach unten und zog eine Schublade auf. Sie schien etwas zu suchen.

»Der war in Ihrer Manteltasche. Haben Sie bestimmt schon gesucht«, sagte sie schließlich und legte ein kleines Plastiktütchen auf den Tresen.

Isas Puls beschleunigte sich. Unter der dünnen Folie glänzte ein silberner Ring. Sie griff nach der Tüte und hob sie in Augenhöhe vor sich. Langsam drehte sie das Schmuckstück in den Händen. Auf der Innenseite des Rings war ein Datum eingraviert. Die Zahlen gaben den fünften Mai des letzten Jahres an. Sie musste sich zusammenreißen, um nicht die Kontrolle über ihre Gesichtsmuskeln zu verlieren. Nadine würde wohl kaum glauben, dass Mantel und Ring ihr gehörten, wenn sie völlig verdattert dreinblickte. Sie drehte den Ring ein wenig, in der Hoffnung, auf weitere Indizien zu stoßen. Initialen vielleicht. Doch bis auf das Datum war nichts im glänzenden Silber verewigt. Auf der Außenseite waren klitzekleine Edelsteine eingelassen. Es sah aus, als formten sie eine halbe Acht.

Aufgeregt kaute Isa auf ihrer Unterlippe herum. Instinktiv spürte sie, dass sie auf etwas Bedeutsames gestoßen war.

»Haben Sie die Abholmarke?« Nadine schien langsam ungeduldig zu werden. Wie eine wiederkäuende Kuh wälzte sie den Kaugummi in ihrem Mund herum.

Jetzt musste Isa sich schnell etwas einfallen lassen.

»Ich glaub, die hab ich daheim vergessen.« Um ihren Worten mehr Glaubhaftigkeit zu verleihen, schlug sie sich mit der flachen Hand gegen die Stirn. »Ich Schussel.«

»Ohne Abholmarke kann ich den Mantel nicht herausgeben.«

Isa sah Nadine aus schmalen Augen an. Ausgerechnet jetzt musste sie die gewissenhafte Angestellte mimen? Fieberhaft überlegte sie, was sie sagen könnte, um die junge Frau doch noch zur Herausgabe des Mantels zu überreden. Aber angesichts ihrer ausdruckslosen Miene hatte sie keine große Hoffnung. Sie würde wohl oder übel Bähr informieren müssen. Anders kämen sie nicht an Juttas geheimnisvolle Besitztümer heran.

Kurz darauf eilte sie aus der Reinigung und stopfte ihre überdimensionale Banane in den Kofferraum. Trotz Nadines Sturheit war sie bester Laune. So wie sie das sah, hatte Jutta Liebknecht den Mantel vor ihrem Tod zur Reinigung gebracht und nicht mehr lange genug gelebt, um ihn wieder abzuholen.

Aber das Beste war, dass nicht etwa der Kommissar darauf gestoßen war, sondern sie.

»Alter Mann«, rief sie ihrem Dackel zu, »du darfst mir gratulieren.«

Alfons hechelte unbeeindruckt.

»Ich glaube, ich bin gerade auf ein Beweisstück gestoßen.«

Sie zog ihr Handy aus der Innentasche ihres Parkas und suchte nach Bährs Nummer. Es läutete eine Ewigkeit, ehe sich zu ihrer Enttäuschung nur die Mailbox einschaltete.

»Ich bin auf was gestoßen«, schrie sie grußlos ins Telefon, »rufen Sie mich zurück.«

Am Abend durchriss ein schrilles Klingeln die friedliche Stille und ließ Isa vom Sofa hochfahren. Zerstreut blickte sie um sich. Hinter den Fenstern war es bereits dunkel. Sie musste eingeschlafen sein.

Eigentlich hatte sie die ungewohnte Energie, die ihr die bahnbrechende Entdeckung des Mantels verliehen hatte, in die Erledigung ihres Haushalts stecken wollen. Aber dann hatte sie sich zur Feier des Tages erst mal einen Eierlikör gegönnt. Und bei dem einen war es nicht geblieben. Statt

Wäsche zu machen und Staub zu wischen, war ihr Samstag am Ende wie üblich verlaufen. Auf dem Sofa, in Gesellschaft ihres Fernsehers.

Gerade als sie sich fragte, was sie bei ihrem ausgedehnten Nickerchen gestört hatte, begann ihr Handy von Neuem zu schrillen. Sie warf die Kissen beiseite und wühlte in den Untiefen ihres Sofas.

»Ha!« Es steckte zwischen den Polstern und war von unzähligen Krümeln übersät. Schnell pustete sie das Display frei, das Bährs Namen anzeigte.

»Sie werden nicht glauben, was ich gefunden hab«, verkündete sie ohne Umschweife, nachdem sie abgenommen hatte.

»Ich bin gerade auf dem Weg nach Grimmingen«, sagte er. Ihr fiel das Rauschen im Hintergrund auf. Offensichtlich telefonierte er mit der Freisprecheinrichtung seines Autos. »Wie ist das Gasthaus im Ort? Ich hab noch nichts gegessen.«

Isa runzelte die Stirn. Sie hatte eine wichtige Nachricht für ihn und er dachte ans Essen?

»Ganz gut.«

»Sie können mir dort erzählen, was Sie gefunden haben.«

Bevor sie widersprechen konnte, hatte er aufgelegt. Perplex nahm sie das Handy vom Ohr und starrte es an. Dieser Mann besaß die lästige Angewohnheit, Gespräche zu beenden, bevor sie etwas erwidern konnte. Aber noch etwas ließ sie stocken. Hatte Bähr ihr gerade wirklich vorgeschlagen, gemeinsam zu Abend zu essen?

Kapitel 13

Isa warf einen Blick auf die Uhr und stellte fest, dass es bereits nach sieben war. Gegessen hatte sie heute auch noch nichts Vernünftiges und sie verspürte nicht die geringste Lust, sich jetzt noch hinter den Herd zu klemmen.

»Na schön.« Sie strampelte die Wolldecke von ihren Beinen. Zumindest konnte sie Bähr dann ins Gesicht sehen, während er sich über seinen eigenen Misserfolg ärgerte. Im Flur schlüpfte sie in ihren Parka und die gefütterten Stiefel. Ohne noch einmal einen Blick in den Spiegel zu werfen und das Durcheinander ihrer Haare in Ordnung zu bringen, trat sie aus der Tür.

Der Grüne Baum war gut besucht. Isa hatte Mühe, einen Parkplatz zu finden. Sie quetschte ihren Mazda zwischen einen Golf mit auswärtigem Kennzeichen und einen massigen Geländewagen, dann zwängte sie sich mit eingezogenem Bauch zur halb offenen Fahrertür hinaus. Das alte Fachwerkhaus ächzte hörbar unter den Schneemassen. Isa spähte kritisch zum historischen Krüppelwalmdach hinauf und hoffte, dass es hielt.

Beim Betreten der Gaststube ließ ihr der Duft nach Gebratenem und Knoblauch das Wasser im Mund zusammenlaufen. Sie ging am Kamin vorbei, dessen behagliche Wärme den Raum erfüllte, und sah sich nach dem Kommissar um. Fast wäre sie mit der beleibten Wirtin zusammengestoßen, die gerade zwei dampfende Teller in Richtung eines Tisches balancierte. Sie nickte Isa nur kurz zu und eilte weiter.

Unter den neugierigen Blicken der anderen Gäste bahnte Isa sich ihren Weg zu Bähr, den sie an einem Tisch im hinteren Teil des Restaurants entdeckt hatte.

»Guten Abend«, grüßte er sie und sah nur kurz von der laminierten Speisekarte auf. Sie hängte ihre Jacke über den Stuhl und schnappte sich ebenfalls eine Karte, hinter der sie sich verstecken konnte. Es war seltsam, Bähr hier gegenüberzusitzen. Sie wollte nicht wissen, was die anderen Gäste sich gerade zusammenreimten.

Es dauerte nicht lange, bis die Wirtin, Isa glaubte sich zu erinnern, dass sie Dagmar hieß, an ihren Tisch kam, um die Bestellungen aufzunehmen.

»Was darf's sei?«

Isa hatte keine Ahnung. Denn obwohl sie seit ihrer Ankunft ununterbrochen in die Karte gestiert hatte, hatte sie sich nicht auf das Geschriebene konzentrieren können.

»I ka dr Linsaeintopf empfehla«, übertönte die laute Stimme der Wirtin das Gemurmel der Gäste und das Klappern ihres Bestecks.

»Zwiebelroschtbrada isch aus.« Sie zupfte ihre bestickte Trachtenbluse zurecht und ließ ihren Blick ungeduldig zwischen Bähr und Isa hin- und herwandern.

Bähr bestellte sich unspektakuläre geschmelzte Maultaschen und dazu einen gemischten Salat.

»Das nehm ich auch«, schloss Isa sich an, um die Wirtin nicht warten zu lassen, und auch, weil sie den Abend nicht unnötig in die Länge ziehen wollte. Ihre Mutter wäre sicher hocherfreut über die äußerst erwachsene Bestellung eines Salats. »Und eine Cola.«

»Also, was haben Sie gefunden?«, begann Bähr, kaum dass die Wirtin verschwunden war.

»Dürfen wir denn in der Öffentlichkeit darüber sprechen?« Auch ohne sich umzusehen, konnte sie die Blicke der anderen Gäste auf sich spüren.

Bähr hob die Brauen. »Reden wir noch von dem Fall?«

»Sehr witzig.« Sie hob die Mundwinkel und ließ sie wieder fallen. »Ich war heute in der Reinigung.«

»Interessant.« Sein Tonfall klang alles andere als gefesselt. Er lehnte sich zurück und verschränkte die Arme vor der Brust. Gleich würde ihm sein gelangweilter Gesichtsausdruck vergehen.

»Jutta Liebknechts Mantel ist dort.«

»Bitte was?«

Bingo! »Ich hab ihn wiedererkannt.«

»Haben Sie ihn etwa mitgenommen?«

»Wie denn, ohne Abholmarke?«

Bähr holte sein Handy aus der Innentasche seines Jacketts hervor und tippte darauf herum. Er schien nach einer Nummer zu suchen. So langsam fing sie an zu glauben, dass er sie mit dem Unterlassen jedweder Reaktion ganz bewusst ärgern wollte. Sie atmete tief ein. Es würde ihm nicht gelingen.

»Das ist noch nicht alles«, redete sie weiter, »die Angestellte hat etwas in den Taschen gefunden.«

Er ließ das Smartphone sinken und sah sie an. Na also, es ging doch.

»Einen Ring.« Sie grinste selbstzufrieden.

Bähr starrte mit undurchdringlicher Miene zurück.

Eigentlich, so fand sie, war es nun an ihm, sie mit Fragen zu bombardieren. Oder sich zumindest darüber auszulassen, wie wenig die Grimminger kooperierten. Er könnte ruhig auch andeuten, ohne sie aufgeschmissen zu sein. Stattdessen blieb er sich treu und tat einfach nichts. Irgendwann hielt sie die Stille nicht mehr aus und ließ den Rest der Katze aus dem Sack. »Ein Datum war eingraviert. Der fünfte Mai letzten Jahres.«

»Sind Sie sicher, dass es Jutta Liebknechts Mantel ist?«

Natürlich. Wenn er sich endlich zu einer Reaktion herabließ, dann nur, um ihren Erfolg anzuzweifeln.

»Sehr sicher.«

»Wieso hat niemand in der Reinigung öffentlich gemacht, dass ein vergessener Mantel dort hing? Mit einem Aushang zum Beispiel?«, fragte er.

»Na ja«, Isa rollte mit den Augen, »sagen wir mal, das Personal ist nicht gerade kompetent.«

»Ihrem Mann müsste doch aufgefallen sein, dass der Mantel fehlte. Und warum hat niemand im Ort das Kleidungsstück wiedererkannt?«

Isa stöhnte nachdrücklich. »Wissen Sie, wie viele Klamotten an diesem Band hängen? Freuen Sie sich doch einfach. Wir hatten Glück. *Ich* hab ihn vor allen anderen entdeckt. Ende der Geschichte.« Sie verkniff sich den Hinweis, dass sie mit allen anderen natürlich auch ihn meinte.

»Die Spusi muss sich das ansehen.«

»Ich glaub nicht, dass die Reinigung jetzt noch offen hat.«

»Das lassen Sie mal meine Sorge sein.« Er tippte auf sein Handy und hielt es sich ans Ohr. Sein Blick driftete ins Leere ab. Verstohlen betrachtete Isa ihn etwas genauer. Unter seinen Augen zeichneten sich dunkle Schatten ab und sein sonst so glatt rasiertes Gesicht war von Stoppeln übersät. Der Fall schien ihn ganz schön auf Trab zu halten.

Im selben Moment nahm sie die gaffenden Blicke der anderen Leute wahr. Wie es schien, wurden sie nicht müde, das ungleiche Paar, das sie und Bähr ohne Frage abgaben, anzuglotzen.

Glücklicherweise schob sich Dagmar in diesem Moment ins Blickfeld und servierte Isas Cola und die Salate.

Sie griff nach ihrer Gabel und stocherte gedankenverloren im Grünzeug herum. Währenddessen diktierte Bähr mit gedämpfter Stimme Anweisungen ins Telefon.

»Fahrt noch mal zu Liebknecht und überprüft, ob er seiner Frau diesen Ring geschenkt hat.« Er hielt eine Hand vor das Handy und wandte sich an Isa. »Können Sie den Ring näher beschreiben?«

»Obendrauf«, nuschelte sie mit vollem Mund, »sind Glitzersteine eingelassen, die bilden 'ne halbe Acht.«

»Eine halbe Acht?«

Sie nickte kauend.

Bähr gab die Beschreibung an seinen Kollegen weiter. »Könnte auch das Zeichen für Unendlichkeit sein«, merkte er noch an.

Beschämt senkte sie den Blick. Das klang tatsächlich viel plausibler.

»Wir müssen die Schmuckgeschäfte in der Umgebung abklappern. Wenn wir Glück haben, wurde der Ring in einem von ihnen gekauft.« Der Kollege am anderen Ende schien etwas zu antworten, worauf Bähr zustimmend brummte. Kurze Zeit später legte er auf.

»Denken Sie, Jutta könnte den Ring von ihrem Mann bekommen haben?«, fragte Isa.

»Soweit wir wissen, lag die Ehe der Liebknechts seit einiger Zeit im Argen.« Er rieb sich nachdenklich übers Kinn.

Isa nickte. Er hatte recht. »Dann schenkt man seiner Frau wohl kaum einen Ring.«

»Eben. Ein Ring sagt …«, er stockte, schien nach den richtigen Worten zu suchen, »*du gehörst zu mir.*«

Die Köpfe der Gäste an den Nachbartischen schnellten zu ihnen herum.

»Vielleicht noch lauter«, zischte Isa, »in der Kühlkammer unten im Keller hat man Sie bestimmt nicht gehört.«

Bähr schien sich kein bisschen daran zu stören.

»Ich muss das natürlich überprüfen lassen«, sprach er unbeeindruckt weiter, »wenn Sie recht haben und das ist Jutta Liebknechts Schmuckstück …«

»Dann war ihr Mann vielleicht nicht der Einzige, der sich außerehelich amüsierte«, beendete sie seinen Satz. Die beiden sahen sich bedeutungsvoll an.

»Fällt Ihnen spontan jemand ein, der ihr den Ring geschenkt haben könnte?«, fragte Bähr, während er ein handtellergroßes Salatblatt geschickt mit Messer und Gabel zusammenfaltete.

»Sie meinen, wer Juttas Liebhaber gewesen sein könnte?«

Bähr schob sich das Salatpäckchen in den Mund und nickte.

Sie nippte an ihrer Cola, um Zeit zu schinden. So gut, wie Bähr zu glauben schien, kannte sie die Grimminger längst nicht. Aber sie würde einen Teufel tun und dies ihm gegenüber zugeben.

»Nichts für ungut«, sagte sie deshalb ausweichend, »aber

dafür kommt doch so ziemlich jeder Mann infrage. Ich würde für keinen die Hand ins Feuer legen.«

Bähr hob eine Braue. »Sie scheinen ja nicht gerade die beste Meinung von Ihren männlichen Zeitgenossen zu haben.«

»Hab meine Gründe.« Sie zuckte mit der Schulter und hoffte, dass Bähr nicht weiter nachhaken würde. Ihr Exfreund Mark war der Letzte, über den sie jetzt reden wollte.

Bähr stieß ein leises Schnauben aus, aber zum Glück ließ er es dabei bewenden.

»Na schön. Grenzen wir das Ganze ein und gehen davon aus, dass der Käufer des Rings ledig war.« Er zögerte. »Ledig *ist*«, korrigierte er sich.

Isa nickte nachdenklich. Dieses Kriterium ließ den Kreis der möglichen Kandidaten tatsächlich schrumpfen.

»Da fällt mir spontan nur dieser alte Grantler ein, der neben der Schule wohnt und immer unsere Schüler über den Zaun hinweg beschimpft, weil sie angeblich zu laut sind.«

Isa ließ ihren Zeigefinger neben der Schläfe kreisen, dabei konnte einem der verwirrte Alte eigentlich leidtun. Sie schnalzte mit der Zunge, weil ihr noch jemand eingefallen war. »Außerdem Karl, der ist seit ein paar Jahren Witwer und …«

»Ich bremse Sie an dieser Stelle mal«, unterbrach Bähr sie hörbar gereizt. »Gibt es in Ihrer Aufzählung auch ledige Männer, die nicht live bei der Geburtsstunde des Automobils dabei waren?«

Isa blickte nachdenklich zur Decke. Dann stieß sie ein amüsiertes Prusten aus. »Eigentlich nur Walter.«

»Der Besitzer des Dorfladens?«

Sie nickte. »Ich kann Ihnen aber gleich sagen, dass er nicht unser Mann ist.«

»Ach ja? Und warum?« Bähr sah sie forschend an.

»Aus mehreren Gründen. Zum einen sind wir befreundet. Er hätte mir sicher erzählt, wenn er was mit Jutta am Laufen gehabt hätte.«

Der Kommissar machte ein Geräusch, das nach einer Mischung aus Skepsis und Hohn klang. Sie warf ihm einen warnenden Blick zu. Er hatte nach ihrer Meinung gefragt, also würde er sie sich jetzt gefälligst auch kommentarlos anhören müssen.

»Außerdem«, redete sie weiter, »verkehrt Walter in völlig anderen Kreisen als Jutta zu ihren Lebzeiten.« Diesmal unterbrach Bähr sie nicht mit einem abschätzigen Laut, weswegen Isa fand, dass sie ruhig noch ein bisschen deutlicher werden konnte. »Meine Freundin Renate glaubt übrigens, dass er schwul sein könnte.«

»Wie kommt sie darauf?«

Isa runzelte die Stirn. Sie musste zugeben, dass die Frage berechtigt war. Wo sie doch selbst ihre Zweifel an Renates Behauptung hatte.

»Sie ist der Meinung, er hätte Andeutungen gemacht. Aber um ehrlich zu sein, ist Interpretation nicht gerade ihre Stärke.«

Isa spürte ein altbekanntes Ziehen im Bauch, das sich meist dann äußerte, wenn sie auf dem Holzweg war. Irgendetwas übersahen sie.

»Ich glaube, wir machen es uns zu einfach, wenn wir davon ausgehen, dass Juttas Liebhaber ledig war.«

Bähr neigte den Kopf zur Seite und zuckte mit einer Schulter. »Schon möglich.«

»Ich meine«, dachte Isa weiter laut nach, »wozu dann die ganze Heimlichtuerei?«

»Na, weil Jutta Liebknecht verheiratet war«, warf Bähr ein.

Sie verfielen in nachdenkliches Schweigen. Isa beschäftigte sich mit ihrem Salat. Sie hatte Mühe, die riesigen Blätter auf ihre Gabel zu spießen. Aber sie war froh, etwas zu tun zu haben. Die Stille zwischen ihnen fing an, seltsam zu werden. Unter normalen Umständen würde sie jetzt das Essen genießen und zwanglose Konversation betreiben. Aber es war nun einmal Bähr, der ihr gegenübersaß. Nicht gerade ihre erste Wahl für einen entspannten Abend zu zweit. Und die Blicke der anderen Gäste wurden allmählich zur Zerreißprobe für ihre Nerven.

»Morgen sind wir in aller Munde«, brach sie das Schweigen.

Bähr sah auf. Als er ihrem Blick folgte, senkten die heimlichen Gaffer schnell die Köpfe.

»Stört Sie das?«

»Nein.« Sie fischte nach einer Olive. »Obwohl«, lenkte sie dann ein, »die übertriebene Neugierde der Leute hier kann schon nerven.«

»Was Sie nicht sagen.« Er zog eine Braue hoch.

Es dauerte einen Moment, ehe sie verstand, worauf er anspielte. »Zum letzten Mal, ich wollte Staub wischen!« Mit ihrer Gabel versetzte sie der Olive den Todesstoß. »Und überhaupt«, fuhr sie fort, »würden Sie ohne meine Hilfe noch immer im Dunkeln stochern.«

»Sie meinen, ohne Ihre Neugierde.«

»Nennen Sie es, wie Sie wollen.« Sie steckte sich die Olive in den Mund und schluckte sie unzerkaut hinunter. »Fakt ist doch, dass die Polizeiarbeit heutzutage stark zu wünschen übrig lässt.«

»Wie bitte?« Er sah sie an, als sei sie nicht mehr ganz bei Trost.

»Es gibt Statistiken. Unzählige Verbrechen werden nie aufgeklärt.« Nun schien sie ihn ehrlich verwirrt zu haben.

»Ich bin mir nicht sicher, ob solche Statistiken …«

»Meine Familie hat es am eigenen Leib erfahren«, unterbrach sie ihn heftig.

Er ließ die Gabel sinken und sah sie fragend an. »Ach ja?«

Augenblicklich spürte sie, wie ihr heiße Röte in die Wangen schoss. Warum konnte sie nur den Mund nicht halten? Tonis Unfall ging ihn überhaupt nichts an.

Bähr schien etwas sagen zu wollen, doch da erschien die Wirtin mit den Maultaschen an ihrem Tisch. Wortlos nahmen sie die Teller entgegen.

»Deshalb sind Sie so feindselig mir gegenüber«, sagte er, als sie wieder allein waren, »weil ich Polizist bin?«

Sie lachte zynisch auf.

»*Ich* bin feindselig?«

»Allerdings.«

Die Tuschelei an den Nebentischen entging Isa nicht. Sie dämpfte die Lautstärke. »Sie sind es doch, der ständig die Nase rümpft.«

Bähr starrte sie mit zusammengepressten Lippen an. Keiner von beiden hatte seine Maultaschen bisher angerührt. Aber Isa war sowieso der Appetit vergangen. Gerade als sie bereit gewesen war, in Erwägung zu ziehen, dass Bähr vielleicht gar nicht so übel war, zeigte er sich wieder von seiner unausstehlichen Seite.

»Wie dem auch sei, als erwachsene, einigermaßen gebildete Frau sollten Sie wissen, dass Pauschalurteile albern sind.«

»Einigermaßen gebildet?«, japste sie. Der hatte sie doch nicht mehr alle. Er wandte den Blick ab und machte sich daran, die geschmelzten Zwiebeln von einer Maultasche zu schieben und diese anschließend hoch konzentriert in Stücke zu schneiden.

Am liebsten hätte Isa ihm das Messer aus der Hand geschlagen und seinen Kopf in den Salat gedrückt. Stattdessen griff sie nach dem eigenen Besteck und ließ ihre Wut an einem der unschuldigen Herrgottsbscheißerle, wie man die Maultaschen auch nannte, aus. Als es nichts mehr zu zerlegen gab, spießte sie ein Stück auf.

»Vielleicht erklären Sie mir mal, warum Sie die Polizei für unfähig halten?«

Isa hob den Kopf und begegnete Bährs braunen Augen. Sein Blick wirkte plötzlich weit weniger herausfordernd. Er schien sich sogar an einem Lächeln zu versuchen. Doch so leicht ließ sie sich nicht beschwichtigen. Ihre Mundwinkel bewegten sich keinen Millimeter.

»Vergessen Sie's einfach«, brummte sie, »es geht dabei nicht um mich.« Schon allein bei der Erinnerung an Tonis Unfall zog sich alles in ihr zusammen. Darüber zu sprechen verschlimmerte den Druck in ihrer Magengegend noch um ein Vielfaches. Erst recht, wenn es sich bei ihrem Gegenüber um Bähr handelte.

»Sie sagten, Ihre Familie hätte es am eigenen Leib erfahren.«

Sie presste die Zähne aufeinander. Ja, das hatte sie gesagt. Und sie bereute jedes einzelne Wort. Nicht den Teil, in dem sie die Polizei als unfähig bezeichnet hatte. Nur den Rest, der sich auf ihre Familie bezog. Aber so, wie sie Bähr einschätzte, würde er nicht lockerlassen. Sie ergab sich mit einem leisen Seufzen und überlegte, wie sie anfangen sollte.

»Meine Zwillingsschwester und ich haben an der gleichen Hochschule studiert. Mein Hauptfach war Deutsch, ihres Sport.«

Unwillkürlich musste sie an die Zeit vor dem Unfall zurückdenken. Sie hatten sich mit zwei Kommilitoninnen eine Wohnung geteilt, waren zusammen um die Häuser gezogen, hatten denselben Freundeskreis gehabt.

»Am Abend, als es passiert ist, waren wir auf einer Party. Ich ging früher heim, sie wollte länger bleiben.« Es fühlte sich an, als würden ihr die Worte im Hals stecken bleiben. Sie trank einen Schluck Cola, aber der Kloß ließ sich nicht runterspülen.

»Auf dem Heimweg wurde sie von einem Auto angefahren.« Ihre Stimme brach, sie räusperte sich. Bähr ließ seine Gabel sinken und sah sie an. Sie wich seinem Blick aus und pikste auf ihre Maultaschen ein, ohne ein Stück zu essen.

»Am nächsten Morgen wachte ich auf und sie war nicht da. Ich wusste sofort, dass etwas nicht stimmte. Normalerweise schrieb sie mir eine Nachricht, wenn sie über Nacht woanders blieb.«

»Haben Sie nach ihr gesucht?«

Isa nickte. »Ich hab rumtelefoniert und es stellte sich heraus, dass sie alleine auf ihrem Fahrrad heimgefahren war. Gerade als ich die Polizei informieren wollte, kam ein Anruf von meinen Eltern. Sie sagten, dass jemand Toni am frühen Morgen gefunden hätte und sie gerade notoperiert würde. Mehr wussten sie nicht.«

»Muss schlimm gewesen sein, diese Ungewissheit«, murmelte Bähr.

»Am schlimmsten war für mich, dass sie die ganze Nacht irgendwo im Straßengraben gelegen hat, während ich friedlich geschlafen habe.«

Er nickte langsam.

»Durch den Unfall verlor sie ihr rechtes Bein. Musste das Sportstudium abbrechen. Wochenlang war sie in Reha.«

»Und der Fahrer wurde nie gefunden?«

Isa schüttelte den Kopf. »Zum Schluss bin ich täglich auf der Polizeiwache aufgekreuzt und hab denen dort die Hölle heißgemacht. Ich konnte einfach nicht akzeptieren, dass sie diesen Scheißkerl nicht fanden.«

»Und wie geht's Ihrer Schwester heute?«

»Toni ist der positivste Mensch, den ich kenne. Sie hat nach vorn geblickt und ihr Leben in die Hand genommen. Sie sagt mir immer wieder, dass ich aufhören muss, in der Vergangenheit zu leben.«

»Ein guter Rat.«

Isa grinste gequält. »Ja. Klappt nur nicht immer so gut. Toni ist viel besser darin. Vor ein paar Monaten hat sie ihr Referendariat für Sonderschullehramt abgeschlossen und reist gerade um die Welt.«

Bähr lächelte. Sein Gesicht sah ganz anders aus, wenn er nicht so grimmig guckte. Regelrecht attraktiv. Schnell wandte sie den Blick ab und konzentrierte sich auf ihren Teller.

»Und Sie so?«, redete sie gegen ihren plötzlich fliegenden Puls an, der natürlich ausschließlich dem Umstand geschuldet war, dass sie seit Langem mal wieder über den Unfall gesprochen hatte.

»Mmh?«

»Warum sind Sie Polizist geworden?«

Er griff nach seinem Wasserglas und betrachtete die Zitronenscheibe, die darin auf und ab wippte, bevor er einen Schluck nahm.

»Ich war gut in Sport«, murmelte er schließlich.

»Das ist alles?«

Er nickte nur, sah sich dann suchend um und winkte nach der Wirtin.

Versuchte er etwa gerade ihrer Befragung zu entgehen? Sie verschränkte die Arme vor der Brust. So leicht würde er ihr nicht davonkommen. Doch da eilte ihm schon die emsige Dagmar zu Hilfe. Bähr bat um eine Dessertkarte, die es natürlich nicht gab.

»Isch alles da drauf.« Dagmar wies mit dem Kinn auf die laminierte Speisekarte. Der Kommissar griff danach und vertiefte sich in das gute Stück, als wäre es ein wissenschaftliches Dokument.

»Ich nehme einen Espresso«, rief Isa der Wirtin hinterher, die schon wieder davoneilte.

»Keinen Nachtisch?« Bähr schob ihr die zweite Karte hin, aber Isa schüttelte den Kopf. »Sonst muss ich noch mit Ihnen joggen gehen.«

»Bloß nicht.«

Er grinste, und obwohl sie es nicht wollte, musste Isa zurückgrinsen.

Kapitel 14

Als die Wirtin die Rechnung brachte, duldete Bähr keine Widerrede, die Isa sowieso nicht zu geben vorgehabt hatte, und zahlte für sie beide. Danach zogen sie sich ihre Jacken über und traten aus der aufgeheizten Gaststube in die Kälte hinaus. Die Schneeflockenproduktion war noch immer in vollem Gange. Zur Abwechslung mal dick und flauschig, fielen sie zu Tausenden auf die Erde herab und deuteten mit vereinten Kräften ein gleichmäßiges Rauschen an.

Bis das unvermittelte Klingeln eines Handys den winterlichen Frieden störte. Es schien aus Bährs Mantel zu kommen. Als er den Apparat endlich gefunden hatte, wischte er mit dem Daumen übers Display und hielt es sich ans Ohr.

Aus den wenigen Worten, die er mit der Person am anderen Ende wechselte, konnte Isa ableiten, dass einer seiner Kollegen wohl den Besitzer der Reinigung aufgetrieben hatte. Das Gespräch ging nicht lang. Kurz darauf verstaute der Kommissar das Handy schon wieder in seinem Mantel.

»Die Spurensicherung holt gleich die Beweisstücke bei der Reinigung ab. Ich fahr besser auch hin.«

Er zielte mit seinem Funkschlüssel in die Dunkelheit. Sein Auto erwachte mit aufleuchtenden Xenonscheinwerfern zum Leben. Der gesamte Parkplatz wurde davon erhellt.

Isa sah Bähr von der Seite an. Mittlerweile glaubte sie, ihn gut genug zu kennen, um seine hervortretenden Kieferknochen richtig zu deuten. In Gedanken war er längst bei der Reinigung und nahm das Beweismaterial entgegen.

Sie wäre nur zu gern dabei. Immerhin war es gewissermaßen ihr Verdienst, dass Mantel und Ring aus der Versenkung aufgetaucht waren.

»Ich werde Ihre Aussage aufnehmen müssen«, holte Bähr sie auf den Parkplatz zurück.

»Meine Aussage?«

»Zum Mantel, zum Ring. Zu Ihrer Unterhaltung am Stammtisch.«

Sie tat es mit einem schnellen Nicken ab.

»Am besten kommen Sie auf die Wache nach Reutlingen.«

Wieder nickte sie nur. Inzwischen waren sie vor seinem Auto angelangt. Er öffnete die Tür und drehte sich noch einmal zu ihr um.

»Würden Sie mich morgen in die Kirche begleiten?«

Sie musste sich ein Prusten verkneifen. Was auch immer er damit bezweckte, sie konnte diese Frage beim besten Willen nicht ernst nehmen. Anzüglich ließ sie ihre Augenbrauen auf und ab hüpfen. »Seltsamer Ort für ein Date.«

Alles, was sie ihm damit entlocken konnte, war ein abschätziges Stirnrunzeln. Aber das war ja nichts Neues.

»Hätte nicht gedacht, dass Sie gläubig sind«, fügte sie in ernsterem Tonfall hinzu.

»Bin ich auch nicht. Aber der Mörder vermutlich schon.«

»Denken Sie, er wird morgen da sein?« Ein Schauer lief ihr über den Rücken.

Bähr zuckte mit den Schultern. »Nicht auszuschließen.«

Wahrscheinlich hatte er recht. Es war der erste Sonntagsgottesdienst seit Juttas Tod. Eine offizielle Trauerfeier hatte es bisher nicht gegeben. Der ganze Ort würde sich versammeln.

»Sie kennen die Leute hier, vielleicht fällt Ihnen etwas auf, das ich übersehen würde.«

Sie musste zugeben, dass sie sich geschmeichelt fühlte. Bähr bat sie erneut um ihre Hilfe, auch wenn er es nicht direkt so sagte.

»Na schön.« Sie biss sich auf die Unterlippe, bis es schmerzte, um sich das selbstgefällige Grinsen zu verkneifen, das sich bereits anbahnte.

Wenn er ihre Genugtuung bemerkte, würde er seine Bitte am Ende noch zurücknehmen.

»Dann bis morgen.« Er zog die Autotür zu und ließ den Motor an.

Betont lässig hob sie die Hand zum Gruß und stapfte dann über den zusammengepressten Schnee zu ihrem Mazda. Nun gab es keinen Grund mehr, ihre Mundwinkel davon abzuhalten, sich bis zu den Ohrläppchen auszudehnen. Ihr entfuhr sogar ein leises Jauchzen.

In ihrer Euphorie beschloss sie, daheim noch eine Runde mit Alfons über den Hof zu drehen, um die überschüssige Energie loszuwerden. Anschließend würde sie ausnahmsweise einmal ohne Umschweife zu Bett gehen. Schließlich musste sie morgen früh aufstehen.

Als sie neben Bähr die Kirche betrat, fuhren alle Köpfe wie auf Kommando zu ihnen herum. Obwohl sie damit gerechnet hatte, zog Isa unwillkürlich die Schultern hoch und vergrub das Gesicht hinter dem aufgestellten Kragen ihres

Mantels. Das Gemauschel in den hinteren Reihen war trotzdem nicht zu überhören.

Walter und Renate, die sich mit den anderen Mitgliedern des Kirchenchors neben dem Altar aufgestellt hatten, tauschten einen Blick, der Isa nicht verborgen blieb. Am liebsten hätte sie ihnen die Zunge rausgestreckt.

Wie erwartet, war die Kirche gut besucht. Schließlich gab es in Grimmingen nicht alle Tage ein Mordopfer zu beklagen.

Isa ließ den Blick über die Anwesenden streifen. Sie musste genau hinsehen, um die Leute zu erkennen. Die verstaubten Funzeln an den Wänden vermochten den Innenraum kaum zu erhellen, stattdessen malten sie lange Schatten auf die Gesichter der Leute.

Bähr stieß Isa leicht an und deutete auf eine freie Sitzfläche neben einem älteren Herrn, den sie flüchtig vom Sehen kannte. Sie mussten eng zusammenrücken, um beide noch auf der Bank Platz zu finden.

So dicht neben ihm konnte Isa Bährs Rasierwasser riechen. Es war seltsam, ihm so nahe zu sein. Nicht dass es ihr direkt unangenehm war, aber ganz wohl fühlte sie sich auch nicht dabei. Sie atmete tief ein und versuchte, eine bequemere Sitzhaltung einzunehmen, was auf diesen altertümlichen Kirchenbänken praktisch unmöglich war. Es war wohl das Beste, sich auf ihre Aufgabe zu konzentrieren.

Inzwischen hatten ihre Augen sich an das Dämmerlicht gewöhnt. Erfreut stellte sie fest, dass sie von ihrer Warte eine gute Sicht auf Ute Gmeiner und ihren Mann hatte. Sie hob verwundert die Brauen. Mike, der Fässlewirt, saß neben Ute. Isa hatte ihn nicht für einen Kirchgänger gehalten. Und auch die Wahl seines Sitzplatzes war irgendwie überraschend. Aber das konnte natürlich dem Zufall geschuldet sein.

In der vordersten Reihe entdeckte sie Liebknecht. Seine blonde Matte war selbst von hinten unverkennbar. Wie gern würde sie jetzt sein Gesicht sehen. Bestimmt mimte er den untröstlichen Witwer. Sie schüttelte verächtlich den Kopf. Ihr konnte er nichts vormachen. Sie hatte mit eigenen Augen gesehen, wie schnell er sich nach dem Tod seiner Frau mit einer anderen getröstet hatte.

Ein Rascheln ging durch die Reihen, als die Menschen sich plötzlich in stillschweigender Übereinkunft erhoben. Verwundert blickte Isa sich um und folgte ihrem Beispiel dann zögerlich. Es musste am Pfarrer liegen, der soeben den Altarraum durchschritt. Mit brachialem Klang setzte Orgelmusik ein und kurz darauf trat der Kirchenchor in Aktion. Die Gemeinde folgte der beklemmenden Melodie weit weniger inbrünstig.

Aus dem Augenwinkel schielte Isa zu Bähr hinüber. Er hielt seinen Mund so fest verschlossen, dass seine Kieferknochen hervortraten. Sein Blick wanderte konzentriert umher.

»Wer ist das?«, raunte er ihr plötzlich zu und wies mit dem Kinn in Mikes Richtung.

»Der Wirt vom Fässle«, wisperte sie. Mit seiner hünenhaften Gestalt überragte er die Köpfe der anderen um ein gutes Stück. »Er war Ute Gmeiner gegenüber neulich sehr loyal«, murmelte Isa, wobei das eine leichte Untertreibung war. Immerhin hatte Mike sie persönlich zur Tür geleitet und dafür gesorgt, dass sie keine weiteren Fragen mehr stellen konnte.

Ihr Blick fiel auf Ute, die ihre Stirn in Falten gelegt hatte und die Augen geschlossen hielt. Isa fand, dass sie abgekämpft aussah. Blass und mit wirrem Haar, als hätte sie heute Morgen das Kämmen vergessen. Ihr Mann hingegen wirkte wie immer. Mit ernstem Gesichtsausdruck und weit geöffnetem Mund sang er mit. Bei jedem Ein- und Ausatmen wippte sein großer Bauch hoch und runter. Sie versuchte, sich vorzustellen, wie er für Jutta diesen Ring kaufte, ihn gravieren ließ und ihr feierlich überreichte. Aber es wollte ihr nicht gelingen. Es passte einfach nicht.

Ein paar Bänke weiter vorn entdeckte sie Jens, ihren Kollegen. Neben ihm stand Anna-Maria. Die zwei waren wirklich unzertrennlich. Wie Karius und Baktus.

Soweit sie das von hinten beurteilen konnte, tupfte sich Anna-Maria gerade mit einem Taschentuch über die Augen und ihre Schultern zuckten, als würde sie weinen. Isa unterdrückte ein Schnauben. Ihre Kollegin war nicht nur nah am Wasser gebaut, sie stand quasi knietief darin.

Bähr schien sie ebenfalls bemerkt zu haben. Fragend sah er Isa an.

»Das hat nichts zu bedeuten«, murmelte sie und winkte ab, »sie neigt zu übertriebenen Gefühlsäußerungen.«

»Die Sprechstundenhilfe ist auch da«, flüsterte Bähr plötzlich. Isa folgte seinem Blick. Liebknechts Affäre saß zwei Kirchenbänke hinter Ute und Mike. Sie trug einen dicken Pelzmantel und schwarze Lederhandschuhe. Das Outfit erschien aufgesetzt und passte nicht zum hellgelben Farbton ihrer Haare. Zwischen all den schwarzen Jacken und Mänteln wirkte sie regelrecht schrill.

Nach dem Lied durften sie sich endlich wieder setzen und der Pfarrer begann seine monotone Predigt voll moralischer Fingerzeige. Ein kalter Windstoß fuhr wie bestellt durch das Kirchenschiff und ließ die Flammen der dicken Kerzen vor dem Altar flackern.

Isa verdrehte die Augen. Aus gutem Grund mied sie diesen Ort wie eine Quarantänestation. Womöglich war die geheuchelte Frömmigkeit auf Dauer ansteckend.

Erst eine gefühlte Ewigkeit später widmete sich der Pfarrer endlich der verstorbenen Jutta Liebknecht. Beim Klang ihres Namens kam Bewegung in die Gemeinde, als würden die Anwesenden aus einem Nickerchen erwachen.

Er lobte die Lebensfreude der Toten und ihr Engagement für die Allgemeinheit. Die Leute nickten zustimmend und hier und da ertönte ein leidvolles Seufzen.

Isa blickte erneut zu Ute Gmeiner hinüber. Es sah aus, als flüsterte sie dem Wirt etwas ins Ohr. Er hielt den Kopf schräg und nickte immer wieder mit ernstem Blick. Erst als der Ortsvorsteher seiner Frau einen strengen Blick zuwarf, hörte sie auf zu reden.

Isa sah Bähr an und er nickte ihr zu. Der Kommissar hatte es also auch gesehen.

Nach der Predigt folgten Fürbitten und ein weiteres deprimierendes Lied. Dann endlich entließ der Pfarrer die Gemeinde mit den Worten: »Gehet hin in Frieden.«

»Endlich.« Beim Einsetzen der dramatischen Orgelmusik katapultierte Isa sich aus ihrer unbequemen Sitzposition hoch. Sie verzichtete auf jegliche Glaubensbekundung und eilte über den steinernen Korridor auf den Ausgang zu. Man konnte diesen bedrückenden Ort gar nicht schnell genug verlassen.

Doch als sie am Rollwagen mit den abgegriffenen Gesangbüchern vorbeilief, blieb ihr Blick an einem Schaukasten hängen. Hinter staubigen Glasscheiben hingen Fotografien von fraglicher Qualität. Sie stieß Bähr an, der hinter ihr ging.

»Wir betrauern unsere Verstorbenen«, stand in schwarzen Lettern über den Bildern geschrieben. Die vergrößerte Kopie eines schlecht belichteten Polaroids von Jutta Liebknecht hing neben einem Bild von Walters Mutter, die im vergangenen Frühling verstorben war.

»Die Aufnahme scheint im Herbst gemacht worden zu sein«, murmelte Bähr und trat näher.

Das Foto sah aus, als hätte Jutta sich selbst fotografiert. Sie hielt einen Arm ausgestreckt vor sich und lachte keck in die Kamera. Hinter ihr wirbelte der Wind ein paar Blätter auf und spielte mit ihren Haaren. Ihr Schal drohte davonzufliegen, sie hielt ihn mit der freien Hand fest.

Irgendwie fand Isa es seltsam, dass Jutta offensichtlich eine Polaroidkamera für ihr Selfie verwendet hatte. Sie hatte nie den Eindruck gehabt, dass die Frau des Zahnarztes einen Hang zur Nostalgie hatte.

»Wer ist das?« Bähr deutete auf eine schwarz gekleidete Person im Hintergrund.

Isa trat näher heran. »Keine Ahnung.« Das Bild war viel zu dunkel und unscharf.

Die Person, die in einiger Entfernung hinter Jutta Liebknecht stand, hatte ihr den Rücken zugekehrt, warf ihr aber über die Schulter einen Blick zu. Sie oder er trug eine dunkle Mütze. Die Jacke flatterte im Wind. Es war schwer zu sagen, ob die Person jung oder alt, groß oder klein war.

»Hoffentlich hat das bald ein Ende«, brummte plötzlich eine tiefe Stimme hinter ihnen. Isa und Bähr drehten sich gleichzeitig um. Vor ihnen stand Mike, der Fässlewirt. Er fixierte Bähr mit stechendem Blick. Obwohl der

Kommissar selbst ziemlich groß war, überragte der Wirt ihn noch.

»Wird Zeit, dass die Polizei ihre Arbeit macht«, zischte er. Aus dem Seitenhieb war ein offener Angriff geworden. Bähr presste die Zähne zusammen und schwieg. Mikes Blick fiel auf Isa herab. Er nickte ihr wortlos zu und mischte sich wieder unter die rauspilgernde Gemeinde.

Bähr schien sich die Spitze nicht allzu sehr zu Herzen zu nehmen. Ohne zu zögern, schob er die Glaswand zur Seite, entfernte die Pinnnadel und steckte sich die Fotokopie in die Innentasche seines Mantels.

»Wir müssen mit dem Pfarrer reden«, raunte er. Der war bereits aus dem Altarraum verschwunden, doch Isa wusste, wo er zu finden war.

Als sie aus der Kirche auf den Vorplatz traten, wirbelte eine kalte Böe ihr die Haare ins Gesicht.

»Da zieht ein Sturm auf«, hörte sie einen alten Mann neben sich weissagen. Sie klemmte sich die losen Strähnen hinters Ohr und redete sich ein, dass ihre plötzliche Gänsehaut von der Kälte kam.

Die anderen Gemeindemitglieder standen in kleinen Grüppchen zusammen und unterhielten sich mit gedämpften Stimmen. Isa entdeckte Liebknecht unter ihnen, der mit gesenktem Kopf Beileidsbekundungen entgegennahm. Keiner achtete auf sie oder den Kommissar.

»Hier entlang.« Sie tippte Bähr an und bog nach links ab. Ein schmaler, gepflasterter Pfad führte um die Kirche herum, an dessen Ende eine Tür zur Sakristei führte.

Bähr schien keine Zeit verlieren zu wollen. Er hob die Faust und klopfte gegen das rissige Holz. Von drinnen erklang Gerumpel, dann wurde die Tür aufgezogen.

Pfarrer Hutmiller streckte fragend seinen roten Kopf heraus. Sein Pulli, den er offensichtlich unter dem Messgewand getragen hatte, machte einen zerknitterten Eindruck und die dünnen Haare, mit denen er sonst seine Glatze überkämmte, standen zur falschen Seite ab.

»Wir hätten ein paar Fragen.« Bähr hielt ihm seinen Dienstausweis unter die Nase und Isa verspürte ein Kribbeln in der Magengegend. Er hatte *wir* gesagt.

Der Pfarrer runzelte die Stirn und bedachte Isa mit einem skeptischen Blick. Sie hielt die Luft an. Wehe, wenn er ihr das kaputt machte. Zu ihrer Erleichterung trat er wortlos zur Seite und bedeutete ihnen, einzutreten.

Bähr ließ ihr den Vortritt. Die Sakristei war ganz anders, als Isa sie sich vorgestellt hatte. Winzig und dunkel. Kein Wunder, die kleinen Fenster an der Ostseite ließen kaum Licht herein, und von den drei verstaubten Glühbirnen in der Deckenleuchte funktionierte nur noch eine. Der Pfarrer wies auf ein paar Stühle, die um einen altmodischen Tisch herumstanden.

»Wir bräuchten das Original«, kam Bähr ohne Umschweife zur Sache und zog die Kopie des Polaroids hervor. Als er sich auf einen der Holzstühle setzte, knarrte dieser besorgniserregend. Vorsichtig folgte Isa seinem Beispiel und nahm neben ihm Platz. Der Pfarrer griff nach dem Bild und sah es sich an.

»Die Originale geben wir normalerweise den Angehörigen zurück. Für den Aushang machen wir Kopien.«

»Also hat Dr. Liebknecht das Original?«, fragte Bähr.

Der Pfarrer schüttelte den Kopf.

»Bis jetzt hat er es noch nicht wieder bei mir abgeholt.«

Er ging zu einer Kommode und zog an der obersten

Schublade. Wie es schien, hatte sie sich verzogen, denn er musste einige Male kräftig daran rütteln.

»Verdammt noch eins«, fluchte er leise.

Isa musste sich ein Grinsen verkneifen.

»Hier ist es«, rief Hutmiller, als er den Kampf gegen die Schublade endlich gewonnen hatte. Er hielt eine lederne Mappe hoch. Bähr stand auf und sah dem Pfarrer über die Schulter, während der den Einband aufklappte. Isa bemerkte, dass seine dicken Finger plötzlich fahrig wurden.

»Das gibt's doch nicht.« Er legte die Mappe auf der Kommode ab und stemmte die Hände in die Hüften.

»Stimmt was nicht?«, fragte Bähr.

»Es ist weg.«

Bähr warf Isa einen vielsagenden Blick über die Schulter zu.

»Wer hat alles Zutritt zu diesem Raum?«

Der Pfarrer zuckte ratlos mit den Schultern. »Die Ministranten, der Mesmer, der Chorleiter …«

»Der Ortsvorsteher und seine Frau?«, fragte Isa dazwischen.

Hutmiller stützte sich mit einer Hand an der Kommode ab und drehte sich ungelenk zu Isa um. Doch er schien es vorzuziehen, diese Unterhaltung mit Bähr zu führen.

»Hören Sie«, sagte er an ihn gewandt, »das hier ist kein Hochsicherheitstrakt. Mir ist es wichtig, eine offene Tür für meine Gemeinde zu haben.«

Bähr presste die Lippen aufeinander und nickte.

»Im Grunde kann also jeder das Foto entwendet haben.«

Der Pfarrer lachte spitz auf. »Entwendet ist wohl kaum das richtige Wort.«

»Nun«, antwortete Bähr ruhig, »es ist sicher nicht von allein aus Ihrer Sakristei geflattert.«

Die kleinen Augen des Pfarrers huschten hinter den Brillengläsern unsicher zwischen Isa und Bähr hin und her.

»Haben Sie sich das Originalbild angesehen?«, wagte Isa einen erneuten Vorstoß.

Wieder sah der Pfarrer nur Bähr an. »Nicht genauer. Ich habe es kopiert, die Kopie aufgehängt, das Original in die Mappe gelegt.« Er unterstrich seine Aufzählung mit abgehackten Bewegungen der Arme.

Bähr griff nach der Kopie, die noch auf dem Tisch lag, und hielt sie dem Pfarrer unter die Nase.

»Wissen Sie, wer das im Hintergrund sein könnte?«

Hutmiller kniff die Augen zusammen und schüttelte dann den Kopf. »Nein, ich erkenne nichts.«

Bähr nickte geduldig und steckte das Foto wieder ein.

»Das wär's erst mal, danke.«

Er warf Isa einen Blick zu und sie folgte ihm zur Tür.

Trotz der dicken Wolken am Himmel war es draußen immer noch heller als im Inneren der Sakristei. Das diffuse Licht verursachte ein Stechen in Isas Augen.

»Was passiert nur mit den ganzen Steuergeldern?«, murmelte sie. »Dieser Raum ist ja die reinste Rumpelkammer.«

Bähr sah sie mit zusammengezogenen Brauen an.

»Der scheint ein Problem mit Frauen zu haben.«

»Wohl eher mit notorischen Kirchschwänzern.« Ihr entfuhr ein Grunzen.

»Ich muss noch mal mit Liebknecht reden«, überging Bähr ihren Spruch. »Vielleicht weiß er, wer die zweite Person auf dem Bild ist.« Er schlug den Kragen seines Mantels hoch und vergrub die Hände in den Taschen. »Gehen wir.«

Auf dem Weg zum Auto vernahm Isa hinter sich plötzlich herannahendes Knirschen im Schnee.

»Isa, warte doch mal«, ertönte im selben Moment Anna-Marias Stimme.

Sie stöhnte auf.

»Wer ist das?«

Sie kam nicht dazu, Bähr aufzuklären. Anna-Maria war bei ihnen angelangt und streckte ihm die Hand entgegen. Als Isa keine Anstalten machte, übernahm Anna-Maria ihre Vorstellung selbst.

Vermutlich sollte Isa ihre Kollegin auf die verschmierte Wimperntusche aufmerksam machen? Andererseits vermittelte ihr Anblick etwas ungemein Dramatisches.

Isa ließ sich trotzdem nicht zu Mitleidsergüssen hinreißen. Sie wusste nur zu gut, dass es bei Anna-Maria nicht viel brauchte, um die Schleusen zu öffnen. Das letzte Mal hatte sie Sturzbäche geheult, weil ihr werter Kollege Klaus seine Schulkaulquappen über die Ferien vergessen hatte, sodass zu Schulbeginn kleine Frösche mit dem Bauch nach oben in dem abgedeckten Aquarium herumgedümpelt waren.

Nicht ganz neidlos musste Isa anerkennen, dass die Heulerei Anna-Marias Schönheit keinen Abbruch tat. Ihre Haut trug den gleichen gesunden Schimmer wie immer und die Rehaugen wirkten durch die verlaufene Schminke noch größer. Unter der Wollmütze quoll ihr glänzendes, dunkles Haar hervor.

»Tut mir leid, dass ich Sie aufhalte«, sagte Anna-Maria, noch ein wenig außer Atem.

»Kein Problem«, antwortete Bähr.

Isas Kopf fuhr zu ihm herum. So freundlich hatte sie

ihn ja noch nie erlebt. Sie unterdrückte ein Schnauben und schob den Unterkiefer vor.

»Gibt es denn etwas Neues?«, fragte Anna-Maria und ließ ihre dichten Bambiwimpern klimpern.

»Wir gehen einigen Spuren nach.«

»Ich hoffe, Sie finden den Mörder bald.«

Sie sah Isa an und griff sanft nach ihrem Arm. »Eigentlich wollte ich dich fragen, ob du die Einladung für die Schulfeier schon fertig hast?«

»Klar.« Dieses verdammte Ding fing an, ihr gehörig auf die Nerven zu gehen. Als ob es nichts Wichtigeres gab.

»Gut, dann können wir sie morgen verteilen. Ich finde, trotz all unserer Trauer dürfen wir uns nicht einschüchtern lassen. Jutta hätte das nicht gewollt.«

»Richtig«, antwortete Isa lahm. Sie spürte, wie ihr Blutdruck in schwindelerregende Höhen schnellte. Unter ihrem Mantel staute sich die Wärme. Morgen sollte die Einladung verteilt werden und sie hatte noch nicht mal damit angefangen.

Anna-Maria schien glücklicherweise nichts von ihrem erhöhten Stresspegel zu merken. Sie hatte ein herzzerreißend trauriges Lächeln aufgelegt. Ihre Hand ruhte noch immer auf Isas Arm.

»Das wird trotzdem ein schönes Fest.«

Isa war sich ziemlich sicher, dass es das nicht werden würde. Aber angesichts von Anna-Marias wässrigen Augen behielt sie ihre Meinung lieber für sich.

»Wir müssen dann auch gehen.« Kurzerhand hakte Isa sich bei Bähr unter und ignorierte seinen erstaunten Blick.

Anna-Maria machte ein enttäuschtes Gesicht, doch bevor sie etwas sagen konnte, zog Isa den Kommissar mit sich.

Kapitel 15

Als sie außer Sichtweite waren, blieb Bähr stehen und sah sie an.

»Was?«, kläffte Isa.

»Was war das denn?«

»Die hätte Sie sonst nicht mehr gehen lassen, glauben Sie mir.«

Sie merkte selbst, dass sie wie ein trotziges Kind klang.

»Mit mir hat sie doch kaum gesprochen.« Er zog den Funkschlüssel für sein Auto aus der Tasche und betätigte die Entriegelungstaste.

»Traurig?« Isa lächelte süffisant.

»Gar nicht«, er hielt ihrem Blick stand, »so wie ich das sehe, hat sie mehr Interesse an Ihnen.«

Was wollte er ihr denn damit sagen? Klar, Anna-Maria hing ihr ständig mit irgendwelchen nervigen Schulthemen am Rockzipfel, aber seine Andeutung schien in eine andere Richtung abzuzielen. Als sie ihn stirnrunzelnd ansah, hob er amüsiert eine Braue.

»Das ist Ihrer Spürnase wohl entgangen, was?«

Isa reckte das Kinn und blickte ihn mit einer Mischung aus Mitleid und Spott an. Kein Wunder, dass dieser Mann im Grimminger Mordfall nicht vorankam. Wieder einmal bewies er, dass er offensichtlich über keine besonders gute Menschenkenntnis verfügte.

Auf dem Weg zum Auto hatte sich der Himmel weiter verdüstert und schon landeten die ersten dicken Flocken auf der Windschutzscheibe.

»Den Rest des Tages kriegt mich keiner mehr vom Sofa hoch«, verkündete Isa, als Bähr losfuhr.

»Die Einladungen haben Sie ja glücklicherweise schon fertig.«

Sie fuhr zu ihm herum und funkelte ihn böse an, doch das hinderte den Kommissar nicht daran, spöttisch zu grinsen.

Sie wollte gerade zum verbalen Gegenschlag ausholen, da wurde sie unsanft in den Sicherheitsgurt geschleudert, der ihr ein heiseres Keuchen abpresste.

Sie sah noch die Spiegelung von Bährs Scheinwerfern im Lack des Wagens vor ihnen, dann kniff sie die Augen zusammen und machte sich auf den unvermeidlichen Zusammenstoß gefasst. Sie hörte Bährs Fluchen, unterlegt vom stotternden Rattern des Antiblockiersystems.

Doch der erwartete Aufprall blieb aus. Sie öffnete erst ein Auge, dann das andere und atmete erleichtert aus.

Nach einer beachtlichen Schlitterpartie war Bährs Audi nur wenige Zentimeter vor dem Heck von Gmeiners Trabbi zum Stehen gekommen.

»Spinnt der?«, durchbrach die Stimme des Kommissars die angespannte Stille im Wagen. Verschämt löste Isa die verkrampften Finger vom Türgriff, an den sie sich offensichtlich vor Schreck geklammert hatte.

Ortsvorsteher Gmeiner schien gar nicht bemerkt zu haben, dass er beinahe einen Unfall verursacht hätte, weil er ohne zu schauen aus der Parklücke gefahren war. Er winkte in den Rückspiegel und tuckerte mit seinem Oldtimer davon.

»In dem Pappkarton wäre er wahrscheinlich Matsch gewesen, wenn wir ihn gerammt hätten«, schimpfte Bähr.

Isa betrachtete das grazil anmutende Heck des Trabbis und spürte ganz plötzlich ein seltsames Kribbeln in sich aufsteigen. Dieses Gefühl kannte sie mittlerweile nur zu gut. Es war das untrügliche Einsetzen ihrer Intuition.

Die blöden Einladungen konnten warten, es gab Wichtigeres zu tun. Kaum hatte Bähr sie zu Hause abgesetzt und sich auf den Weg zu Liebknecht gemacht, hastete Isa durch den Schnee zum Carport hinüber.

Beim Anblick von Gmeiners Oldtimer hatte sie eine Art Eingebung gehabt. Man musste kein Genie sein, um zu erahnen, dass der Ortsvorsteher eine nostalgische Ader hatte. Im letzten Sommer hatte sie ihn regelmäßig mit seiner mintgrünen alten Vespa durchs Dorf fahren sehen. Und Isa glaubte, sich zu erinnern, dass er neben seinem Trabbi noch ein rotes Cabrio besaß, das ebenfalls schon ein paar Lenze auf dem Buckel hatte.

Sie steckte den Schlüssel ins Zündschloss und kaute nachdenklich auf der Unterlippe herum. Eine Polaroidkamera würde zu seiner Oldtimerbegeisterung passen. Und vielleicht lag seine Frau doch nicht so daneben mit ihrer Eifersucht. Auch wenn die unbekannte Person auf Juttas Foto eher schmal wirkte, ließ sich bei der schlechten Qualität und der Entfernung nicht ausschließen, dass es sich dabei um Gmeiner handelte, der den Bauch eingezogen hatte. Für den Ortsvorsteher wäre es außerdem sicher ein Leichtes, in die Sakristei zu gelangen und das Originalbild verschwinden zu lassen.

Ihr Mazda benahm sich wie ein bockendes Pferd, als sie

über die festgefrorenen Schneebuckel zur Einfahrt hinausfuhr. Sie bog nach links ab und nahm Kurs auf den Ortskern.

Der Wind rüttelte an den lockeren Außenspiegeln und schien die Grimminger in ihre Häuser zu verscheuchen. Einsam und verlassen flog der Gehweg an ihrem Seitenfenster vorbei.

Das war Isa nur recht. Bei dem, was sie vorhatte, konnte sie keine ungebetenen Zaungäste gebrauchen.

Von Renate wusste sie, dass Ortsvorsteher Gmeiner nach der Sonntagsmesse öfter mit seiner Frau essen ging. Meistens im Grünen Baum. Manchmal fuhren sie angeblich auch nach Erpfingen und gönnten sich die gehobenere Küche des Restaurants Hirsch.

Isa war es völlig egal, wo die Gmeiners heute ihr Sonntagsessen zu sich nahmen, solange sie es nicht zu Hause taten.

Sie lenkte ihr Auto auf den leeren Parkplatz der Schule und stellte es an der üblichen Stelle ab. Hier würde es nicht besonders auffallen. Obwohl sie zugeben musste, dass keiner, der sie halbwegs kannte, ernsthaft glauben würde, dass sie sonntags etwas in der Schule zu erledigen hatte.

Sie stieg aus und sofort schleuderte ihr der kalte Wind Schneeflocken entgegen. Es war zwar nur ein kurzer Fußmarsch bis zum Haus des Ortsvorstehers, trotzdem würde es unter diesen Bedingungen kein Vergnügen werden.

Entschlossen schlug Isa den Kragen hoch und zog ihn vor dem Hals zusammen. Die andere Hand tief in der Manteltasche vergraben, stapfte sie los.

Sie überquerte den Parkplatz und bog nach rechts auf den Gehweg ab, der an der Hauptstraße entlanglief. Es dauerte nicht lange, bis sie an eine Gabelung kam. Rechts führte der Bürgersteig in eine schmale Straße hinein, die von aneinandergereihten Häusern gesäumt wurde.

Isa überquerte die schmale Gasse und sprang über einen Schneehaufen, den dort jemand am Rand des Gehwegs aufgetürmt hatte. Die Augen zu schmalen Schlitzen verengt, marschierte sie tapfer gegen den frostigen Gegenwind an. Mittlerweile fielen die Flocken so dicht, dass sie kaum von einer Straßenlaterne bis zur nächsten sehen konnte. Aber wenn man im Verborgenen bleiben wollte, so wie sie, konnte das durchaus von Vorteil sein. Dafür nahm sie das Brennen ihrer Wangen und die taube Nasenspitze tapfer in Kauf.

Sie bog auf den Kirchplatz ein und lief zielstrebig auf den Friedhof zu, der sich hinter dem Gotteshaus befand. Ein hüfthoher Messingzaun trennte die Lebenden von den Toten. Das Tor quietschte mitleiderregend, als Isa es aufdrückte und in die erstbeste Gräberreihe abbog.

Der ausgetretene Pfad, der sonst wie ein verästelter Bach durch die Grabparzellen führte, war unter der dicken Schneedecke nicht mehr auszumachen.

Isa verlangsamte ihre Schritte und achtete sorgfältig darauf, nicht aus Versehen über eine Ruhestätte zu trampeln. Die Parzellen bildeten eine Art Raute, deren Spitze beinahe in den Wald hineinzureichen schien. Auch hier war ein kleines Tor in den Messingzaun eingelassen und wenn man hindurchging, führte es auf einen zugewachsenen Feldweg hinaus. Zumindest im Sommer. Dann tupften Mohn- und Kornblumen die hohen Gräser am Wegesrand bunt.

Jetzt sah Isa nur weiße Schneewehen, die bis zum Dickicht des Waldes brandeten.

»Mist«, zischte sie und zog ruckartig die Hand zurück, mit der sie den eisigen Knauf des Tores berührt hatte. Sie hätte an ihre Handschuhe denken sollen. Stattdessen zerrte sie den Ärmel ihres Pullovers hervor und drehte erneut an dem unhandlichen Knauf.

Das Tor ließ sich nicht öffnen. Entweder hatte es sich durch die Kälte verzogen, oder es war abgeschlossen. Seufzend raffte sie ihren Mantel bis zu den Oberschenkeln hinauf und stieg umständlich über das vereiste Metall.

Als sie auf der anderen Seite mit den Füßen im Schnee landete, verharrte sie einen Augenblick reglos und lauschte in die Stille hinein. Bis auf das dezente Knistern der Schneeflocken und das gelegentliche Rauschen des Windes war nichts zu hören. Kein empörter Pfarrer, der ihr hinterhergelaufen kam. Keine spielenden Kinder im Wald.

Sie ließ ihren Blick über den Friedhof schweifen. Der Schnee hatte kleine Häufchen auf den Grabsteinen gebildet, als würden sie Mützen tragen. Auf einem Ast, der über den Zaun hinüberragte, ließ sich eine Meise nieder, fuhr mit dem Schnabel durch ihr Gefieder und stieß sich dann wieder in den Himmel ab.

Isa wandte sich um und stapfte den Feldweg entlang, auf die nahen Häuser zu. In Gedanken lobte sie sich selbst für den cleveren Schachzug. Sich auf diese Weise Gmeiners Haus zu nähern, war zwar ein Umweg, aber sie musste nicht durch das ganze Wohngebiet latschen, um es zu erreichen. Es stand in der hintersten Reihe, nur durch den zugeschneiten Feldweg, auf dem sie sich befand, vom Wald getrennt.

Sie verließ den Pfad und huschte geduckt zu Gmeiners Haus hinüber. Ein Blick nach oben genügte ihr, um sich sicher zu sein. Keines der Fenster war erleuchtet. Das war ein untrügliches Zeichen, dass die Gmeiners nicht zu Hause waren. Außer sie hockten gerne im Düsteren herum.

Isa spürte, wie ihre Aufregung zunahm. Bis jetzt hatte sie den Gedanken an den nächsten Schritt erfolgreich von sich schieben können. Was sie vorhatte, war äußerst riskant. Vielleicht auch ein bisschen bescheuert. Aber nachdem sie den ganzen Weg hierhergelaufen war, hatte sie nicht vor, unverrichteter Dinge wieder umzukehren. Die Aussicht, etwas Entscheidendes zu finden und den Fall aufzuklären, war zu verlockend.

Zunächst musste sie einen Weg finden, ins Haus hineinzugelangen. Haustür, Garage und Hof waren nach vorn zur kleinen Stichstraße ausgerichtet. Es half nichts, dort musste sie hin.

Mit dem Rücken an die Hauswand gepresst, arbeitete sie sich um die Ecke bis zur überdachten Türe vor. Das Holz war speckig und hatte vom schräg fallenden Schnee einen nass glänzenden Schimmer angenommen. Über ihrem Kopf baumelte ein Kranz aus gebogenen Zweigen und unechten Beeren hin und her. Unübersehbar eine Hommage an die Grimminger Narrenzunft. Kleine zerrupfte Gestalten, mit krummen, überdimensionalen Nasen und auf Besen reitend, waren daran befestigt. In der Mitte des Kranzes prangte der rote Schriftzug der Zunft. Isa verdrehte verächtlich die Augen. Nirgends blieb man von diesem affigen Fastnachtsgehabe verschont.

Aber jetzt gab es Wichtigeres zu tun, als sich über Nichtigkeiten aufzuregen. Langsam sank sie in die Hocke und hob mit der linken Hand die Fußmatte an. Den Blick auf die gegenüberliegenden Nachbarhäuser gerichtet, tastete sie blind über den feuchten Boden. Doch wie es aussah, schienen die Gmeiners nicht zu den Menschen zu gehören, die ihre Schlüssel unter dem Fußabtreter versteckten.

»Wäre auch zu einfach gewesen«, flüsterte sie zu sich selbst und ließ die Fußmatte wieder nach unten flappen.

Längst hatte sie die zwei leeren Blumenkübel links neben der Haustür ins Auge gefasst. Sie kroch gebückt hinüber und hob erst den einen, dann den anderen an. Fehlanzeige. Lustlos pulte sie mit bloßen Händen in der gefrorenen Erde. Von einem Schlüssel keine Spur.

Den Rücken gegen die Türe gepresst, glitt sie zurück nach oben. In einem letzten frustrierten Versuch drückte sie mit ihrem Ellbogen den Türgriff hinter sich nach unten. Aber bei ihrem Glück hatten die Gmeiners natürlich abgeschlossen.

Da blieb wohl nur der Rückzug. Wie zum Hohn schleuderte ihr eine Windböe eisige Graupel ins Gesicht und trieb ihr die Tränen in die Augen. Der Kranz über ihr pendelte hin und her, die Zweige kratzten leise über das Holz. Kurz überlegte Isa, ob sie dem Teil den entscheidenden Stoß versetzen und seiner Geschmacklosigkeit ein Ende bereiten sollte. Da zog ein ungleichmäßiges Klappern ihre Aufmerksamkeit auf sich.

Zuerst glaubte sie an einen losen Fensterladen, der gegen die Hauswand knallte. Aber das Haus der Gmeiners war mit Rollläden ausgestattet. Mit den Augen folgte sie dem gepflasterten Weg bis zur Garage und entdeckte eine offene Tür. Immer wieder wurde sie vom böigen Wind gegen die dahinterliegende Wand gestoßen. Nach jedem Schlag bröckelte weißer Putz zu Boden.

Die Garage sah aus wie ein mit dem Haus verwachsener

Bungalow. Sie war mindestens dreimal so groß wie Isas Carport. Das Flachdach war bepflanzt, was sicher Unsummen gekostet hatte. Isa fand, dass die Büsche einen kläglichen Anblick darboten, wie sie ihre blattlosen, knochigen Finger gen Himmel streckten.

Egal. Sie konnte nicht ewig hier stehen und vor sich hinstarren. Entschlossen stieß sie sich von der Hauswand ab und huschte zum Anbau rüber. Als die Tür gerade wieder von einer Böe aufgerissen wurde, schlüpfte sie hinein.

Sofort hörte der Wind auf, an ihren Haaren und dem Kragen zu zerren. Im Inneren der Garage fühlte es sich gleich ein paar Grad wärmer an. Isa blinzelte. Es würde eine Weile dauern, bis sich ihre Augen an das Dämmerlicht gewöhnt hatten. Ihr Geruchssinn hingegen funktionierte auf Anhieb einwandfrei. Unter den dominierenden Geruch von Benzin mischte sich eine modrig feuchte Note.

Allmählich nahm auch die Umgebung Struktur an. Im rechten Teil der Garage erkannte sie die Silhouette eines Autos, über das eine Plane gespannt war. Daneben standen zwei Vespas. Bis auf eine Werkbank an der Stirnseite war der linke Teil der Garage leer. Vermutlich parkte hier normalerweise Gmeiners Trabbi.

Sie wandte sich nach rechts und hob vorsichtig die Plane an. Nur schwach reflektierte der rote Lack das kaum vorhandene Licht, aber der Benzingeruch wurde augenblicklich intensiver. Isa zog am silbernen Türgriff und die Tür klappte lautlos auf.

Gmeiner schien kein besonders vorsichtiger Mann zu sein. Aber es würde sowieso niemand hier im Ort jemals auf die Idee kommen, sein Auto zu klauen. Es war unter den Grimmingern bekannt wie ein bunter Hund.

Leise drückte sie die Tür wieder zu und ließ den Gummizug der Plane zurückschnappen, dann wandte sie sich nach links.

»Uff«, entfuhr es ihr, als sie mit der eisigen Zehenspitze gegen etwas Hartes stieß. Sie unterdrückte ein schmerzvolles Jaulen und fummelte ihr Handy aus der Manteltasche. Es war riskant, die Taschenlampenfunktion zu benutzen, keine Frage. Wenn einer der Nachbarn den Lichtstrahl bemerkte, hätte sie ein Problem, doch sie schob den Gedanken beiseite und leuchtete den Boden ab. Offensichtlich war sie gegen die unterste Stufe einer Treppe gestoßen und diese führte mit zwei weiteren Schritten zu einer Tür hinauf.

Isas Puls beschleunigte sich. So eine Tür hatte Renate auch – sie führte direkt von der Garage ins Innere ihres Hauses. Darum beneidete Isa ihre Freundin schon lange. Während sie im Winter oder bei Regenwetter jedes Mal nasse Schuhe bekam oder sich die Frisur ruinierte, wenn sie ihren Hof überquerte, konnte Renate ganz bequem vom Haus direkt ins Auto steigen.

Isa lief die Stufen hoch und drückte den Türgriff nach unten. Die Tür glitt lautlos auf und sie schnappte nach Luft.

Erstarrt blieb sie stehen und blinzelte in die Dunkelheit. Eigentlich sollte sie sich freuen. Sie hatte längst nicht mehr an einen Erfolg ihrer Mission geglaubt. Nun würde sie doch noch ins Haus gelangen und, wenn ihr Gefühl sie nicht trog, auf die ominöse Polaroidkamera stoßen. Das wäre der Durchbruch, so viel stand fest.

Bähr würde vor Neid erblassen. Zugleich wäre er wahrscheinlich nicht sehr erfreut über ihre Art der Beweissicherung.

Sie nagte mit den Schneidezähnen auf ihrer Unterlippe

herum. Beim Gedanken an den Kommissar kamen ihr plötzlich Zweifel. Was tat sie hier eigentlich? War sie ernsthaft im Begriff, ins Haus des Ortsvorstehers einzusteigen? Genaugenommen war das eine Straftat. Durfte Bähr unter diesen Umständen gefundene Beweisstücke überhaupt verwenden?

Solange sie nur einen groben Plan im Kopf gehabt hatte, waren ihr die möglichen Konsequenzen nicht in den Sinn gekommen. Aber jetzt, wo sie einen Schritt davon entfernt war, ihn in die Tat umzusetzen, beschlich sie ein mulmiges Gefühl. Was, wenn herauskam, dass sie bei den Gmeiners eingebrochen war und …

Sie zuckte zusammen, als über ihr ein Summen ertönte. Das linke Garagentor löste sich vom Boden und fuhr langsam nach oben. Darunter malte das Licht von Autoscheinwerfern Kreise auf den Boden. Schneeflocken wirbelten glitzernd durch den schmalen Spalt herein.

Himmel! Die Gmeiners kamen.

Der verdammte Wind musste das Geräusch des herannahenden Motors übertönt haben.

Isas Magen krampfte sich mit jedem Zentimeter, um den der Spalt zwischen Tor und Boden anwuchs, mehr zusammen. Schon konnte sie die dampfende Motorhaube des Trabbis sehen.

Ihr blieb keine Wahl. Sie musste hier weg, und zwar schnell. Nur noch wenige Augenblicke und die Unterkante des Garagentors hätte die Windschutzscheibe erreicht. Dann würden sie sich gegenseitig in die verdatterten Gesichter glotzen.

Sie fuhr herum und sprang mit einem Satz ins Innere des Hauses. Die Tür fiel hinter ihr ins Schloss. Ohne sich umzusehen, bog sie nach rechts in eine kleine Kammer ein und kauerte sich dort hinter einer Kommode zusammen. Ihr Herz pochte so heftig, dass ihr Kopf im Takt mitzitterte.

Aus der Garage drang gedämpft das Geräusch des laufenden Motors zu ihr herüber, bevor es abrupt verstummte. Kurz darauf vernahm sie das dumpfe Schlagen von Autotüren.

Sie machte sich ganz klein, wagte kaum zu atmen. Wie war sie nur wieder in eine solche Lage geraten? Und warum verdammt noch mal waren die Gmeiners schon zu Hause? In der kurzen Zeit seit dem Ende des Gottesdienstes konnten sie nie und nimmer gegessen haben. Zumal in den Restaurants sonntags reger Andrang herrschte.

Das Klicken des Türschlosses unterbrach jäh ihre durcheinanderfliegenden Gedanken. Instinktiv zog sie den Kopf ein. Licht flutete den Flur und ein schmaler Streifen schaffte es fast bis zu ihren Zehenspitzen, die hinter der Kommode hervorlugten.

Isa hielt die Luft an. Um ein Haar hätte sie die Hände gefaltet und zum Glauben gefunden. Aber Gmeiners dröhnende Stimme ließ sie erstarren.

»Nie wieder, das sag ich dir!« Der Ortsvorsteher hatte generell ein lautes Organ, aber jetzt glich es einem wütenden Bellen. »Lass dir endlich helfen. Das ist doch nicht normal.«

Isa riss die Augen auf. Stritten die beiden etwa?

»Wag es bloß nicht, mir die Schuld zuzuschieben«, hörte sie Ute zurückkeifen. Vorsichtig schob Isa den Kopf ein Stück vor und lugte um die Kommode herum. Ute stand so, dass Isa nur ihre Hände sehen konnte. Sie hatte drohend den Zeigefinger in Richtung ihres Mannes erhoben.

»Willst du behaupten, das ist normal?«, schrie Gmeiner zurück. »Hinter jeder Frau siehst du eine drohende Gefahr.«

»Ach.« Utes Stimme nahm einen bitteren Unterton an. »Und das wundert dich?«

»Einmal!«, schrie Gmeiner zurück. Seine Stimme überschlug sich. »Ein einziges, verdammtes Mal. Und du willst mir das den Rest meines Lebens vorhalten.«

»Das will ich allerdings. Bis du bereit bist, die Gründe mit mir aufzuarbeiten.«

Gmeiner trat einen Schritt auf Ute zu und Isa zuckte so heftig zurück, dass sie mit dem Hinterkopf gegen die Wand stieß.

»Da gibt es nichts aufzuarbeiten«, hörte sie ihn zischen. »Ich hab es so satt. So satt. Immer stellst du mir dieselben Fragen, auf die ich keine Antwort habe.«

»Weil es mich quält«, rief Ute. Isa glaubte, ein weinerliches Zittern in ihrer Stimme auszumachen. Sie wagte einen weiteren Blick hinter der Kommode hervor. Nun hatte sie freie Sicht auf den Ortsvorsteher. Er stand direkt vor der offenen Tür und warf stöhnend die Arme in die Höhe. Dieser Streit war so faszinierend, dass sie darüber beinahe ihre Angst vergaß, entdeckt zu werden.

»Mich quält es auch, das darfst du mir glauben. Jetzt kann ich noch nicht mal mehr in Ruhe essen gehen.«

»Wenn du dich benimmst, kannst du das sehr wohl«, fuhr Ute ihn an.

»Was hab ich denn getan?« Gmeiners Stimme hatte sich überschlagen. Sein Kopf leuchtete wie eine reife Tomate.

»Du hast die Bedienung angebaggert. Vor meinen Augen. Weißt du, wie entwürdigend das ist?«

»Du tickst doch nicht mehr richtig. Ich habe mich mit ihr unterhalten. Das macht man so als Ortsvorsteher. Man geht auf die Leute zu. Aber das kannst du natürlich nicht verstehen. Du kriegst ja den Mund nicht auf.«

Isa hatte den Eindruck, dass Gmeiner sich so richtig in Rage schrie. Sein Bauch bebte heftig auf und ab, während er Ute seine Wut entgegenschleuderte.

»Was sollen denn die Leute denken? Wo ich mit dir hingehe, machst du mir eine Szene. *Das* ...«, er machte eine Pause und hob seinerseits den Zeigefinger, »ist entwürdigend.«

Mit diesen Worten wandte er sich ab und ...

Isa zuckte zurück und umklammerte ihre angezogenen Beine. Da ging schon das Licht an und sie hörte Gmeiners stampfende Schritte nur wenige Zentimeter von sich entfernt. Er hatte ihr den Rücken zugekehrt und sie beobachtete mit angehaltenem Atem, wie er sich die Jacke auszog und über einen Kleiderbügel stülpte. Offensichtlich diente dieser Raum als Garderobe.

Isa biss sich vor Anspannung in die Unterlippe, bis sie Blut schmeckte. Wenn er sich umdrehte, war sie geliefert. Dann würde er sie zweifellos entdecken. Nicht einmal die beste Ausrede der Welt wäre gut genug, um das hier wie ein dummes Missverständnis aussehen zu lassen. Vielleicht war jetzt kein schlechter Zeitpunkt, um doch mal mit dem Beten anzufangen.

Gmeiner knallte den Bügel auf eine Stange über sich und streifte sich die Schuhe so pfeffrig von den Füßen, dass sie über den Boden purzelten. Er machte sich nicht die Mühe, sie sauber nebeneinanderzustellen. Stattdessen ging er aus dem Zimmer und löschte das Licht.

Isas Kopf sackte nach unten, geräuschlos blies sie die angehaltene Luft aus. Das war verdammt knapp gewesen.

Ute Gmeiners entferntes Keifen mischte sich wieder, wenn auch gedämpfter nun, unter den dröhnenden Pulsschlag in ihren Ohren. Wie es schien, setzten die beiden ihren Streit in einem anderen Zimmer fort. Isa konnte nicht verstehen, was sie sagten. Aber sie hatte sowieso genug gehört. Sie musste verschwinden.

Auf allen vieren, wie eine Katze, kroch sie hinter der Kommode hervor und huschte zur Tür. Dort verharrte sie in der Bewegung und lauschte. Die beiden schienen weit genug weg. Sie riskierte einen Blick in den Gang hinaus. Durch den Spalt einer angelehnten Zimmertür am Ende des dunklen Flurs drang ein schwacher Lichtschein.

Offensichtlich hatten die Gmeiners ihre Auseinandersetzung ins Esszimmer verlegt. Isa glaubte, die Ecke eines Tisches zu erkennen.

Sie trat auf den Gang und hatte den Arm schon ausgestreckt, um die Tür zur Garage aufzuziehen, da hörte sie die Stimmen hinter sich wieder lauter werden. Panisch riss sie die Tür auf und sprang die Treppen zur Garage hinunter. Hinter sich nahm sie Utes Stimme wahr.

Es war unmöglich zu unterscheiden, ob sie wegen ihr schrie, oder immer noch mit ihrem Mann stritt.

Mit rasendem Herzen hastete Isa durch die Garage und rannte auf die Seitentür zu. Ein Ruck an ihrer rechten Seite riss sie zurück. Um ein Haar wäre sie gestürzt. Sie fing sich mit den Händen ab und tastete nach hinten.

Himmel! Sie hing fest. Woran, konnte sie im schwachen Lichtschein nicht erkennen.

Verzweifelt zerrte sie mit beiden Händen am Stoff ihres

Mantels. Sie hörte ein ratschendes Geräusch, dann gab der Widerstand nach und sie war frei.

Stolpernd flüchtete sie aus der Garage und spurtete auf den Wald zu. Nur wenige Meter durch den tiefen Schnee, dann hatte sie es geschafft.

Sie war aufrichtig dankbar für den nicht enden wollenden Niederschlag. Man sah kaum die eigene Hand vor Augen.

Keuchend warf sie sich vorwärts, blinzelte die Schnee-flocken weg, die ihr in die Augen fielen, und flüchtete sich in den Wald hinein.

Dort preschte sie durchs Gestrüpp, blieb mit dem Fuß hängen, strauchelte, richtete sich aber sogleich wieder auf und walzte weiter vorwärts. Nur tief ins dunkle Dickicht, wo sie geschützt war vor den Blicken der Gmeiners.

Kapitel 16

Irgendwann konnte sie die stechenden Schmerzen in ihrem Brustkorb nicht länger ignorieren. Sie stemmte die Hände auf die Oberschenkel, beugte sich vornüber und lauschte dem pfeifenden Klang ihres Atems, während der Puls sich durch ihren Gehörgang hämmerte.

Das war gerade noch mal gut gegangen. Vorausgesetzt, Ute hatte sie nicht erkannt. Oder besser noch, gar nicht erst bemerkt.

Langsam richtete sie sich auf und legte den erhitzten Kopf in den Nacken. Durch die dicht stehenden Bäume schafften es nur vereinzelte Schneeflocken zu ihr nach unten. Sie erwartete fast, ein Zischen zu hören, wenn sie auf ihrem glühenden Gesicht landeten und verdampften.

»Was für ein Desaster«, murmelte sie tonlos. Zeit für eine Bilanzaufnahme. Sie blickte an sich herunter und presste frustriert die Kiefer aufeinander. Ihr Mantel hatte dran glauben müssen. Genauer, ihre rechte Manteltasche. Sie war an den Seiten aufgerissen und klaffte nach unten. Isa griff danach und rupfte den quadratischen Stofffetzen mit einer schnellen Bewegung ab. Dann stopfte sie ihn in die andere Manteltasche. Vielleicht konnte ihre Mutter das Ding ja wieder annähen.

Sie strich sich ein paar verirrte Strähnen aus der Stirn und sah sich im Dickicht um. Besser, sie kehrte durch den

Wald zu ihrem Auto zurück. Das war zwar ein Umweg, aber keine zehn Pferde würden sie dazu bringen, ihre Deckung aufzugeben.

»Was für ein vergeudeter Nachmittag«, brummte sie und klopfte sich den Schnee von der Hose. Sie hatte so viel riskiert, trotzdem stand sie mit leeren Händen da. Keine Polaroidkamera, kein Ring, nichts.

Da fiel ihr der Streit wieder ein. Die Gmeiners hatten unüberhörbar Eheprobleme. Man musste kein Genie sein, um zu ahnen, dass Utes Eifersucht der Grund war.

Aber die war ja offensichtlich nicht ganz unbegründet. Allem Anschein nach hatte Gmeiner seine Frau wenigstens einmal betrogen und Ute ritt nach wie vor darauf herum.

Die Inbrunst, mit der sich die beiden gestritten hatten, ließ Isa jetzt noch schaudern. Das war keine Lappalie gewesen. Die beiden waren stinkwütend gewesen. Nach außen wirkten sie immer so gefasst. Aber wer konnte schon in einen Menschen hineinblicken? Und wer konnte vorhersagen, zu welchen Taten jemand im Affekt fähig war?

Nach dem unfreiwilligen Spaziergang durch die Kälte zögerte Isa die Arbeit an der leidigen Schulfesteinladung bis zur letzten Minute hinaus. Zuerst nahm sie ein ausgiebiges Bad, um sich wieder aufzuwärmen. Anschließend beugte sie noch mit heißem Tee samt Schuss einer Erkältung vor.

Als sie endlich seufzend ihren Laptop aufklappte, war es bereits nach zehn. Völlig ideenlos saß sie vor dem Bildschirm und zog eine Schnute.

Dass ausgerechnet sie, als ausgewiesene Fastnachtsgegnerin, die Einladung für die Kostümfeier der Schule erstellen sollte, war der blanke Hohn. Im kommenden Jahr würde sie sich für die Dauer des Fastnachtswahnsinns einfach krankmelden. Aber alles Jammern half ja nichts. Sie gab sich einen Ruck, öffnete ein neues Dokument und schrieb in dicken Lettern »Einladung« darauf.

Der Cursor blinkte spottend und bewegte sich nicht von der Stelle. Vielleicht fand sie ein paar passende Partybilder vom letzten Jahr, die sie verwenden konnte. Beim Öffnen ihrer Dateien fiel Isas Blick auf ein abgespeichertes Dokument. Ihre Anmerkungen zum Mordfall. Spontan klickte sie die Datei an.

Es würde nicht lange dauern, die Notizen auf den neuesten Stand zu bringen. Isa redete sich ein, dass es wichtig war, die Beobachtungen festzuhalten, solange sie noch frisch waren.

Sie begann mit Ute Gmeiner. Aufgrund ihrer Kneipenschlägerei mit Jutta und dem Streit mit ihrem Mann rutschte ihr Name auf der Liste der Verdächtigen ganz nach oben. Sie stand nun gleich neben dem Ehemann der Toten.

Dicht gefolgt von Mike, dem Kneipenwirt, der im Fässle doch sehr offensiv zu verhindern versucht hatte, dass sie mehr über den Streit der beiden Frauen herausfand. Außerdem hatte er heute in der Kirche ziemlich vertraut mit Ute Gmeiner gewirkt. In Klammern merkte sie an, dass es sich bei ihm um Utes Komplizen handeln könnte. Allein hätte die zierliche Frau es vielleicht nicht geschafft, Jutta zu Boden zu drücken und zu erwürgen.

Nun kam noch eine weitere Person ins Spiel. Juttas Liebhaber, der ominöse Unbekannte, von dem sie vermutlich den gravierten Ring bekommen hatte. Vielleicht Ortsvorsteher Gmeiner. Vielleicht auch nicht.

»Eventuell der Mann vom Foto«, tippte sie und kaute nachdenklich auf ihrer Lippe herum.

Bähr hatte gesagt, dass seine Kollegen in den nächsten Tagen die Schmuckgeschäfte abklappern würden. Irgendwo musste der Ring erworben und graviert worden sein. Vielleicht stießen sie ja auf einen Hinweis zum Käufer.

Erst vor ein paar Minuten war er heimgekommen. Sie hatte den Schlüssel gehört und seine Schritte auf der knarrenden Treppe. Zu gern hätte sie ihn gefragt, wie es mit Liebknecht gelaufen war, aber er war so schnell nach oben verschwunden, dass sie beschlossen hatte, es auf morgen zu verschieben. Sogar ein Workaholic wie er brauchte ja irgendwann mal eine Pause.

Isa hingegen verspürte plötzlich nicht mehr die geringste Müdigkeit. In Gedanken ging sie wieder einmal sämtliche Dorfbewohner durch. Es fehlte nicht viel und sie hätte auch noch Renate und Walter auf die Liste gesetzt. Immerhin gehörten sie dem Kirchenchor an und hätten sich somit leicht Zutritt zur Sakristei verschaffen können. Sie schüttelte den Kopf. Das war verrückt. Dann konnte sie genauso gut den Pfarrer als Mörder in Betracht ziehen.

Sie gluckste leise bei dieser Vorstellung und spann den Faden weiter. Die Ministranten. Die Reinigungskraft. Der Organist. Jeder, der Zutritt zur Sakristei hatte, kam in diesem Gedankenspiel vor. Wen interessierte schon das Mordmotiv?

Als ihr Blick auf die Uhr am unteren Bildschirmrand fiel, erschrak sie. Es war bereits nach elf. Und sie hatte noch nicht mal mit der Einladung begonnen. Unwillig öffnete sie das Dokument und verzog das Gesicht angesichts der weißen Leere, die ihr entgegenstarrte.

»Muss ja keinen Preis gewinnen«, brummte sie und tippte ein paar einfallslose Sätze nieder.

Es dauerte noch eine weitere halbe Stunde, bis sie die Einladung fertiggestellt hatte. Einen Preis würde sie tatsächlich nicht gewinnen. Aber das Wichtigste stand drauf. Sie hatte ihre Schuldigkeit getan. Sie speicherte beide Dokumente ab, dann fuhr sie den Rechner herunter und schleppte sich nach oben. Es würde eine kurze Nacht werden.

Am nächsten Morgen herrschte aufgeregtes Gewusel am Kopierer im Lehrerzimmer. Irgendjemand zeterte lauthals, dass das Gerät endlich gewartet werden müsse. Isa verdrehte die Augen angesichts der morgendlichen Hektik und lief zur Kaffeemaschine.

»Hast du die Einladung fertig?«

Sie zuckte zusammen. Jens hatte sich wie ein Gecko auf Fliegenfang an sie herangepirscht.

»Alles im Griff.«

Für eine Auseinandersetzung mit Schmoll war es eindeutig noch zu früh. Ohne ihn eines Blickes zu würdigen, drückte sie einen Knopf und sah der Maschine beim Kaffeekochen zu.

»Du musst die Kopien bis um zehn an die Schüler übergeben haben, damit die sie heute noch verteilen können.«

»Jens«, nun sah sie ihn doch an, »warum verbreitest du denn so einen Stress am frühen Morgen?«

»Vielleicht, weil ich dich mittlerweile ganz gut kenne«, schnappte er.

Damit hatte er nicht ganz unrecht. Man würde ihr sicher keinen Orden für schulisches Engagement oder Zuverlässigkeit verleihen.

Ohne es zu wissen, kam Renate ihr zu Hilfe, indem sie verkündete, dass Heidemarie ihre berühmte Linzertorte mitgebracht habe. Schon zischte Schmoll ab. Er hatte eine Schwäche für Kuchen.

Auch Rektor Maier eilte aus seinem Büro herbei und gratulierte der guten Heidemarie überschwänglich, die daraufhin leicht eingeschnappt klarstellte, dass sie, seit sie auf der Welt sei, ihren Geburtstag im Mai feiere und der Kuchen lediglich vom Wochenende übrig geblieben sei.

Isa lachte laut auf und nutzte die Gunst der Stunde, um an ihrem errötenden Chef vorbei zum Kopierer zu marschieren. Der war nun erst mal frei.

Sie schloss ihren USB-Stick an und auf dem Display erschienen die gespeicherten Dokumente. Isa wählte die Einladung aus, tippte eine großzügige Zahl für die Menge der Kopien ein und drückte die grüne Taste. Ein Ruck ging durch die Maschine, dann tat sich nichts mehr.

Sie betätigte noch einmal, nun mit etwas mehr Nachdruck, den großen grünen Knopf, doch wieder spuckte der Kopierer kein einziges Blatt aus.

»Der spinnt schon den ganzen Morgen«, nuschelte Renate mit vollem Mund.

»Typisch.« Jetzt hämmerte Isa mit der gesamten Faust auf den grünen Knopf ein.

»Na, na«, erklang Anna-Marias Stimme hinter ihr. »Mit Gewalt geht das nicht.« Siegessicher schob sie Isa beiseite und drückte, geradezu zärtlich, mit ihrem gepflegten Zeigefinger auf den Knopf.

»Ist das dein Ernst?« Isa sah sie ungläubig an. Ihre Kollegin hielt sie offensichtlich für völlig verblödet.

»Du musst das Papier rausnehmen und wieder einlegen«,

mischte Jens sich nun auch noch ein. Er stellte seinen Kuchenteller neben dem Kopierer ab und machte sich an der Papierschublade zu schaffen. Isa spürte, wie ihr allmählich der Schweiß ausbrach. Die Glocke läutete zur ersten Stunde und noch immer weigerte sich das verdammte Gerät, seinen Dienst zu tun.

»Wie war's denn gestern noch?«, fragte Renate. Sie lehnte an der Wand und zwickte mit der Gabel ein Stück von ihrem Kuchen ab.

»Ich weiß nicht, wovon du sprichst.« Isa warf ihr einen warnenden Blick zu. Doch Renate plapperte unbedarft und mit vollem Mund weiter. »Ich wusste gar nicht, dass der Kommissar gläubig ist.«

»Drück noch mal den grünen Knopf«, rief Jens aus der Tiefe. Krachend ließ er die unterste Papierschublade einrasten. Isa drückte mehrmals auf den Knopf. Aber nichts tat sich.

»Dann gibt's halt keine Einladungen«, sagte sie. Die waren ja sowieso beschämend hässlich geworden.

»Das geht doch nicht.« Jens rüttelte wie ein Verrückter am Papiereinzug.

»Ich glaube, ich habe dich zuvor noch nie in der Kirche gesehen, Isa«, kam Anna-Maria nun auch noch auf das leidige Thema zu sprechen.

»Die Stunde fängt an«, rief Maier ihnen zu.

Keiner beachtete ihn.

»Was hast du denn heute an?«, startete Isa einen zugegebenermaßen recht unfeinen Versuch, vom Thema abzulenken. Auf Renates Kosten. Ihre Freundin trug einen Lederrock, der vor allem über dem Bauch ordentlich spannte, dazu ein pinkes Spitzenoberteil und eine hellblaue Strickjacke. Fragend blickte Renate an sich herunter.

»Zu bunt?«

»Denk dir nichts«, sagte Jens. Er tauchte schnaufend aus der Versenkung auf und hielt sich den Rücken. »Isa trägt ja nicht mal an Fastnacht Farbe.«

»Ha!«, schrie Isa etwas zu laut und reckte den Zeigefinger in die Höhe. »Da täuschst du dich, mein Lieber. Ich komme als Banane. Mehr Farbe geht ja wohl nicht.«

»Schon wieder?« Anna-Maria zog mitleidig die Brauen hoch.

»Was ist denn nun mit dir und Bähr?«, bohrte Renate weiter.

Glücklicherweise half ihr in diesem Moment das bockige Gerät aus der Klemme und spuckte endlich, im Sekundentakt, ein Blatt nach dem anderen aus.

»Gott sei Dank«, rief Isa inbrünstig. Die anderen zogen enttäuscht von dannen. Nur Renate blieb stehen und wackelte auffordernd mit den Augenbrauen.

»Mir kannst du es doch sagen«, flüsterte sie.

»Na schön.« Isa sah vom Kopierer auf. »Pink und Hellblau in Kombination sollten meiner Meinung nach kleinen Mädchen und Barbiepuppen vorbehalten bleiben.«

Sie fuchtelte mit der Hand vor Renates Outfit herum, um ihrer Aussage Nachdruck zu verleihen.

»Der Unterricht hat begonnen, meine Damen«, schrie Maier von hinten. Isa packte sich den dicken Stapel Blätter und lief aus dem Lehrerzimmer.

»Ich hab gehört, ihr wart im Grünen Baum«, japste Renate hinter ihr. Sie ließ sich von Isas ausholenden Schritten nicht abschütteln.

»Wir hatten beide Hunger, das war alles.«

Renate kreischte begeistert auf. »Es stimmt also. Ich wusste es.«

Isa blieb stehen und sah ihre Freundin verständnislos an.

»Zwischen euch hat es von Anfang an geknistert.«

»So ein Quatsch! Hast du nicht irgendein Onlinedate in der Hinterhand, auf das du deine überschüssige romantische Energie abladen kannst?«

Mehr hatte sie dazu nicht zu sagen. Sie wandte sich ab und schob mit der Schulter die angelehnte Klassenzimmertür der 8b auf. In der einen Hand hielt sie noch immer ihre halb volle Tasse und in der anderen den Stapel Einladungen. Sie ließ den Packen aufs Pult fallen und nahm den letzten Schluck ihres erkalteten Kaffees.

»Seid ihr schon beim Du?«

Erschrocken fuhr Isa herum. Sie hatte nicht gemerkt, dass Renate ihr ins Klassenzimmer gefolgt war. Jetzt stand die Freundin hinter ihr und sah sie erwartungsvoll an.

»Hast du keinen Unterricht?«, zischte Isa.

Einige Schüler kicherten unterdrückt.

»Du musst mir alles erzählen. Treffen wir uns heute nach der Schule?«

Isa knirschte mit den Zähnen. Sie packte Renate bei den Schultern und schob sie Richtung Tür. »Geh jetzt.«

»Sagen wir um drei bei dir?«

»Ich hab Mittagschule«, entgegnete Isa.

»Dann eben danach.«

Sie seufzte. Wenn sie jetzt nicht klein beigab, würde Renate bis in alle Ewigkeit weiternerven. Ein paar Schüler steckten schon die Köpfe zusammen. Es war nicht zu übersehen, dass sie über ihre Lehrerinnen tuschelten. Fehlte nur noch, dass sie ihre Handys zückten.

»Ja, ja«, sagte sie deshalb schnell und schob Renate zur Tür hinaus.

Nach der Schule fuhr Isa noch beim Bäcker vorbei. Die Einladungen waren verteilt und der Unterricht für heute geschafft. Zur Feier des Tages hatte sie beschlossen, für sich und Renate ein paar süße Stückchen zu kaufen.

Sie öffnete die Tür des kleinen Bäckerladens, und leises Gebimmel ertönte. Frau Simmler, die Chefin, stand vor der Theke und hatte ihr den Rücken zugewandt. Sie war gerade dabei, die Preisschilder zurechtzurücken.

»Hallo«, rief sie, ohne sich umzusehen, »einen Moment, bitte.«

Isa versuchte, an ihrem üppigen Leib vorbei in die Auslage zu spähen, um sich im Geiste schon mal ihre Auswahl zurechtzulegen. Vor allem süß und klebrig musste es sein.

Als Frau Simmler um die Theke eilte und ihre Blicke sich begegneten, entgleisten der Frau für eine Sekunde die Gesichtszüge. Dann gewann offenbar ihre Professionalität wieder die Oberhand und sie setzte ein gezwungenes Lächeln auf.

Isa lächelte irritiert zurück. Zugegeben, in der Regel kaufte sie lieber Aufbackbrötchen bei Walter, aber das war noch lange kein Grund, sie so entgeistert anzusehen.

Sie gab ihre Bestellung auf und Frau Simmler rammte die süßen Stückchen mit einer Zange in die Tüte.

Isa musste an der Kasse ablesen, wie viel sie zu bezahlen hatte, denn offensichtlich hatte es Frau Simmler die Sprache verschlagen. Bedröppelt verstaute Isa das Wechselgeld in ihrer Jackentasche, da erklang erneut das Bimmeln der Türe und eine kalte Brise zog herein. Die Elternbeirätin der Schule trat neben Isa an die Theke.

»Frau Klein«, sagte sie spitz, »interessant, was Sie hier im Ort verteilen lassen.«

Die Einladungen. Isa stöhnte innerlich auf. »Sie erfüllen ihren Zweck.«

Die Elternbeirätin und Frau Simmler warfen sich einen seltsamen Blick zu. Weshalb machten die Grimminger um diese läppische Einladung nur so ein Theater? Das war eine verdammte Schulfeier und nicht die Oscarverleihung. Jedes Jahr fand sie mit den gleichen Leuten und den gleichen langweiligen Schülersketchen statt. Selbst ohne Einladungen würde der ganze Ort erscheinen und sich Maiers alberne Narrenrede anhören. Aber offensichtlich hatten die Leute hier nichts Besseres zu tun, als sich über Nichtigkeiten aufzuregen.

Sie murmelte eine Verabschiedung und beeilte sich, aus dem Laden zu kommen. Halb auf dem Gehweg parkend, knatterte ihr Mazda unregelmäßig vor sich hin. Sie hatte sicherheitshalber den Motor laufen lassen.

Als sie die quietschende Tür aufzog, nahm sie aus dem Augenwinkel ein Auto wahr, das langsam auf sie zugerollt kam. Zuerst glaubte sie, jemand wollte ihren Parkplatz übernehmen, doch dann fuhr das Fahrzeug im Schneckentempo an ihr vorbei.

Ein älteres Ehepaar, das sie vom Sehen kannte, starrte feindselig zu ihr hinaus. Sie runzelte die Stirn und warf einen Blick über die Schulter. Hinter ihr befand sich nur die getünchte Fassade der Bäckerei. Es bestand kein Zweifel, die bösen Blicke galten ihr.

»Seltsam.« Sie wurde von einem Frösteln erfasst und beeilte sich einzusteigen. Ohne den Blinker zu setzen, fuhr sie vom hohen Randstein auf die Hauptstraße herunter. Am Zebrastreifen, ein paar Meter weiter, veranlasste Familie Kess sie zum Bremsen. Das Ehepaar überquerte gerade mit seinen Zwillingsmädchen die Straße. Ihr Ältester ging in die 9c. Ein netter Junge.

Herr Kess spähte ins Wageninnere und Isa nickte ihm freundlich zu. Sie sah, wie sich seine Lippen bewegten, er sagte etwas zu seiner Frau. Wie auf Kommando starrten beide zu ihr herein. Und dann zeigte Herr Kess ihr den Vogel.

Isa riss die Augen auf. Hatte er das gerade wirklich getan? Das konnte doch kein Zufall mehr sein. Regten die sich etwa allen Ernstes darüber auf, dass ihre Einladungen für die popelige Dorfschulfeier ein wenig lieblos geraten waren?

»Die spinnen doch«, japste sie und drückte aufs Gas. Kurz darauf bog sie, noch immer leise vor sich hin maulend, in die Einfahrt ihres Hauses ein. Wie üblich war Renate zu früh, ihr Wagen stand neben dem Carport. Isa betätigte die Hupe und aus dem Haus ertönte aufgeregtes Bellen.

Alfons schien nicht der Einzige zu sein, der sich freute, dass sie nach Hause kam. Renate kam ihr, mit beiden Armen winkend, entgegen. Es sah aus, als machte sie Hampelmänner.

Isa zog den Schlüssel ab und griff nach der Tüte mit den süßen Stückchen. Kaum hatte sie die Tür geöffnet, schallte ihr Renates Gezeter entgegen. Ihre Freundin redete so schnell auf sie ein, dass sie kein Wort verstand.

»Ich freu mich auch, dich zu sehen«, lachte sie. Doch

beim Anblick von Renates blasser Miene verging ihr das Grinsen. Sie sah nicht etwa erfreut aus, sondern war völlig von der Rolle.

»Ist was passiert?«

Im Geiste ging Isa ihre Lieben durch. Ihre Eltern, Toni. Seltsamerweise kam ihr auch Bähr kurz in den Sinn. Mit einem Kopfschütteln verscheuchte sie ihn aus ihren Gedanken.

»Was hast du da nur mit den Einladungen angerichtet?«, piepste Renate.

Isa stöhnte. »Fängst du jetzt auch noch damit an? Das blöde Ding erfüllt doch …«

»Ich rede von deinen Verdächtigungen«, unterbrach die Freundin sie heftig.

»Was?«

Renate schien kaum Luft zu holen. »Na, die Liste, die du im Ort hast verteilen lassen. Auch noch von Schülern. Isa! Das ist selbst für deine Verhältnisse völlig daneben.«

In diesem Moment hatte Isa das Gefühl, die Zeit würde stehen bleiben. Ihr Herzschlag setzte aus, nur um im nächsten Augenblick den Turbo einzulegen. Ganz weit hinten in ihrem Kopf braute sich eine üble Ahnung zusammen.

»Ich hab's bei Walter gefunden.« Renate klatschte Isa ein Blatt an die Brust. »Aber die liegen ja mittlerweile überall rum.« Ihre Stimme hatte sich zu einem Kreischen gesteigert.

Wie in Zeitlupe senkte Isa den Blick und zupfte sich das Blatt von der Jacke. Das war nicht die Einladung für die Schulfeier. Jedenfalls nicht nur. Auf der Vorderseite prangte sehr wohl der hässliche Flyer zum Kostümfest. Aber auf der Rückseite waren ihre Notizen zu den möglichen Verdächtigen im Mordfall abgedruckt. Die Tüte mit den süßen Stückchen entglitt ihren Händen.

»Ach du Scheiße«, wisperte sie.

Renate sagte nichts mehr. Und das kam bei Gott nicht oft vor.

Kapitel 17

»Geht's wieder?«

Mit zittrigen Fingern griff Isa nach der Tasse dampfenden Tees mit Schuss, die Renate ihr reichte. Sie saß auf dem Sofa im Wohnzimmer und schaukelte wie ein traumatisiertes Kind vor und zurück. Renate hatte ihr eine Decke um die Schultern gelegt und beäugte sie mit sorgenvoller Miene.

»Woher wissen die denn alle, dass die Liste von mir ist?«, fragte Isa tonlos.

»So was spricht sich doch rum. Die Schüler, die deine Einladung verteilt haben, wissen es. Die Eltern der Schüler, die deine Einladung verteilt haben, wissen es. Das Kollegium …«

»Ist ja gut, ich hab's verstanden«, unterbrach Isa die Aufzählungen ihrer Freundin. »Das ist 'ne riesenfette Katastrophe«, wisperte sie.

Eigentlich war sie nicht nah am Wasser gebaut, aber jetzt war sie kurz davor, einen hysterischen Heulkrampf zu erleiden. »Dieser verdammte Kopierer.«

»Was hat der denn damit zu tun?«, fragte Renate.

Isa nahm erst mal einen großen Schluck Tee. »Mehr Schuss, bitte.« Sie hielt ihrer Freundin die Tasse hin und Renate schraubte gehorsam den Deckel vom Marillenschnaps.

»Ich muss die Datei aus Versehen auf dem Stick gespeichert und heute Morgen im Display angetippt haben, nachdem gefühlt das ganze Kollegium auf dem überhitzten Gerät rumgedrückt hat. Es ging ja drunter und drüber.« Isa nahm einen weiteren Schluck und rang um Fassung. »Die Liste war doch nicht für die Öffentlichkeit bestimmt.«

»Hast du dir die Kopien nicht angesehen, bevor du sie an die Schüler weitergegeben hast?«

»Doch!«, schrie Isa, ihre Stimme brach. »Wer konnte denn ahnen, dass der Kopierer auf beidseitiges Drucken voreingestellt war? Ich hab nur die Vorderseite angeguckt und auf der war die Einladung drauf.«

Jetzt fielen ihr auch wieder die seltsamen Blicke ein, die ihre Schüler miteinander getauscht hatten, als sie ihnen die Einladungen übergeben hatte. Markus hatte sich gemeldet und »Frau Klein, sollen wir das wirklich so verteilen?« gerufen.

Himmel! Bei der Erinnerung daran krampfte sich Isas Magen zusammen. Sie hatte geglaubt, er wollte sich über die bescheidene Aufmachung ihrer Einladung auslassen.

»Frag nicht, mach einfach!«, hatte sie den armen Jungen angefahren. »Das Ding guckt sich doch eh keiner genauer an.« Ihre eigenen Worte hallten höhnisch in ihrem Kopf nach.

Markus hatte sie daraufhin aus schmalen Augen angesehen und trotzig mit den Schultern gezuckt.

Wie hatte sie nur so ignorant sein können? Sie entriss Renate die Flasche und trank den Schuss ohne Tee. Die Flüssigkeit rann brennend ihre Kehle hinunter und sie kniff das Gesicht zusammen, als hätte sie in eine Zitrone gebissen.

Nichts und niemand konnte sie aus dieser peinlichen

Lage retten. Bestimmt hielt das ganze Dorf sie jetzt für eine Intrigantin, die ihre Mitmenschen ans Messer liefern wollte.

»Ich bin ja nur froh, dass ich es nicht auf deine Liste geschafft habe«, bemerkte Renate prompt.

»Du hast recht.« Isa stieß ein leidvolles Stöhnen aus. »Ich hätte dich und Walter auch draufschreiben sollen.« Sie bemerkte Renates empörten Blick und setzte zu einer Erklärung an. »Überleg doch mal. Ausgerechnet meine Freunde habe ich ausgelassen. Das erweckt bei den Leuten den Eindruck, ich würde mit zweierlei Maß messen.«

»Na ja«, Renate verzog das Gesicht zu einer skeptischen Grimasse, durch die ihr Doppelkinn unvorteilhaft hervortrat, »du hast ja wohl nicht nur uns ausgelassen. Und davon mal abgesehen, welchen Grund hätten Walter oder ich, Jutta umzubringen?«

Isa schabte mit den Schneidezähnen über ihre Unterlippe.

»Was weiß denn ich.« Dafür hatte sie jetzt echt keinen Kopf. »Vielleicht hat Jutta sich über deine Katze lustig gemacht oder im Supermarkt in Undingen eingekauft, statt bei Walter.«

»Ist das dein Ernst?« Renate sah sie entsetzt an.

»Natürlich nicht.« Isa hatte geglaubt, die Lächerlichkeit ihrer aufgezählten Gründe würde für sich sprechen.

Obwohl sie sich innerlich eingestehen musste, dass sie offensichtlich wirklich ein wenig voreingenommen gewesen war, als sie die Verdächtigenliste erstellt hatte. Der Zahnarzt stand nicht nur deshalb drauf, weil Ehemänner grundsätzlich als Täter in Frage kamen. Isa mochte ihn auch nicht. Trotz seines Alibis und Bährs Aussage, dass er nicht ins Täterprofil passte, hatte sie ihn nicht von der leidigen Liste gestrichen. Unter Neutralität verstand man wohl etwas anderes.

Sosehr sie Renate vertraute und auch Walter, der keiner Fliege etwas zuleide tat, absolut sicher konnte man sich nie sein. Letztlich hatte jeder Mensch Geheimnisse, die er mit niemandem teilte, nicht einmal mit engen Freunden.

Wieder setzte das vorwurfsvolle Schrillen des Telefons ein. Der Apparat läutete im Minutentakt, seit sie das Haus betreten hatten. Isa befürchtete, dass es ihre Eltern waren, die sie panisch zu erreichen versuchten. Abwechselnd auf dem Festnetz und dem Handy.

»Du hättest meiner Mutter wirklich nicht schreiben dürfen«, murrte Isa. Sie war zu erledigt, um wirklich wütend auf Renate zu sein.

»Ich hab mir Sorgen gemacht, weil du nicht zu Hause warst. Ich wusste nicht, was ich tun soll.«

»Das ist ein Albtraum«, wisperte Isa, ohne auf Renates Erklärungsversuche einzugehen. In Gedanken war sie längst weiter. »Ich kann mich nie wieder draußen blicken lassen.« Die Vorstellung, sich für immer in ihrem Haus zu verbarrikadieren, zur verschrobenen Einsiedlerin zu werden und sich von Walter ihre Einkäufe vor die Haustüre stellen zu lassen, war verlockend und verstörend zugleich.

»Lass ein wenig Zeit vergehen«, sagte Renate, »irgendwann haben die Leute das vergessen.«

Isa nickte zögerlich. Vielleicht hatte sie recht. Mit etwas Glück würde bald irgendein anderer armer Trottel einen Fehltritt begehen und zum Geschwätz der Dörfler werden. Sie fühlte sich schon ein klein wenig besser.

»Spätestens wenn die Sommerferien beginnen und die Leute für längere Zeit in Urlaub fahren ...«

»Um Himmels willen.« Isa sah ihre Freundin mit einer Mischung aus Ärger und Entsetzen an. »Bis dahin sind es noch Monate und …«

Das Brummen ihres Handys auf dem Wohnzimmertisch ließ sie verstummen. Sie schloss die Augen. Wer auch immer am anderen Ende war, der Anruf konnte nichts Gutes bedeuten. Sie schaffte es nicht, sich zum Tisch vorzubeugen und auf das leuchtende Display zu schauen. Nachdem es sekundenlang vor sich hin gesummt hatte, ohne erhört zu werden, fasste Renate sich ein Herz und griff danach.

»Ist es Maier?« Vielleicht würde Isa sich zu allem Übel auch noch nach einem neuen Job umsehen müssen.

»Bähr«, stieß Renate hervor.

»Oh Gott.« Das war sogar noch schlimmer.

»Soll ich ihn wegdrücken?«

Isa schüttelte den Kopf. »Lass es einfach klingeln.«

So saßen sie eine ganze Weile wie zwei Häufchen Elend auf dem Sofa und beäugten den kleinen, vibrierenden Unheilsverkünder, den Renate auf den Tisch zurückgelegt hatte.

Plötzlich kam Isa ein schockierender Gedanke. »Denkst du, er muss mich verhaften?«

Sie sahen sich mit großen Augen an.

»Immerhin stehen geheime Informationen auf meiner Liste.«

Die Freundin griff nach ihren Händen und drückte sie. »Ich komm dich jeden Tag im Knast besuchen.«

Isa senkte die Augenlider auf Halbmast. »Danke. Sehr hilfreich.«

Der angekündigte Schneesturm hatte sich über Nacht zu beeindruckender Größe aufgeplustert und tobte auch am frühen Morgen noch über Grimmingen. Als Isa aus der Haustür trat, konnte sie kaum bis zu ihrem Carport sehen.

Geduckt rannte sie über den Hof und war schon nach wenigen Sekunden weiß wie ein Schneemann. Sie klopfte sich die alte grün-blau gemusterte Daunenjacke ab, die sie eigentlich längst in die Kleidersammlung hatte geben wollen. Aber da ihr Mantel einen verräterischen Schaden aufwies, hielt sie es für klüger, ihn erst mal in der Garderobe hängen zu lassen. Beim Losfahren wurde die frische Schneedecke hörbar unter dem Gewicht der Reifen zusammengepresst.

»Du meine Güte«, murmelte Isa beim Blick auf die Hauptstraße. Ihr Verlauf war unter der dicken Schneedecke kaum zu erkennen. Lediglich der Wald und die windschiefen Stangen am Straßenrand boten einen Anhaltspunkt.

Sie schaltete in den zweiten Gang und manövrierte den Mazda in Schrittgeschwindigkeit durch die pulverige Masse.

Je näher sie dem Ortskern kam, desto mehr drängten eingeschneite Autos die Felder und Baumreihen zurück. Die Schornsteine auf den Hausdächern hatten ihre liebe Not, den Rauch in den tief hängenden Himmel zu spucken.

Obwohl es anstrengend war, bei diesen Verhältnissen zu fahren, wünschte Isa sich innerlich, die Fahrt würde nie zu Ende gehen. Sie verspürte nicht den geringsten Drang, aus ihrem Auto zu steigen und sich den Haifischen zum Fraß vorzuwerfen.

Glücklicherweise schaffte sie es ungesehen durch den Ortskern und bis zum Lehrerparkplatz. Sie stellte den Motor ab und beeilte sich, im Schulgebäude zu verschwinden.

Wie immer stand die Tür zum Lehrerzimmer offen. Bei ihrem Eintreten verstummte das monotone Gemurmel der Kollegen schlagartig. Alle Augen richteten sich auf sie.

Irgendjemand hüstelte künstlich und der Kopierer spuckte Blätter aus, ohne dass jemand dabeistand. Es kam Isa wie eine Ewigkeit vor, in der sie den urteilenden Blicken ihrer Kollegen ausgesetzt war.

»Also wirklich, Isa«, sagte Heidemarie in vorwurfsvollem Ton. Hinter ihr schüttelte Klaus übertrieben langsam den Kopf.

»Sie hat das doch nicht absichtlich gemacht.« Renate löste sich aus der Meute und kam auf sie zugeeilt. Sie hakte sich bei Isa unter und drückte ihren Arm ein wenig zu fest.

»Ist ja gut.« Isa machte sich los und schob sie von sich. Es fehlte gerade noch, dass sie vor allen in Tränen ausbrach. Mit zusammengebissenen Zähnen schlurfte sie zu ihrem Platz, ließ sich auf den Stuhl fallen und starrte ins Leere.

»War wohl 'ne kurze Nacht?«

Renate setzte sich neben sie und sah sie mitfühlend an.

Isa nickte. »Hab kaum geschlafen.«

»Hast du Ärger bekommen?«

Obwohl Isa wusste, dass Renate damit auf Bähr anspielte, fühlte sie sich plötzlich wie ein Kind, das seine Eltern enttäuscht hatte.

»Bin ihm seither nicht begegnet.« Und zurückgerufen hatte sie ihn auch nicht, obwohl er mehrmals versucht hatte, sie auf ihrem Handy zu erreichen. Glücklicherweise war er erst spät von der Arbeit heimgekehrt, sodass sie sich schlafend hatte stellen können.

»Frau Klein?«

Sie fuhr herum. Maier stand hinter ihr.

»Auf ein Wort, bitte.« Mit der Hand wies er in Richtung Rektorat.

Isa tauschte einen Blick mit Renate, bevor sie sich aus ihrem Stuhl hochstemmte und mit hängenden Schultern in Maiers Büro schlich.

»Mein Telefon läuft heiß«, eröffnete er seine Standpauke, nachdem er die Tür hinter sich geschlossen und am Schreibtisch Platz genommen hatte.

Isa starrte das altmodische Gerät mit den großen Tasten an und zog die Augenbrauen hoch. Aktuell hüllte es sich in Schweigen und erschien ihr kein bisschen überhitzt.

»Eltern beschweren sich über Sie.«

Isa seufzte. Natürlich beschwerten sich Eltern über sie. Der ganze Ort beschwerte sich über sie. Wahrscheinlich war es das Klügste, über einen Umzug nachzudenken.

»Die Schüler für das Verteilen dieser …«, er schien nach den richtigen Worten zu suchen, »dieser Schmähschrift zu benutzen, Frau Klein, was haben Sie sich nur dabei gedacht?«

»Es war keine Absicht«, entgegnete sie. Sie merkte selbst, wie armselig das klang.

»Ich habe für Sie heute eine Vertretung eingeteilt.«

»Wie bitte?«

»Sie bleiben besser zu Hause, bis sich der Ärger gelegt hat.«

Das verschlug ihr nun wirklich die Sprache. Mit offenem Mund starrte sie ihren Chef an. Nicht dass sie scharf darauf war zu unterrichten. Zumal jeder, auch die Schüler, von ihrem peinlichen Versehen wusste, aber sie konnte sich doch nicht bis in alle Ewigkeit verstecken.

Maier hatte dem offensichtlich nichts mehr hinzuzufügen und so kehrte sie kleinlaut ins Lehrerzimmer zurück.

»Ich vertrete dich heute«, sagte Anna-Maria und strich ihr mitfühlend über den Rücken. Isa hatte nicht die Kraft, sich ihrer Nähe zu entziehen.

»Ich werde mit deinen Schülern etwas für die Schulfeier basteln, wenn das für dich in Ordnung ist?«

»Ist mir so was von egal«, zischte sie.

Anna-Maria zog die Hand zurück, als hätte sie sich an Isas Rücken verbrannt. Ohne auf Ordnung zu achten, stopfte Isa ihre Unterlagen in die Tasche und ließ die Kollegin einfach stehen.

»Isa!« Renate kam ihr hinterhergestöckelt. »Soll ich heute Mittag vorbeikommen?«

Isa lief einfach weiter.

»Hey!« Renate griff nach ihrem Arm. »Lass dich nicht hängen. Das geht vorbei.«

»Kann sein.« Halbherzig zog Isa die Mundwinkel nach oben und wich Renates mitleidigem Blick aus. Sie konnte ihm nicht länger standhalten. Das Gesicht ihrer Freundin begann bereits vor ihren tränenfeuchten Augen zu verschwimmen. Schnell wandte sie sich ab und eilte ohne ein weiteres Wort zur Schultür hinaus.

Die frische Luft half ein wenig. Isa nahm einen tiefen Atemzug. Dann blinzelte sie die Tränen weg und stapfte zu ihrem Auto hinüber. Achtlos warf sie ihre Tasche hinein und sank auf den Fahrersitz. Wie erstarrt saß sie da und beobachtete, wie die Schneeflocken auf der salzverkrusteten Windschutzscheibe landeten.

Sie hatte keine Ahnung, was sie jetzt tun sollte. In der Schule durfte sie nicht sein und daheim würde sie früher oder später einem wütenden Bähr in die Arme laufen. Wahrscheinlich belegte er sie dann mit sämtlichen Kraftausdrücken, die er kannte. Oder, was sich irritierenderweise noch schlimmer anfühlte, er redete nie wieder mit ihr.

Sie könnte es ihm nicht verübeln. Er hatte allen Grund, verärgert zu sein. Auch wenn dieser Schlamassel nie in ihrer Absicht gelegen hatte.

Blieb nur zu hoffen, dass der Mörder bald gefasst wurde. Dann konnte wieder Ruhe in Grimmingen einkehren und die Dorfbewohner würden vielleicht irgendwann darüber hinwegsehen, was sie über einige von ihnen geschrieben hatte.

Allerdings trugen ihre Verdächtigungen wohl kaum zu einer baldigen Aufklärung des Falls bei. Vermutlich war eher das Gegenteil der Fall. Sie behinderten Bähr bei seinen Ermittlungen, die bis jetzt sowieso nur stockend verlaufen waren. Wer würde jetzt noch mit ihm reden wollen? Sie biss sich in die Wange.

»Aber ohne mich hätte er womöglich nie von dem Ring erfahren«, murmelte sie trotzig vor sich hin. Immerhin war sie es gewesen, die auf Juttas Mantel gestoßen war, wenn auch rein zufällig. Ohne sie würde das Schmuckstück noch immer in der Reinigung liegen. Und so wie es aussah, war es ein wichtiges Puzzleteil, das die Ermittler zu Jutta Liebknechts Mörder führen könnte.

Sie spürte, wie diese Gedanken allmählich ihre Kräfte mobilisierten. Möglicherweise war noch nicht alles verloren. Wenn sie herausfand, wer den Ring gekauft hatte, konnte sie Bährs Vertrauen vielleicht zurückgewinnen.

Energisch drehte sie den Zündschlüssel herum und legte den Rückwärtsgang ein. Sie würde nicht daheim rumsitzen und Trübsal blasen. Kam nicht in Frage. Stattdessen würde sie sich nützlich machen.

Als sie nach rechts auf die Hauptstraße abbog, leuchteten vor ihr die Warnlichter eines Schneepflugs auf. Salzkörner prasselten auf die Windschutzscheibe. Sie ging vom Gas, um mehr Abstand zwischen sich und das orange Ungetüm zu bringen.

Bei diesen Wetterverhältnissen, und mit dem Winterdienst vor sich, würde die Fahrt nach Reutlingen eine Ewigkeit dauern. Aber wenigstens sorgte der Pflug für befahrbaren Untergrund. Zumindest kurzzeitig. Hinter der Bäckerei bog er in eine Stichstraße ab. Isa umschloss das Lenkrad mit beiden Händen und fuhr ein bisschen schneller. Nachdem sie ihr Haus und das Ortsschild passiert hatte, traute sie sich, in den vierten Gang zu schalten und noch etwas mehr Gas zu geben.

Bald machte der Wald verschneiten Feldern Platz und sie glaubte, in der Ferne die Lichter Undingens erkennen zu können, da merkte sie plötzlich, dass etwas nicht stimmte. Ihr Auto reagierte nicht, wenn sie auf das Bremspedal trat. Es wurde keinen Deut langsamer.

Kapitel 18

Panisch umklammerte Isa das Lenkrad und starrte auf die vereiste Fahrbahn, die unter ihr hinwegzufliegen schien. Dass sie vom Gas gegangen war, machte scheinbar keinen großen Unterschied.

In ihrem Kopf spielten sich mehrere Szenarien gleichzeitig ab. Sie könnte die Handbremse ziehen. Aber was, wenn das Auto sich dann überschlug? Vielleicht sollte sie den Mazda stattdessen in die Felder lenken und darauf hoffen, dass der tiefe Schnee ihn bremste.

Ihr Atem ging pfeifend, während die Gedanken fiebrig durch ihren Kopf schossen. Ihre Handflächen schwitzten und drohten vom ledernen Lenkrad abzurutschen. Plötzlich kam ihr ein Fernsehbericht in den Sinn, über den sie einmal beim Durchzappen gestolpert war. Der Moderator hatte geraten, die Motorbremse zu nutzen, wenn einem nach langem Bergabfahren die Bremsen versagten.

Kampfesmutig rammte sie den Schaltknüppel in den dritten Gang und nötigte dem Motor ein gequältes Heulen ab. Erst schien gar nichts zu passieren. Dann hatte sie tatsächlich das Gefühl, dass das Auto etwas langsamer wurde. Sie griff erneut zur Schaltung, hielt den Atem an und schaltete in den zweiten Gang. In der Fahrerkabine erklang ein Kreischen, als würde ihr jemand eine laufende Motorsäge ans

Ohr halten. Der Zeiger des Drehzahlmessers schlug wie ein Metronom nach rechts aus.

Jetzt oder nie, schoss es Isa durch den Kopf. Sie streckte die Ellbogen durch, presste sich in die Rückenlehne und zog das Lenkrad nach rechts. Augenblicklich begann das ganze Auto zu hüpfen und hoppeln. Isa wurde im Sitz durchgeschüttelt und hatte Mühe, das Steuer festzuhalten. Sie kniff die Augen zusammen und stieß einen lang gezogenen Schrei aus.

Ein heftiger Ruck schleuderte sie in den Gurt. Sämtliche Luft entwich aus ihren Lungen. Ihr Schrei endete so abrupt wie die Fahrt durch das Feld. Der Motor gab ein gluckerndes Geräusch von sich, das Auto machte einen letzten verzweifelten Hüpfer, dann stand es still.

Langsam öffnete Isa die Augen. Ihre Brust hob und senkte sich stoßweise unter ihrem einsetzenden Atem. Als sie realisierte, dass ihr Mazda sich tatsächlich nicht mehr rührte und sie unversehrt war, sank sie mit einem inbrünstigen Seufzen in sich zusammen.

Eine bleierne Stille breitete sich im Fahrzeuginneren aus, während draußen die Schneeflocken lautlos auf der Motorhaube verdampften. Am liebsten hätte sie losgeheult. Dieses verdammte Auto gehörte auf den Schrottplatz. Oder zumindest endlich mal wieder zum Kundendienst. Ihre Nachlässigkeit, was das anging, wäre ihr heute beinahe zum Verhängnis geworden.

Eine ganze Weile saß sie nur da, unfähig, sich zu rühren, und starrte ins Leere. Ihr Puls, der wie eine Nähmaschine in ihrer Schläfe gerattert hatte, beruhigte sich allmählich wieder. Doch erst als sie ihre eigenen Atemwölkchen vor sich wahrnahm, wurde ihr klar, dass sie schon viel zu lange in diesem Feld stand. Es war eiskalt im Auto.

Sie richtete sich auf und griff mit steifen Fingern nach ihrer Tasche, um das Handy hervorzukramen. Fieberhaft überlegte sie, wer ihr aus der Patsche helfen könnte. Wieder einmal.

Renate war bei der Arbeit und ihre Eltern würden wegen des Schneesturms wahrscheinlich genauso lange brauchen wie der Pannendienst. Außerdem wollte sie momentan lieber nicht mit ihnen reden. Und Bähr kam erst recht nicht in Frage.

Glücklicherweise hatte sie die Nummer des Pannendienstes eingespeichert.

Nach mehrmaligem Klingeln meldete sich die gelangweilte Stimme einer Frau am anderen Ende der Leitung. Für Isa klang sie in diesem Moment wie ein Engel.

»Durch den Schneesturm könnt es 'ne Weile dauern«, erklärte die Frau unbeeindruckt, nachdem Isa ihr Problem geschildert hatte. Isa presste sich Daumen und Zeigefinger auf die Augenlider. Sie verfluchte sich selbst, dass sie heute Morgen aus dem Bett gestiegen war.

»Was heißt das im Klartext?« Sie musste sich beherrschen, nicht laut zu werden.

»Dass es eine Weile dauern kann«, wiederholte die Frau. Isa glaubte, das knatschende Geräusch eines Kaugummis zu hören.

Kurz spielte sie mit dem Gedanken, einfach aufzulegen, aber das würde ihr Problem nicht beheben. Sie konnte nicht bis in alle Ewigkeit untätig in ihrem ausgekühlten Wagen herumsitzen.

»Ich lege Ihnen meinen Autoschlüssel auf den rechten Vorderreifen, in Ordnung?«

Der Frau am anderen Ende der Leitung schien diese Idee

nicht besonders zu gefallen und es erforderte Isas ganze Überzeugungskraft, bis sie nach langem Hin und Her endlich einwilligte. Bevor sie es sich noch einmal anders überlegen konnte, verabschiedete sich Isa eilig und legte auf.

Allerdings war ihr Hauptproblem noch immer nicht gelöst. Irgendwie musste sie nach Hause kommen. Sie stöhnte verzweifelt auf. »Was für ein Scheißtag.«

Es blieb ihr wohl nichts anderes übrig, als die zwei oder drei Kilometer zurückzulaufen. Sie schloss die Augen und konzentrierte sich darauf, gleichmäßig zu atmen, bevor erneut die Tränen in ihr aufsteigen konnten. Wenn sie erst daheim war, konnte sie sich einen Moment der Schwäche erlauben und ihren Frust herausheulen. Bis dahin galt es, sich zusammenzureißen. Mit entschlossenen Bewegungen griff sie nach ihren Wertsachen, verstaute sie in den ausgeleierten Jackentaschen und stieß die Fahrertür auf. Dann verriegelte sie das Auto und legte den Schlüssel wie vereinbart auf dem Vorderreifen ab.

Durch den tiefen Schnee und gegen den eisigen Wind würde es ein langer Marsch nach Hause werden. Aber sie hatte ja ohnehin nichts zu tun. Ihr Plan, Bähr versöhnlich zu stimmen, indem sie etwas über das Schmuckstück herausfand, lag buchstäblich auf Eis. Blieb nur zu hoffen, dass sie ihm in den nächsten Stunden nicht über den Weg lief. Oder besser, in den nächsten Tagen.

Eine Zeit lang stapfte sie an der Landstraße entlang, doch das fühlte sich an wie ein Spießrutenlauf. Bei jedem vorbeifahrenden Auto zuckte sie zusammen. Mit hochgezogenen Schultern wartete sie nur darauf, dass ihr jemand einen Schneeball an den Kopf warf und sie wüst beschimpfte.

Obwohl nichts dergleichen geschah, beschloss sie, sich lieber durch den Wald zu schlagen. Ihre Nerven hielten dem Weg der Schande nicht länger stand.

Gegen den Wind gestemmt, überquerte sie ein Feld, auf dem ihr der Schnee bis zu den Knien reichte. Die eisigen Schneeflocken piksten wie Nadelstiche auf der Haut und die Kälte kroch durch ihre billigen Handschuhe, mit denen sie die Kapuze über ihrem Kopf festhielt. Unter der dünnen, feuchten Wolle waren ihre Finger schon nach kurzer Zeit zu Eiszapfen gefroren. Und auch ihre Winterstiefel hatten den Kampf gegen den Schnee aufgegeben. Ihre Socken fühlten sich nass an.

Das Gute war, dass die dicht stehenden Tannen des Waldes sie vor dem schneidenden Wind abschirmten. Dafür war es hier deutlich dunkler als unter freiem Himmel. Isa wartete, bis ihre Augen sich an das Dämmerlicht gewöhnt hatten und ihr Atem wieder gleichmäßiger ging, dann steckte sie die Hände tief in die Taschen ihres Parkas und stapfte voran.

Obwohl die kahlen Zweige der Bäume über dem Weg eine Art verflochtenes Dach bildeten, lag der Schnee auf dem Waldweg mehrere Zentimeter hoch. Rechts und links bogen sich die Äste der Tannen unter der weißen Last und drohten zu brechen.

Isa bemühte sich, möglichst kraftsparend zu laufen und langsam einen Fuß vor den anderen zu setzen. Dennoch keuchte sie bald wie ein Kettenraucher beim Dauerlauf und kam gehörig ins Schwitzen.

Sie hatte schon ein gutes Stück des Weges zurückgelegt, als ein Knacken im Geäst sie zusammenfahren ließ. Sie verengte die Augen und spähte ins Dickicht. Die Umrisse der

Bäume zeichneten sich im Dämmerlicht nur schemenhaft ab. Angestrengt versuchte sie, ihr lautes Keuchen zu unterdrücken und in den Wald hineinzulauschen.

»Wahrscheinlich ist ein Ast gebrochen«, versuchte sie, sich selbst zu beruhigen. Sie verharrte noch einen Augenblick, das undurchdringliche Dickicht mit den Augen absuchend, dann setzte sie sich wieder in Bewegung.

Sie folgte dem Weg eine sanfte Steigung hinauf, als es erneut knackte. Stocksteif blieb sie stehen und wagte nicht, sich zu rühren. In ihren Ohren rauschte das Blut.

Diesmal hatte es nicht wie ein berstender Ast geklungen. Eher so, als wäre etwas Großes durch das Unterholz gebrochen. Mit klopfendem Herzen spähte sie ins Gestrüpp und schnappte erschrocken nach Luft. Was war das für ein Schatten gewesen?

Sie wich zurück, stolperte und fiel mit dem Hintern voraus in den Schnee. So schnell sie konnte, rappelte sie sich wieder auf. Aus ihrer Kehle löste sich ein hysterischer Schrei. Japsend drehte sie sich um ihre eigene Achse, nur um festzustellen, dass sie allein war. Es war niemand hier.

»Reiß dich zusammen«, zischte sie gegen das Rasseln ihres Atems an. Sie stemmte die Hände in die Hüften und beugte sich nach vorn.

»Bestimmt nur ein Reh.«

Es beruhigte sie, mit sich selbst zu sprechen. Also redete sie weiter gegen das mulmige Gefühl an, das sich in ihrer Magengrube festgekrallt zu haben schien.

»Im Wald leben Tiere und die machen Geräusche.«

Ein Glück, dass sich bei diesem Wetter niemand anderes hierherverirrte. Man würde sie glatt für verrückt erklären, wie sie hier stand und zu sich selbst sprach.

Schließlich gab sie sich einen Ruck und marschierte weiter. Eine Weile summte sie sogar leise Weihnachtsmelodien, um die angespannte Stimmung zu übertönen, die sich wieder über den Wald gelegt hatte. Jeden Moment rechnete sie damit, dass jemand aus dem Unterholz hervorbrach und sie zu Boden riss. Sie hatte das Gefühl, wenn sie die Nervosität nicht heraussang, würde sie platzen wie ein zu weit aufgeblasener Ballon. Irgendwann wurde ihr das Summen neben dem Laufen zu anstrengend, sodass sie sich wieder nur auf das regelmäßige Luftholen konzentrierte. Schwitzend stapfte sie vorwärts, den Takt ihres Atems und das Rauschen des Windes im Ohr.

Das letzte Stück des Weges kannte sie gut. Es führte über eine Wiese zur Hauptstraße und wenn man diese überquerte, direkt zu ihrem Haus. Die Strecke lief sie oft, wenn sie mit Alfons Gassi ging. Erleichtert verlängerte sie ihre Schritte. Sie hatte es fast geschafft.

Jetzt erst merkte sie, wie verkrampft sie die ganze Zeit gewesen war. Ihre Kiefergelenke schmerzten vom festen Aufeinanderbeißen der Zähne und ihr Nacken war ganz steif. Eilig trat sie aus der Dämmerung des Waldes auf die Wiese hinaus, die zwischen ihr und der Straße lag. Beim Anblick ihres schneebedeckten Hausdachs in der Ferne huschte ihr ein dankbares Lächeln übers Gesicht. Die Panikattacke vorhin im Wald war ihr jetzt beinahe peinlich.

Sie zog sich ihre Wollmütze vom Kopf und fuhr sich durch die verschwitzten Haare. Mit einem Mal wurde ihr bewusst, wie erschöpft sie war. Sie würde den ganzen Tag nicht mehr vom Sofa aufstehen, wenn sie erst zu Hause war. Der Gedanke an ihre warme Stube belebte ihre Kräfte. Energisch schritt sie durch den Schnee.

Auf den letzten Metern spürte sie ein schmerzhaftes Kribbeln an ihren Ohren. Der Wind fegte eisig über die freie Fläche. Sie hob die Hände, um sich ihre Mütze überzuziehen, aber sie waren leer. Die Kappe musste ihr unterwegs aus den behandschuhten Fingern geglitten sein.

Isa drehte sich um und entdeckte einen schwarzen Tupfer, der sich am Waldrand deutlich vom weißen Schnee abhob. Seufzend stapfte sie zurück.

Als sie die vorderste Baumreihe erreicht hatte und sich zu ihrer Mütze hinunterbücken wollte, erstarrte sie in der Bewegung. Hinter ihren Fußspuren waren frische Abdrücke im Schnee. Größer und tiefer als ihre eigenen. Sie folgte den eingedrückten Kuhlen mit den Augen. Kurz bevor die Spuren aus dem Wald hinausführten, trennten sie sich. Die fremden Schuhabdrücke schienen im Dickicht zu verschwinden, während sie ihre eigenen vor sich auf dem verschneiten Feld wiedererkannte. Sie spürte, wie sich alles in ihr zusammenzog.

Jemand musste ihr gefolgt sein. Der Boden abseits des Weges war schlammig und wie es schien nicht gänzlich gefroren. Es sah aus, als sei ihr Verfolger tief im sumpfigen Morast versunken, als er am Waldrand eine andere Richtung eingeschlagen hatte, um im Verborgenen zu bleiben.

Sie schnappte nach Luft. Was, wenn er irgendwo dort drin im Gebüsch hockte und sie beobachtete? Unwillkürlich stellten sich ihr die Nackenhaare auf. Sie musste hier weg, und zwar schnell.

Isa schnappte nach ihrer Mütze und rannte los. Der Schnee auf der Lichtung lag hoch und behinderte sie beim Rennen. Sie hatte das Gefühl, kaum voranzukommen. Ihrer Kehle entwich bei jedem Satz ein pfeifendes Keuchen und die Oberschenkel brannten wie Feuer. Aber sie durfte nicht stehen bleiben. Sie musste so viel Abstand zwischen sich und ihren Verfolger bringen, wie nur möglich. Als sie das Ende der Wiese schon fast erreicht hatte, blieb sie mit der Schuhspitze im harschen Schnee hängen und fiel der Länge nach hin.

Sie schaffte es, sich mit den Händen abzufangen, um nicht auf dem Gesicht zu landen, doch im selben Augenblick fuhr ein stechender Schmerz durch ihren rechten Knöchel und ließ sie aufjaulen.

Ihr schoss der schreckliche Gedanke durch den Kopf, dass ihr Verfolger sie nun mit Leichtigkeit einholen konnte. Prustend rappelte sie sich auf. Sie durfte nicht liegen bleiben, sie musste weiter. Humpelnd kämpfte sie sich voran. Ihr Knöchel fühlte sich an, als steckte er in glühenden Kohlen, und ihr Atem verwandelte sich mehr und mehr in ein Rasseln.

Isa hatte das Gefühl, kaum noch Luft zu bekommen. Sie warf einen hektischen Blick über die Schulter, aber durch die dicht fallenden Flocken konnte sie nichts erkennen. Ohne abzuwarten, ob ein Auto die Straße entlangfuhr, stolperte sie auf die vereiste Fahrbahn und ruderte mit den Armen, um nicht zu fallen. Sie verlangsamte ihren schlitternden, hinkenden Lauf auch nicht, als sie schon den Hof erreicht hatte.

Mit zitternden Fingern haschte sie nach dem Schlüssel in ihrer Jackentasche und hielt ihn ausgestreckt vor sich, damit sie ihn sofort ins Schloss rammen konnte, wenn sie bei der Haustür angelangt war.

Da löste sich eine dunkle Gestalt aus dem Schneetreiben vor ihr. Isa stieß einen gellenden Schrei aus, bevor es ihr auf dem vereisten Untergrund die Füße wegzog und sie rücklings zu Boden fiel.

Kapitel 19

»Was ist denn in Sie gefahren?«

Keuchend zwinkerte Isa gegen die herabfallenden Schneeflocken an. Ihr Herz schlug wie ein Vorschlaghammer in ihrem Brustkorb.

Als Bähr sich über sie beugte und sie mit einer Mischung aus Ärger und Verwirrung ansah, setzte sie sich auf.

»Ich werde verfolgt«, stieß sie japsend hervor.

»Von wem?«

Sie zuckte mit den Schultern, während sie versuchte, wieder zu Atem zu kommen. Er streckte ihr seine Hand entgegen und half ihr auf die Füße.

»Au.« Der Schmerz in ihrem rechten Knöchel verhieß nichts Gutes.

»Sind Sie verletzt?« Nicht ein Hauch von Mitgefühl lag in seiner Stimme.

Sie wich seinem Blick aus. Die kurzzeitige Erleichterung, in Sicherheit zu sein, wich einem dumpfen Gefühl. Es bestand kein Zweifel; Bähr war stinksauer. Das hatte sie befürchtet. Trotzdem war sie zu stolz, um jetzt die Mitleidskarte auszuspielen.

»Halb so wild.«

»Gehen wir rein.« Beim grimmigen Klang seiner Stimme wünschte sie sich fast wieder in den düsteren Wald zurück.

»Ich hab Mist gebaut«, kam sie ohne Umschweife zur Sache, als sie kurz darauf auf dem Sofa saß. Es brachte ja nichts, lange drum herumzureden. Sie hatte ihr rechtes Bein hochgelegt und bemühte sich, das schmerzhafte Pochen zu ignorieren.

Bähr lehnte mit verschränkten Armen im Türrahmen und vermied jeden Blickkontakt. »Das ist noch untertrieben.«

Sie seufzte. »Darf ich etwas zu meiner Verteidigung vorbringen?«

Er zog nur die Brauen hoch, was sie als Aufforderung verstand.

»Es war wirklich keine Absicht.« Zugegeben, ein schwacher Trost. Sein Gesichtsausdruck blieb versteinert. »Der Kopierer hat gesponnen und ...«

»Ich kann ernste Probleme bekommen«, unterbrach er sie.

Es war ihm anzumerken, wie sehr er um Beherrschung rang.

Erschüttert sah sie ihn an. »Sie verlieren doch nicht Ihren Job, oder?«

Seine Kieferknochen traten hervor.

»Ich schwöre, ich wollte das alles nicht«, wisperte sie.

»*Sie* können Probleme bekommen«, sagte er plötzlich.

Ihr Hals war auf einmal ganz trocken. Sie konnte kaum schlucken.

»Werde ich angezeigt?«

»Sie verstehen es einfach nicht.«

Isa war sich ziemlich sicher, dass sie es verstand.

»Mit Ihrem Insiderwissen bringen Sie sich in Gefahr. Wer weiß, wer da vorhin hinter Ihnen her war.«

»Wahrscheinlich nur der Jäger«, bemühte sie sich um

einen lässigen Tonfall. Ihr hysterischer Auftritt von vorhin war ihr inzwischen peinlich. Trotzdem jagte ihr der Gedanke an den mysteriösen Verfolger einen erneuten Schauer über den Rücken. Sie schluckte vergeblich gegen den Kloß an, der sich in ihrem Hals festgesetzt hatte.

»Wie auch immer. Sie sollten nicht mehr allein in den Wald gehen«, riss Bähr sie aus ihren Gedanken.

»Das war auch nicht geplant. Mein Auto ist liegen geblieben.«

»Eine Panne?«

»Mmh, ja.« In Wirklichkeit war sie sich da längst nicht mehr so sicher. Erst versagten ihr die Bremsen und dann verfolgte sie jemand durch den Wald. Das konnte doch alles kein Zufall sein. Was, wenn sich jemand an ihrem Auto zu schaffen gemacht hatte und …? Sie schüttelte den Kopf. Daran durfte sie gar nicht denken.

»Wo wollten Sie überhaupt hin?«, hörte sie Bährs Stimme wie aus weiter Ferne.

Sie musste sich räuspern. »Nach Reutlingen. Ich hatte gehofft, dass ich vielleicht etwas über den Ring herausfinden könnte.«

»Das ist Aufgabe der Polizei.«

Isa presste die Lippen aufeinander. Er bezog sie nicht länger ein. Und das aus gutem Grund. Sie hatte sein Vertrauen verspielt. Die Pause, die zwischen ihnen entstand, zog sich qualvoll in die Länge.

»Sie wissen nicht zufällig etwas über den Einbruch, der gestern bei den Gmeiners stattgefunden hat?«, sagte Bähr plötzlich in die angespannte Stille hinein.

Isas Herzschlag setzte aus. Ute hatte sie also doch gesehen. Das war nicht gut. Gar nicht gut. Sie schüttelte den

Kopf und bemühte sich um einen arglosen Gesichtsausdruck. Aber das schien Bähr nicht zu überzeugen. Seine Augen taxierten sie forschend.

»Ist denn etwas gestohlen worden?«, murmelte sie zu ihren Zehenspitzen nach unten. Sie schaffte es nicht, seinem Blick standzuhalten.

Innerlich mahnte sie sich zur Ruhe. Ute Gmeiner hatte sie offensichtlich nicht erkannt. Sonst säße sie doch längst in einer Zelle. Dafür hätte Bähr sicher mit dem größten Vergnügen gesorgt.

»Scheinbar nicht«, hörte sie ihn sagen.

»Dann ist es genau genommen ja gar kein Einbruch.«

»Mmh.« Er ließ seinen stechenden Blick noch einen qualvoll langen Augenblick auf ihr ruhen, dann stieß er sich vom Türrahmen ab. »Ich muss los.«

Sie brachte nur ein stummes Nicken zustande. Ohne einen Abschiedsgruß drehte er sich um und ging. Kurz darauf hörte sie, wie die Haustür ins Schloss fiel.

»Scheiße.« Isa ließ sich rücklings aufs Sofa fallen und presste sich ein Kissen aufs Gesicht. Sie hatte es verbockt. Und zwar so richtig. Gerade als das Eis zwischen ihnen begonnen hatte zu schmelzen.

Zukünftig würde er sich zweimal überlegen, was er zu ihr sagte, falls er überhaupt noch mit ihr sprach. Sie seufzte. Wenn sie wenigstens mehr über den Ring herausgefunden hätte. Vielleicht wäre er eher bereit, ihr zu verzeihen, wenn sie ihm im Gegenzug hilfreiche Informationen lieferte.

Eine ganze Weile lag sie so da und hing ihren düsteren Gedanken nach, bis das Klappern des Briefkastenschlitzes sie aufhorchen ließ. Sie runzelte die Stirn und warf einen Blick auf ihre Armbanduhr. Das war eine ungewöhnliche

Zeit für den Briefträger. Sie wusste, dass ihr Haus das erste auf seiner täglichen Runde war. Er kam meist schon frühmorgens, noch bevor sie mit Alfons Gassi ging. Jetzt war Nachmittag.

Unschlüssig betrachtete sie ihren Fuß. Sie verspürte keine große Lust, sich mit dem lädierten Knöchel zur Haustür zu quälen. Mittlerweile war er so stark angeschwollen, dass ihre Fessel nicht mehr als solche zu erkennen war. Die Wade ging nahtlos in den aufgedunsenen Fuß über.

Alfons' Bellen riss sie schließlich aus ihrer Lethargie. Anders als andere Hunde hatte er keinen Ärger mit dem Briefträger. Im Gegenteil. Er rannte jedes Mal schwanzwedelnd zur Tür, wenn die Briefe durch den Schlitz hereinflatterten.

»Ich komm ja schon«, rief sie. Aber das hinderte ihn nicht daran, weiter zu bellen. Ächzend humpelte sie den dunklen Flur entlang und tastete an der Wand nach dem Lichtschalter. Durch das kleine Glasfenster in der Tür fiel an Wintertagen zu wenig Licht herein, um den Hausgang ausreichend zu erhellen.

Als die Lampe summend aufleuchtete, blieb Isa schlagartig stehen. Auf dem Boden vor der Tür lag ihre Liste der Verdächtigen. Sie erkannte die Spiegelstriche und die fett gedruckten Namen. Aber etwas war anders. Jemand hatte mit rotem Filzstift Wörter an den Rand gekritzelt.

Sie ging in die Hocke, wobei sie sich mit einer Hand am Boden abstützen musste, um nicht das Gleichgewicht zu verlieren, und griff nach dem Zettel.

Rings herum stand der immer gleiche Satz geschrieben: »Du bist die Nächste.«

Sie schnappte nach Luft. Die rote Schrift verschwamm vor ihren Augen und das Papier begann in ihrer zitternden

Hand zu flattern. War das eine Drohung? Keuchend ließ sie sich auf den Hintern plumpsen. Alfons kam herbeigetapst und schnupperte an dem Blatt, dann lief er zurück zur Haustür. Mit den Pfoten stemmte er sich gegen das Holz und bellte rau auf.

Isas Magen zog sich zusammen. Stand der Überbringer der Nachricht etwa noch vor der Tür? Sie spürte, wie alles Blut in ihre Beine sackte. Ihr Sichtfeld schrumpfte zusammen, als würde sich ein Vorhang von außen nach innen zuschieben, wie im Theater. Nur dass sie nicht im Theater war, sondern auf dem Boden ihres Flurs kauerte und im Begriff war, jeden Moment in Ohnmacht zu fallen.

Ganz langsam hob sie den Kopf, in sicherer Erwartung, ein Augenpaar durchs kleine Sichtfenster zu ihr hereinstarren zu sehen.

Doch nur die einsetzende Dämmerung zeichnete sich hinter dem Glas ab. Geräuschvoll blies sie den Atem aus. Niemand stand vor der Tür.

Sie wischte sich mit dem Handrücken über die Stirn und zwang sich, ruhig ein- und auszuatmen. Ihr Blick blieb am Briefkastenschlitz hängen. Irgendwie musste der Zettel zu ihr gelangt sein. Ihr Haus stand mutterseelenallein auf dieser Lichtung. Bis zum Ortskern von Grimmingen war es mindestens ein Kilometer. Man konnte nicht mal schnell bei ihr vorbeilaufen, etwas einwerfen und wie ein Kind nach einem Klingelstreich davonrennen.

Alfons' entferntes Bellen ließ sie zusammenfahren. Sie hatte überhaupt nicht gemerkt, dass ihr Dackel zurück ins Wohnzimmer getapst war. Mit zitternden Knien stemmte sie sich nach oben und stieß rhythmisch den Atem aus, wie ein Boxer im Ring, kurz vor dem Kampf. Humpelnd, eine

Hand an der Wand abgestützt, folgte sie dem Bellen des Dackels. Ihre Beine fühlten sich an wie Gummi. Aber das Adrenalin, das von ihrem rasenden Herzschlag durch ihre Adern gepumpt wurde, verhinderte, dass sie einfach unter ihr wegsackten.

»Was ist?«, wisperte sie. Alfons war auf die Rückenlehne des Sofas gesprungen und stemmte seine Vorderpfötchen gegen das Fenster. Immer wieder drückte er die Schnauze ans Glas und winselte leise. Er hatte den Schwanz eingezogen und Isa konnte sehen, wie seine Hinterläufe vor Erregung zitterten.

»Ganz ruhig«, flüsterte sie, mehr zu sich selbst als zu ihm. Obwohl sich alles in ihr dagegen sträubte, kletterte sie zu ihrem Dackel auf die Couch. Sie sah zum Fenster hinaus und blickte in ein verzerrtes Gesicht.

»Himmel!« Erschrocken zuckte sie zurück. Es war nur ihr eigenes Spiegelbild.

»Reiß dich zusammen«, raunte sie sich selbst zu und zwang sich, die Umgebung hinter der Scheibe zu fokussieren. Windböen wirbelten die Flocken wie verwobene Schleier durch die Luft und rüttelten an den Ästen der Bäume im nahe gelegenen Wald. In der einsetzenden Dunkelheit verschmolzen die wankenden Baumstämme miteinander.

Isa konnte die abstrahlende Kälte des Glases spüren, als sie noch näher ans Fenster heranrückte. Unter dem Neuschnee zeichnete sich nur noch undeutlich eine frische Reifenspur ab. Die musste Bähr hinterlassen haben, als er vorhin vom Hof gefahren war.

Grübelnd fuhr sie sich mit der Zunge über die spröden Lippen. Ihr Blick fiel auf den Zettel, den sie noch immer in den verkrampften Fingern hielt. Wer zum Teufel hatte ihr dieses Ding in den Briefkasten geworfen? Sie spürte saure Übelkeit in sich aufsteigen, bei dem Gedanken, dass es der unheimliche Verfolger aus dem Wald gewesen sein könnte. Vielleicht war er noch auf dem Hof, versteckte sich im Schutz der Dunkelheit und beobachtete sie dabei, wie sie, einem Nervenzusammenbruch nahe, hinausstarrte.

Isa stieß sich vom Fenstersims ab und sah sich nach ihrem Handy um. Vielleicht sollte sie Bähr anrufen. Immerhin bestand die Möglichkeit, dass der Unbekannte da draußen Juttas Mörder war. Aber dann würde sie zugeben müssen, dass er recht hatte. Dass sie sich mit ihren Verdächtigungen in Gefahr gebracht hatte.

Wie ein nasser Sack rutschte sie an der Lehne des Sofas nach unten und zog die Knie zu sich heran.

»Der Zettel könnte genauso gut von einem wütenden Grimminger stammen«, sagte sie an Alfons gewandt. Der Dackel landete mit den Vorderpfoten neben ihren Beinen und blickte zu ihr herauf. Sie glaubte, Zweifel in seinen Augen zu erkennen, und sank noch ein bisschen mehr in sich zusammen.

»Was weißt du schon?«, patzte sie ihn an.

Alfons legte das Köpfchen schief.

»Nichts für ungut, alter Mann.« Ihr Dackel konnte nun wirklich nichts dafür. Sie kaute auf ihrem Daumennagel herum und überlegte fieberhaft, was sie tun sollte. In einem solchen Moment in Panik zu verfallen, brachte nichts. Das wusste sie aus Horrorfilmen. Die Hysterischen mussten immer als Erste dran glauben.

Kapitel 20

Isa zwang sich zu einem tiefen Einatmen und rollte die Schultern zurück. Zunächst war ja nicht einmal sicher, ob es sich bei dem Brief tatsächlich um eine Drohung handelte. Sie hatte sich mit ihrer Liste keine Freunde gemacht, so viel stand fest. Vielleicht war dies nur eine Art grober Scherz, um sich an ihr zu rächen und ihr Angst einzujagen.

Ein seltsames Gefühl ergriff sie. Es dauerte einen Moment, bis sie begriff, dass es Trotz war.

»Ich lasse mir keine Angst machen«, raunte sie und knüllte den Zettel zusammen. Sie schmiss ihn in Richtung Ofen, doch sehr zu Alfons' Freude verfehlte er sein Ziel. Sofort stürzte sich der Dackel auf das Knäuel und verbiss sich darin. Wie eine erlegte Beute schleuderte er es herum.

Isa ballte die Fäuste. Sie würde sich nicht einschüchtern lassen, oh nein. Im Gegenteil, die Botschaft hatte vielmehr zur Folge, dass ihr Kampfgeist geweckt wurde. Sie hatte …

Ein schwaches Leuchten hinter einem der Sofakissen störte ihre gedankliche Trotzrede. Missmutig warf sie das Kissen zur Seite und starrte aufs Display. Es zeigte einen verpassten Anruf an. Wie es schien, hatte ihr jemand auf die Mailbox gequatscht. Sie wählte die Nummer, um die Mitteilung abzuhören. Der Anruf kam aus der Werkstatt in Erpfingen. Ihren Beinaheunfall hätte sie über der ganzen Aufregung fast vergessen.

Ein Mann mit kratziger Stimme ließ sie wissen, dass der Mazda zu ihnen abgeschleppt worden war und sie am besten so bald wie möglich *persönlich* vorbeikommen sollte.

Angesichts der hörbaren Betonung des Adjektivs runzelte Isa die Stirn. Wahrscheinlich hatten die Mechaniker die kürzlich abgelaufene TÜV-Plakette entdeckt, oder sie waren der Meinung, dass eine Reparatur nicht mehr lohnte und wollten nun wissen, ob sie den Mazda auf den Schrottplatz überführen durften. Sie wollte lieber nicht darüber nachdenken, wie sie ohne Auto zurechtkommen sollte.

Eins nach dem anderen, beschloss sie. Zunächst musste sie die Sicherheit ihres Hauses erhöhen. Also machte sie sich daran, im gesamten Erdgeschoss die Fensterläden zu schließen. Es dauerte eine Weile, weil sie nur humpelnd vorwärtskam. Und auch, weil sie jedes Mal sekundenlang aus dem Fenster spähte, bevor sie sich dazu durchringen konnte, es aufzuziehen und nach dem Fensterladen zu greifen. Als sie ihre Runde im Wohnzimmer beendete und sich zum letzten Fenster hinausbeugte, um den Laden zuzuziehen, jagte ihr ein lautes Knacken aus dem angrenzenden Wald einen Schauer über den Rücken. Sie beeilte sich, den Laden zu verankern, und drehte den Fenstergriff herum. Dann ließ sie sich erschöpft aufs Sofa fallen.

Die nächste unangenehme Aufgabe wartete bereits.

Zähneknirschend griff sie zu ihrem Handy.

Ihre Mutter meldete sich schon nach dem ersten Klingeln.

»Ich bin's«, brummte Isa. Sie hatte auf ihren Vater gehofft.

»Kind, was hast du nur angerichtet?«

Genau aus diesem Grund.

»Ist Papa da?«

»Traudel vom Kegelclub hat mich angerufen.«

Von wem die geschwätzige Traudel Bescheid wusste, wollte Isa lieber gar nicht wissen.

»Mit solchen Aktionen machst du dir keine Freunde«, klärte ihre Mutter sie netterweise auf.

»Einen Versuch war's wert«, erwiderte Isa.

»Warum hast du nur solchen Spaß daran, alle gegen dich aufzubringen?«

Im Hintergrund hörte Isa die Stimme ihres Vaters.

»Gib mir Papa«, befahl sie barsch.

»Der ist gerade nicht da.«

»Mama!«

»Niemand hat dir was getan, Isa. Warum bist du nur so feindselig?«

»Ich kann hören, dass er da ist. Gib ihn mir.«

»Herbert!« Die Stimme ihrer Mutter entfernte sich. »Deine Tochter.«

Ein Rascheln erklang und kurz darauf vernahm sie das beruhigende Brummen ihres Vaters in der Leitung.

»Könntest du mich morgen abholen und in die Autowerkstatt fahren?«, kam sie ohne Umschweife zur Sache.

»Was isch mit dei'm Auto?«

Besser sie verschwieg die Umstände ihres Beinaheunfalls, um ihre Eltern nicht unnötig zu besorgen. »Ist beim Kundendienst.«

»Na endlich«, kommentierte ihre Mutter im Hintergrund. Offenbar hatte sie den Lautsprecher aktiviert, bevor sie das Telefon an ihren Mann weitergereicht hatte. Isa seufzte laut.

»Mir könnet dei' Auto au von dr Werkstatt abhola und dir bringa«, schlug ihr Vater vor.

»Das ist viel zu umständlich.« Außerdem hatte der Mann am Telefon ausdrücklich gesagt, dass sie persönlich vorbeikommen sollte.

»Besser du holst mich. So gegen elf?«

»Sie muss doch arbeiten«, rief ihre Mutter wieder dazwischen. Schnelle Schritte näherten sich hörbar. »Musst du nicht arbeiten?«

»Hab gekündigt«, gab Isa lakonisch zurück.

Ihrer Mutter entfuhr ein entsetzter Schrei. »Sie hat eine Krise!«, rief sie panisch.

»Jetz' isch aber guat«, brummte ihr Vater. Es hörte sich an, als würde er laufen.

»Ich hab dir gesagt, der große Knall kommt noch. Sie war viel zu gefasst, nach der Sache mit Mark …«

Eine Tür fiel ins Schloss und die Stimme ihrer Mutter war nur noch gedämpft zu hören.

»Du hasch net wirklich 'kündigt, oder?«

Isa seufzte. »Nein.« Sie hatte nur die ständige Bevormundung ihrer Mutter satt.

»Um elf bin i' bei dir«, sagte ihr Vater nur.

»Danke, Papa.«

Er räusperte sich. »Goht's dir guat?«

»Na ja«, sie drehte sich zur Seite und legte ihr pochendes Bein hoch. »Irgendwie herrscht gerade das totale Chaos.«

Sie hatte nicht vor, mehr ins Detail zu gehen. Wenn sie ihren Eltern von dem unheimlichen Verfolger und dem Drohbrief erzählte, stünden sie zweifellos noch heute Abend mit gepackten Koffern vor ihrer Tür.

Ihr Vater schwieg. Wie immer, wenn er merkte, dass sie sich etwas von der Seele reden musste.

»Ich hab diese Verdächtigungen nicht absichtlich öffentlich gemacht.«

»Des woiß i' doch.«

»Ich wollte nur helfen, den Mörder zu finden.«

In der Pause, die entstand, konnte sie hören, wie eine Windböe an den Läden rüttelte. Sie blickte zum Fenster hinauf und beobachtete, wie sich eine einzelne Schneeflocke durch eine Lücke im Holz stahl und auf der Scheibe landete. Gedankenverloren sah Isa dem Eiskristall beim Schmelzen zu, als plötzlich ein dünner Lichtstrahl durch die Ritzen fiel.

Sie setzte sich auf und blinzelte gegen den hellen Schein an. Vielleicht hatte Bähr heute ausnahmsweise mal früher Feierabend gemacht? Erleichtert riss sie das Fenster auf und entriegelte den Fensterladen. Nicht dass sie scharf auf eine weitere Moralpredigt war, aber sie würde sich wesentlich sicherer fühlen, wenn er sich oben in ihrem Appartement über sie aufregte, statt in seinem Reutlinger Büro.

Mit der freien Hand schirmte sie ihre Augen ab und runzelte im selben Moment die Stirn. Ein Auto stand in ihrer Einfahrt und seine Scheinwerfer schienen direkt zu ihr herein.

»Vielleicht hältsch jetzt lieber a weng d'Fiaß still«, riss die Stimme ihres Vaters sie aus ihrer Starre.

»Was?«

»Du woisch, was i' moin.«

Sie hörte nur mit halbem Ohr hin. Noch immer blinzelte sie gegen die blendenden Lichtkegel an und versuchte zu erkennen, wer ihr abendlicher Besucher war.

Wenn es Bähr war, wieso blieb er dann mitten in der Einfahrt stehen, statt wie üblich neben dem Carport zu parken? Und warum stieg er nicht aus? Eine eisige Böe wirbelte winzige Schneeflocken zu ihr herein und sie wollte das Fenster schon schließen, als schlagartig die Lichter erloschen. Das Fahrzeug verschwand in der Dunkelheit und ihre Innereien zogen sich krampfhaft zusammen. Irgendwas stimmte hier nicht.

»I muss Schluss macha, Isa«, hörte sie ihren Vater sagen. »Dei Mudd'r wartet auf en Anruf von dr Bärbl.«

»Äh … also«, stammelte Isa. Eigentlich wäre es ihr lieber gewesen, wenn ihr Vater in der Leitung blieb.

»Bis morga«, rief er noch, dann hatte er schon aufgelegt. Isa ließ ihr Handy sinken und starrte nach draußen. Das Auto blieb in der Finsternis verborgen. Sie zupfte mit den Fingern an ihrer Lippe herum und überlegte, Bähr anzurufen, um ihn zu fragen, weswegen er vor ihrem Haus herumlungerte.

Aber mittlerweile war sie sich ziemlich sicher, dass das da draußen nicht Bähr war. Ihr Hals fühlte sich an wie zugeschnürt. Sie konnte sich nicht länger einreden, alles sei normal. Die kaputten Bremsen, der Verfolger im Wald. Das waren zu viele seltsame Zufälle auf einmal. Ganz zu schweigen von der Drohbotschaft vorhin. Was, wenn doch Juttas Mörder da draußen stand und seine Psychospielchen mit ihr trieb?

Sie kämpfte vergeblich gegen das Zittern an, das ihre Beine hinaufkroch.

Doch zugleich spürte sie einen zaghaften Widerwillen in sich aufflackern. Wenn sie sich Angst machen ließ, hatte der Unbekannte da draußen gewonnen. Dann würde sie sich verkriechen und keine weiteren Nachforschungen anstellen. Hieß das nicht im Umkehrschluss, dass sie auf der richtigen Fährte war?

»Der kann mich mal«, zischte sie und ballte die kalten Finger zu Fäusten.

Trotz des Knotens in ihrem Magen rutschte sie vom Sofa und humpelte aus dem Wohnzimmer. Ihr Dackel stand an der Tür und kratzte mit den Vorderpfoten am Holz.

»Das ist ein armseliger Einschüchterungsversuch, nichts weiter«, sagte sie, nicht nur, um Alfons zu beruhigen. Es funktionierte. Sie spürte, wie dieser Gedanke das dumpfe Gefühl in ihrem Inneren weiter zurückdrängte. Wenn ihr jemand ernsthaft etwas antun wollte, wäre heute im Wald ausreichend Gelegenheit dazu gewesen. Zudem war es nicht sonderlich klug, sie hier, in ihrem eigenen Zuhause, zu bedrohen. Schließlich wusste jeder im Ort, dass ein Polizist unter ihrem Dach wohnte.

Entschlossen griff sie nach ihren Winterstiefeln. Alfons kam auf sie zugetapst und beobachtete, wie sie ihren geschwollenen Fuß in den Stiefel zwängte.

»Du tust jetzt mal deine Pflicht«, ächzte sie unter Schmerzen. Kaum hatte sie die Tür aufgezogen, flitzte der Dackel kläffend durch den offenen Spalt. Sie blieb stehen und streckte nur den Kopf zur Tür hinaus. Mit klopfendem Herzen wartete sie darauf, dass sich ihre Augen an die Dunkelheit gewöhnten.

Abgesehen vom Wind lag der Hof trügerisch ruhig da. Feiner Pulverschnee hatte sich über die Fußabdrücke vor den Stufen gelegt und glitzerte arglos im Lichtschein des Hauses. Es war unmöglich zu sagen, ob sich fremde Abdrücke unter ihren und denen von Bähr befanden.

Isa zog den Schlüssel ab und humpelte, nicht nur wegen ihres verletzten Knöchels, in Zeitlupe nach draußen. Hinter dem dichten Schleier aus Schneeflocken konnte sie undeutlich die Silhouette eines Fahrzeugs erkennen.

»Ich lasse mir keine Angst machen!«, schrie sie gegen den pfeifenden Wind an.

Als Antwort flackerten die Scheinwerfer auf. Isa erstarrte und blickte wie ein verschrecktes Reh mit aufgerissenen Augen ins Licht. Hinter dem Dampf, der von der Motorhaube aufstieg, glaubte sie den Umriss einer Person auszumachen.

Ihr Magen zog sich zusammen. Ohne es zu wollen, wich sie zurück. Sie tastete nach ihrem Handy und fluchte leise, als ihr einfiel, dass sie es im Wohnzimmer liegen gelassen hatte.

Beim Aufheulen des Motors entwich ihr ein ersticktes Fiepen. Die Reifen erzeugten ein schleifendes Geräusch, als sie auf dem eisigen Untergrund durchdrehten.

Isa schielte zur Haustür zurück, versuchte abzuschätzen, wie lange sie mit ihrem verletzten Fuß brauchen würde, um sich nach drinnen zu retten. Wie schnell das Auto auf dem verschneiten Untergrund bei ihr wäre.

Es war ein Fehler gewesen, sich kämpferisch zu geben.

Ohne nachzudenken, stürzte sie los. Nur weg, ins Haus, bevor das heranbrausende Auto sie zermalmte. Sie stolperte die Stufen hoch und fiel bäuchlings in den Flur. Keuchend robbte sie vorwärts und trat mit dem gesunden Fuß gegen die Tür, die donnernd hinter ihr ins Schloss fiel.

»Himmel!« Sie ließ die Stirn zu Boden sinken und kniff die Augen zusammen. Ihr Herz trommelte gegen ihren Brustkorb und ihr hämmernder Pulsschlag ließ ihren Kopf beben.

Mit wackeligen Armen stemmte Isa sich hoch und lehnte sich gegen die Wand. Dann lauschte sie angespannt nach draußen. Sie glaubte das Geräusch eines sich entfernenden Autos zu hören.

Erleichtert schloss sie die Augen und rieb sich über das Gesicht. Das letzte bisschen Trotz war verflogen. Wer auch immer da gerade versucht hatte, sie einzuschüchtern, hatte es geschafft. Mehr noch. Die Person hatte ihr eine Heidenangst eingejagt.

Wie sollte das nur weitergehen? Sie konnte sich doch nicht Tag und Nacht in ihren vier Wänden verbarrikadieren und darauf warten, dass Bähr den Täter endlich fasste. Obwohl dem Kommissar dieses Szenario sicher gefiele.

Missmutig nagte sie mit den Schneidezähnen auf ihrer Unterlippe herum. Wäre sie eben doch nur mutiger gewesen und näher rangegangen. Dann hätte sie vielleicht das Fabrikat oder wenigstens die Farbe des Fahrzeugs erkennen können. Vom Nummernschild ganz zu schweigen.

Ein kratzendes Geräusch an der Tür ließ sie zusammenzucken. Sie wollte schon ins Wohnzimmer flüchten, da erklang ein empörtes Bellen.

Schuldbewusst sog sie die Luft ein. Vor lauter Panik hatte sie Alfons ausgesperrt.

»Wer will eine riesige Portion Leckerli?«, rief Isa, als sie die Tür aufzog. Sie schluckte. Der vorwurfsvolle Blick ihres Hundes konnte keine bloße Einbildung sein.

Kapitel 21

»Im Tagesverlauf nimmt der Westwind wieder zu und bringt neuen Schneefall«, schepperte die unaufgeregte Stimme des Wettermanns am nächsten Morgen aus dem Radio. Isa stellte das Gerät leiser und sah zum Küchenfenster hinaus.

Wie es schien, trieb der Winter seinen Schabernack mit den Fastnachtsnarren. Durch Masken und Rätschen ließ er sich nicht vertreiben.

Seufzend griff sie nach ihrem Kaffee. Es war bereits der dritte an diesem Morgen. Sie hatte kaum geschlafen, sich stattdessen stundenlang im Bett herumgewälzt, wofür sie gerne einzig ihren schmerzenden Knöchel verantwortlich gemacht hätte. Aber natürlich waren es vor allem die Ereignisse vom Vorabend gewesen, die ihr den Schlaf geraubt hatten. Irgendwann hatte sie die Nachttischlampe anknipsen müssen, um die bizarren Gestalten zu vertreiben, die sie plötzlich in allen Nischen des Schlafzimmers zu sehen glaubte.

Beim Schallen der Türglocke wäre ihr beinahe die Kaffeetasse aus der Hand gefallen. Ihr Nervenkostüm war mittlerweile so dünn wie Pergamentpapier.

»Nimm den Schlüssel«, brüllte sie ihre Anspannung heraus und stellte die Kaffeetasse ab. Ihr Vater war früher dran als vereinbart. Vermutlich sollte sie dankbar sein, dass er sich ihren Appell für mehr Privatsphäre zu Herzen nahm und draußen wartete. Aber ihr fehlte die Kraft, aufzustehen und ihm die Tür zu öffnen. Wieder etwas, das sie auf ihren Knöchel schieben konnte.

Der Schlüssel wurde hörbar im Schloss herumgedreht, dann ertönte das Abklopfen schwerer Stiefel. Alfons setzte sich in seinem Körbchen auf und hob die Schlappohren an.

»I' hab a' Überraschung dabei«, rief ihr Vater.

Nun gab es für den Dackel kein Halten mehr, er flitzte bellend zur Tür hinaus und löste im Flur feminines Gelächter aus. Verwundert richtete Isa sich auf. Das klang weder nach Renate noch nach ihrer Mutter. Und obwohl ihr Vater seinen Kumpel Alfons liebte, war es eher unwahrscheinlich, dass er sich von dem Hund ein solches Lachen entlocken ließ.

Isa stützte die Hände auf der Eckbank ab und robbte bis zur Kante. Um ein Haar wäre ihr die aufschwingende Küchentür ins Gesicht geknallt.

»Morgen.« Ihre Schwester grinste sie breit an. Isa blieb wie zu Stein erstarrt sitzen und glotzte ungläubig zurück. Ihre Reaktion hielt Toni jedoch nicht davon ab, ihr lachend um den Hals zu fallen. Der unverwechselbare Geruch nach Shampoo und einem dezenten Parfüm stieg Isa in die Nase und ein warmes Gefühl breitete sich in ihrem Inneren aus.

»Was machst du denn hier?«, wisperte sie gegen den Kloß in ihrem Hals an.

»Dich auf andere Gedanken bringen, hoffe ich.«

Isa seufzte leise. Natürlich hatte Toni schon von ihrem Schlamassel gehört. Warum wunderte sie sich überhaupt? Sie teilten schließlich dieselbe Mutter.

Herbert Klein kam lächelnd in die Küche und tätschelte seinen Mädchen die Schultern. Isa griff nach seiner

Hand und drückte sie dankbar, auch wenn Tonis Heimkehr vermutlich nicht auf seine Kappe ging. Eine schönere Überraschung hätte er ihr trotzdem kaum bescheren können.

»Darauf stoßen wir an«, verkündete sie und wischte sich schnell eine Träne aus dem Augenwinkel. »Ich hol den Prosecco.«

»Es ist zehn Uhr morgens.«

Isa erhaschte Tonis skeptischen Blick und kratzte sich an der Schläfe. »Du hast recht. Besser den Likör.« Sie humpelte zum Kühlschrank und holte die vorletzte Flasche heraus. Allmählich gingen ihre Bestände zur Neige.

»Was ist mit deinem Fuß?«, fragte Toni.

Isa winkte ab. »Bin umgeknickt, nicht weiter wild.«

Ihre Schwester zwinkerte verschwörerisch. »Dann können wir jetzt gemeinsam durch die Gegend humpeln.«

Die Worte versetzten Isa einen Stich. Wie gewohnt nahm Toni ihr Schicksal mit Humor. Im Gegensatz zu ihr. Vielleicht würde sie sich nie ganz an die neue Lebenssituation ihrer Schwester gewöhnen. Schnell wandte sie sich ab und befüllte die Gläser.

Um den Küchentisch herumstehend prosteten sie sich zu. Während Isa ihr Glas leer schlürfte, schielte sie zu Toni hinüber. Sie sah gut aus. Glücklich.

»Seit wann bist du zurück?«, fragte sie.

»Bin gestern in Stuttgart gelandet.«

Isa riss die Augen auf. »Warum hast du denn nichts gesagt? Ich hätte dich doch holen können.« Die Vorstellung, dass Toni mit ihrem schweren Rucksack den Bus hatte nehmen müssen, behagte ihr nicht. Obwohl ihre Zwillingsschwester bestens allein zurechtkam, konnte Isa nichts gegen den Drang tun, sie beschützen zu wollen. Immerhin war sie die Ältere. Um ganze drei Minuten.

»Wie denn, ohne Auto?«, lachte Toni.

»Außerdem wollt 'se dich überrascha«, mischte ihr Vater sich ein. Er strahlte über das ganze Gesicht.

»Das ist dir gelungen.« Isa drückte Tonis Arm. Sie konnte gar nicht sagen, wie gut ihr diese Wendung nach den Ereignissen der vergangenen Stunden tat.

»Und das ist noch nicht alles.« Toni wackelte mit den Augenbrauen. »Wie es aussieht, habe ich ab März eine Stelle.«

»Tatsächlich? Das ist ja großartig.«

Sie fielen sich in die Arme.

»Und wo?« Isa löste sich aus der Umarmung und sah ihre Schwester erwartungsvoll an.

»In Reutlingen.«

Jetzt kreischte sie so laut, dass ihr Vater sich die Ohren zuhielt. »Heißt das, du ziehst her?«

Toni lächelte. »Erst mal muss ich den Vertrag unterschreiben. Und der ist auf ein Jahr befristet. Aber die Chancen stehen gut, dass sie mich danach langfristig anstellen.«

Isa bekam schon wieder ganz feuchte Augen. Doch diesmal vor Freude. Vielleicht würde sich nun alles zum Guten wenden.

»Ich werde mir wohl eine Bleibe in Reutlingen suchen. Grimmingen ist ein zu harter Schnitt, nach New York und der großen weiten Welt«, feixte Toni. »Außerdem hast du, wie ich höre, immer noch Herrenbesuch.«

Isa seufzte. An den wütenden Bähr zu denken, entpuppte sich als echter Stimmungskiller. Wahrscheinlich saß er gerade hinter seinem Schreibtisch in Reutlingen und überlegte, wie er sie bestrafen konnte.

»Zumindest bis der Mörder gefasst ist«, murmelte sie.

Toni sah sie forschend an. »Und dann verschwindet er wieder?«

»Mmh«, machte Isa nur. Sie schob mit den Fingern ein paar Brösel auf der Tischplatte hin und her und gab sich Mühe, das schelmische Grinsen ihrer Schwester zu ignorieren.

»Du kannst jederzeit bei mir auf dem Sofa schlafen, das weißt du«, versuchte sie von dem Kommissar abzulenken.

»Danke, aber ich verzichte. Ich hab in den letzten Wochen auf so vielen durchgelegenen Sofas und Matratzen geschlafen. Jetzt brauche ich mal wieder ein richtiges Bett. Außerdem bereitet Mama schon den ganzen Morgen ein Vier-Gänge-Menü für heute Abend zu. Du kommst doch auch?«

Bei dem Gedanken an die Kochkünste ihrer Mutter war Isa tatsächlich kurz geneigt, zuzusagen. Vor allem, weil das bedeutete, Zeit mit ihrer Schwester zu verbringen und der Stille hier zu entkommen, die ihr neuerdings Unbehagen bereitete. Aber alleine auf dem Sofa zu sitzen und bei jedem Geräusch zusammenzuzucken, erschien ihr immer noch besser, als von ihrer Mutter am Esstisch verhört zu werden. Live und in Dolby Surround.

»Das ist kein guter Zeitpunkt. Du weißt, wie Mama sein kann.«

Isas Worte entlockten Toni ein Glucksen.

»Dann lass uns morgen Abend feiern gehen, ja?«

»An einem Donnerstag?«

»Ich bitte dich«, Toni trommelte begeistert auf die Tischplatte, »es ist *Fasnet*.«

»Vergiss es.«

»Komm schon.«

Entschlossen schüttelte Isa den Kopf.

»Abgesehen davon, dass ich die fünfte Jahreszeit hasse«, sagte sie, »kann ich mich gerade nirgendwo in der Gegend blicken lassen.«

Außerdem wurde ihr ganz übel bei der Vorstellung, dass sich hinter jeder Maskierung Juttas Mörder verstecken könnte. Aber das verschwieg sie lieber.

Toni schaffte es, gleichzeitig betroffen und amüsiert dreinzublicken. Isa verzog trotzig das Gesicht. Ihre Schwester hatte gut lachen. Sie musste ja auch nicht in diesem Kaff wohnen und sich dem aufgebrachten Mob aussetzen.

»Dann steigt die Party eben hier«, ließ Toni nicht locker. »Wir laden Renate ein. Und deinen Polizisten.«

»Er ist nicht *mein* Polizist.«

»Sicher.« Wohlwollend tätschelte Toni Isas Arm.

»Jetzt hol mer erscht'mol dei Audo«, unterbrach ihr Vater das Geschnatter.

Toni saß auf der Rückbank und die Worte sprudelten nur so aus ihr heraus wie das Wasser eines Gebirgsbachs. Sie erzählte von den Menschen, die sie kennengelernt hatte, den kulinarischen Raffinessen und der beeindruckenden Landschaft, durch die sie gereist war. Nicht mit einem Wort erwähnte sie ihre Prothese. Dabei hatte sie auf ihrer Reise sicher auch mit Komplikationen zu kämpfen gehabt.

Isa lehnte sich zurück, lauschte den unbekümmerten Schilderungen ihrer Schwester und vergaß dabei für einen Moment ihre Sorgen. Die weiße, scheinbar unberührte Landschaft verschwamm vor ihren Augen und nahm der Erinnerung an letzte Nacht die Schärfe. Am liebsten wäre sie ewig so weitergefahren, aber da hörte sie schon das Geräusch des Blinkers und merkte, wie ihr Vater das Tempo drosselte.

Glücklicherweise war in der Werkstatt nicht viel los, als sie auf den Hof fuhren. Das Wetter schien die Menschen noch immer davon abzuhalten, das Haus zu verlassen. Ihr Vater stellte den Motor ab und Isa entdeckte einen untersetzten Mann im Blaumann, der ihnen entgegenkam. Er wischte sich mit den Händen über die Hosenbeine und nickte zur Begrüßung.

»Ich komme wegen des Mazdas«, sagte Isa, als sie ausgestiegen war, und zeigte auf ihr Auto, das vor der großen Garage stand.

Der Mann bedeutete Isa mit ernstem Blick und einer Bewegung des Kopfes, ihm zu folgen. Zögernd lief sie ihm in die Werkhalle nach.

»Das sollten Sie sich anschauen«, sagte er. Er hatte sich über eine Schublade gebeugt und brachte einen durchsichtigen Plastikbeutel zum Vorschein. Darin befand sich ein Schlauch. Besser gesagt, zwei Teile eines Schlauchs.

»Das war mal Ihre Bremsleitung. Wir mussten sie ersetzen.«

Ungläubig griff Isa nach dem ölverschmierten Beutel.

»Könnte es ein Marder gewesen sein?« Sie merkte, dass ihre Stimme zitterte.

»Wenn der ein Messer halten kann.« Mit einem vielsagenden Blick stieß der Mechaniker die Schublade wieder zu. »Das sollten Sie der Polizei melden.«

Isa presste die Zähne aufeinander. Damit war dann wohl Bähr gemeint. Die Liste der Dinge, die sie ihm zu beichten hatte, wurde zusehends länger. Wenn er erfuhr, dass sich jemand an ihrem Bremsschlauch zu schaffen gemacht hatte, würde er sie mit Sicherheit zwingen, zu ihren Eltern zu ziehen. Ihr Mund fühlte sich mit einem Mal ganz trocken an. Obwohl sie fröstelte, spürte sie, wie ihr unter dem dicken Pulli der Schweiß ausbrach. Wie in Trance folgte sie dem Mechaniker zur Kasse und bezahlte ihre Rechnung, ohne überhaupt darauf zu achten, was es kostete.

Als sie danach aus der Werkstatt zurück auf den Hof humpelte, blieb ihr der verwunderte Blick, den ihr Vater und Toni miteinander wechselten, nicht verborgen.

»Alles in Ordnung?«, rief Toni.

Isa versuchte, den Kloß in ihrem Hals mit einem Räuspern zu lösen. »Klar, bin nur müde.«

Toni sah sie forschend an, aber zu Isas Erleichterung ließ sie es dabei bewenden.

»Falls du Geld brauchsch …«, begann ihr Vater, aber Isa winkte kopfschüttelnd ab.

»Halb so wild.« Es war ihr nur recht, wenn er ihre Starre als Ausdruck des Entsetzens über eine zu teure Werkstattrechnung deutete.

»Wir sehen uns dann morgen Abend, ja?«, rief Toni.

Isa nickte.

»Vergiss nicht, Renate Bescheid zu geben. Und deinem Polizisten.«

Obwohl sie sich seltsam matt fühlte, schaffte Isa es, auf die Neckerei ihrer Schwester mit herausgestreckter Zunge zu reagieren. Zum Glück sahen die beiden ihre zitternden Hände nicht, die sie in den Jackentaschen vergrub.

Mit zusammengebissenen Zähnen beobachtete sie, wie Toni und ihr Vater in den roten Ford einstiegen und davonfuhren.

Kapitel 22

Auf der Heimfahrt wurde Isas Auto mehrmals von einer plötzlichen Böe erfasst und an den Straßenrand gedrängt. Der Wettermann von heute Morgen hatte also nicht übertrieben. Sie hielt das Lenkrad fest umklammert und verlangsamte das Tempo. Die ersten Schneeflocken rieselten bereits aus den tief hängenden Wolken, die sich grau über der Landschaft aufbäumten. Es würde nicht mehr lange dauern, bis sich das Unwetter über Grimmingen entlud.

Beim Einbiegen in den Hof sog Isa geräuschvoll den Atem ein. Bährs Wagen stand neben dem Carport. Da sie ihn gestern Abend nicht noch einmal zu Gesicht bekommen hatte, war sie davon ausgegangen, dass er sich die Nacht mit Arbeit um die Ohren geschlagen hatte.

Sie parkte ihr Auto und humpelte in winzigen Schritten zum Haus hinüber. Wenn sie noch langsamer ginge, würde sie vermutlich rückwärtslaufen. Ihre Beine fühlten sich an, als hingen Gewichte daran. Sie hatte den Schlüssel noch nicht ganz aus der Jackentasche gefischt, da wurde die Haustür schon aufgerissen.

Sie zwang sich, den Kopf zu heben und Bähr anzusehen. Beim Anblick seiner grimmigen Miene machte sie unwillkürlich einen Schritt zurück. Er hob nur die Hand und hielt ihr einen Zettel vor die Nase.

Isa erstarrte. Sie erkannte die Wörter, die jemand mit rotem Filzstift auf den Rand gekritzelt hatte, sofort.

»Wann hatten Sie vor, mir davon zu erzählen?« Seine Stimme klang tiefer als sonst.

»Wie wäre es mit jetzt?«, murmelte sie und merkte beim Sprechen selbst, wie lahm das klang. Sie verzog den Mund und wich seinem Blick aus. Wie es schien, konnte sie gerade nichts richtig machen. Dabei hatte sie ja durchaus vorgehabt, ihm alles zu erzählen. Es hatte sich bisher nur keine passende Gelegenheit ergeben. Die Ereignisse hatten sich überschlagen.

Bähr wandte sich ab und sie folgte ihm wie ein ungezogenes Kind mit hängendem Kopf nach drinnen.

Alfons kam ihr schwanzwedelnd entgegen, aber sie bedachte ihn nur mit einem strafenden Blick. Dieser treulose Hund hatte Bähr den Zettel wahrscheinlich direkt vor die Füße gelegt. Nachdem sie das Knäuel gestern Abend trotzig durchs Wohnzimmer geworfen hatte, hatte Alfons es in sein Hundekörbchen befördert und seither wie einen Schatz gehütet. Wieso war sie nur so dumm gewesen, das Ding nicht direkt zu entsorgen? Sie hätte es verbrennen sollen.

Bähr knallte den zerknitterten Zettel auf den Küchentisch und sah sie auffordernd an.

»Also«, begann sie und verstummte sogleich wieder. Sich zu rechtfertigen war so gar nicht ihr Ding.

»Ich fass es ja wohl nicht«, donnerte er los.

Zugegeben, er wirkte ganz schön einschüchternd, wenn er wütend war. Sie ließ sich auf die Eckbank plumpsen und starrte angestrengt auf ihre Finger. Wenn sie ihm jetzt noch von dem Auto erzählte, das gestern vor ihrem Haus angehalten hatte, würde er wahrscheinlich explodieren. Ganz zu schweigen vom durchtrennten Bremsschlauch. Großer Gott, wie hatte denn alles so außer Kontrolle geraten können?

»Ich wollte mich nur eben duschen und umziehen und finde das hier im Flur. Offensichtlich haben Sie es nicht für nötig befunden, mich darüber zu informieren. Wollen Sie den Fall etwa immer noch auf eigene Faust lösen?«

Ruckartig hob sie den Kopf. »Das wollte ich nie.«

Er lachte grimmig und machte keinen Hehl daraus, dass er ihr kein Wort glaubte.

»Ich wollte nur helfen.«

»Oh ja«, er beugte sich vor und stützte sich auf der Tischplatte ab, »Sie sind mir eine große Hilfe gewesen.«

Sein Sarkasmus versetzte ihr einen Stich.

Sie hatte sich doch bereits entschuldigt und versichert, dass es keine Absicht gewesen war. Was wollte er denn noch?

Und dass sie ihm bisher nichts von der Drohbotschaft erzählt hatte, hing auch damit zusammen, dass er sie nach der Einladungspanne behandelt hatte wie eine Aussätzige.

Aber jetzt gab es wirklich keinen Grund mehr, ihm den Rest weiterhin zu verschweigen. Seine Laune konnte unmöglich noch schlechter werden. Sie griff in ihre Jackentasche und zog die Tüte mit der durchtrennten Bremsleitung hervor.

»Was ist das?«

»Die Ursache für meine Autopanne.«

Er nahm die Hände von der Tischplatte und sah sie entgeistert an.

Hilflos zuckte sie mit den Schultern. »Vielleicht sollte ich auch erwähnen, dass gestern Abend ein Autofahrer vor meinem Haus angehalten und sich irgendwie seltsam benommen hat.«

Bähr zog den Stuhl zurück und nahm mit zusammengepressten Lippen darauf Platz.

»Sie berichten mir jetzt alles. Haarklein!«

Fast hätte sie vor ihm salutiert. Aber da es durchaus möglich war, dass er das überhaupt nicht witzig fand und noch
wütender wurde, bremste sie sich. Stattdessen erzählte sie
ihm von den Ereignissen des vergangenen Abends und der
Behauptung des Mechanikers, dass ihr Bremsschlauch mut-
willig durchtrennt worden war.

»Es könnte also doch sein, dass ich gestern im Wald verfolgt worden bin«, beendete sie ihren Bericht kleinlaut. An
die Fußspuren im Schnee zurückzudenken, ließ sie immer
noch frösteln.

»Wir müssen das sehr ernst nehmen«, murmelte Bähr.
Nachdenklich rieb er sich den Nasenrücken.

Isa nickte. Mehr denn je wollte sie, dass der verdammte
Mörder gefasst wurde und das alles endlich vorbei war.

»Wie kommen die Ermittlungen zum Ring voran?«,
fragte sie vorsichtig. Natürlich barg diese Frage die Gefahr,
von Bähr in die Schranken gewiesen zu werden, aber ihre
Neugierde war stärker als jede Vorsicht.

Bähr warf ihr einen seltsamen Blick zu. »Secret Love«,
presste er dann hervor.

»Mmh?« Sie hob irritiert die Brauen.

»Das Schmuckstück, das Sie in der Reinigung entdeckt
haben, ist aus der Kollektion *Secret Love.*«

Ihr Puls beschleunigte sich und zugleich breitete sich ein
warmes Gefühl in ihrer Brust aus. Entgegen ihren Befürch-
tungen sprach er noch mit ihr über den Fall, auch wenn dies
vermutlich ein Detail war, das er bedenkenlos preisgeben
durfte. Mit etwas Geduld und der Hilfe des Internets hätte

sie es ohnehin irgendwann selbst herausgefunden. Trotzdem. Es war ein Anfang.

»Das ist eine Paarkollektion«, fuhr er fort, »zu dem Ring gehört ein identisches Gegenstück. Legt man sie aneinander, ergeben sie das Zeichen für Unendlichkeit.«

»Sie hatten also recht mit Ihrer Vermutung.«

Er nickte.

»Konnten Sie herausfinden, wer den Ring gekauft hat?«

Wieder zögerte er. Isa presste die Lippen aufeinander. Sie hielt jetzt besser den Mund. Wenn sie zu forsch war, würde er dichtmachen und ihr gar nichts mehr erzählen.

»Zwei Schmuckgeschäfte in Reutlingen führen die Kollektion. Insgesamt wurden in den letzten Monaten elf Exemplare verkauft.«

Sie dachte an das eingravierte Datum. Mit hoher Wahrscheinlichkeit war der Käufer des Schmuckstücks Juttas Liebhaber gewesen. Und auch ihr Mörder.

»Und?«

»Und«, er richtete sich auf und sah sie an. Isa hatte das Gefühl, von seinem dunklen Blick eingesogen zu werden.

»Werden Sie das wieder in Ihr *Pamphlet* schreiben?«

Sie verzog das Gesicht. Das hatte gesessen. Es fühlte sich an, als hätte er ihr einen Schlag in die Magengrube verpasst.

»Für sieben der verkauften Ringe wurde eine Gravur in Auftrag gegeben«, fuhr er fort, ohne ihre Antwort abzuwarten. »Wir überprüfen die Daten der Kartenzahlungen gerade.«

»Sieben sind überschaubar.«

Er lächelte bitter. »Drei haben bar bezahlt.«

»Mist.«

Bähr zog sein Handy hervor und zeigte ihr ein Bild. Darauf war der Ring zu sehen. Allerdings sah er anders aus. Weniger filigran. Maskuliner.

»Ich nehme an, das ist das Gegenstück?«

Er nickte. »Wenn der Liebhaber hier im Ort lebt«, murmelte er, »hat er den Ring vermutlich nicht öffentlich getragen, um die Affäre nicht auffliegen zu lassen.«

»Jutta Liebknecht hat ihn offensichtlich auch abgenommen«, spann Isa den Gedanken weiter, »sonst hätte er nicht in ihrer Manteltasche gesteckt.«

»Oder sie hatten Streit.«

Isa sah ihn an. »Sie meinen, deshalb hat sie den Ring abgelegt?«

Er zuckte die Schultern.

»Es gibt also Streit«, dachte sie laut nach, »Jutta will sich trennen und ZACK«, sie klatschte die Handflächen zusammen, »bringt der verletzte Liebhaber sie um die Ecke.«

»Durchaus möglich.« Bähr stemmte sich vom Stuhl hoch und ging zur Tür. »Ich arbeite den Rest des Tages von hier aus. Nur zur Sicherheit.« Seine Stimme hatte wieder diesen unterkühlten Tonfall angenommen. Ganz der gewissenhafte Polizist. Sie ignorierte das Stechen in ihrem Brustkorb.

»Mir tut das alles wirklich leid.« Jetzt hatte sie es schon wieder gesagt. Das musste aufhören. Sie konnte nicht ewig vor ihm zu Kreuze kriechen, zumal es ihr eigentlich völlig egal sein konnte, wenn er aus reinem Pflichtbewusstsein hierblieb.

Bähr nickte nur und ging aus der Küche.

Kapitel 23

Am nächsten Morgen wurde sie vom Geräusch eines Motors geweckt und huschte barfuß zum Fenster. Sie sah gerade noch, wie Bährs Audi vom Hof fuhr. In dem Wissen, dass der Kommissar sich nur wenige Meter entfernt aufhielt, hatte sie einigermaßen ruhig geschlafen. Das kam auch ihren geschundenen Nerven zugute. Die Ereignisse der letzten Tage fühlten sich gleich etwas weniger bedrohlich an.

Bähr schien offensichtlich zu befürchten, dass sie unvorsichtig werden könnte. Eine Notiz auf dem Küchentisch wies sie an, unter keinen Umständen das Haus zu verlassen und sich sofort bei ihm zu melden, sollte ihr etwas seltsam erscheinen. Sie fuhr mit dem Daumen über seine Handschrift, schnörkellos und irgendwie bestimmt.

Seufzend legte sie den Zettel auf die Tischplatte zurück. Sie hatte sowieso nichts Besseres zu tun.

Nach dem Frühstück und einer kurzen Hofrunde mit dem armen vernachlässigten Alfons verbrachte sie den Großteil des Tages auf dem Sofa und lenkte sich mit dem niveaulosen Nachmittagsprogramm im Fernsehen ab.

Erst das Aufleuchten ihres Handys weckte sie aus ihrer Lethargie. Ohne den Blick vom Fernseher abzuwenden, tastete sie nach dem Smartphone und hielt es sich vors Gesicht. Das Display zeigte eine Voicemail von Renate an. Isa drückte auf das Startsymbol und schob sich währenddessen einen Schokokeks in den Mund.

»Ich wollte dich nur wissen lassen«, erklang Renates Stimme blechern aus dem Lautsprecher, »dass ich vorhabe, mir heute richtig die Kante zu geben. Ich hab vorhin kurz mit Toni telefoniert. Für sie ist es okay, wenn wir beide auf deinem Sofa übernachten. Groß genug ist es ja.«

Isa fuhr aus den Kissen hoch. Das hatte sie völlig vergessen. Sie war für heute Abend mit Toni und Renate verabredet und ihr Wohnzimmer sah aus wie eine Rumpelkammer. Vom Rest des Hauses ganz zu schweigen.

Mit steifen Gliedern rollte sie sich von der Couch und humpelte zum Vorratsschrank hinüber. Sie hatte da so eine vage Ahnung, dass es nicht besonders gut um ihre Alkoholreserven stand, und mit Kräutertee oder Fruchtsaft würde Renate sich wohl kaum die Kante geben können.

Gestern Abend, nach der ernüchternden Begegnung mit Bähr, war Isa zu dem Schluss gekommen, dass ein gemütlicher Umtrunk vielleicht gar nicht die schlechteste Idee war. Sie war es langsam leid, dass ihre Gedanken den ganzen Tag um nichts anderes als die Einladung und ihren unheimlichen Verfolger kreisten. Etwas Gesellschaft würde ihr guttun.

Beim Blick in den Schrank kam ihr allerdings ein Pfiff über die Lippen. Wie vermutet hatten sich die Ereignisse der letzten Tage nachhaltig auf ihre Vorräte ausgewirkt. Bis auf eine letzte Flasche Eierlikör herrschte gähnende Leere. Sie würde ihr Eremitendasein vorübergehend aufgeben und sich zurück in die Zivilisation wagen müssen.

Widerwillig schlüpfte sie in ihre Winterjacke und die dicken Stiefel, um bei Walter Nachschub zu besorgen. Kurz überlegte sie, Bähr Bescheid zu geben, dass sie das Haus verließ, aber dann verwarf sie den Gedanken kopfschüttelnd wieder. Sie würde höchstens eine halbe Stunde weg sein. Und was konnte schon passieren, auf der kurzen Fahrt zum Laden und zurück?

Der verschneite Hof lag in gelblichem Zwielicht da, als sie aus der Haustür trat. Nicht mehr lange, und der letzte Schein des Tages würde von der Dunkelheit verschlungen. Besser sie beeilte sich, wenn sie nicht im Finstern durch das Schneetreiben fahren wollte.

Obwohl ihr die Dämmerung auch durchaus gelegen kam. Wenn die Leute ihren Mazda durch den Ort fahren sahen, würde es vermutlich nicht lange dauern, bis sie Isa aufspürten und erneut mit ihrer frevelhaften Tat konfrontierten. Darauf konnte sie getrost verzichten.

Wie eine Flüchtige kauerte sie hinter dem Lenkrad und tuckerte die Hauptstraße entlang. Wenigstens das Wetter spielte ihr wieder einmal in die Karten. Niemand schien im aufziehenden Sturm freiwillig aus dem Haus zu gehen.

Doch plötzlich leuchteten vor ihr, wie aus dem Nichts, die Bremslichter eines Autos auf – sie hatte sich wohl zu früh gefreut. Ihr Fuß zuckte Richtung Bremse, doch im letzten Moment zog sie ihn geistesgegenwärtig zurück, um auf der verschneiten Straße nicht ins Schlittern zu geraten. Stattdessen fuhr sie vorsichtig an dem Wagen vorbei. Als sie in den Rückspiegel blickte, erstarrte sie. Der Fahrer hatte seitlich auf dem Gehweg geparkt und war ausgestiegen. Jetzt ging er um sein Auto herum und das Licht der Straßenlaterne glitt über sein Gesicht. Das war Mike, der Kneipenwirt. Darauf hätte sie auch gleich kommen können. Keiner sonst im Ort besaß so eine hünenhafte Figur.

Sie hatte immer geglaubt, dass Mike gar kein Auto besaß. Geschweige denn einen Führerschein. Im Dorf ging das Gerücht, dass er ihn vor Jahren nach einer volltrunkenen Fahrt hatte abgeben müssen, und angeblich war er danach nie bei der zuständigen Behörde vorstellig geworden, um ihn zurückzuerlangen.

Sie wollte den Blick schon abwenden und wieder auf die Straße richten, als eine zweite Person neben Mike im Rückspiegel auftauchte. Ihre zierliche Gestalt ließ auf eine Frau schließen. Sie hatte die Kapuze tief ins Gesicht gezogen und ging in gebeugter Haltung zum Kofferraum.

»Ich wette, das ist Ute«, murmelte Isa.

Ohne lange nachzudenken, ging sie vom Gas und fuhr in gebührendem Abstand seitlich auf den Gehweg. Sie stellte den Motor ab und starrte durch die Heckscheibe zurück.

Die Unbekannte hievte gerade mehrere prall gefüllte Plastiksäcke aus dem Auto und ließ sie auf den Gehweg fallen. Mike hob zwei davon auf und lief damit zu einem Bretterverschlag an der Hauswand, unter dem mehrere Mülltonnen aufgereiht waren.

»Was zum Teufel …?« Wieso entsorgte Mike seinen Müll in einer fremden Mülltonne? Was schmiss er da weg? Und weshalb machten er und Ute sich bei diesem Sturm und in der Dämmerung daran, diese Plastiksäcke zu entsorgen?

Eine heftige Böe brachte die Straßenlaterne zum Wanken und riss der Frau die Kapuze vom Kopf. Isa schnappte nach Luft. Das war gar nicht Ute.

»Anna-Maria?« Was hatte die denn mit Mike zu schaffen?

Doch bevor Isa sich einen Reim darauf machen konnte, waren die Säcke auch schon verschwunden und die beiden wieder ins Auto gestiegen. Viel zu schnell kam der Wagen auf sie zugerollt. Zum Flüchten war es jetzt zu spät. Panisch überlegte sie, was sie tun sollte. Anna-Maria kannte ihren alten Mazda, wenn sie ihn entdeckte, war sie aufgeflogen. Andererseits war es fast dunkel und die Schneeflocken fielen dicht.

Kurzentschlossen rutschte Isa auf ihrem Sitz so weit sie konnte nach unten und zog den Kopf ein. Der Innenraum wurde für einen Augenblick erleuchtet, dann wanderte der Lichtkegel weiter. Langsam richtete sie sich wieder auf.

»Wie seltsam«, wisperte sie zu sich selbst. Es passte überhaupt nicht in ihr Bild von Anna-Maria, dass sie mit einem Mann wie Mike verkehrte. Frauen wie sie hingen doch sonst nicht mit solchen Typen herum.

Aber noch viel weniger konnte sie sich erklären, was die beiden da gerade veranstaltet hatten.

»Da hilft nur eins.« Kurz entschlossen stieß sie die Autotür auf und sah sich nach allen Seiten um. Die Luft war rein. So schnell ihr verstauchter Fuß es zuließ, rannte sie über den Gehweg zu den Mülltonnen hinüber. Die letzten Meter verlangsamte sie ihre Schritte und pirschte sich, im Schutz der Hauswand, an den Bretterverschlag heran. Sie warf einen Blick auf das Schild neben der Klingel und zog verdutzt die Brauen hoch. Anna-Marias Name stand an der Tür. Damit hatte sie nicht gerechnet. Viel eher hätte Isa ihre feine Kollegin in einer Altbauwohnung im gepflegten Ortskern vermutet. Oder in einem dieser modernen Reihenhäuschen am Waldrand, mit zugehörigem kleinem Garten. Auf jeden Fall nicht in diesem windschiefen Bau, mit bröckelndem Putz, direkt an der Straße.

Zögernd wandte sie sich ab und humpelte zu den Mülltonnen hinüber. Sie öffnete den Deckel der vordersten

Tonne und hob sich sogleich einen Arm vors Gesicht. Die Kälte schien dem Inhalt der Tonne nichts anhaben zu können. Ein modrig warmer Geruch stieg aus ihrem Inneren auf. Isa hielt die Luft an und nahm den Arm herunter.

Mit spitzen Fingern zupfte sie an der obersten Tüte. Doch im selben Moment hielt sie in der Bewegung inne. Was, wenn sie gleich einen grausigen Fund machte? Mike konnte wer weiß was hier entsorgt haben, mitten in der Nacht.

»Stell dich nicht so an«, zischte sie sich selbst zu und riss die Tüte auf. Fast war sie ein bisschen enttäuscht, keine Leichenteile vorzufinden. Stattdessen breiteten sich harmlose Zitronenstücke und aufgeweichte Pappstrohhalme vor ihr aus. Weiter unten verströmten Essensreste einen stärkeren Mief.

Isa schob die Unterlippe vor. Dieser Fund war enttäuschend unspektakulär. Widerstrebend öffnete sie auch noch die anderen Deckel und riss die obersten Tüten auf. Doch in jeder Tonne zeigte sich das gleiche Bild. Essensreste, Servietten, Strohhalme und ausgequetschte Zitronen.

Sie wischte sich die Hände an ihrer Jacke ab und runzelte die Stirn. An diesem Müll war rein gar nichts verdächtig. Trotzdem blieb die Frage, was Anna-Maria mit dem mürrischen Wirt zu schaffen hatte und warum sie diesen Müll in einer Nacht- und Nebelaktion entsorgt hatten.

Sie schlug die Deckel wieder zu und ging nachdenklich zu ihrem Auto zurück. Vielleicht sollte sie Walter davon berichten, wenn sie gleich bei ihm im Laden war. Er wusste meistens, was im Ort vor sich ging und wer mit wem zu tun hatte. Aber dann kam ihr in den Sinn, dass sie sich mit ihrer Schnüffelei schon genug Ärger eingebrockt hatte. Und obwohl Walter ihr gegenüber immer loyal gewesen war, war Diskretion nicht unbedingt seine Stärke.

Sie beschloss, dass es das Beste war, ihre Entdeckung erst mal für sich zu behalten, bis sie mehr herausgefunden hatte.

Zu ihrer Erleichterung parkte vor Walters Laden kein einziges Auto und sie wäre bestimmt nicht so doof, daran etwas zu ändern. Zielsicher lenkte sie ihren Wagen auf einen schmalen Schleichweg, über den man in einen kleinen Hinterhof gelangte.

Walter hatte sicher nichts dagegen, wenn sie ihr Auto vorübergehend in seiner Scheune abstellte. Neben seinem Golf und dem alten Traktor war reichlich Platz.

Sie machte sich sogar die Mühe, das schwere Scheunentor zuzuziehen, um ihren Mazda vor unerwünschten Blicken abzuschirmen. Sie musste sich mit ihrem ganzen Gewicht gegen den Boden stemmen, bis es endlich nachgab und rumpelnd zuglitt. Mit einem dumpfen Wummern rastete es ein.

Isa klopfte sich die Hände ab, dann lief sie an der Hauswand entlang zurück und linste verstohlen um die Ecke. Der Vorplatz lag noch immer verlassen da.

Aber sie musste vorsichtig sein. Man wusste ja nie, ob sich nicht vielleicht doch ein Todesmutiger zu Fuß durch den Schneesturm gewagt hatte und jetzt im Laden hinter einem Regal lauerte.

Die Glöckchen läuteten verräterisch, als sie die Eingangstür aufzog. Sie warf einen bösen Blick nach oben, bevor sie die Augen durch den Laden huschen ließ. Zu dumm, dass sie zu klein war, um über die Regale zu sehen.

Beim Anblick des leeren Stuhls hinter der Kasse spürte

Isa, wie die Anspannung von ihr abfiel. Walter würde niemals den Laden verlassen, wenn ein Kunde anwesend wäre.

Die Tür zu seinem Büro stand offen und das entfernte Geplapper eines Radiomoderators fand seinen Weg in den Verkaufsbereich. Eigentlich müsste er längst die Glöckchen gehört haben und …

Sie hatte den Gedanken noch nicht zu Ende gedacht, da bog Walter auch schon um die Ecke. Sie schien ihn wieder mal beim Essen gestört zu haben. Er kaute noch und klopfte sich im Gehen ein paar Krümel vom Hemd.

»Mit dir hätte ich heute nicht gerechnet«, nuschelte er grinsend.

»Ich hab einen Alkoholnotstand. Ein Glück, dass niemand hier ist.«

»Bei dem Wetter könnte ich den Laden genauso gut schließen«, antwortete Walter, ohne dabei seine gute Laune zu verlieren. »Du siehst mitgenommen aus. Willst du einen Tee?«

Eigentlich wollte sie nur den Einkauf hinter sich bringen und schnell wieder verschwinden, aber Walter war neben Renate einer der wenigen im Ort, der überhaupt noch mit ihr redete. Sie konnte es sich nicht leisten, ihn als Verbündeten zu verlieren, also nickte sie und folgte ihm ins Büro.

Über seinem Schreibtisch hing ein Regal, auf dem Tassen, Teebeutel und Zucker bereitstanden. Er stellte das Radio aus und schaltete den Wasserkocher ein, der auf einer Kommode neben dem Waschbecken stand. Obwohl sein Büro zugleich als Warenlager diente, wirkte es aufgeräumt und sauber. Sie sollte sich ein Beispiel nehmen. Bei ihr sah es immer noch aus, als hätte eine Bombe eingeschlagen, dabei hätte sie momentan genügend Zeit, um endlich mal klar Schiff zu machen.

»Gibt's was Neues?«, fragte Walter.

»Das sollte ich dich fragen«, murmelte sie, »mit mir redet ja keiner mehr.«

Walter nickte mitleidig, während er in jede Tasse einen Teebeutel plumpsen ließ.

»Mit solchen Verdächtigungen macht man sich nicht beliebt.«

»Ach was?« Das wusste sie auch. Er tat gerade so, als wäre es ihre Absicht gewesen, die Dinger wie Flugblätter in Grimmingen zu verteilen.

»Lass etwas Gras drüber wachsen«, unterbrach Walter ihre trotzigen Gedanken.

»Wie lange soll ich mich denn noch daheim verkriechen?«

Er zuckte mit den Schultern, wusste offensichtlich auch keine Antwort.

»Was sagt dein Polizist?«

»Wieso nennt ihn bloß jeder so? Er ist nicht *mein* Polizist.«

Walter füllte das kochende Wasser in die Tassen und reichte ihr eine. Der Geruch nach Pfefferminze kroch ihr in die Nase und sie fand, dass er etwas Beruhigendes hatte. Sie beschloss, ein erfreulicheres Thema anzuschneiden, doch gerade als sie ihm von Tonis Rückkehr erzählen wollte, klingelten die Türglocken.

Erschrocken riss sie die Augen auf. Wie eine Ertrinkende klammerte sie sich an ihre Tasse, während sie das Büro hektisch nach einem geeigneten Versteck absuchte.

»Bleib cool. Ich bin gleich wieder da«, flüsterte Walter und eilte aus dem Büro.

Sie zwang sich, tief ein- und auszuatmen. Ihr blieb nichts anderes übrig, als hier zu warten, bis der Kunde, wer auch immer es war, seinen Einkauf erledigt hatte und wieder verschwunden war. Hier hinten war sie sicher. Mit bebenden Lippen pustete sie in ihren Tee.

Genau genommen war es lächerlich, dass sie sich wie eine Verbrecherin auf der Flucht benahm. Sie hatte einen Fehler gemacht, keine Frage, und die Leute hatten allen Grund, sich zu ärgern. Aber darüber schienen sie zu vergessen, dass ein echter Verbrecher unter ihnen weilte. Ein Mörder. So wie sie die Sache sah, wäre es angemessener, ihre Wut auf ihn zu richten.

Schon etwas ruhiger, warf sie einen Blick auf die Uhr. Es war fast sechs. Um sieben würde Toni da sein. Und Renate, so wie Isa sie kannte, wahrscheinlich noch eine halbe Stunde früher. Allzu lang konnte sie sich nicht mehr hier hinten verstecken, und das nicht nur, weil Besuch im Anmarsch war, sondern auch der angekündigte Sturm. Sie blickte zum Fenster und nahm plötzlich das Prickeln von Schneeflocken wahr, das schon seit einer Weile erklang, wie ihr jetzt bewusst wurde. Die ersten böigen Vorboten des Sturms ließen die dünne Glasscheibe im Rahmen erzittern.

»Das war Karl.«

Isa fuhr herum. »Musst du mich so erschrecken?«

Walter sah aus, als müsste er sich ein Grinsen verkneifen. Es war gar nicht so einfach, ihm das nicht übel zu nehmen. Zumindest brauchte sie sich wegen Karl keine Sorgen zu machen. Er war ein ehemaliger Berufssoldat und Trinker, der in Ruhe gelassen werden wollte. Er interessierte sich nicht für den Tratsch der Leute. Ziemlich sicher war er der einzige Mensch im Ort, der nichts von ihrem Fehltritt mitbekommen hatte.

»Er hat sich nach dir erkundigt.« Walter entfuhr ein unterdrücktes Grunzen. »Wie hat er dich gleich genannt? Ach ja, Denunziantin.«

»Wie bitte?« Isa spürte, wie sich ihre Nasenlöcher beim tiefen Einatmen weiteten. »Besser, ich fahr wieder, bevor der Sturm richtig losgeht.« Sie merkte selbst, wie zweideutig das klang.

Walter schien es nicht aufzufallen. Er folgte ihrem Blick zum Fenster und nickte. Gemeinsam liefen sie aus dem Büro und bogen in den Gang mit den Spirituosen ein. Die Auswahl war nicht besonders groß, aber für den heutigen Zweck völlig ausreichend.

Wahllos griff Isa nach einer Flasche Wein und überflog das Etikett, als plötzlich erneut die Glöckchen über der Eingangstür losbimmelten. Ein kalter Windstoß fuhr durch den Gang, in dem sie standen. Reflexartig ging Isa in die Hocke und presste sich mit dem Rücken gegen das Weinregal.

Walter hob vielsagend die Brauen.

Sie überging seinen missbilligenden Blick und sah ihn flehend an.

Kapitel 24

Schwere, nasse Schuhe quietschten über das Linoleum und kamen hörbar näher. Glücklicherweise schien Walter ein Einsehen mit ihr zu haben. Er huschte zum Gang hinaus, bevor der Eindringling noch näher kommen konnte.

»Ach Dieter.« Bei Walters Begrüßung krampfte sich ihr der Magen zusammen. Es gab nur einen Dieter in Grimmingen. Dieter Gmeiner, den Ortsvorsteher. Von dem sie behauptet hatte, eine Affäre mit der ermordeten Jutta gehabt zu haben. Und damit ein Mordmotiv. Genau wie seine Frau.

Isa hatte ganz plötzlich das Gefühl, Fieber zu bekommen. Kalter Schweiß trat ihr auf die Stirn und ein eisiges Frösteln überzog ihren Körper.

Sie musste schleunigst hier verschwinden. Auf allen vieren krabbelnd, brachte sie mehr Abstand zwischen sich und den breiten Mittelgang. Sie konnte die beiden zwar nicht sehen, aber ihre Stimmen klangen bedrohlich nah. Wahrscheinlich hatte Walter den Ortsvorsteher gerade noch rechtzeitig abgefangen, bevor er zu ihr in die Spirituosenabteilung hatte einbiegen können. Wenn sie es schaffte, in eine andere Regalreihe zu schlüpfen, kam sie vielleicht ungesehen davon.

Entschlossen krabbelte sie bis ans Ende des Ganges und bog dann nach links ins Regal mit den Babyartikeln ein. Das erschien ihr sicher. Sofern Gmeiner keine Probleme mit seinen Beißerchen hatte, würde er sich wohl eher nicht für pürierten Gemüsereis mit Biohühnchen interessieren.

Sie sank mit dem Rücken gegen knisternde Windelpackungen und zwang sich, ruhig zu atmen. Es brachte ja nichts, jetzt in Panik zu verfallen. Mit etwas Glück war Gmeiner bald wieder verschwunden. Dann würde auch sie so schnell wie möglich die Biege machen und nie wieder das Haus verlassen. Nie wieder!

Ein Räuspern riss sie aus ihren Gedanken. Sie hob den Kopf und spürte, wie ihr schlagartig das Blut absackte. Ein Glück, dass sie schon saß, sonst wäre sie ganz sicher einfach zusammengeklappt.

Gmeiner stand im Mittelgang, einen Sixpack Bier in der Hand, und starrte zu ihr herüber. Hinter ihm formte der knallrote Walter eine stumme Entschuldigung mit den Lippen.

Sie verspürte den unbändigen Drang, einfach davonzurennen, aber ihr blieb keine Zeit, das weiter abzuwägen. Gmeiner kam bereits mit großen Schritten auf sie zumarschiert und baute sich bedrohlich vor ihr auf.

»Sie!«, donnerte er.

Isa zog unwillkürlich den Kopf ein.

»Sie trauen sich ja wirklich was.« Die Ader an seinem dicken Hals quoll sichtbar pochend unter dem Hemdkragen hervor. »Haben Sie eine Ahnung, was hier Ihretwegen los ist?«

Isa blickte hilfesuchend zu Walter, der noch immer hinter Gmeiner stand und unsicher zurückstarrte. Wenigstens jetzt könnte er doch verdammt noch mal für sie in die Bresche springen, nachdem er es schon nicht geschafft hatte, Gmeiner von ihr wegzulotsen.

»Jeder verdächtigt jeden. Der ganze Ort ist durch den Wind.«

»Buchstäblich«, grummelte Isa.

»Wie bitte?« Gmeiner sah sie an wie damals ihr ehemaliger Mathelehrer, als sie ihm mitgeteilt hatte, dass eine Gerade nicht zwingend mit dem Lineal gezogen werden müsse, solange man theoretisch wisse, dass sie gerade sein sollte.

Sie gab sich einen Ruck und drückte sich vom Boden hoch.

»Falls es Sie interessiert, ich habe meine Notizen nicht absichtlich im Ort verteilen lassen.«

»Interessiert mich nicht.« Mit jedem Wort wurde Gmeiner lauter. Isa musste an den Streit zwischen ihm und seiner Frau zurückdenken. Der dröhnende Bass seiner Stimme, verbunden mit seiner massigen Statur, hatte etwas Bedrohliches.

»Diese Unverschämtheiten überhaupt zu denken, ist ja wohl die Höhe!«

»Unverschämtheiten?« Unbeabsichtigt war auch sie lauter geworden.

Walter hob beschwichtigend die Hände, doch weder Gmeiner noch Isa achteten auf ihn.

»Das sind Fakten«, patzte sie.

Gmeiner riss die Augen auf. »Wollen Sie behaupten, dass es eine bewiesene Tatsache ist, dass meine Frau Jutta umgebracht hat? Oder dass ich eine Affäre mit Jutta hatte? Und was ist mit Hans-Werner? Der soll seine Frau angeblich ja auch umgebracht haben?« Er schnaubte wie ein Stier kurz vor dem Angriff. »Vielleicht haben wir ja im Rudel auf sie eingeschlagen?« Gmeiner war immer näher gerückt und Isa war immer weiter zurückgewichen, sodass ihr das Regal jetzt unangenehm gegen die Schultern drückte. Nur wenige Zentimeter trennten Gmeiners Nasenspitze von ihrer.

»Nein, das will ich nicht sagen.« Sie hüstelte verärgert gegen ihre brüchige Stimme an und machte unauffällig einen Schritt zur Seite. Weg von Gmeiners heißem Atem und seiner feuchten Aussprache. »Aber Sie sollten sich mit der Tatsache auseinandersetzen, dass unter uns ein Mörder lebt und …«

»Halten Sie den Mund.«

Verdutzt hielt sie inne.

»Sie wollen doch nur von sich selbst ablenken«, zischte Gmeiner.

»Bitte?« Isa runzelte die Stirn. Wollte er damit sagen, dass sie etwas mit dem Mord an Jutta Liebknecht zu tun hatte? Das war doch völlig absurd. Wieso sollte sie …

»Ich weiß, dass Sie neulich in meinem Haus herumgeschnüffelt haben.«

»Was?« Walter sah sie entsetzt an.

Sie ignorierte den empörten Ausdruck in seinen aufgerissenen Augen und schürzte spöttisch die Lippen in Gmeiners Richtung.

»Wie kommen Sie denn auf so einen Quatsch?« Sie durfte jetzt bloß nicht die Nerven verlieren.

»Denken Sie, Sie sind die Einzige, die eins und eins zusammenzählen kann?«

Er nestelte in seiner Jackentasche herum, zog einen zerknitterten Gefrierbeutel hervor und hielt ihn ihr vor die Nase.

Isa hatte keine Ahnung, was sie sich da ansah.

Unbeeindruckt blickte sie an Gmeiners Hand vorbei in seine blutunterlaufenen Augen. »Was genau …«

Er ließ sie den Satz nicht zu Ende sprechen. »Leckerli«, bellte er, als würde das alles erklären.

Isa schnaubte. Jetzt drehte der Ortsvorsteher offensichtlich durch.

»Hundeleckerli«, wurde Gmeiner sogar noch etwas konkreter.

Mit einem Mal wusste Isa, was sie vor sich hatte. Sie zwang sich, die Tüte nicht noch einmal anzusehen. Das waren ihre Leckerlis. Die stopfte sie sich grundsätzlich in alle Taschen, damit sie immer welche dabeihatte, wenn sie es doch endlich einmal schaffte, mit Alfons laufen zu gehen. Im Gegensatz zu Gmeiner machte sie sich noch nicht einmal die Mühe, sie extra in eine Tüte zu packen.

Der Ortsvorsteher starrte sie fragend an, aber sie presste nur die Lippen aufeinander. Die verdammten Dinger mussten ihr aus der Manteltasche gefallen sein, als sie in Gmeiners Garage an irgendetwas hängen geblieben war. Innerlich ermahnte sie sich, ruhig zu bleiben. Das bewies noch gar nichts.

»Wissen Sie, wie viele Hundehalter es in Grimmingen gibt?«, fragte sie.

»Als Ortsvorsteher weiß ich das sogar ziemlich genau.«

»Dann kapiere ich nicht, wieso Sie glauben, dass diese Dinger«, sie schnippte mit dem Zeigefinger gegen die Tüte, »ausgerechnet von mir sein sollen.«

»Nur nicht so vorschnell, Frau Klein. Zufälligerweise weiß ich, dass die Dogge von Frau Hettinger Durchfall von Trockenfutter kriegt. Die ist also raus.«

Isa unterdrückte ein Prusten. Das war doch wirklich zum Schreien.

»Vincents Hund kriegt keine Leckerlis, weil der das für

Verhätschelung hält. Und der Dackel von Dagmar und Günther ist letztes Jahr in einen Fuchsbau gekrochen und nie mehr rausgekommen.«

Isa schnaubte triumphierend. Der Ortsvorsteher hatte bei seinen Hausaufgaben geschlampert. Das waren längst nicht alle Hunde im Ort.

»Was ist mit den Windhunden von dieser Kräuterhexe, die neben dem Friedhof wohnt?«

»Das ist meine Schwiegermutter«, japste Gmeiner.

Isas Blick huschte zu Walter hin, der seine Lippen eingesogen hatte und bestätigend nickte. Sie hob schuldbewusst die Brauen. Wer konnte denn ahnen, dass diese bucklige, mit sich selbst sprechende Alte Gmeiners Schwiegermutter war? Er ging damit nicht gerade hausieren und Isa hatte Ute auch noch nie mit ihr zusammen gesehen.

»Wie dem auch sei«, beeilte sie sich, auf das eigentliche Thema zurückzukommen. »Sie haben längst nicht alle Hundehalter des Ortes aufgezählt und es erscheint mir doch ein wenig voreingenommen, dass Sie mir diesen Vorfall in die Schuhe schieben wollen.«

»Ausgerechnet Sie reden von Voreingenommenheit?« Gmeiner schüttelte verächtlich den Kopf.

Sie hätte sich ohrfeigen können. Musste sie ihm denn eine solche Steilvorlage liefern? Allmählich wurde dieser Einkauf zur Zerreißprobe für ihre Nerven. Wie lange sollte sie sich Gmeiners Beschuldigungen noch anhören? Sie wusste selbst, dass sie Mist gebaut hatte, aber sie hatte wenigstens irgendetwas getan. Manchmal konnte man fast den Eindruck gewinnen, dass alle anderen im Ort gar kein Interesse daran hatten, dass dieser Mord je aufgeklärt wurde. Ständig wurde hintenrum getuschelt und gemunkelt, aber wenn es darum ging, die Fragen der Polizei zu beantworten, verfiel der Ort in Winterstarre. Und Gmeiner hatte doch vor allen die Sorge der Bürgermeisterin geteilt, dass Juttas Tod die Touristen aus Sonnenbühl vertreiben könnte. Er brauchte hier also nicht den Moralapostel zu spielen.

Sie spürte, wie die Anspannung in ihrem Inneren einer dumpfen Wut Platz machte. »Genauso gut könnte ich behaupten, dass Sie die Bremsleitung meines Autos manipuliert haben.« Sie zog die Augenbrauen hoch.

Gmeiner lachte schrill auf. »Wie bitte?«

»Ganz recht. Jemand hat sich daran zu schaffen gemacht, sodass ich mein Auto in ein Feld setzen musste. Ich wäre fast gestorben.«

Sie warf Walter einen warnenden Blick zu, bevor er etwas Kontraproduktives von sich geben konnte. Er klappte seinen Mund zu und seufzte kapitulierend.

Gut, vielleicht dramatisierte sie das Ganze ein bisschen zu sehr, sie war schließlich nicht wirklich schnell unterwegs gewesen und es war nichts weiter passiert. Aber Gmeiner trieb sie gehörig in die Enge. Was blieb ihr anderes übrig?

»Mir wird das jetzt zu blöd.« Der Ortsvorsteher trat einen Schritt zurück und schüttelte ungläubig den Kopf.

Es kostete Isa all ihre Selbstbeherrschung, seinem vernichtenden Blick standzuhalten.

»Setz mir das Bier auf die Rechnung, Walter«, sagte er, ohne Isa aus den Augen zu lassen. Dann wandte er sich endlich ab und marschierte davon. Das Klingeln der Türglöckchen war Musik in Isas Ohren.

»Sag einfach nichts« wisperte sie, als sie Walters Blick einfing.

Kapitel 25

Gerade als Isa eine Flasche Rotwein, zwei Flaschen Weiß-wein und einen Prosecco auf dem Kassenband platziert hatte, drang das Dröhnen eines Motors zu ihnen in den Laden.

Sie erstarrte und äugte wie ein verängstigtes Wildtier in die Scheinwerfer vor der Glasfront. Doch abgesehen von ihrem eigenen maskenartigen Gesicht sah sie gar nichts.

»Ist das Liebknecht?«, nahm Walter ihr die Worte aus dem Mund.

»Das darf doch nicht wahr sein«, zischte sie. Versammelte sich heute etwa ihre gesamte Verdächtigenliste in Walters Laden?

»Versteck dich in meinem Büro«, raunte Walter ihr zu und wedelte hektisch mit seiner Hand vor ihr herum. Isa war sich nicht sicher, ob er es tat, um sie zu schützen, oder sich selbst. Der Streit zwischen ihr und Gmeiner hatte seine Spuren bei ihm hinterlassen. Unter den Achseln färbte sich sein hellgraues Hemd verdächtig dunkel.

Als sie das Schlagen einer Autotür hörte, spürte Isa, wie ihr ein plötzlicher Würgereiz die Kehle hinaufkroch. Sie schnappte sich ihren Geldbeutel, den sie auf dem Kassen-band abgelegt hatte, und machte auf dem Absatz kehrt. Als wäre der Leibhaftige hinter ihr her, sprintete sie auf Walters offene Bürotür zu. Kaum war sie um die Ecke, wurde die

Eingangstür aufgezogen und die Glöckchen gaben erneut ihr schauriges Geklingel zum Besten.

Sie ließ sich in Walters ledernen Bürostuhl plumpsen und schloss die Augen. Das war knapp gewesen. Leise stieß sie den Atem aus, bevor sie ihn gleich wieder anhielt, um dem entfernten Gemurmel zu lauschen.

Den Geräuschen nach schien Walter ein unverfängliches Pläuschchen mit Liebknecht zu halten, der sie glücklicherweise nicht gesehen zu haben schien. Mit den Zehenspitzen schob sie sich in ihrem rollbaren Untersatz rückwärts Richtung Tür, bis sie mit der Lehne gegen die Wand stieß. Wieder hielt sie horchend inne, dann stutzte sie.

Liebknecht hatte gelacht – nur dass es so gar nicht nach Liebknecht geklungen hatte. Sie knabberte am Daumennagel und überlegte, was sie tun sollte. Wenn sie noch näher zur offenen Tür hinrollte, riskierte sie, entdeckt zu werden. Blieb sie in sicherem Abstand, fand sie dafür vermutlich nie heraus, von wem das mysteriöse Lachen stammte.

Schließlich siegte ihre Neugierde und sie schob sich in ihrem Stuhl noch ein Stückchen weiter. Dann lugte sie vorsichtig um die Ecke und zuckte sogleich zurück.

Walter und ein anderer Mann standen nur wenige Meter von ihr entfernt im Mittelgang und unterhielten sich. Der Unbekannte hatte ihr den Rücken zugewandt, doch in diesem Moment drehte er sein Gesicht leicht zur Seite, sodass sie sein Profil sehen konnte. Die gekrümmte Nase, die buschigen Augenbrauen und die überkämmte Glatze. Das war ganz sicher nicht Liebknecht. Es war Pfarrer Hutmiller.

Isa spürte, wie ihre Muskeln vor Erleichterung ganz weich wurden und alle Anspannung mit einem Mal aus ihrem Körper wich. Wie es schien, hatte sie das Motoren-geräusch falsch gedeutet. Jetzt fing sie schon an, Gespenster zu sehen. Oder besser zu hören.

Sie ließ sich gegen die Stuhllehne sinken und schloss die Augen. Nicht auszudenken, was passiert wäre, wenn wirk-lich Liebknecht hier aufgetaucht wäre. Es dauerte allerdings nicht lange und ihre Erleichterung wich einer ungeduldi-gen Unruhe. Sie sah schon zum dritten Mal auf die Uhr und rollte mit den Augen. Der Pfarrer schien es kein biss-chen eilig zu haben, in sein Pfarrhaus zurückzukommen. Sie saß sich bestimmt seit zwanzig Minuten den Hintern platt und die beiden hatten sich keinen Zentimeter von der Stelle bewegt.

Walter schien ihr auch keine große Hilfe zu sein. Jeden-falls tat er nichts, um die Quasselstrippe loszuwerden. Jetzt sprach er den Pfarrer auch noch auf seine neuen Schuhe an, als würde irgendjemanden interessieren, wo der seine Ge-sundheitslatschen kaufte.

Sie schob sich mitsamt dem Stuhl seufzend zum Schreib-tisch zurück und platzierte die Beine auf der Arbeitsfläche. Wie es schien, hatte Walter dem Pfarrer die perfekte Steil-vorlage geboten. Sie musste mitanhören, wie Hutmiller mi-nutiös seine Odyssee vom Schuhkauf zum Besten gab. Es war ohne Zweifel die langweiligste Geschichte, die Isa je gehört hatte.

»Die reinste Folter«, flüsterte sie und rieb sich die Schlä-fen. Das Leder knarzte unter ihr, als sie versuchte, in eine bequemere Position zu rutschen. Ihre linke Pobacke war eingeschlafen und kribbelte unangenehm.

»Finde da erst mal jemanden, der dich kompetent berät«, beklagte der Pfarrer sich gerade lautstark.

Isa verzog das Gesicht und äffte ihn stumm nach. Das einzig Gute an dieser öden Geschichte war, dass *sie* nicht darin vorkam.

»Das kannst du vergessen, sag ich dir. Die messen nicht mal mehr die Füße aus«, lamentierte der Pfarrer weiter.

So also bestrafte das Schicksal sie für die Verunglimpfung ihrer Mitmenschen. Sie würde sich für den Rest ihres Daseins in irgendwelchen Hinterzimmern verstecken und langweilige Gespräche mitanhören müssen, während Bähr draußen in der echten Welt auf Verbrecherjagd ging.

Irgendwann hielt sie es nicht länger aus. Ihr Rücken schmerzte von der gekrümmten Sitzhaltung und statt der linken war jetzt ihre rechte Pobacke eingeschlafen.

Genug war genug. Isa nahm die Füße vom Schreibtisch und stand auf. Sie würde einfach durchs Fenster steigen und ihre Einkäufe hierlassen. Lieber schlug sie sich den Abend mit Toni und Renate nüchtern um die Ohren, als sich dieses Gefasel noch eine Minute länger anzuhören.

Auf Zehenspitzen huschte sie zum Fenster hinüber und prüfte die Höhe. Sie würde etwas davorschieben müssen, um zum Fensterbrett hinaufsteigen zu können. Ohne provisorische Trittleiter schaffte sie es nie, dort raufzukommen. Zumal ihr Knöchel noch immer Probleme machte. Lustlos sah sie sich nach einer geeigneten Steighilfe um. Vielleicht ging der Pfarrer ja doch gleich. Dann konnte sie sich die Bewegungseinlage sparen.

»Überall nur Mindestlohn«, hörte sie das entfernte Schimpfen von Hutmiller.

Sie biss die Zähne zusammen. Besser sie gab ihrer Schwester und Renate gleich Bescheid, dass sie später kam. Sie griff zur hinteren Gesäßtasche und erschrak. Ihr Handy war weg.

In einem Anflug von Panik tastete sie jede einzelne Tasche ab. Hatte sie es etwa vorne im Laden liegen lassen? Dann fiel ihr wieder ein, dass sie das Gerät vorher aus der Hosentasche genommen hatte, weil es beim Sitzen unangenehm in ihren Allerwertesten gedrückt hatte.

Sie ging zum Schreibtisch und beugte sich über den Stuhl, als ihr etwas Glitzerndes ins Auge sprang. Mit gerunzelter Stirn blickte sie nach unten und sah, dass eine der Schubladen einen Spalt offen stand. Das Deckenlicht schien hinein und wurde schimmernd zurückgeworfen.

Sie schob die Zungenspitze zwischen die Lippen und bemühte sich, die Schublade möglichst geräuschlos aufzuziehen. Im selben Moment erstarrte sie.

Winzige Strasssteinchen funkelten ihr vom Deckel einer ledernen Schmuckschatulle entgegen. Sie bildeten einen Schriftzug, der ihr seltsam vertraut war.

»Secret Love«, wisperte sie tonlos.

Was in Gottes Namen hatte diese Schatulle in Walters Büro verloren? Sie zog die Augenbrauen zusammen. Das konnte nur ein Missverständnis sein. Oder ein dummer Zufall. Mit zitternden Fingern griff sie nach dem Etui und wollte es öffnen, doch ein Poltern hinter ihr ließ sie hochfahren.

»Die Luft ist rein …«, verkündete Walter. Er verstummte, als er ihr Gesicht erblickte.

»Woher hast du das?« Sie riss das Etui in die Höhe. Dafür musste er eine verdammt gute Erklärung haben.

Sekundenlang starrte er sie an, dann räusperte er sich und kam langsam auf sie zu. »Das gehört mir nicht, Isa.«

»Wem dann?«

»Meiner Mutter.«

Sie blickte von dem Etui zu ihm und wieder zum Etui. Was redete er denn da? Das machte doch überhaupt keinen Sinn. Seine Mutter war tot.

»Gib mal her, ich zeig's dir.« Er streckte die Hand aus und nach kurzem Zögern ließ sie die Schatulle hineinfallen, aber er rührte sich nicht. Sah sie einfach nur an. Ein ungutes Gefühl kroch Isa den Nacken hinauf.

»Vielleicht mach ich uns zuerst noch einen Tee«, schlug er vor. Wieder rührte er sich nicht. Ihre Blicke trafen sich und zum ersten Mal, seit sie ihn kannte, konnte sie keine Wärme in seinen Augen finden.

Sie nickte langsam und hörte sich »Gute Idee« sagen. Ihre eigene Stimme klang seltsam fremd in ihren Ohren. Walter lächelte und griff nach den beiden Tassen, die sie zuvor auf dem Schreibtisch abgestellt hatten.

Isas Blick huschte zu ihrem Handy hin, das noch immer auf der breiten Arbeitsplatte lag. Walter hatte ihr den Rücken zugedreht und schaltete den Wasserkocher ein. Das war ihre Chance. Blitzschnell haschte sie nach dem Telefon.

Doch im selben Moment fuhr ein jäher Schmerz, wie ein Stromschlag, durch ihren Schädel. Sie stöhnte auf und tastete verdutzt nach hinten. Es fühlte sich an, als würde glühende Lava durch ihren Kopf pulsieren, und als sie ihre Hand zurückzog, sah sie, dass sie voll roter Farbe war. Dann erst begriff sie, dass es Blut war. Ihr Blut.

Helle Blitze zuckten vor ihren Augen auf. Der Boden raste auf sie zu. Sie hatte das Gefühl, nach vorn zu kippen, wollte ihre Arme hochreißen, um sich abzufangen, doch die reagierten nicht. Den Aufprall spürte sie nicht mehr. Bleierne Dunkelheit umfing sie, bevor sie aufschlug.

Noch ehe sie die Augen öffnete, wusste sie, dass etwas nicht stimmte. Nur langsam verzogen sich die dunklen Schwaden aus ihrem Bewusstsein und sie begann, ihre Umgebung wahrzunehmen. Der Boden unter ihrem Bauch fühlte sich kalt an und in ihrem Kopf pochte ein dumpfer Schmerz. Als sie die geschwollenen Lider hob, schien die gesamte Umgebung zu schwanken, und offenbar hatte sie sich beim Fallen auf die Zunge gebissen, denn sie schmeckte Blut. Ein krampfhaftes Würgen kroch ihr die Kehle hoch. Gleich würde sie sich übergeben. Ihr wurde schon wieder schwarz vor Augen, doch ein Ruck an ihren Beinen holte sie zurück.

Wurde sie gezogen? Sie versuchte, klar zu sehen, klar zu denken. Ja, jemand schleifte sie über den Boden.

»Was soll das?«

Sie klang, als wäre sie betrunken. Die Worte kamen ihr nur undeutlich über die Lippen. Mit dem Ellbogen stieß sie gegen gestapelte, in Zellophan verpackte Konserven. Schlagartig prasselten die Bilder der Erinnerung auf sie ein. Die Schmuckschatulle in Walters Schublade. Sein entrückter Blick, als sie ihn damit konfrontierte. Er musste Juttas geheimnisvoller Liebhaber sein. Und ihr Mörder.

Ein entsetztes Keuchen entrang sich ihrer Kehle. Wie eine Ertrinkende ruderte sie mit den Armen und versuchte verzweifelt, sich an etwas festzukrallen.

»Walter«, flehte sie.

Er antwortete nicht.

Sie stieß mit der Schläfe gegen einen Stapel Zeitschriften. Wieder drehte sie den Kopf und versuchte, einen Blick über die Schulter zu erhaschen.

Er hatte ihre Füße fest im Griff und zog sie ächzend hinter sich her. Seine Bewegungen hatten etwas Verbissenes.

Isas linke Hand streifte etwas Spitzes und sie schloss instinktiv die Finger darum. Es war ein Brieföffner. Er musste vom Schreibtisch gefallen sein. Sie hielt ihn fest und versuchte, ihn mit ihrem Ärmel zu verdecken. Im selben Moment ließ Walter ihre Füße unsanft zu Boden poltern.

»Steh auf«, raunte er.

Sie rollte sich stöhnend auf den Rücken und sah ihn zum ersten Mal richtig an. Er wischte sich mit einem Taschentuch den Schweiß von der Stirn und steckte es in die Hosentasche. Blitzschnell schob sie die Klinge des Brieföffners unter ihr Uhrenarmband.

»Los, steh auf«, forderte Walter sie erneut auf.

Ächzend zog sie die Beine an und stemmte sich mit den Händen vom Boden hoch. Schon wieder begann sich alles um sie herum zu drehen.

»Mach schon«, trieb er sie unerbittlich an.

Jetzt erst entdeckte sie das Messer in seiner Hand. Ihr Magen krampfte sich zusammen. Hatte er etwa vor, sie mit dem Ding zu verletzen? Irgendwie schaffte sie es, sich auf die Füße zu stemmen. Die Unterarme auf die Oberschenkel gestützt, schluckte sie gegen den säuerlich aufsteigenden Brechreiz an.

»Was hast du vor?«, brachte sie endlich mit tonloser Stimme hervor, aber sie erhielt nur ein abschätziges Schnalzen als Antwort.

Ihr Kopf schmerzte, als würde er in einer Schraubzwinge stecken. Vorsichtig betastete sie erneut die pochende Stelle. Die Haare rundherum waren verklebt und feucht vom Blut.

»Wenn ich dich nun bitten dürfte, die Treppe raufzugehen«, hörte sie Walter sagen. Ganz der vollendete Gentleman. Ihr wurde schon wieder schlecht, aber dieses Mal nicht von dem Schlag auf ihren Kopf.

Widerwillig betrachtete Isa die Treppenstufen, die von einem abgewetzten Teppich überzogen waren. Ein modriger Geruch schien von ihnen aufzusteigen. Ihr blieb nichts anderes übrig, als ihm zu gehorchen. Wenn sie sich wehrte, könnte er von dem Messer Gebrauch machen.

Vielleicht konnte sie versuchen, zu ihm durchzudringen – zu dem Walter, der ihr Freund war. Der über ihre Witze lachte und sich auf ihre Seite stellte, wenn sie sich wieder einmal über ihre Kollegen aufregte. Der Walter, der sie niemals niederschlagen und mit einem Messer bedrohen würde.

Himmel! Isas Brustkorb schmerzte, als sie sich zwang, tief einzuatmen. Wie um alles in der Welt hatte die Situation nur so außer Kontrolle geraten können?

Kapitel 26

Mit unsicheren Schritten stieg sie eine Stufe nach der anderen hinauf. Sie spürte ein warmes, klebriges Rinnsal ihren Nacken hinunterlaufen und jeder Schritt kostete sie unglaubliche Kraft.

Als sie endlich oben angekommen war, atmete sie schwer. Sie drehte sich zu Walter um und ihre Blicke trafen sich. Seine Augen begegneten den ihren starr und leblos. Hatte er ihr etwa jedes Mal, wenn sie bei ihm im Laden gewesen war und mit ihm Tee getrunken hatte, nur den warmherzigen Menschen vorgespielt?

»Ich dachte, wir wären Freunde«, entfuhr es ihr.

»Freunde schnüffeln nicht in den Sachen des anderen herum.«

»Ich hab nur mein Handy gesucht.« Das war noch nicht mal gelogen.

Er lachte verächtlich. »Verkauf mich nicht für dumm.«

Isa nahm all ihren Mut zusammen. »Hast du Jutta Liebknecht umgebracht, Walter?« Sie kannte die Antwort längst und dennoch musste sie es von ihm hören.

Für einen Moment veränderte sich der Ausdruck in seinen Augen.

»Wir haben uns geliebt.« Er schloss die Lider und nahm einen tiefen Atemzug. »Aber sie war blind. Genau wie alle hier. Sie konnte das große Ganze nicht sehen.«

Isa musste sich an der Wand abstützen, um das Gleichgewicht nicht zu verlieren. »Was meinst du?«

Er schien sie nicht gehört zu haben. Sein Blick wirkte abwesend.

»Walter, denk doch nach«, sagte Isa mit beschwörender Stimme, »man wird mein Auto finden. Noch ist es nicht zu spät ...«

»Du hältst dich für so clever, Isa.« Seine feuchte Aussprache verteilte sich in winzigen Tröpfchen auf ihrem Gesicht. Isa wagte nicht, sie mit dem Ärmel wegzuwischen. »Ihr alle haltet euch für so unglaublich überlegen! Denkt, ihr wärt was Besseres. Dieser ganze verdammte Ort ist die Pest.«

»Walter!«, rief sie flehend. »Ich gehöre genauso wenig dazu wie du. Du hast selbst gesehen, wie es mir in den letzten Tagen ergangen ist.«

»Ach ja?« Er lachte bitter auf. »Ich habe nur gesehen, wie du jeden hier im Ort verdächtigt hast.«

Es hatte keinen Sinn. Sie kam nicht an ihn heran. Es war, als spräche sie zu einem Fremden.

»Lauf weiter!«

Schwankend taumelte sie voran, stützte sich mit der Hand an der Wand ab oder streifte mit der Schulter daran entlang, bis sie vor einer Klappleiter stand, die aus der Decke ragte.

»Da steig ich nicht rauf«, brach es aus ihr heraus.

Augenblicklich spürte sie einen Druck in ihrem Rücken und wusste, auch ohne sich umzudrehen, dass Walter ihr die Klinge in den Mantel bohrte.

»Ich muss doch sehr bitten.«

Sie kniff die Augen zusammen und umklammerte das kalte Geländer der Leiter. Ihre Füße drohten unter ihr nachzugeben. Wenn sie sich nicht festhielt, würde sie wie warmes Wachs zu Boden gehen.

Das musste ein Albtraum sein, aus dem sie jeden Moment schweißgebadet aufwachen würde. Sie wollte nicht sterben. Nicht so. Sie musste ihren Eltern und ihrer Schwester sagen, wie sehr sie sie liebte. Mit Renate eine Schnulze ansehen und Bähr zum Essen einladen. Jawohl, Bähr!

Sie sandte ein stummes Stoßgebet an Gott, in dem sie schwor, jede einzelne Sekunde ihres stinklangweiligen Lebens in Grimmingen dankbar anzunehmen, wenn er sie aus dieser schrecklichen Misere befreite. Welche verrückten Streiche einem der Verstand in der größten Not doch spielen konnte. Plötzlich erschien Isa ihr Dorf, über das sie die meiste Zeit verächtlich herzog, wie das Paradies auf Erden. Sie musste an die geselligen Dorffeste auf dem Kirchplatz denken, die Lichterketten an den Bäumen und Dachgiebeln kurz vor Weihnachten …

»Mach schon.«

Isa riss die Augen auf. Walters Gegenwart verdrängte mit zerstörerischer Wucht die Bilder aus ihrem Kopf. Noch immer stand sie vor der Leiter. Der Druck des Messers in ihrer rechten Seite verstärkte sich.

Mit zitternden Fingern zog sie sich am dünnen Metallgeländer Stiege für Stiege nach oben.

Was, wenn sie Walter, der ihr folgte, einfach mit einem gezielten Fußtritt hinunterstieß? Sie riskierte einen Blick zurück. Doch er schien mit ihrer Gegenwehr zu rechnen, denn er hielt ausreichend Abstand und reckte ihr die Klinge entgegen. Sie riskierte eine Schnittwunde, wenn sie nach ihm trat.

Auf den letzten Stufen schnaufte sie wie eine Dampflok.

Ihre Nase lief und ihr Kopf pochte wie verrückt. Beim Anblick des dunklen Dachbodens schnürte sich ihr erneut die Kehle zu. Hier oben würde niemand ihre Schreie hören. Draußen tobte ein Schneesturm. Der Wind, der pfeifend durch das offen liegende Gebälk fuhr, würde jeden Laut verschlucken.

Im Dämmerlicht entdeckte Isa gestapelte Umzugskartons und ausrangierte Möbelstücke, die scheinbar wahllos an die Wand geschoben worden waren. In der freigeräumten Mitte stand ein einzelner Stuhl. Die Spuren auf dem staubigen Boden deuteten darauf hin, dass Walter ihn dort extra hingezogen hatte. Wie es schien, hatte er Vorbereitungen getroffen, während sie ohnmächtig in seinem Büro gelegen hatte.

Ohne dass sie es kontrollieren konnte, verkrampften sich ihre Muskeln.

»Was hast du vor?«, wisperte sie.

Walter antwortete nicht. Er packte Isa am Ellbogen und wollte sie weiterschieben, doch sie riss sich los und begann, wie wild mit den Armen zu rudern. Ein Schlag landete dumpf in Walters Gesicht. Er stieß ein unterdrücktes Stöhnen aus und hielt sich die Wange.

Dann herrschte einen Augenblick lang Totenstille. Keiner rührte sich, sie taxierten sich mit Blicken. Isa konnte sehen, wie Walters Nasenlöcher sich bedrohlich weiteten. Würde er zurückschlagen? Instinktiv zog sie den Kopf ein.

Mit einem Wutausbruch hätte sie vielleicht umgehen können, nicht aber mit dem zynischen Lächeln, zu dem sich Walters schmale Lippen verzogen.

Ein eisiges Frösteln breitete sich in ihrem ganzen Körper aus.

»Bitte setz dich, Isa.« Seine Stimme klang ruhig und beherrscht. »Dann beantworte ich dir all deine Fragen.«

Sie biss die Zähne zusammen und schielte zu dem Stuhl hin. Er würde sie fesseln, da war sie sicher, und dann gab es kein Entkommen mehr.

Irgendwo hatte sie mal gelesen, dass Opfer mit ihren Peinigern reden und Vertrauen aufbauen sollten.

Wenn sie Walter glaubhaft vermitteln konnte, dass sie auf seiner Seite stand, ließ er sie vielleicht gehen. Verzweifelt klammerte sie sich an diesen Gedanken. Sie musste es versuchen.

»In Ordnung.« Isa nickte und ging mit steifen Gliedern auf den Stuhl zu. Das Holz knarrte unter ihrem Gewicht und die Kälte der Sitzfläche kroch durch den dünnen Stoff ihrer Jeans.

Walter schien keine Zeit verschwenden zu wollen. Er zog mehrere Kabelbinder aus der hinteren Hosentasche und zurrte Isas Handgelenke so fest, dass es schmerzte. Danach waren die Fußgelenke dran.

Wann hatte er sich die verdammten Dinger in die Tasche gesteckt? Und warum? Um allzeit bereit zu sein, für den Fall, dass er zufälligerweise jemanden fesseln musste?

Isa atmete stoßweise gegen die Panik an, die ihren Brustkorb verengte. Ihre Hände fühlten sich jetzt schon taub an. Sie versuchte, die Handgelenke kreisen zu lassen, und spürte einen seltsamen Widerstand am linken Arm. Mit einem Schlag war sie wie elektrisiert.

Der Brieföffner! Den hatte sie völlig vergessen.

Glatt und warm schmiegte sich der Stahl an ihren Unterarm. Welch ein Glück, dass der Ärmel ihn verdeckte und Walter ihn nicht entdeckt hatte. Sie tastete vorsichtig mit den Fingerspitzen danach und probierte, die Klinge unter dem Uhrenarmband rauszuziehen.

»Ich bin kein Unmensch.«

Sie zuckte zusammen und sah Walter an. Er war mit ihren Füßen fertig und richtete sich auf, sodass ihre Köpfe auf gleicher Höhe waren. Mit dem Ärmel wischte er sich über die verschwitzte Stirn.

»Du darfst dich von deinen Sünden befreien, bevor du vor Gott trittst.«

Isa zog die Brauen zusammen. Was redete er da für einen Unsinn?

»Was?«

Ihre Zähne schlugen unkontrolliert aufeinander. Das Klappern klang fremd, als käme es nicht von ihr.

Unvermittelt nahm Walter ihren Kopf in seine Hände. Isa blinzelte.

»Bist du bereit, Buße zu tun, Isa? Damit du reinen Herzens vor Gott treten kannst.« Er lächelte sein seltsam schräges Lächeln, das die Augen nicht erreichte.

Ihr Herz trommelte gegen den Brustkorb. Sie konnte spüren, wie sich der Schweiß unter ihren Achseln sammelte, obwohl sie gleichzeitig fror.

»Walter, ich …«

Ein schrilles Klingeln ließ beide zusammenfahren. Isa verstummte. War das die Türglocke gewesen?

»Schön leise sein«, säuselte Walter.

Isa dachte ja gar nicht daran. Vielleicht war das ihre letzte Chance, Walter zu entkommen. So laut sie konnte, fing sie an zu brüllen. Sie sah seine Hand auf sich zukommen und riss den Kopf zur Seite, aber damit konnte sie ihn nicht aufhalten. Grob presste er sie ihr auf Mund und Nase, sodass ihr Schrei zu einem nuschelnden Gejaule zusammenschmolz.

»Ruhig«, brummte Walter und betonte jedes Wort, als spräche er mit einem verängstigten Tier. »Wenn du aufhörst zu schreien, nehm ich die Hand wieder weg.«

Sie zögerte, deutete dann ein Nicken an. Walter nahm langsam die Hand weg, bereit, sie ihr jederzeit wieder auf den Mund zu pressen, sollte sie es sich anders überlegen.

Dann zog er ihr mit einer hastigen Bewegung den Schal vom Hals und stopfte ihn ihr unsanft in den Mund. Ihr Kiefergelenk gab ein schmerzhaftes Knacken von sich. Sie wollte protestieren, aber es drangen nur gedämpfte Laute durch den Stoff.

Das Klingeln setzte erneut ein und Walter huschte zum Fenster hinüber. Voller Abscheu beobachtete sie, wie er nach unten spähte.

»Dein Polizist«, stellte er fest und klang geradezu amüsiert, als hätte er Spaß daran, alle hinters Licht zu führen und dabei zuzusehen, wie sie im Dunkeln tappten.

Isa musste schlucken. Bähr war da!

Ein winziger Hoffnungsschimmer breitete sich kribbelnd in ihrer Magengegend aus. Der Kommissar stand vor Walters Tür, nur wenige Meter entfernt, und er wurde offensichtlich nicht müde, die Klingel zu betätigen. Sie konnte spüren, wie das Geräusch ihren Kampfgeist weckte.

Eine Idee nahm vor Isas innerem Auge Form an. Ziemlich sicher konnte Bähr sie durch den Sturm nicht hören, aber wenn sie es bis zum Fenster schaffte und er sie entdeckte, würden bei ihm die Alarmglocken schrillen.

Walter hatte sich vom Fenster abgewandt und war mit wenigen Schritten bei ihr.

»Schön leise sein, ja?« Er hielt sich den Zeigefinger an die geschlossenen Lippen. Mit der anderen Hand tätschelte er großmütig ihren Oberschenkel.

Isa hatte das Gefühl, dass die Berührung sich wie Säure in ihre Haut einbrannte. Sie spürte die Stelle noch, als Walter längst die Leiter hinabgestiegen war. Bevor sein Kopf aus ihrem Sichtfeld verschwand, warf er ihr einen letzten warnenden Blick zu.

Kaum war er weg, fuhr Isas Kopf zum Fenster herum. Sie durfte keine Zeit verlieren. Bähr war so nah. Sie musste sich bemerkbar machen. Wer wusste schon, wie lange er noch hier war? Und weswegen? Es konnte sich bei seinem Besuch um eine simple Zeugenbefragung handeln. Dass er Walter inzwischen auch als Juttas Mörder enttarnt hatte, war eher unwahrscheinlich. Sie selbst war ja nur durch einen dummen Zufall auf die Wahrheit gestoßen.

Ihr entfuhr ein Stöhnen, als ihr wieder einfiel, dass sie Bähr versprochen hatte, Bescheid zu geben, sobald sie das Haus verließ. Wieso nur hatte sie nicht auf den Kommissar gehört?

Innerlich ermahnte sie sich, ruhig zu atmen. Jetzt war nicht die Zeit für Selbstvorwürfe. Sie musste einen klaren Kopf bewahren, sich von ihren Fesseln befreien und zum Fenster gelangen, bevor Bähr auf Nimmerwiedersehen verschwand.

Den Schmerz ignorierend, bog sie ihr Handgelenk nach vorn und versuchte, mit den Fingerspitzen den Brieföffner am Griff unter dem Uhrenarmband herauszuziehen. Das Lederband klebte an ihrem verschwitzten Arm fest wie eine zweite Haut und die Klinge des Brieföffners ließ sich kaum bewegen. Sie verfluchte sich selbst dafür, ihr Uhrenarmband immer so eng einzustellen.

Reiß dich zusammen, raunte sie sich in Gedanken zu. Doch wie sehr sie ihre Hand auch verbog, der Brieföffner steckte unter dem Armband fest. Sie wimmerte unterdrückt auf. Das durfte nicht wahr sein. Bähr würde wieder gehen, ohne die leiseste Ahnung, dass sie hier oben war. Fast hätte sie wie ein tobsüchtiges Kind aufgestampft und einem aufziehenden Heulkrampf nachgegeben, stattdessen zwang sie sich zu einem tiefen Atemzug durch die Nase. Sie musste einen anderen Weg finden.

Wieder blickte sie zum Fenster hinüber. Schneeflocken wirbelten davor herum. Die Verankerung der Fensterläden schien sich gelockert zu haben. Sie polterten in unregelmäßigen Abständen gegen die Hauswand.

Wenn sie sich nicht von dem Stuhl befreien konnte, musste sie es eben mitsamt dem verdammten Möbelstück versuchen. Sie beugte sich vor, um ihr Gewicht zu verlagern, und kam auf wackeligen Füßen zum Stehen. Wie es schien, hatte Walter die Kabelbinder auch an den Streben des Stuhlbodens festgezurrt, sodass sie nicht einfach das Stuhlbein aus der Schlaufe ziehen konnte.

Tief nach vorn gebeugt, versuchte sie einen Schritt zu machen. Dann noch einen. Es funktionierte! Beinahe hätte sie gejubelt.

Der Stuhl wackelte im Rhythmus ihrer Schritte auf ihrem Rücken mit. Sie schaffte es sogar, noch etwas schneller zu laufen, doch plötzlich bekam sie Schlagseite. Sie versuchte noch, sich mit dem anderen Fuß abzufangen, aber der war zu eng ans Stuhlbein gefesselt. Quiekend fiel sie nach vorn und konnte sich im letzten Moment drehen, sodass sie auf der Schulter landete.

Ihre Kopfschmerzen meldeten sich mit heftigem Pochen

zurück. Sie stieß ein frustriertes Stöhnen aus, als ihr klar wurde, dass es geradezu unmöglich war, mit dem sperrigen Stuhl auf dem Rücken aus dieser Position wieder aufzustehen.

»Was denkst du, was du hier tust?«

Sie zuckte zusammen. Nein, nein, nein, rauschte es durch ihren Kopf.

Walter war zurück. Ohne Bähr.

Kapitel 27

Isa krümmte sich zusammen. Sie hatte ihre Chance vertan. Das war's. Niemals würde sie lebend von diesem Dachboden runterkommen. Diesmal hatte sie nicht die Kraft, den aufsteigenden Heulkrampf zurückzudrängen. Warm und feucht liefen ihr die Tränen über die Wangen.

Walter packte ihre Arme und zog sie mitsamt dem Stuhl vom Boden hoch. Schnaufend vor Anstrengung, ging er vor ihr in die Knie und wischte ihr mit dem Daumen die Tränen weg. Sie hatte nicht die Kraft, sich der Berührung zu entziehen. Schniefend und blinzelnd sah sie ihn an.

»Dein Polizist sucht nach dir.« Walter schnalzte mit der Zunge. »Man kann ihm zumindest nicht vorwerfen, es nicht versucht zu haben.«

Isa wollte etwas sagen, aber es kam nur undeutliches Genuschel heraus. Dieser verdammte Schal.

Walter lächelte mitleidig, er schien zu überlegen. Dann zog er ihr das Tuch aus dem Mund.

»Was hast du ihm gesagt?«, fragte sie.

»Dass du zu einer Freundin gefahren bist, weil du dem Geschwätz der Leute hier entkommen wolltest.«

»Ich würde niemals einfach gehen, ohne Bescheid zu geben.«

Walter zuckte mit den Schultern. »Menschen verhalten sich seltsam, wenn sie beschließen, ihrem Leben ein Ende zu setzen.«

»Was?«

»Ich bin nicht von gestern, Isa. Du wirst mich verraten und damit nicht nur mir, sondern all den Menschen schaden, die meine Hilfe noch brauchen.«

Sie starrte ihn fassungslos an. »Deine Hilfe?«

Er strich ihr ein loses Haar aus der Stirn und nickte. »Man wird einen Abschiedsbrief finden, in dem du dich dafür entschuldigst, deiner Familie so viel Kummer bereitet zu haben.«

»Keiner wird glauben, dass ich mich wegen dieser dummen Einladungssache umbringe«, zischte sie.

»Nein«, er schüttelte den Kopf, »natürlich nicht. Aber wir wissen alle, dass du nie über Marks plötzliche Trennung hinweggekommen bist.«

Es fühlte sich an, als hätte er ihr mit der Faust in den Bauch geschlagen. Alles um sie herum begann zu wanken. Gleich würde sich ihr Mageninhalt über seine Schuhe ergießen.

»Es geht mir nicht darum, dir Schmerzen zuzufügen«, schlug er einen versöhnlichen Tonfall an. »Ich will nur, dass du es verstehst. So wie die anderen.«

»Die anderen? Wen meinst du?«, wisperte Isa tonlos. Sie war sich nicht sicher, ob sie die Antwort hören wollte.

Walter stand abrupt auf. Mit geschlossenen Lidern atmete er tief ein.

»Jutta und mein Vater«, er öffnete die Augen wieder und sah sie an. »Am Ende haben sie es begriffen.«

Es dauerte ein paar Wimpernschläge, bis die Worte zu Isa durchsickerten.

Sein Vater? Von dem jeder hier im Ort, einschließlich sie, glaubte, dass er ein Pflegefall war, um den Walter sich aufopferungsvoll kümmerte. Jetzt, wo sie drüber nachdachte, konnte sie sich nicht erinnern, den Mann je zu Gesicht bekommen zu haben. Und so, wie Walter es formulierte, klang es nicht danach, als sei er noch am Leben.

Aber wie war das möglich? Es hatte keine Todesanzeige gegeben. Keine Beerdigung.

»Was hast du ihm angetan?« Sie wagte kaum, ihn anzusehen.

»Du solltest fragen, was er *mir* angetan hat!«, zischte Walter. Sein plötzlicher Zorn erschreckte Isa. »Aber das ist so eine Sache mit den Menschen. Sie gucken nicht nach links oder rechts. Kümmern sich nur um ihren eigenen Kram. Keiner hat sich gewundert, als ich mit gebrochener Nase in der Schule auftauchte. Niemand wollte etwas über meine blauen Flecken wissen.«

»Er hat dich geschlagen?« Walter hatte nie etwas in dieser Art erwähnt. Die wenigen Male, die sie mit ihm über seinen Vater gesprochen hatte, hatte sie stets den Eindruck eines liebevollen Verhältnisses gehabt.

»Kann man wohl sagen.«

»Das tut mir leid, Walter«, bemühte sie sich um einen sanften Tonfall. »Man hätte dir helfen müssen.« Wenn sie ihn überzeugen konnte, dass sie Verständnis für seine abartigen Handlungen aufbrachte, konnte sie vielleicht etwas Zeit gewinnen.

»Nicht doch. Er hat mich zu dem gemacht, der ich heute bin. Nach seinem Schlaganfall wurde meine Mutter krank. Lungenentzündung.«

Isa erinnerte sich. Fast der ganze Ort war damals zu ihrer Beerdigung gegangen. Renate hatte ihr danach von der herzerweichenden Rede berichtet, die der Ortsvorsteher auf Frau Messel gehalten hatte.

»Ich war bei ihr, als sie starb.« Walters Blick glitt in die Ferne. »Sie war kein schlechter Mensch, weißt du. Sie wollte nur mein Bestes, das ist mir heute klar. Ich verstehe, wie schwer sie es hatte.«

»Walter, du …«

Er hob die Hand. »Doch sie war schwach. Sie sah dabei zu, wie er sich besoff und mich dann verprügelte und verspottete. In seinen Augen war ich ein Versager. Ein Sonderling.«

Isa hoffte, ihr Gesicht würde so etwas wie Mitgefühl ausdrücken.

»Auf ihrem Totenbett flehte meine Mutter mich an, ihr zu vergeben.« Sein Mund verzog sich zu einem schrägen Grinsen. »Sie hatte Angst, dass sie auf ewig in der Hölle schmoren würde, für das, was sie getan oder eben *nicht* getan hatte.«

Renate hatte einmal angedeutet, dass Irene Messel geradezu fanatisch in ihrem Glauben war. Angeblich hatte sie keinen Gottesdienst versäumt und oft noch Stunden nach der Sonntagsmesse betend auf der Kirchenbank gekauert. Wie hatte sie das nur vergessen können? Vielleicht, wenn sie daran gedacht hätte, wäre Walter doch auf ihrer Verdächtigenliste aufgetaucht? Sie hatten ja nach einem gläubigen Täter gesucht. Und der Apfel fiel bekanntlich nicht weit vom Stamm.

»Ich gewährte meiner Mutter diesen letzten Wunsch und erteilte ihr Absolution«, riss Walters Stimme sie aus ihren Gedanken. »Vergebung ist Macht, Isa.«

Schlagartig wurde ihr klar, dass er nicht zur Vernunft kommen würde, nicht durch gutes Zureden und auch durch sonst nichts.

Das war genauso vergeblich, wie darauf zu hoffen, dass jemand kam, um sie zu retten.

Der Brieföffner drängte sich erneut in ihr Bewusstsein. Vorsichtig tastete sie danach und ihr Herz machte einen Satz. Bei ihrem Sturz musste die Klinge verrutscht sein. Sie konnte den Griff fast gänzlich umfassen. Wenn sie es schaffte, den Brieföffner noch ein kleines bisschen weiter nach unten zu ziehen, wäre er frei.

»Mir wurde klar«, sinnierte Walter ahnungslos weiter, »dass dies meine Aufgabe ist. Meine Bestimmung. Es ist ein unglaubliches Gefühl, einem Menschen in den letzten Augenblicken seines Lebens die Last der Sünde zu nehmen.«

Er schien ganz in seiner Erzählung aufzugehen. Sein Gesichtsausdruck mutete fast schon selig an.

»Ich musste all dieses Leid ertragen, um die Fähigkeit der Vergebung zu erlangen, verstehst du?«

Isa nickte mechanisch. Es kostete sie all ihre Konzentration, ihren Arm ruhig zu halten, während sie mit den Fingerspitzen nach der Klinge tastete.

»Auch Jesus musste großes Leid ertragen, um uns alle zu erlösen.« Walter begann, vor ihr auf und ab zu gehen.

»Denn sie wissen nicht, was sie tun«, zitierte er mit erhobenem Zeigefinger aus der Bibel. »Und mein Vater«, er machte eine bedeutungsvolle Pause, »wusste es auch nicht. Auf ihrem Sterbebett bat mich meine Mutter, auch ihm zu vergeben.« Sein Blick wurde weich. »Und das tat ich.«

»Ach ja?« Sie biss sich auf die Lippe. Das war ihr einfach so herausgerutscht. Verzweifelt forschte sie in seinem Gesicht nach einem Hinweis, ob er ihren sarkastischen Unterton wahrgenommen hatte.

»Verstehst du das denn nicht?« Walter schien lediglich erstaunt. »Ich habe ihn erlöst. Er bereute seine Taten und ich habe ihm vergeben.«

»Konnte er überhaupt noch sprechen?«

»Das war nicht nötig, Isa. Ich habe es in seinen Augen gesehen.«

In aufwallender Verzweiflung presste sie die Zähne aufeinander und verbog ihr Handgelenk, ignorierte den Schmerz, als der Kabelbinder schmerzhaft in ihre Haut schnitt. Nur noch wenige Millimeter …

»Jutta hat zuerst auch nicht verstanden, dass ich ihm nur helfen wollte«, fuhr Walter ungefragt fort. Zweifellos gefiel er sich in der Rolle des Erlösers.

»Was ist passiert?«, wisperte Isa, während sie weiter nach der verdammten Klinge haschte.

»Ich habe es ihr erzählt.« Walter sah sie mit einer Mischung aus Erstaunen und Einfalt an, als wäre die Antwort völlig klar. »Schließlich haben wir uns geliebt.«

Isa spürte, wie ein Schweißtropfen ihre Schläfe hinunterlief. »Aber?«, fragte sie, nur um ihn weiter am Reden zu halten.

»Sie hat gesagt, dass ich mich stellen soll.« Er stieß ein bitteres Lachen aus. »Sie wollte nicht einsehen, dass ich ihn erlöst habe.« Sein Blick war fordernd, um ihre Zustimmung heischend.

Isa nickte verkrampft.

»Am Ende habe ich ihr die Augen geöffnet. Sie ist in Frieden gestorben.«

Die Formulierung ließ Isa schaudern. Unwillkürlich musste sie an Juttas starre, weit aufgerissene Augen denken.

Bestimmt hatte sie ihm am Ende alles gesagt, was er hören wollte, um am Leben zu bleiben. Isa würde dasselbe tun. Auch wenn sie ihm in diesem Moment am liebsten vor den Latz geknallt hätte, wie verrückt er war.

»Ich kann dich verstehen«, sagte sie stattdessen. Er sah sie an und ein milder Ausdruck trat in seine Augen.

»Natürlich kannst du das. Alle tun das am Ende.«

Sie rang sich ein Lächeln ab.

Er erhob sich und ging zum Fenster. Das war ihre Chance. Wie eine Irre zerrte sie an dem Kabelbinder um ihr Handgelenk. Wenn sie den Brieföffner erst zu greifen bekam, konnte sie versuchen, die Kabelbinder mit der Klinge zu durchtrennen.

»Wenn es zu Ende geht«, sagte Walter mit bedeutungsvoller Stimme, »sehen die Menschen die Dinge plötzlich klar.«

Isa unterdrückte einen Jubelruf. Der Brieföffner war frei. Sie musste sich bemühen, ihre zuckenden Gesichtsmuskeln ruhig zu halten. Sie hatte es geschafft. Langsam löste sie die Fingerspitzen von der Klinge und streckte ihr Handgelenk durch. Wenn sie es schaffte, den Brieföffner zwischen ihr Handgelenk und den Kabelbinder zu schieben, dann …

Im selben Moment rutschte ihr das verdammte Teil durch die schwitzigen Finger und schlug klirrend auf dem Boden auf.

»Was …?« Walter fuhr herum und starrte sie an.

Nur mit Mühe unterdrückte Isa ein verzweifeltes Wimmern. Wie hatte das nur passieren können? Sie hatte das verdammte Ding doch beinahe gehabt.

Walter stierte auf den Brieföffner am Boden und sah aus, als versuchte er, in seinem Kopf die Bruchstücke des Geschehens zusammenzusetzen.

»Walter«, wisperte Isa, doch beim Anblick seiner schmalen Augen blieben ihr die nächsten Worte im Hals stecken.

Seltsamerweise wirkte er völlig ruhig. Er schüttelte nur abschätzig den Kopf.

»Ich habe mich nicht getäuscht, Isa. Du bist genauso blind wie alle anderen.«

Sie biss sich verzweifelt in die Unterlippe.

»Dabei habe ich versucht, dich zu warnen. Es hätte nicht so weit kommen müssen.«

»Was?« Sie zog die Nase hoch und sah ihn verständnislos an.

»Du wolltest einfach nicht aufhören zu graben, dabei war ich wirklich bemüht, dich zum Aufgeben zu bewegen. Die gekappte Bremsleitung, die Botschaft in deinem Briefkasten. Aber du warst völlig resistent.«

Isa riss die Augen auf. Das alles war Walter gewesen, der sich von ihrer Herumschnüffelei bedroht gefühlt hatte. Er musste es auch gewesen sein, der sie im Wald verfolgt hatte. Und das Auto vor ihrer Einfahrt?

Oh, wie sie es jetzt bedauerte, dass keiner seiner Einschüchterungsversuche erfolgreich gewesen war.

Kapitel 28

Gleich würde sie hyperventilieren, sie atmete viel zu schnell ein und aus. Walter hatte das Messer aus seinem Gürtel gezogen und drehte es in seiner Hand, sodass das Licht sich in der Klinge brach.

»Ohgottohgottohgott«, brach es in Endlosschleife aus Isa hervor. Was hatte er vor? Aus seinem starren Gesichtsausdruck wurde sie nicht schlau.

»Auch du wirst die Wahrheit erkennen, wenn es so weit ist«, sagte er und beugte sich zu ihr herab.

Isa holte Luft. »Walter, es tut mir so leid. Ich stehe auf deiner Seite, das musst du mir glauben. Ich …«

Ein Poltern aus dem Untergeschoss ließ sie abrupt verstummen. Walter sprang auf und hastete zur Treppe. Lauschend beugte er sich vor.

Isa hielt den Atem an. Jemand war im Haus.

Noch bevor sie die Lippen zu einem Schrei öffnen konnte, war Walter mit einem Satz bei ihr und stopfte ihr den Schal wieder in den geöffneten Mund. Ihr Schrei wurde von dem dicken Stoff verschluckt.

Als sich ihre Blicke begegneten, hob Walter wie schon zuvor den Zeigefinger an die Lippen und lächelte. Er schien kein bisschen besorgt. Im Gegenteil, die Option, dass er gefasst werden, dass er sein eigenes irres Spiel verlieren könnte, schien in seiner Vorstellung nicht zu existieren.

Entsetzt beobachtete Isa, wie er auf Zehenspitzen Richtung Treppe schlich und sich hinter gestapelten Umzugskisten zusammenkauerte. Wer auch immer die Leiter hochgestiegen kam, würde Walter nicht sehen.

Im selben Moment ertönte von unten ein Knarren. Isas Kopf fuhr herum, sie reckte den Hals und stieß ein verzweifeltes Wimmern aus.

Ein dunkler Haarschopf tauchte in der offenen Luke auf und als sie Bährs Gesicht erkannte, brüllte sie aus ganzer Kehle gegen das Stoffknäuel in ihrem Mund an.

»Frau Klein!« Bähr zog sich am Geländer hoch. Seine Waffe in der rechten Hand, rannte er auf sie zu.

Ihr Schreien klang dumpf, sie schüttelte den Kopf. Sie wollte ihn warnen, aber der verdammte Schal verschlang ihre Worte.

Bähr kam neben ihr zum Stehen und rüttelte an den Kabelbindern. Isa sah, wie Walter sich lautlos hinter ihm erhob. Die Klinge seines Messer blitzte im Schein der Deckenlampe auf. Sie brüllte so laut sie konnte gegen den Stoff an. Endlich schien Bähr in den Sinn zu kommen, ihr den Schal aus dem Mund zu ziehen. Er hob die Hände und zog am Stoff, da stieß er schon ein schmerzerfülltes Stöhnen aus und ein verwunderter Ausdruck trat in seine Augen. Die Pistole fiel ihm polternd aus den Händen.

Isa riss die Augen auf. Hatte Walter ihn erwischt?

Dann sah sie es. Er musste zugestochen haben. Die Schneide des Messers schimmerte rötlich.

Himmel! Walter hatte Bähr in den Rücken gestochen.

In einer einzigen, schnellen Bewegung fuhr der Kommissar vom Boden hoch, schnellte herum und traf Walter mit der Faust am Kinn.

Der jaulte auf und taumelte zurück.

Bähr wankte auf ihn zu, doch er schwankte und ging in die Knie. Blitzschnell hechtete Walter nach der Waffe, riss sie mit einem triumphierenden Schrei hoch und hielt sie Bähr vor den Kopf.

Der Kampf war entschieden, noch bevor er richtig begonnen hatte. Und er war alles andere als fair abgelaufen.

Schwer atmend hob Bähr die Hände zum Zeichen seiner Kapitulation. Ein Schweißfilm schimmerte auf seiner Stirn und ein roter Fleck breitete sich im Stoff seines Hemdes aus und wurde zusehends größer.

»Keine Bewegung«, sagte Walter, als wäre er der Hauptdarsteller in einem verdammten Western. Die Waffe noch immer auf Bähr gerichtet, zog er die restlichen Kabelbinder aus der hinteren Hosentasche.

Hilflos musste Isa mit ansehen, wie er Bährs Arme auf dem Rücken zusammenband. Sie flehte ihn stumm an, sich zu wehren, doch Bähr ließ den Kopf hängen. Sie konnte seinen fliegenden Atem hören.

Walter richtete sich auf und warf hektische Blicke um sich. Schließlich schien er gefunden zu haben, wonach er gesucht hatte. Er zog einen Stuhl hinter einem verstaubten Schrank hervor und stellte ihn neben ihrem ab. Dann ging er zu Bähr zurück und packte seinen Arm.

»Aufstehen!«

Isa bezweifelte, dass Bähr dazu in der Lage war. Sein Gesicht war kreidebleich. Seine Haare klebten ihm an der schweißnassen Stirn.

Doch tatsächlich stemmte sich der Kommissar vom Boden hoch und richtete sich langsam auf. Selbst in seiner gebeugten Haltung überragte er Walter noch um einen ganzen Kopf.

»Wenn Sie bitte Platz nehmen würden.« Walters Stimme hatte wieder diesen unheimlichen Singsang angenommen. Er deutete mit dem Kinn auf den leeren Stuhl.

Schwankend bewegte sich Bähr darauf zu. Ihre Blicke trafen sich.

»Sind Sie okay?«

Sie zog die Brauen zusammen. Walter hatte ihn mit dem Messer verletzt, jetzt bedrohte er ihn mit seiner eigenen Waffe und Bähr fragte, ob *sie* okay war?

Sie nickte verkrampft.

»Setzen Sie sich«, forderte Walter den Kommissar erneut auf. Bähr rührte sich nicht. »Bitte«, fügte Walter höhnisch hinzu, als wäre fehlende Höflichkeit der Grund für Bährs Zögern.

Isa verstand, warum der Kommissar sich nicht setzen wollte. Ihm mussten die gleichen Gedanken durch den Kopf gehen wie ihr zuvor. Wenn er erst saß und von Walter an den Stuhl gefesselt wurde, gab es kein Entrinnen mehr.

»Na schön.« Unvermittelt machte Walter einen Schritt zur Seite und hielt Isa den Lauf von Bährs Waffe vors Gesicht.

Sie kniff die Augen zu, erstarrte zu Stein. Gleich würde ein Lichtblitz mit lautem Knall durch ihren Schädel fahren. Doch nichts geschah.

Sie öffnete erst ein Auge, dann das andere und stieß den angehaltenen Atem aus. Walter richtete noch immer die Waffe auf sie. Aber er schien Isa nur als Druckmittel zu benutzen.

»Wird's bald?« Seine aufgesetzte Freundlichkeit bekam allmählich winzige Risse.

»Ist gut«, hörte sie Bähr sagen.

Sie schüttelte den Kopf, aber der Kommissar beachtete sie nicht.

Mit schmerzverzerrtem Gesicht ließ er sich auf den Stuhl fallen. Flink wie ein Wiesel war Walter hinter ihm. Die Kabelbinder gaben ein fieses Ratschen von sich, als er sie festzog. Dann machte er ein paar Schritte zurück, betrachtete sein Werk mit prüfendem Blick und steckte sich zufrieden Bährs Waffe in den Hosenbund.

Bährs Blick traf den ihren. »Tut mir leid«, sagte er.

Isa starrte ihn an. Bähr war ihretwegen hier. Um sie zu retten. Und jetzt saß er genauso in der Falle wie sie.

»Ich will euch helfen«, unterbrach Walters Stimme ihren stummen Blickkontakt. »Ihr könnt um die Vergebung eurer Sünden bitten.« Er zog Isa den Knebel aus dem Mund. »Du darfst anfangen.« Auffordernd blickte er sie an.

In ihrem Kopf herrschte das reinste Chaos. Alles in ihr sträubte sich dagegen, Walters ach so großzügigem Angebot nachzukommen. Ganz abgesehen davon, dass sie im Grunde nichts wirklich Ernstes zu beichten hatte. Auch wenn sie sich gern rebellisch gab, war sie letztlich doch ein ziemlich anständiger Mensch.

Sie spürte Walters ungeduldigen Blick auf sich und ahnte, dass sie so Zeit schinden konnte. Wenn sie nicht redete, würde er …

»Ich höre, Isa?«

Sie sog die Luft ein und nickte. »Ich gehe nur einmal im Jahr in die Kirche. An Weihnachten. Und das auch bloß, weil meine Mutter sich sonst weigert, meine Lieblingsplätzchen zu backen.«

Aus dem Augenwinkel sah sie, wie Bähr den Kopf in ihre

Richtung drehte. Sie musste nicht hinsehen, um zu wissen, dass er sie mit irritiertem Blick ansah, wie immer, wenn sie Blödsinn redete.

Walter schüttelte verächtlich den Kopf. Das war offensichtlich nicht die Antwort, die er hören wollte.

Sie beeilte sich weiterzureden. »Und vor Kurzem hab ich in meiner Hohlstunde Schmolls Joghurt mit der Ecke aus dem Kühlschrank im Lehrerzimmer gestohlen und aufgegessen«, stammelte sie mit rauer Stimme. Von dem vielen Schreien brannte ihr der Hals.

»Das reicht jetzt, Isa«, zischte Walter. In seinen Augen funkelte es gefährlich.

»Aber, ich dachte …«

»Nicht einmal jetzt kannst du aufhören, dich über alles und jeden lustig zu machen. Du hast es nicht verdient, dass ich dir zuhöre.« Seine Hand zuckte zur Pistole.

»Damit werden Sie niemals durchkommen«, mischte Bähr sich plötzlich ein.

Mit einem süffisanten Lächeln um die dünnen Lippen wandte Walter sich dem Kommissar zu. »Gott wacht über mich.«

»Einen verdammten Scheiß tut er«, entgegnete Bähr zwischen zwei Atemzügen. Ihm war anzusehen, wie sehr ihn das Sprechen anstrengte.

Walter breitete seine Arme aus und atmete tief ein. »Vergib ihnen, denn sie wissen nicht, was sie tun.«

Bähr stieß ein höhnisches Schnauben aus und sah Isa an. »Hält der sich für Jesus?«

Sie presste die Zähne aufeinander und deutete ein Nicken an. Wenn die Situation nicht so ernst wäre, hätte sie ihm gratuliert. Der Kommissar hatte voll ins Schwarze getroffen.

»Ich verrate Ihnen mal was«, zischte Bähr, »Typen wie Sie habe ich schon haufenweise hochgenommen. Am Ende landet ihr alle im Bau oder in der Klapse.« Isa konnte das Pochen in Bährs Schläfen sehen, während er sprach. »Und Sie dürfen mir glauben, jämmerliche Würstchen wie Sie mögen die Knackis besonders gern.«

Sie hielt den Atem an. Noch immer trug Walter dieses überlegene Grinsen auf den Lippen, aber es wirkte nun wie eingefroren. In seinem Augenwinkel zuckte es.

»Sie denken, Sie kommen nicht in den Knast?«, stichelte Bähr unerbittlich weiter. »Sie halten sich für unfehlbar?«

»Bähr! Bitte«, versuchte Isa, ihn zum Schweigen zu bringen, doch er ignorierte sie.

»Das denken alle.«

»Du hast meine Vergebung nicht verdient«, presste Walter hervor. Das widerliche Grinsen verschob sich zu einer wütenden Fratze.

Als Bähr mitleidig den Kopf schüttelte, war es um Walters Selbstbeherrschung endgültig geschehen.

»Du wirst in der Hölle schmoren!« Er riss die Waffe aus seinem Gürtel. Isa entfuhr ein schriller Schrei und dann zerriss ein schallender Knall die Luft.

Kapitel 29

Isa hatte die Augen zusammengekniffen und sich auf ihrem Stuhl so klein gemacht, wie es die Fesseln zuließen. Irgendjemand kreischte ohrenbetäubend laut, darunter mischte sich ein Stampfen. Sie runzelte die Stirn. Es klang, als würden schwere Stiefel den Dachboden stürmen.

Als das Kreischen erstarb, wurde ihr klar, dass sie selbst diesen abstrus hohen Ton ausgestoßen hatte.

Sie öffnete die Augen und riss den Blick zu Bähr herum. Die Luft blieb ihr weg.

Sein Kopf war nach unten gesackt, die sonst so akkurat frisierten Haare hingen ihm verstrubbelt in die Stirn. Isa konnte seine Augen nicht sehen. War er tot?

Bitte sei nicht tot, flehte sie in stummem Entsetzen.

Da bemerkte sie, dass seine Brust sich schwach hob und senkte.

Sein Körper begann vor ihr zu verschwimmen, als ihr unkontrolliert die Tränen in die Augen schossen.

Bähr atmete. Er lebte.

Vermummte Personen stürmten an ihnen vorbei auf Walter zu, der am Boden lag und sich wand wie eine Raupe. Er hatte das Gesicht zu einer schmerzerfüllten Grimasse verzogen und presste sich beide Hände auf eine Stelle am Oberschenkel. Isa konnte sehen, wie sich die Zwischenräume seiner Finger rot färbten.

Er wurde auf den Bauch gedreht, jemand legte ihm Handschellen an und Walter jaulte vor Schmerzen.

Isas tränenblinder Blick hetzte im Raum umher. Überall waren Menschen in Schutzwesten und Helmen. Immer mehr von ihnen fluteten den Dachboden.

Sie spürte ein Rütteln an ihren Händen und das Blut begann spürbar wieder durch ihre Finger zu zirkulieren. Es fühlte sich an, als würde eine Horde Ameisen ihre Adern stürmen. Die gleiche Empfindung stellte sich in ihren Füßen ein.

Es dauerte einen Moment, ehe sie kapierte, dass jemand die verdammten Kabelbinder durchtrennt haben musste. Ihre Schultergelenke knackten, als sie die Hände nach vorn nahm und sich die aufgescheuerten Handgelenke rieb.

»Sind Sie verletzt?« Ein Mann in schwarzer Schutzweste und mit hochgeschobener Sturmhaube sah sie fragend an. Sie öffnete die Lippen und schloss sie wieder, ohne dass ihr ein Ton über die Lippen kam.

»Wir brauchen einen Sanitäter hier!«, rief der Mann und drückte ihr beruhigend den Arm.

Ihre Augen brannten, als sie sich nach Bähr umsah. Er saß nicht mehr auf dem Stuhl neben ihr.

Der Hof vor dem Laden war zugeparkt mit Krankenwagen, Polizeiautos und sogar einem Einsatzfahrzeug der Feuerwehr. Noch immer wirbelte ein eisiger Wind dicke Schneeflocken durch die Luft. Jemand hatte Isa eine Decke um die Schultern gelegt und führte sie über den Hof zu einem Krankenwagen, dessen Hecktüren zu beiden Seiten geöffnet waren.

Teilnahmslos ließ sie sich hingeleiten. Ihre Kraft war aufgebraucht. Sie setzte sich auf das Trittbrett des Einsatzfahrzeugs und starrte auf ihre Schuhe.

»Haben Sie Schmerzen?«

Erst jetzt bemerkte sie den Mann, der ihr gegenübersaß und sie forschend ansah. Das Schild an seiner Uniform verriet, dass er Arzt war. Sie dachte über seine Frage nach. Jede Faser ihres Körpers tat ihr weh, als wäre sie von einem Laster überrollt worden.

»Der Kopf.« Sie deutete nach hinten.

Er ging um sie herum und besah sich die Wunde. Als er die Stelle berührte, wo Walter sie getroffen hatte, zuckte sie zusammen und sog zischend die Luft ein.

»Tut mir leid«, sagte der Arzt, »das muss genäht werden.«

Er erschien wieder in ihrem Blickfeld und hob Zeige- und Mittelfinger in die Höhe.

»Wie viele?«

»Zwei«, murmelte sie. Das schien ihn zufriedenzustellen.

»Sonst noch irgendwelche Schmerzen?«

Sie schüttelte den Kopf.

»Wir werden Sie in die Klinik bringen. Haben Sie jemanden, den wir anrufen können?«

Isa diktierte ihm die Handynummer ihrer Schwester. Toni war die erste Person, die ihr in den Sinn kam.

»Frau Klein?« Ein groß gewachsener Mann im grauen Wollpulli und einer Daunenweste tauchte vor ihr im Schneetreiben auf. Er stellte sich als Kommissar vor und nannte seinen Namen, den Isa im selben Augenblick wieder vergessen hatte.

»Ich habe ein paar Fragen an Sie.«

»Kann das warten? Sie steht noch unter Schock.«

Der Kommissar räusperte sich und sah den Arzt nicht gerade begeistert an.

»Sicher«, sagte er dennoch, griff in die Innentasche seiner Jacke und zog ein Visitenkärtchen hervor. Er hielt es Isa hin.

»Bitte melden Sie sich bei mir. Je eher wir sprechen, desto besser.«

Der Eingang der Notaufnahme war hell erleuchtet, als sie aus dem Heck des Krankenwagens stieg. Im Schutz des hohen Gebäudes wehte der Wind weniger heftig und eine fast friedliche Stille erfüllte die Luft. Schlagartig wurde Isa bewusst, dass sie jegliches Zeitgefühl verloren hatte. Sie konnte nicht sagen, ob es spät am Abend war oder früh am Morgen, aber das spielte auch keine Rolle.

Mit schweren Beinen folgte sie dem Notarzt nach drinnen. Er übernahm ihre Anmeldung und führte sie dann in ein leeres Behandlungszimmer.

»Das ist die Nummer eines Seelsorgers. Er sollte eigentlich hier sein, aber …« Er deutete zum Fenster und zog die Augenbrauen hoch. Offensichtlich gab er dem heutigen Sturm die Schuld.

»Sie sollten ihn anrufen. Es hilft, darüber zu sprechen.«

Isa nahm auch dieses Kärtchen brav entgegen, steckte es in die Hosentasche, wo es der Visitenkarte des Polizisten Gesellschaft leisten konnte, und schüttelte ihm zum Abschied mechanisch die Hand. Kaum war er zur Tür hinaus, betrat eine junge Frau im weißen Kittel das Zimmer und besah sich ihren Hinterkopf.

»Haben Sie Schmerzen?«

Sie war so müde. Warum konnte man sie nicht einfach in

Ruhe lassen? Sie wollte sich in eine Decke einrollen, schlafen und alles vergessen. Auf der Fahrt hierher hatte sie es vergeblich versucht, aber jedes Mal, wenn sie die Lider geschlossen hatte, war Bähr vor ihrem inneren Auge aufgetaucht.

»Ich gebe Ihnen was dagegen«, kam die Ärztin einer Antwort zuvor. Offensichtlich deutete sie Isas Schweigen als Bestätigung.

Wie sich im weiteren Verlauf der Untersuchung herausstellte, war sie mit einem blauen Auge davongekommen. Sie verdankte Walter eine leichte Gehirnerschütterung und eine Platzwunde am Kopf, die mit wenigen Stichen genäht werden konnte.

Glücklicherweise herrschte in dieser Nacht wenig Betrieb, sodass man sie in einem freien Krankenzimmer auf ihre Schwester warten ließ. Das Bett war frisch gemacht und vermutlich nicht für sie vorgesehen, aber das war ihr egal. Sie legte sich mitsamt ihren Klamotten darauf und rollte sich wie ein Igel zusammen. Trotz der Beruhigungsmittel, die man ihr gegeben hatte, fand sie keinen Schlaf. Bildfetzen und Geräusche huschten durch ihre Erinnerung und hielten sie wach. Sogar der Geruch des Dachbodens schien sich in ihrer Nase eingenistet zu haben. Doch über allem stand die quälende Frage, wie es Bähr wohl ging.

Beim Quietschen der schweren Zimmertür fuhr sie herum.

»Was machst du nur für Sachen?« Ohne eine Antwort abzuwarten, rannte ihre Schwester auf sie zu und schloss sie schniefend in die Arme. »Ich habe mir solche Sorgen um dich gemacht.«

Augenblicklich schossen auch Isa die Tränen in die Augen. Die Wärme der Umarmung, der Geruch von Tonis Parfüm, das alles brachte den morbiden Schutzwall zum Einsturz, hinter dem sie sich verbarrikadiert hatte.

Erst eine ganze Weile später lösten sie sich wieder voneinander und Toni zog ein Taschentuch hervor, um es Isa zu reichen. Sie griff dankbar danach und schnäuzte sich geräuschvoll.

»Wissen Mama und Papa Bescheid?«, fragte sie, als sie sich wieder einigermaßen im Griff hatte.

Toni nickte. »Ich konnte ihnen gerade noch ausreden, in ein Taxi zu steigen und herzufahren.«

»In ein Taxi?«

»Na ja, weil ich doch ihr Auto hatte.«

Isa erinnerte sich an den Umtrunk, der für heute Abend bei ihr geplant gewesen war. Nur deswegen hatte sie überhaupt erst das Haus verlassen. Jetzt erschien ihr das alles so weit weg wie aus einem anderen Leben.

»Möchtest du darüber sprechen?«, fragte Toni in die Stille hinein. Isa spürte ihren besorgten Blick auf sich.

»Ich glaub nicht.«

»Du wirst das aber nicht in dich reinfressen, wie damals, nach meinem Unfall.«

Isa wich Tonis strengem Blick aus. Tatsächlich hatte sie damals das meiste mit sich selbst ausgemacht. Hauptsächlich, weil sie es für unangebracht gehalten hatte, ihre Trauer und Wut zu zeigen, wo doch Toni die Leidtragende gewesen war. Und dann waren da noch ihre Schuldgefühle gewesen. Sie kamen ihr wie alte Bekannte vor, jetzt wo sie mit neuer Heftigkeit in ihr aufkeimten. Nur dass es diesmal nicht um ihre Schwester ging, sondern um Bähr.

»Dein Polizist war da, weißt du?«, brach Toni das Schweigen, als hätte sie ihre Gedanken gelesen. »Er hat nach dir gesucht.«

Isas Magen zog sich zusammen.

»Wir sind regelrecht ineinandergerannt«, fuhr Toni fort, »also habe ich ihn zu unserem Umtrunk eingeladen.«

Isa wünschte, ihre Schwester würde aufhören, von ihm zu sprechen.

»Er dachte, du seist zu einer Freundin gefahren, aber ich habe ihm gesagt, dass du mich niemals versetzen würdest, ohne Bescheid zu geben.«

Blinzelnd setzte Isa sich im Bett auf. Das musste gewesen sein, kurz nachdem Bähr das erste Mal bei Walter aufgetaucht war. Mit seiner kleinen erfundenen Story über ihren Verbleib hatte dieser Irre sich am Ende also selbst verraten. Zum Glück war sie nicht mehr dazu gekommen, Walter von Tonis überraschender Rückkehr zu erzählen.

»Daraufhin ist er wie von der Tarantel gestochen davongerannt und in sein Auto gestiegen«, fuhr Toni fort.

»Er hat mir das Leben gerettet«, flüsterte Isa. Sie sahen sich an, doch Isa brachte kein weiteres Wort heraus.

Kapitel 30

Beim Anblick des Frühstücks am nächsten Morgen wurde Isa speiübel. Normalerweise konnte sie sich immer mit Essen trösten, wenn es ihr schlecht ging. Das war mitunter ein Grund dafür, dass sie ihre Hosen nach Marks Auszug zeitweilig eine Größe größer hatte kaufen müssen. Aber jetzt fühlte es sich an, als hätte ihr jemand den Magen zugeschnürt.

Sie ließ Brötchen und Marmelade unangetastet und bemühte sich, den aufdringlichen Duft des Rühreis zu ignorieren. Als sie die Terrassentür aufriss und sich keuchend hinauslehnte, spürte sie Tonis sorgenvollen Blick auf sich.

Ihre Schwester hatte sie heimgefahren und auf ihrem Sofa übernachtet. Isa hatte kein Auge zugetan. Sie war regelrecht erleichtert gewesen, als endlich blasses Tageslicht durch die Fensterläden gedrungen war und Streifen auf ihre geblümte Bettdecke geworfen hatte.

Lautes Klopfen ließ sie zusammenzucken. Alfons sprang aus seinem Hundekörbchen und galoppierte bellend zur Haustür.

»Ich geh schon«, sagte Toni, als Isa keine Anstalten machte, sich von der offenen Terrassentür wegzubewegen.

Kurz darauf nahm sie vom Flur her leises Getuschel wahr. Renate! Isa war beinahe gerührt. Weder Kälte noch der hohe Schnee schienen ihre treue Freundin davon abhalten zu können, nach ihr zu sehen. Als sie hinter sich das Rascheln von Kleidung wahrnahm, drehte sie sich um und versuchte sich an einem Grinsen.

Renate sah aus wie ein verschrecktes Kind. Nach kurzem Zögern stürmte sie auf Isa zu und zog sie an ihren ausladenden Busen. Obwohl melodramatische Umarmungen eigentlich nicht ihr Ding waren, wurde Isa ganz weich in Renates Armen. Sie ließ sich drücken und beschwerte sich nicht einmal über den Kuss auf ihre Wange.

»Du trinkst jetzt erst mal einen Schnaps«, verordnete Renate, als sie Isa endlich wieder losgelassen hatte.

»Nein, danke«, murmelte Isa. Ihr entging der Blick nicht, den Toni und Renate miteinander tauschten, aber sie hatte nicht das geringste Bedürfnis, irgendetwas zu sich zu nehmen. Wenn sie nur daran dachte, wurde ihr schlecht.

»Möchtest du lieber allein sein?« Renate setzte sich auf die Eckbank und sah sie prüfend an.

Isa betrachtete die Krümel auf der Tischplatte, während sie über Renates Frage nachdachte. Sie hatte keine Ahnung, was sie wollte. Vielleicht in einen hundertjährigen Schlaf fallen oder eine plötzliche Amnesie erleiden. Laut schreien, aber sich gleichzeitig unsichtbar machen.

»Nein«, murmelte sie schließlich, »ich bin froh, dass ihr da seid.«

Alfons' aufgeregtes Bellen kündigte weiteren Besuch an. Keiner machte sich die Mühe, ins Wohnzimmer zu gehen und aus dem Fenster zu sehen. Sie wussten auch so, wer gleich in der Küche aufmarschieren würde.

Himmel! Isa unterdrückte ein Stöhnen. Das würde eine schwierige Nummer werden.

»Wir sind hier«, rief Toni, nachdem Alfons die beiden

Gäste an der Haustür in Empfang genommen hatte und sein Bellen endlich verstummt war.

Ihre Mutter trat als Erste ein. Man sah ihren tief liegenden Augen und den dunklen Ringen darunter an, dass auch sie heute Nacht keinen Schlaf gefunden hatte. Wahrscheinlich hatte sie fünf Kilo abgenommen. Sogar ihre Frisur wirkte dünner als sonst. Als ihr Blick auf Isa fiel, schlug sie beide Hände über dem Kopf zusammen.

»Kind!«, war alles, was sie hervorbrachte.

Isa ging auf sie zu und schloss ihre Mutter in die Arme.

»Nichts passiert«, murmelte sie unsinnigerweise, als sei sie nur vom Fahrrad gefallen und hätte sich das Knie aufgeschlagen. Ihre Mutter drückte sie noch fester.

Inzwischen hatte auch ihr Vater die Küche betreten. Statt zu warten, bis sie sich aus ihrer Umarmung lösten, nahm er einfach beide Frauen in seine Arme. Renate fing an zu schniefen und schloss sich der Gruppenumarmung an.

»Das reicht jetzt, Leute«, rief Toni. Sie stellte ein Tablett mit dampfenden Tassen auf der Tischplatte ab. Isa hatte gar nicht bemerkt, dass sie Tee gekocht hatte. Jeder griff sich eine Tasse und eine Weile sagte keiner ein Wort. Nur das gelegentliche Pusten in den heißen Tee durchbrach die Stille.

»Na, wir sind vielleicht 'ne Gesellschaft«, bemerkte Toni irgendwann, als ihr die trübselige Stimmung zu viel zu werden schien. Isa hob den Blick und ließ die Situation auf sich wirken. Toni hatte recht. Wie sie da saßen, ins Leere starrend, die Tassen anpustend, mit hängenden Schultern. Trauerklöße, alle miteinander.

»Vielleicht brauchen wir doch was Stärkeres«, schlug sie vor.

Sie konnte gar nicht so schnell schauen, wie Renate die Schnapsflasche parat hatte, die sie offensichtlich in weiser Voraussicht neben sich auf der Eckbank gebunkert hatte. Großzügig goss sie jedem einen Schuss in den Tee und genehmigte sich anschließend einen Schluck direkt aus der Pulle.

Isa zog anerkennend die Augenbrauen hoch. »Harte Nacht gehabt, mmh?«

Renate setzte die Flasche ab und sah sie überrascht an. Als Isa den Mund zu einem spöttischen Grinsen verzog, griff die Freundin nach ihrer Hand und drückte sie fest.

»Dass du schon wieder Sprüche klopfen kannst, werte ich als gutes Zeichen.«

Am Nachmittag waren ihre Eltern so weit beruhigt, dass sie einwilligten, nach Hause zu fahren. Wohl vor allem deshalb, weil Toni und Renate versprachen, dazubleiben und Wache zu halten. Offensichtlich warteten alle nur darauf, dass Isa einen Nervenzusammenbruch erlitt, aber dafür war sie viel zu erledigt. Sie hatte es noch nicht einmal geschafft, diesen Seelsorger anzurufen, geschweige denn den Kommissar, der auf ihre Aussage wartete.

Irgendwann waren sie ins Wohnzimmer umgezogen und dort musste sie über Tee und Schnaps eingeschlafen sein. Als sie erwachte, war das Feuer im Kamin erloschen, nur die Glut loderte noch leise knackend. Toni lag neben ihr auf dem Sofa und atmete ruhig und gleichmäßig. Renate hatte sich in den gegenüberstehenden Sessel gequetscht und die Füße zur Seite herangezogen. Isa betrachtete sie aus müden Augen. Das konnte nie und nimmer bequem sein.

Sie schlug die Decke zurück und robbte vom Sofa. In der

Küche stürzte sie drei Gläser Leitungswasser herunter, aber ihr Hals kratzte danach immer noch.

Sie lehnte sich mit der Hüfte gegen die Arbeitsplatte und fuhr sich durch die strähnigen Haare. Ihr Blick fiel auf Alfons, der ihre Anwesenheit nicht bemerkt zu haben schien. Zusammengerollt lag er in seinem Körbchen und schlief tief und fest. Sie beneidete ihn um seine Unwissenheit. Es musste so verdammt einfach sein, ein sorgloses Hundeleben zu führen. Während sie ihren Dackel beobachtete, wanderten ihre Gedanken wieder einmal zu Bähr. Sie hatte immer noch nichts von ihm gehört. Es quälte sie, nicht zu wissen, wie es ihm ging. Walter hatte ihm deutlich mehr zugesetzt als ihr.

»Alles okay?«

Sie fuhr herum und griff sich an die Brust.

»Willst du, dass ich einen Herzinfarkt bekomme?«

Ihre Schwester stand zerzaust in der Tür und sah sie zerknirscht an. »Tut mir leid.«

Sie ging zum Wasserkocher und machte ihn randvoll. Offensichtlich schien Teekochen gerade Tonis Lösung für alles zu sein. Isa setzte sich auf die Eckbank, zog die Beine an und sah ihrer Schwester dabei zu, wie sie mit geübten Griffen Brote schmierte und Honig in die dampfenden Tassen tröpfeln ließ.

»Du musst was essen«, sagte sie dann und stellte alles vor ihr auf den Tisch.

»Ich mache mir Sorgen um Bähr«, brach es plötzlich aus Isa heraus.

Toni ließ die Tasse sinken, die sie gerade zum Mund hatte führen wollen, und sah sie an. Die Eigenschaft, eine gute Zuhörerin zu sein, hatte sie von ihrem Vater geerbt.

»Er ist meinetwegen zurückgekommen.« Die Bilder vom Dachboden blitzten erneut vor Isas innerem Auge auf. »Ich habe keine Ahnung, wie es ihm geht. Ob er überhaupt noch lebt.«

Toni strich ihr beruhigend über den Rücken. »Ich bin mir sicher, dass wir davon gehört hätten, wenn er ...« Sie räusperte sich. »Es wird alles gut, du wirst sehen.«

Isa nickte. Daran musste sie glauben.

»Vielleicht kannst du morgen versuchen, ihn auf dem Handy zu erreichen«, schlug Toni vor und nippte an ihrer Tasse.

»Wie denn? Ich weiß nicht mal, wo mein Handy ist. Und ich kann seine Telefonnummer nicht auswendig.«

Walter musste ihr Telefon versteckt haben, nachdem er sie niedergeschlagen hatte. Wahrscheinlich war es mit all den anderen Beweismitteln bei der Spurensicherung gelandet.

»Trinkt ihr etwa ohne mich?« Renate kam hereingeschlurft und starrte die beiden aus kleinen, verquollenen Augen an. Stöhnend rieb sie sich den Nacken. »Ich glaub, ich hab mir was eingeklemmt«, murmelte sie.

»Tee?« Toni deutete auf die dampfende Kanne, aber Renate winkte verächtlich ab und hob die Schnapsflasche hoch, die sie sich offensichtlich aus dem Wohnzimmer mitgebracht hatte.

»Musst du morgen nicht arbeiten?«, fragte Isa.

»Entschuldige mal«, Renate sah sie pikiert an, »meine beste Freundin wäre beinahe gestorben«, sie unterbrach sich selbst, indem sie einen Schluck aus der Flasche trank. »Ich werde die nächsten zwei Wochen arbeitsunfähig sein.«

Einen Moment lang sagte keiner ein Wort. Man hörte

nur das Gluckern der Flasche. Dann prustete Toni plötzlich los. So laut, dass Alfons aus seinem Schlaf hochschreckte und ein einzelnes Kläffen ausstieß. Renate sah unsicher zwischen Toni und Isa hin und her. Dann entfuhr auch ihr ein Glucksen, das sich allmählich zu einem schrillen Gegacker auswuchs.

Isa wusste nicht, ob sie die beiden albern oder taktlos finden sollte. Oder beides. Sie hielten sich die Bäuche und gackerten unverständliches Zeug vor sich hin, während sie sich die Augen wischten.

Isa blickte in Renates gerötetes Gesicht, den Abdruck des Sessels noch auf der Wange, und da brach es unvermittelt auch aus ihr hervor. Ein lautes, krampfartiges Lachen. Tränen sammelten sich in ihren Augen und ohne dass sie es kontrollieren konnte, mischten sich abgehackte Schluchzer darunter.

Renate und Toni verstummten und sahen sie erschrocken an.

Alfons sprang erstaunlich behänd neben Isa auf die Bank und legte sein Köpfchen auf ihrem Oberschenkel ab. Sie zog die Nase hoch und streichelte ihm über sein strubbeliges Fell.

»Wird auch Zeit«, murmelte Renate, lehnte sich über die Tischplatte und drückte Isas Hand.

Kapitel 31

Nicht ganz so abrupt wie der Sturm, aber doch spürbar, legte sich allmählich auch die Aufregung in Grimmingen.

Natürlich war der Bibelmörder, wie ein reißerisches Blatt Walter betitelte, das Hauptthema an jedem Tisch und jeder Theke. Als zwei Reporter der Bild-Zeitung im Ort aufschlugen, zeigten sich die sonst so verschlossenen Dorfbewohner plötzlich ungewöhnlich offen und redselig. Mit nervtötender Regelmäßigkeit tauchten die Vertreter diverser Zeitungen und Fernsehsender auch vor Isas Tür auf und ihr Telefon schrillte ununterbrochen. Irgendwann hatte sie kurzerhand den Strom im Flur abgestellt.

Am Tag von Jutta Liebknechts Beerdigung strahlte völlig unpassend die Sonne vom Himmel und verwandelte die Schneemassen in eifrige Rinnsale auf Straßen und Wegen. Die Vögel zwitscherten ausgelassen in sehnsüchtiger Erwartung des anstehenden Frühlings. Dieses Gute-Laune-Wetter wollte so gar nicht zu dem Sturm passen, der in Isas Innerem tobte.

Noch immer suchte Walter sie in ihren Träumen heim, in denen sie es nie schaffte, ihm zu entkommen. Jedes Mal wachte sie schweißgebadet und schreiend auf. Dass sie nach wie vor nichts von Bähr gehört hatte, machte die Sache nicht besser. Im Krankenhaus wollte man ihr keine Auskunft geben, da sie keine Angehörige war und man sie offenkundig verdächtigte, von der Presse zu sein. Und ihr Handy war noch nicht wiederaufgetaucht. Aber sie bezweifelte ohnehin, dass Bähr ihr eine Nachricht geschrieben oder versucht hatte, sie anzurufen.

Sie war lange unschlüssig gewesen, ob sie es wagen konnte, zu Juttas Beerdigung zu gehen und der Meute unter die Augen zu treten, aber irgendwie hatte sie das Gefühl, dass sie Jutta das schuldete. Die Tote hatte nicht so viel Glück gehabt wie sie. Keiner war gekommen, um sie zu retten.

Renate hatte sich erboten, sie abzuholen, und Isa war dankbar auf das Angebot eingegangen. So musste sie der Gemeinde wenigstens nicht allein gegenübertreten. Doch beim Anblick des Polizeiaufgebots im Dorf hätte sie der Freundin am liebsten ins Lenkrad gegriffen und kehrtgemacht.

Quer stehende Einsatzwagen versperrten die Zufahrtsstraßen, Beamte umstellten den Friedhof und die Kirche. Zumindest hielt das die übergriffigen Presseleute fern, versuchte Isa sich in Gedanken zu trösten.

Der Gottesdienst, dem sie stehend und ganz nah am Ausgang beiwohnten, zog sich unendlich in die Länge. Obwohl die Temperaturen nur knapp über der Nullgradmarke lagen, war es in der Kirche dämpfig und drückend. Isa zerrte die ganze Zeit an ihrem Kragen und rang nach Luft.

Nach dem Trauergottesdienst strömten die schwarz gekleideten Menschen andächtig aus der Kirche und schlugen den Trampelpfad zum Friedhof ein.

Erleichtert stellte Isa fest, dass die Leute ihr zwar verstohlene Blicke zuwarfen, sich aber scheinbar nicht trauten, sie anzusprechen. Sie liefen mit gesenkten Köpfen an ihr vorbei und Isa fragte sich, ob sie es taten, um den Matsch-pfützen auszuweichen, oder aus Respekt der Toten gegen-über.

»Ich bin echt froh, dass der Fall abgeschlossen ist«, mur-melte Renate neben ihr. So ganz in Schwarz wirkte sie un-gewöhnlich seriös.

»Ich auch«, murmelte Isa. Dabei fühlte es sich gar nicht so an, als sei es wirklich vorbei. Walter war noch immer om-nipräsent in ihrem Kopf. Und leider auch in den Medien.

»Hast du deine Aussage endlich gemacht?«

Der Kommissar, der sie noch am Abend nach den schreck-lichen Vorfällen um eine Aussage gebeten hatte, war irgend-wann völlig entnervt bei ihr zu Hause aufgetaucht. Sie hatte ja weder seine Telefonanrufe angenommen, noch war sie auf dem Revier erschienen. Also war er zu ihr gefahren, um das Haus herumgeschlichen und hatte so lange gegen die Läden der Terrassentür gehämmert, bis sie schließlich ge-öffnet hatte.

»Hallo? Erde an Isa.«

Sie blinzelte Renate abwesend an. »Er war da. Vorges-tern.« Sie überlegte. »Glaube ich.«

Da sie keinem bestimmten Tagesrhythmus folgte, hatte sie jegliches Zeitgefühl verloren.

»Und?«

Isa zuckte mit den Schultern. »Ich hab erzählt, wie sich alles zugetragen hat.«

»Musst du irgendwann vor Gericht aussagen?« Renate stellte sich das Prozedere offenbar wie in einem Grisham-Roman vor.

»Eher nicht. Walter hat anscheinend umfassend gestan-den.«

»Mhh.«

Sie beschloss, ihrer Freundin den enttäuschten Gesichtsausdruck nicht übel zu nehmen. Das Ganze vor Gericht noch einmal durchexerzieren zu müssen, wäre der blanke Horror. Sie würde es nicht ertragen, Walters Gesicht sehen zu müssen. Nie wieder wollte sie ihn sehen.

Zumindest diesbezüglich gab es gute Nachrichten. Der Polizist hatte angedeutet, dass Walter unter einer hochgradigen Persönlichkeitsstörung litt, was bedeutete, dass er vermutlich den Rest seiner Tage in einer geschlossenen Einrichtung verbringen würde.

Der Trauerzug endete vor dem ausgehobenen Grab und nach ein paar Worten des Pfarrers wurde der blumengeschmückte Sarg stockend hinabgelassen. Liebknecht stand daneben, die Lippen fest verschlossen, den Blick gesenkt. Verschämt schielte Isa zu ihm rüber.

Er war vielleicht nicht der beste Ehemann gewesen, aber ein Mörder war er nicht. Irgendwann würde sie sich wohl für ihre Unterstellungen bei ihm entschuldigen müssen.

»Frau Klein!«, rief jemand hinter ihr, als sie nach der Beerdigung neben Renate den Rückweg zum Auto antrat.

Isa blieb zögernd stehen. Ihr Magen krampfte sich zusammen. Jetzt wurde sie also doch noch zur Rede gestellt. Es war naiv gewesen zu glauben, dass die Leute sie nach ihren schrecklichen Verleumdungen tatsächlich in Ruhe lassen würden. Langsam drehte sie sich um und hob eine Hand gegen das tief stehende Sonnenlicht vor ihre Augen. Als sie nach einigen Sekunden Rektor Maier erkannte, blies sie erleichtert den angehaltenen Atem aus. Mit wehendem Jackett kam er auf sie zugeeilt, wobei er immer wieder ungelenke Hüpfer einbaute, um den vielen Pfützen auszuweichen. Renate machte neben ihr ein glucksendes Geräusch und Isa musste zugeben, dass es ziemlich amüsant aussah, wie ihr Chef sich fortbewegte.

»Entschuldigen Sie meinen Überfall«, sagte er, bei ihnen angekommen, außer Atem.

Isa ergriff die ausgestreckte Hand und erwiderte den festen Händedruck.

»Haben Sie die Karte vom Kollegium bekommen?«

»Ich hab sie ihr gegeben.« Seit dem Vorfall hatte Renate die nervige Angewohnheit, für Isa das Sprechen zu übernehmen. Auf der besagten Karte war eine Blume abgebildet, deren Hals kurz unter der Blüte abgeknickt war und die dem Betrachter mit verwirrten Glupschaugen entgegenblickte. Darunter stand in bunten Lettern: »Kopf hoch.«

»Vielen Dank dafür. Sie war wirklich sehr …« Isa suchte nach den richtigen Worten.

»Aufbauend«, sagte Renate und tätschelte ihr die Schulter.

Maier sah Renate stirnrunzelnd an, bevor er sich wieder Isa zuwandte.

»Ich weiß nicht, ob Sie meine Nachrichten abgehört haben.«

Nein. Keine einzige. »Es waren so viele«, murmelte sie ausweichend.

»Ich habe mit dem Schulamt telefoniert. Wir hätten eine langsame Wiedereingliederung für Sie im Sinn.«

Wenn Isa nur daran dachte, ihr Haus wieder regelmäßig verlassen zu müssen, bekam sie Schweißausbrüche.

»Ich glaube, das ist noch etwas früh«, sagte Renate prompt.

Isa war viel zu verwirrt, um sich über die Bemutterung aufzuregen.

»Sie sehe ich ja auf jeden Fall am Montag wieder, Frau Matuschek«, brummte Maier. Der Blick, mit dem er Renate bedachte, ließ keine Widerworte zu.

»Überlegen Sie es sich«, sagte er in sanfterem Tonfall an Isa gewandt, »wir würden mit wenigen Stunden anfangen. Damit Sie ganz gemächlich in Ihren geregelten Alltag zurückfinden können.«

»Vielen Dank.«

Nachdem sie sich verabschiedet hatten, setzten sie sich langsam wieder in Bewegung. Renate zog eine nicht zu übersehende Schnute.

»Dir ist schon klar, wie seltsam es ist, dass *du* nicht arbeiten gehst«, murmelte Isa.

Renate blieb stehen und sah sie an wie ein verwundetes Reh. »Ich muss mich doch um dich kümmern.«

Isa hätte gern widersprochen, aber sie sah ein, dass sie in den letzten Tagen nicht gut darin gewesen war, für sich zu sorgen. Noch weniger als sonst.

Ganz von selbst hielt dann doch der Alltag wieder Einzug in ihr Leben. Was nicht bedeutete, dass ihre Laune sich maßgeblich besserte. Aber niemand nahm es ihr übel, nach dem, was sie durchgemacht hatte. Die Leute im Ort waren sogar so gnädig, über ihre schreckliche Verdächtigenliste hinwegzusehen. Zumindest vorläufig.

Eine Rückkehr an die Schule ließ sich nun nicht länger hinauszögern. Mit dem Schulamt und Rektor Maier hatte Isa vereinbart, dass sie in den ersten zwei Wochen nur für drei bis vier Stunden pro Tag unterrichten musste. Dadurch war sie jeden Morgen gezwungen, aufzustehen und sich unter die Dusche zu stellen, statt bis in die Puppen im Bett herumzulungern und später aufs Sofa umzuziehen.

Auch ihre Ernährungsgewohnheiten, die man kaum als solche hatte bezeichnen können, besserten sich wieder. Zumindest hörte sie auf, sich einzureden, dass ihr Vitamin-C-Bedarf mit klebrigen Orangenbonbons schon gedeckt sein würde.

Toni, Renate und ihre Eltern wechselten sich damit ab, für sie die Einkäufe zu erledigen und nach ihr zu sehen. Jeden Tag stand einer von ihnen vor ihrer Haustür – manchmal auch alle vier auf einmal. Anfangs war ihr das lästig gewesen, aber irgendwann gewöhnte sie sich an die regelmäßigen Besuche.

Ganz langsam nahm alles wieder seinen gewohnten Gang. Nur Alfons, den sie zugegebenermaßen ziemlich vernachlässigt hatte, blieb vorerst in der Obhut ihrer Eltern, was bewies, dass sie dem Frieden noch nicht trauten.

Ihre Mutter lag ihr andauernd in den Ohren, dass sie doch endlich die Nummer des Seelsorgers anrufen sollte, die ihr der Arzt gegeben hatte. Aber Isa konnte sich einfach nicht dazu durchringen. Daran änderte auch das grell leuchtende Visitenkärtchen nichts, das auf der Kommode im Flur lag. Ihre Mutter hatte sich die Mühe gemacht, es mit neongelbem Marker anzustreichen.

Der Einzige, mit dem sie wirklich über die schrecklichen Erlebnisse auf dem Dachboden sprechen wollte, schien wie vom Erdboden verschluckt.

Kapitel 32

»Hier.« Renate, die neben ihr im Lehrerzimmer saß, schob Isa einen Teller hin, auf dem ein zerquetschtes Stück Kuchen lag.

Bevor Isa fragen konnte, beugte sich Rektor Maier verschwörerisch zu ihnen herunter. »Hat jemand Geburtstag?«

Er wollte wohl vermeiden, erneut ins Fettnäpfchen zu treten. Heidemarie nahm ihm seinen Fauxpas noch immer übel.

Renate winkte ab. »Nö! Das ist vom Notenbacken übrig.«

»Kein Wunder«, murmelte Isa, die sich gerade einen Bissen in den Mund geschoben hatte. Das als Schokokuchen deklarierte Stück würde problemlos auch als Zwiebelkuchen durchgehen.

»Andrea hat sich sehr viel Mühe damit gegeben«, konstatierte Jens vorwurfsvoll.

Angeekelt schob Isa den Teller von sich. »Redest du von Andrea mit den schwarzen Balken unter den Fingernägeln?«

Offensichtlich hatte auch Maier das Interesse am Kuchen verloren. Höflich lehnte er das Stück ab, das Jens ihm anbot.

»Liebe Kolleginnen und Kollegen«, übertönte plötzlich Anna-Marias glockenklare Stimme das allgemeine Gemurmel, »wir haben eine Mitteilung zu machen.«

Isa unterdrückte ein Seufzen. Aus dem Augenwinkel sah sie, wie Jens neben der jungen Kollegin Stellung bezog, einen freudig erregten Ausdruck im Gesicht.

Das konnte nichts Gutes bedeuten.

»Wie ihr alle wisst, wurde die Fastnachtsparty abgesagt, und das aus gutem Grund.« Isa konnte spüren, wie alle Blicke in ihre Richtung schossen.

»Aber«, fuhr Jens fort, »Dr. Liebknecht ist mit einer wunderbaren Idee an uns SMV-Lehrer herangetreten.«

In böser Vorahnung nahm Isa einen tiefen Atemzug.

»Er möchte eine Stiftung im Namen seiner verstorbenen Frau gründen und er fände es toll, wenn wir als Ersatz für die entfallene Fasnetsparty ein Fest für den guten Zweck ausrichten.«

»Tolle Idee«, pflichtete Renate ihnen bei.

Isa verschränkte die Arme vor der Brust. Darauf konnte sie getrost verzichten. Ein Fest, das in einer Schule und von Schülern ausgerichtet wurde, war genau genommen kein Fest. Zumindest nicht für die Lehrer. Das war schlicht Arbeit. Es würde ja noch nicht mal Alkohol geben.

»Und da die Fastnachtsfeier ausgefallen ist, dachten wir an ein Kostümfest.«

»Nein!«

Wieder richteten sich alle Blicke auf Isa.

So laut hatte sie es gar nicht rufen wollen.

»Wir können dem Witwer einer ermordeten Frau diesen Wunsch doch nicht abschlagen«, sagte Jens, »zumal die Einnahmen des Festes einem guten Zweck zugutekommen werden.«

Immer noch sahen alle sie an.

»Du musst diesmal auch nicht die Einladung erstellen«, fügte Jens lieblich hinzu. Ein hörbares Glucksen ging durchs Kollegium.

»Schön«, Isa warf kapitulierend die Arme in die Höhe, »wenn ihr meint. Aber ich habe da leider einen Arzttermin, den ich nicht verschieben kann.«

»Wir haben doch noch gar keinen Termin genannt«, bemerkte Anna-Maria verwirrt.

Renate kam ihr zu Hilfe und lenkte mit irgendwelchen unnötigen Fragen von ihr und ihrem roten Kopf ab. Geduldig beantwortete Anna-Maria jede einzelne. Isa hörte gar nicht mehr hin. Sie hatte gehofft, wenigstens dieses Jahr um die dämliche Verkleiderei herumzukommen.

Vielleicht konnte sie sich bei Rektor Maier herausreden oder einfach krankmachen. Nur dass ihr das nach der voreiligen Verkündung ihres erfundenen Arzttermins natürlich keiner mehr abnehmen würde. Davon abgesehen fing es an zu nerven, dass alle sie in Watte packten.

Plötzlich setzte Anna-Maria sich neben sie und unterbrach ihre trüben Gedanken.

»Es tut mir leid, wenn wir dich überrumpelt haben.«

»Mhh.«

»Wir dachten, es tut uns allen gut, zusammenzukommen und wieder ein bisschen fröhlich zu sein.«

Isa sah auf und begegnete Anna-Marias offenem Blick. »Du bist doch immer fröhlich.«

»Damit geh ich dir auf die Nerven, stimmt's?« Sie lächelte unsicher, geradezu verletzlich.

Das war eine seltsame Frage. Wer hätte gedacht, dass es Anna-Maria interessierte, was sie von ihr hielt? Außerhalb der Schule hatten sie keinerlei Berührungspunkte.

»Wie kommst du denn darauf?«, log Isa.

»Ich hab das Gefühl, dass du mich seit diesem …«, sie zögerte, »… Vorfall irgendwie meidest.«

Isa schnalzte mit der Zunge. »Ich meide so ziemlich jeden, falls dir das nicht aufgefallen ist.«

»Ich weiß, dass du uns neulich gesehen hast«, flüsterte Anna-Maria plötzlich.

Isa wusste sofort, wovon sie sprach. Die seltsame Müllentsorgungsaktion mit Mike. Sie konnte sich noch immer keinen Reim darauf machen, aber zumindest wusste sie inzwischen, dass es nichts mit dem Mord an Jutta zu tun gehabt hatte.

»Es geht mich wirklich nichts an, wer hier mit wem …«

»Wie bitte?«

Isa räusperte sich. An Anna-Marias entsetzter Miene konnte sie ablesen, dass sie offensichtlich komplett danebenlag.

»Du denkst, Mike und ich seien ein Paar?«

Sie zog die Schultern hoch. »Na ja …«

»Er ist doch viel zu alt.«

Isa zog einen Mundwinkel nach unten. »Könnte dein Vater sein.«

Ihre Kollegin verschränkte die Arme vor der Brust und sah sie vielsagend an.

»Warte mal«, die Erkenntnis traf sie wie ein Schlag, »Mike *ist* dein Vater?«

»Nicht so laut.«

Ohne dass sie es wollte, klappte Isa die Kinnlade herunter. Die Idee von Anna-Maria und Mike als Paar war ja schon abstrus gewesen. Aber noch verrückter erschien ihr die Vorstellung, dass die gepflegte, manierliche Anna-Maria die Tochter dieses ungehobelten Kneipenwirts sein sollte.

»Das wissen nur wenige«, murmelte sie.

»Ach ja?« Isa war sich ziemlich sicher, dass jeder hier im Ort es wusste. Mit Ausnahme von ihr, natürlich, und offensichtlich auch Renate. Sonst hätte die Freundin das doch sicher nicht unerwähnt gelassen.

»Ich will es nicht an die große Glocke hängen.«

Isa nickte abwesend. Vor ihrem inneren Auge tauchten die Bilder der besagten Nacht wieder auf. Anna-Maria im Schein der Straßenlaterne, das Gesicht unter der Kapuze verborgen. Isa runzelte die Stirn. So unauffällig wie sie damals geglaubt hatte, war sie offensichtlich gar nicht gewesen.

»Woher weißt du eigentlich, dass ich an dem Abend da gewesen bin?«, fragte sie deshalb.

»Ich bitte dich.« Anna-Maria schnaubte. »Außer dir fährt hier sonst keiner ein schrottreifes Auto, mit einem Auspuff so laut wie ein Kanonenrohr.«

»Mmh.« Das nahm sie jetzt besser nicht persönlich.

»Die Mülltonne in der Kneipe war voll«, setzte Anna-Maria unvermittelt zu einer Erklärung an. »Und Mike …«, sie stockte, »… also, mein Vater hatte keine Lust, die Füchse mit den herumliegenden Müllsäcken anzulocken.«

Isa hatte schon gehört, dass die Füchse in der Gegend manchmal zum Problem werden konnten. Die Abfälle der Kneipe am Ortsrand boten den Tieren offenbar eine willkommene Abwechslung auf ihrem kargen Winterspeiseplan.

»Deshalb haben wir den Müll in meiner Tonne entsorgt.«

»Bei Nacht und Nebel?« Und im heftigsten Schneesturm, fügte Isa in Gedanken hinzu. Das kam ihr doch etwas seltsam vor.

»Na ja …« Anna-Maria zuckte mit den Schultern. »Die

Version von einer Anna-Maria aus gutem Hause, mit Akademikereltern und einem angesehenen Freundeskreis, gefiel mir immer besser als die eines Mädchens, dessen Vater jahrelang alkoholabhängig war und nichts Besseres zu tun hat, als im Wohnort seiner Tochter eine Kneipe zu eröffnen. Muss ja nicht gleich jeder wissen.«

»Ich dachte, du wärst hier aufgewachsen?«

»Stimmt ja auch. Meine Mutter hat sich kurz nach meiner Geburt von meinem Vater getrennt und ist mit mir hergezogen.«

Isa schob nachdenklich die Unterlippe vor. Das warf ein ganz anderes Licht auf ihre Kollegin. Die immer fröhliche junge Frau hatte offenbar keine Bilderbuchkindheit erlebt. Vielleicht waren ihr ständiges Lächeln und die übertriebene Freundlichkeit nur ein Schutz. Eine Art Maske.

»Tut mir leid«, murmelte Isa.

»Schon gut.« Da war es wieder, dieses Lächeln, aber plötzlich empfand Isa es gar nicht mehr als so störend.

Die Glocke zum Stundenbeginn erklang und zum ersten Mal, seit sie Kolleginnen waren, schlenderten sie Seite an Seite aus dem Lehrerzimmer.

»Und dann eröffnet er 'ne Kneipe?«, entfuhr es Isa scheinbar zusammenhanglos, während sie den Schulgang entlangliefen. Der Gedanke hatte sie nicht mehr losgelassen. Ein Ex-Alkoholiker in einer Kneipe? Das war wie Renate auf Diät – in einer Konditorei.

»Verrückt, ich weiß«, sagte Anna-Maria. Sie sahen sich an und mussten beide grinsen.

Kapitel 33

Die Zigarette machte ein knisterndes Geräusch, als Isa daran zog. Sie schloss die Augen und ließ sich Zeit mit dem Ausatmen. Eigentlich hatte sie das Rauchen vor Jahren aufgegeben, aber sie fand, dass es keinen passenderen Anlass geben konnte, um wieder damit anzufangen.

Asche bröselte auf den gelben Plüsch, der ihren Körper umhüllte und zwanzig Kilo schwerer erscheinen ließ. Diese Party war einfach das Letzte. Sie verwandelte erwachsene Menschen in alberne, herumkreischende Kleinkinder.

Diese Tatsache und dass sie noch immer nichts von Bähr gehört hatte, obwohl mittlerweile Tage vergangen waren, ließen sie zugegebenermaßen unausstehlich werden.

Wahrscheinlich waren die Kollegen froh, dass sie seit einer halben Stunde schmollend am Hinterausgang saß und eine Kippe nach der anderen rauchte.

Die Frühlingssonne strahlte ihr höhnisch ins Gesicht und brachte sie unter ihrem dicken Kostüm zum Schwitzen. Sie nahm einen weiteren Zug von der Zigarette und lehnte den Kopf an das eiserne Treppengeländer. Von drinnen schallten der Bass der Partymusik und Gelächter gedämpft nach draußen. In den kahlen Kastanienbäumen rund um den Lehrerparkplatz zwitscherten die Spatzen ein fröhliches Konzert und die ersten Krokusse durchbrachen die feuchte Erdkruste. Alles war auf neues Leben, auf Lebendigkeit eingestellt. Diese glücksgeschwängerte Frühlingsluft ging ihr auch gehörig auf die Nerven.

»Ich wusste gar nicht, dass Sie rauchen.«

Vor Schreck purzelte ihr die Zigarette aus den Fingern. Sie sah auf und schirmte mit der Hand ihre Augen vor dem grellen Gegenlicht ab. Hochgewachsen, Hände in den Hosentaschen, aufrechter, selbstsicherer Gang. Sie kannte diese Silhouette. Bähr!

Schnell griff sie nach der Zigarette und steckte sie sich mit zittrigen Fingern in den Mund zurück.

»Kann die Banane auch sprechen?«

»Scheiße«, entfuhr es ihr. Das glühende Ende hatte ihr die Finger verbrannt. Sie schnippte den Stummel weg und klopfte sich die Asche vom Kostüm.

Er kam vor ihr zum Stehen und belegte sie mit einem höhnischen Grinsen. Isa starrte aus brennenden Augen zurück. Sie konnte nicht glauben, dass er tatsächlich vor ihr stand. Es kam ihr vor wie eine Ewigkeit, seit sie ihn zuletzt gesehen hatte. Er sah aus wie immer, bemerkte sie. Bis auf die dunklen Schatten unter seinen Augen, aber das konnte auch Einbildung sein.

Ungelenk zog sie sich am Geländer hoch und gab sich allergrößte Mühe, in der monströsen Südfrucht nicht das Gleichgewicht zu verlieren. Die engen Aussparungen für die Füße konnten nur ein Produktionsfehler sein. Sie ließen praktisch keinerlei Bewegungsfreiheit.

»Steht Ihnen gut, das Outfit.« Er grinste.

Das war ja mal wieder typisch. Da hatte sie sich so sehr gewünscht, ihn endlich wiederzusehen und sich bei ihm bedanken zu können, und ausgerechnet wenn sie sich in diesem Kostüm zum Deppen der Nation machte, wurden ihre Gebete erhört.

»Was machen Sie hier?«, fragte sie ungehalten. Er brauchte ja nicht zu merken, wie sehr sein plötzliches Auftauchen sie aus der Fassung brachte.

»Ich wurde eingeladen.«

»Von wem?«

»Von Ihrem Chef.«

Rasch wandte sie den Blick ab und zog die Zigarettenschachtel aus der ausladenden Hosentasche ihrer Banane. Sie steckte sich einen neuen Glimmstängel in den Mund, holte das Feuerzeug aus der anderen Hosentasche und bildete mit den Händen einen Schutz vor dem lauen Lüftchen, das über den Parkplatz wehte.

Das gab ihr Zeit, ihre Gedanken zu ordnen. Bähr war zu dieser Party eingeladen gewesen und hatte keinen Ton gesagt? Was sollte das? Nach allem, was sie zusammen durchgemacht hatten, hätte er ihr doch kurz Bescheid geben können.

»Wo ist Ihr Kostüm?«, blaffte sie und blies den Rauch aus.

»Ich habe keins.«

»Aha.«

»Und was machen Sie hier draußen?«, fragte er.

Sie wich seinem Blick aus und zog erneut an der Zigarette. »Mir ist nicht nach Feiern.«

Die Tür wurde aufgestoßen und der schrille Gesang einer Schlagersängerin drängte sich zwischen sie.

»Frau Klein«, ertönte dann Maiers empörte Stimme, »das ist eine Schulveranstaltung.« Verächtlich starrte er auf die Zigarette in ihrer Hand.

»Hab ich ihm auch gesagt«, rief Isa gegen die Musik an

und warf Bähr einen mahnenden Blick zu. »Die ist konfisziert.«

Sie warf die Zigarette auf den Boden, trat sie aus und schüttelte missbilligend den Kopf.

»Kommissar Bähr, wie schön, dass Sie es einrichten konnten«, wandte Maier sich an Bähr. »Kommen Sie doch rein, kaufen Sie eine Limonade für den guten Zweck.«

»Vielen Dank.«

Maier nickte ihnen zu und tänzelte fröhlich wieder nach drinnen. Die Tür fiel ins Schloss und packte die ausgelassenen Geräusche in Watte.

»Ich glaub, ich brauch was Stärkeres als Limonade«, bemerkte Bähr und räusperte sich.

»Damit kann ich dienen.« Isa griff in die andere Plüschhosentasche und zauberte einen Flachmann hervor.

»Frau Klein, das ist eine Schulveranstaltung«, imitierte Bähr den Tonfall des Rektors. Sie sahen sich an. Er lächelte und sah dabei fast ein bisschen verlegen aus. Sie konnte nicht anders als zurückzulächeln.

Bähr drehte den Flachmann in den Händen, ohne ihn zu öffnen. Er schien gerade etwas sagen zu wollen, doch da wurde erneut die Tür aufgestoßen und Renate, rotwangig und verstrubbelt, streckte den Kopf heraus.

»Isa, hast du …« Als sie Bähr entdeckte, verstummte sie und ließ ihren Blick mit unverhohlener Neugierde zwischen den beiden hin und her huschen. »Ich lass euch besser mal allein«, sagte sie und rührte sich nicht von der Stelle.

»Hier.« Isa nahm Bähr den Flachmann aus der Hand und hielt ihn Renate wie einen Köder unter die Nase. Glücklicherweise schluckte sie ihn.

»Na dann zum Wohl«, rief sie und prostete den beiden

zu. Wenig subtil wackelte sie mit den Augenbrauen in Isas Richtung, bevor sie sich johlend ins Blitzlichtgewitter der Discokugel zurückwagte.

»Können wir irgendwohin, wo es ruhiger ist?«, fragte Bähr. »Vorausgesetzt, Sie können hier weg.«

Isa drehte sich um und spähte durch die Glaseinlassung der Hintertür. Die Stimmung der Gäste wurde immer ausgelassener, sogar die Schüler grölten beim Text eines alten Schlagers mit. Niemandem würde auffallen, dass sie nicht mehr da war.

»In zehn Minuten bei mir?«, fragte sie.

»In Ordnung.« Er wandte sich ab und ging die Treppe runter, blieb aber am Absatz stehen und drehte sich noch mal zu ihr um. »Da erklären Sie mir dann vielleicht auch, was es hiermit auf sich hat.«

Es dauerte einen Moment, bis Isa erkannte, was er in der Hand hielt.

»Das gehört mir nicht!«, schnappte sie. Es war Tonis Tütchen Trost, das bei seinem Einzug auf mysteriöse Weise verschwunden war. Bähr schnalzte mit der Zunge und sah sie mit einer Mischung aus Belustigung und Strenge an.

Sie würde einfach schweigen. Das war die beste Verteidigung. Mit unnötigen Rechtfertigungsversuchen machte man sich nur verdächtig. Er steckte die Tüte in seine Tasche zurück und lief zu seinem Auto hinüber, das er halb auf dem Gehweg geparkt hatte.

Mit glühenden Wangen sah Isa ihm nach. Kurz bevor er sein Auto erreichte, erwachte sie aus ihrer Starre. Da es in dem Bananenkostüm praktisch unmöglich war zu laufen, ohne dabei wie ein Trottel auszusehen, setzte sie sich besser in Bewegung, bevor er es mitansehen konnte.

Sie watschelte in winzigen Schritten die Treppe hinunter und musste beim Überqueren des Parkplatzes beide Arme von sich strecken, um das Gleichgewicht nicht zu verlieren.

Aber das Ein- und Aussteigen ins Auto stellte die eigentliche Herausforderung dar. Prompt stieß sie mit der überdimensionalen Bananenspitze gegen den Türrahmen.

Sie drehte sich um und versuchte es rückwärts, aber auch dabei blieb sie mit dem Kopfteil ihres Kostüms hängen. Schließlich probierte sie es, unterdrückt fluchend, noch einmal, mit dem Kopf voraus. Die Hände auf dem Sitz abgestützt, tauchte sie in den Fahrerraum ein, kroch mit den Knien hinterher und drehte den Oberkörper Richtung Windschutzscheibe. Ächzend zog sie die Beine unter sich hervor. Das durchdringende Dröhnen einer Hupe ließ sie zusammenfahren.

»Mist.« Sie hatte versehentlich den Bananenkopf gegen das Lenkrad gedrückt. Schnaubend stopfte sie die gelbe Spitze nach hinten, sodass sie sich unter dem Autodach bog wie eine Zipfelmütze. Blieb nur zu hoffen, dass Bähr nichts davon mitbekommen hatte. Unauffällig schielte sie zu ihm rüber. »War ja klar.«

Er grinste amüsiert zur heruntergelassenen Scheibe heraus.

»Haha«, rief sie trotzig, knallte die Tür zu und drehte energisch den Schlüssel im Zündschloss herum.

»Ich geh mich nur schnell umziehen«, verkündete sie, als sie den Hausflur betraten. Bähr, der sich zu seinen Schuhen hinuntergebeugt hatte, spähte mit erhobener Augenbraue zu ihr herauf. Er gab sich keine Mühe, seinen Spott zu verbergen. Normalerweise würde sie ihm jetzt irgendeinen gemeinen Spruch um die Ohren hauen, aber ihr war nicht entgangen, dass seine Bewegungen langsamer waren als sonst. Vorsichtiger. Als er sich gebückt hatte, um seine Schuhe zu öffnen, hatte er unterdrückt aufgestöhnt. Und sie war schuld daran.

»Gehen Sie doch schon mal in die Küche«, schlug sie deshalb nur vor. Glücklicherweise folgte er ihrem Rat, sodass ihr die Demütigung erspart blieb, von ihm dabei beobachtet zu werden, wie sie auf allen vieren die Treppe hinaufkroch. Mittlerweile entpuppte sich die verdammte Banane als wahres Schwitzbad. Wenn sie auch nur eine Minute länger in diesem Ding steckte, würde sie einen Hitzschlag erleiden.

Der Treppenaufstieg kam ihr wie die Besteigung des Mount Everest vor, aber ihr blieb nichts anderes übrig, als sich in dem sperrigen Kostüm hinaufzuquälen, weil sie in weiser Voraussicht nichts als Unterwäsche darunter angezogen hatte.

Als sie sich endlich von dem Ding befreit hatte, fühlte sie sich zehn Kilo leichter. Eilig warf sie sich ein T-Shirt über und schlüpfte in eine alte Jeans. Dann tapste sie barfuß wieder nach unten.

Kapitel 34

»Wo ist Ihr Hund?« Bähr stand neben der Kaffeemaschine und deutete auf das leere Hundekörbchen.

Isa schob mit dem Fuß die Küchentür hinter sich zu und unterdrückte ein Seufzen. »Meine Eltern sind der Meinung, dass ich gerade genug damit zu tun habe, mich selbst zu versorgen, deshalb haben sie ihn zu sich geholt.« Sie verschwieg, dass Toni eigentlich vorgehabt hatte, Isa auch gleich mitzunehmen, sie sich aber vehement geweigert hatte.

Sogar das gut gemeinte Angebot ihrer Schwester, vorübergehend in Isas Wohnzimmer zu ziehen und nach ihr zu sehen, hatte sie abgelehnt. Sosehr sie Tonis Gesellschaft normalerweise genoss, so stark war ihr Bedürfnis gewesen, sich allein in ihrem Elend zu suhlen.

Plötzlich war es ihr peinlich, wie sehr sie sich in den letzten Tagen hatte gehen lassen. Während sie auf dem Sofa in Selbstmitleid zerflossen war, hatte Bähr mit einer ernsten Verletzung im Krankenhaus gelegen.

»Ich hätte nicht gedacht, dass Sie so früh entlassen werden«, brach sie das Schweigen.

»Wurde ich auch nicht.«

Sie fuhr herum. »Haben Sie sich etwa selbst entlassen?«

Er stützte sich mit den Händen auf der Tischplatte ab und ließ sich vorsichtig auf der Eckbank nieder. Isa war sich nicht sicher, ob ihm bewusst war, was für ein gequältes Gesicht er dabei machte.

»Das ist schließlich mein Fall.«

Inwiefern das eine Rechtfertigung für diesen Leichtsinn sein sollte, erschloss sich ihr nicht. Aber sie biss sich auf die Zunge. Es stand ihr nun wirklich nicht zu, ihm Vorhaltungen bezüglich seiner Gesundheit zu machen.

Stattdessen drehte sie ihm den Rücken zu und beobachtete, wie die Blasen im gläsernen Wasserkocher aufstiegen.

»Haben Sie mit …«, Isa scheute davor zurück, seinen Namen auszusprechen, »*ihm* gesprochen?«

»Sie meinen, ob ich Messel vernommen habe?«

Sie nickte.

»Das meiste haben die Kollegen übernommen. Gestern war ich noch einmal dabei, um den Abschlussbericht zu schreiben.«

Sie horchte auf. »Abschlussbericht? Das heißt, der Fall ist tatsächlich abgeschlossen?«

»Na ja, Messel ist in vollem Maße geständig. Er hält sich zwar nicht für schuldig, aber zu unserem Glück scheint er die Aufmerksamkeit zu genießen, die ihm seine Taten verschaffen.«

Wenn Isa daran dachte, wie er sich in seiner selbst ernannten Herrlichkeit gesonnt hatte, zog sich alles in ihr zusammen. Dieser Mann musste für immer weggesperrt werden.

»Nachdem wir die Polaroidkamera bei ihm gefunden haben, mit der das Foto von Jutta Liebknecht geschossen wurde, hat er übrigens zugegeben, das Bild aus der Sakristei gestohlen zu haben.«

Sie ließ die Packung mit den Teebeuteln sinken, die sie eben aus dem Schrank geholt hatte.

»Also war er der Unbekannte auf dem Foto?«

»Ja. Aber den Diebstahl hätte er sich sparen können. Auf dem Original sieht man genauso wenig wie auf der Kopie.«

Als Mitglied des Kirchenchors hatte Walter Zugang zur Sakristei gehabt. Er musste das Bild gesehen und Panik bekommen haben.

»Warum hat er das Foto gestohlen, wenn er darauf gar nicht zu erkennen ist?«, fragte sie.

»Er dachte, dass wir mit der nötigen Technik herausfiltern könnten, dass er die Person im Hintergrund ist«, murmelte Bähr.

Isa schnaubte. Walter hatte so viele Fehler begangen und so viele Risiken auf sich genommen und trotzdem waren sie ihm nicht auf die Schliche gekommen. Am Ende war es ein dummer Zufall gewesen, der sie zu ihm geführt hatte.

»Ich weiß mittlerweile auch, wohin Ute Gmeiner für zwei Monate auf so geheimnisvolle Weise verschwunden ist.«

Isa zog die Brauen hoch. Jetzt, wo der Fall geklärt war, musste sie sich erst wieder daran gewöhnen, nicht jeden Grimminger für einen potenziellen Verbrecher zu halten. Es waren nur ganz gewöhnliche Menschen, mit ganz gewöhnlichen Problemen.

»Sie war wegen eines angeblichen Alkoholproblems in der Rehaklinik«, sagte Bähr. Isa sah ihn ungläubig an und er nickte bedeutungsvoll.

»Nach dem Streit mit Jutta Liebknecht hat sie sich selbst eingewiesen. Und raten Sie, wer regelmäßig auf der Besucherliste auftaucht.«

»Mike«, rief Isa wie aus der Pistole geschossen. Komisch,

dass ihr nicht als Erstes Utes Ehemann in den Sinn gekommen war.

»Richtig.«

Sie hatte mit ihren Verdächtigungen wirklich komplett danebengelegen. Die beiden waren einfach nur Freunde. Mikes Loyalität Ute Gmeiner gegenüber hatte nichts mit einem gemeinsam begangenen Mord zu tun gehabt, sondern mit seiner eigenen Suchtvergangenheit.

Das machte ihre Verdächtigenliste sogar noch peinlicher. Sie drehte sich um und holte zwei Tassen und ein Glas Honig aus dem Schrank. Als sie Bähr einen Löffel für den Honig reichte, streiften seine Finger die ihren. Ihre Blicke trafen sich kurz, bevor sie einander auswichen.

Schnell wandte sie sich wieder dem Wasserkocher zu. Sie nahm ihn zu früh vom Kontaktsockel, füllte die Teekanne mit dem lauwarmen Wasser, verschüttete die Hälfte und suchte vergeblich nach einem Lappen zum Aufwischen. Bähr trommelte währenddessen mit dem Löffel auf der Tischplatte herum.

Endlich stellte sie die Kanne auf den Tisch und nahm ihm schräg gegenüber Platz.

»Wie geht's Ihrem Rücken?«, fragte sie.

»Bestens, danke.«

Sie zog die Augenbrauen zusammen und sah ihn streng an. »Sie wissen, was ich meine.«

Er ergab sich mit einem leisen Seufzen. »Das Messer ging knapp an der Milz vorbei. Halb so schlimm.«

»Oh Gott!« Sie schlug eine Hand vor den Mund, nahm sie aber gleich wieder runter. »Wegen mir wären Sie fast gestorben. Das ist mehr als halb so schlimm.«

»Geben Sie sich etwa die Schuld daran?«

Sie schnaubte. »Natürlich. Wäre ich nicht eigenmächtig auf Spurensuche gegangen, hätte ich Sie nie in diese Lage gebracht.«

Er beugte sich vor und sah sie an. Ihr Magen machte einen seltsamen Hüpfer unter seinem warmen Blick.

»Walter Messel ist krank. Er hat zwei Menschen getötet. Vielleicht sogar drei. Die Staatsanwaltschaft erwägt, seine Mutter zu exhumieren. Und ich hatte nicht den leisesten Verdacht. Vielleicht wären wir ihm ohne Sie nie auf die Schliche gekommen.« Er sah ihr noch immer in die Augen. »Dass wir in diese Lage geraten sind, ist seine Schuld. Nicht Ihre, nicht meine. Seine.«

So gern sie seinen Worten Glauben schenken wollte, die Schuldgefühle, die an ihr zerrten, ließen keine andere Wahrheit zu. Sie wich seinem Blick aus und wischte mit dem Ärmel den kreisrunden Abdruck weg, den ihre Tasse auf dem Tisch hinterlassen hatte.

»Ich bin froh, dass ich da oben war«, sagte er, »sonst wären Sie jetzt vermutlich tot.«

Ihre Blicke trafen sich und Isa konnte ihren eigenen Herzschlag in den Ohren hören.

Das markerschütternde Schrillen des Telefons ließ sie so heftig zusammenfahren, dass sie ihren Tee über die Tischplatte verschüttete. Sie sprang auf und stieß dabei ihren Stuhl um. Polternd landete er mit der Lehne auf den Fliesen. Sie ließ ihn einfach liegen, eilte in den Flur hinaus und riss den Hörer von der Ladestation.

»Ja?«, bellte sie.

»Wo bist du?«, schallte Renates Stimme durch den Hörer. Im Hintergrund dudelte ohrenbetäubend laut irgendein Partysong.

»Ich hab was …«, sie suchte nach den richtigen Worten, »… zu erledigen.« Zugegeben, das war nicht sehr einfallsreich, aber auf die Schnelle fiel ihr nichts Besseres ein. Wenn sie Renate verriet, dass Bähr bei ihr war, würde die sich die wildesten Geschichten zusammenspinnen. Das galt es tunlichst zu vermeiden.

»Bähr ist bei dir, stimmt's?«

Na prima. Sie seufzte. Renate hatte in solchen Dingen ein Näschen wie ein Spürhund.

»Ja«, knurrte sie zwischen zusammengebissenen Zähnen hervor.

»Ich wusste es!« Ihre Freundin kreischte die Worte so laut, dass Isa sich den Hörer vom Ohr weghalten musste.

»Wir reden später, okay?«

»Warte, du musst …« Bevor Renate den Satz beenden konnte, hatte Isa aufgelegt. Sie schielte zur angelehnten Küchentür hinüber und hoffte, dass Bähr nichts mitbekommen hatte.

Als sie eintrat, fiel ihr Blick auf die leere Eckbank. Bähr stand am Fenster. Er hatte ihr den Rücken zugedreht und sah nach draußen.

»Beeindruckend, wie schnell der ganze Schnee geschmolzen ist«, murmelte er, ohne sich umzudrehen.

»Ja, beeindruckend«, pflichtete sie ihm lahm bei. Beim Anblick seines hellblauen makellosen Hemdes flammten die schrecklichen Erinnerungen vom Dachboden schon wieder vor ihrem inneren Auge auf. Der rote Blutfleck, der sich kreisförmig auf seinem Hemd ausgebreitet hatte, wie das Muster eines Kaleidoskops.

»Alles in Ordnung?«

Ihr Kopf schnellte hoch. Dann nickte sie eilig.

»Tja, ich schätze, es wird Zeit, meine Sachen zu packen.«

Natürlich. Er war hergekommen, um sich zu verabschieden. Jetzt, wo der Fall aufgeklärt war, hielt ihn schließlich nichts mehr in Grimmingen.

»Dann hab ich das Haus endlich wieder für mich«, frotzelte Isa und zwang sich zu einem Grinsen. Er grinste halbherzig zurück.

»Ich hol mal meine Sachen.« Er ging an ihr vorbei aus der Küche. Als sie das Knarren der Stufen hörte, sank sie auf den Stuhl, den Bähr in ihrer Abwesenheit offensichtlich wieder aufgestellt hatte.

Jetzt ging er also zurück in die Stadt. Thema erledigt. Das Leben würde weitergehen. Genauso wie zuvor. Nur dass sie nicht mehr wollte, dass es so wurde wie zuvor. Obwohl die Sache schrecklich geendet hatte und sie nichts dergleichen je wieder erleben wollte, hatte es Spaß gemacht zu ermitteln, den Nervenkitzel dabei zu spüren. Das war eine willkommene Abwechslung von ihrem langweiligen Alltag gewesen.

Kurze Zeit später hörte sie Bährs Schritte schon wieder auf der Treppe. Viel gab es für ihn ohnehin nicht zu packen. Er hatte seine Sachen ja nicht mal in den Schrank geräumt.

Die Tür schwang auf und er blieb im Rahmen stehen.

»Dann kommen Sie jetzt also endlich raus aus diesem Kaff«, murmelte sie und ärgerte sich im gleichen Moment über den bedauernden Tonfall, der keineswegs beabsichtigt gewesen war.

Er lächelte verhalten.

»Haben Sie denn noch ein paar Tage frei, oder müssen Sie gleich den nächsten Mord aufklären?«

»Na ja«, er lehnte sich an, »erst mal muss ich bei meinem Dienststellenleiter antreten.«

Isa zog die Augenbrauen hoch. »Warum das denn?«

Wie üblich steckte er die Hände in die Hosentaschen. »Weil ich unbefugt ein Haus betreten und nicht auf die angeforderte Verstärkung gewartet habe.«

»Sie haben mir das Leben gerettet.«

Er nickte. »Mag sein. Bei Gefahr in Verzug ist der Zugriff ohne richterlichen Beschluss zu rechtfertigen. Schwieriger wird es, meinem Chef zu erklären, warum ich den Dachboden nicht ausreichend gesichert und mich dadurch selbst in Gefahr gebracht habe.«

Wieder sah Isa ihn vor sich, wie er die Leiter hochsprang und auf sie zugelaufen kam. Hätte er den Raum erst überprüft, wären ihm vielleicht die Spuren auf dem staubigen Boden ins Auge gestochen, die hinter die Umzugskisten geführt hatten.

»Ich habe mich verhalten wie ein blutiger Anfänger.«

Isa starrte ihn an. Sie war es, die sich wie eine Idiotin benommen hatte. Und er musste es jetzt ausbaden.

»Tut mir leid«, murmelte sie leise. Sie wusste nicht, was sie sonst sagen sollte.

Mit schlurfenden Schritten begleitete sie ihn zur Haustür. Noch vor wenigen Tagen hatte sie den Kommissar gar nicht schnell genug wieder loswerden können und jetzt wünschte sie sich insgeheim, dass er mit dem nächsten Fall um die Ecke kam. Aber das war natürlich völliger Quatsch. Er benötigte ihre Hilfe nicht länger. Grimmingen war ein Ausrutscher auf seiner Karriereleiter gewesen, mehr nicht.

Bähr öffnete die Tür und sie musste die Augen zusammenkneifen, geblendet vom hellen Frühlingslicht, das den Hausgang flutete. Ein angenehm laues Lüftchen wehte herein.

»Tja.« Bähr sah sie seltsam an. Sie wollte etwas sagen. Etwas Lockeres, Unnahbares. Aber ihr Gehirn war wie leer gefegt.

»Danke für die Unterkunft und Ihre detektivische Hilfe.«

Sie stieß ein kurzes Lachen aus. Er lächelte und ihr fielen die sympathischen Fältchen auf, die sich dabei um seine Augen bildeten.

»Gern geschehen.«

»Eine Sache noch.« Er trat auf den Hof hinaus und drehte sich zu ihr um.

Sie sah ihn mit großen Augen an. Jetzt kam's. Jetzt würde er sie fragen, ob sie ihm mit ihrer unfehlbaren Intuition auch zukünftig zur Seite stehen wollte. Vielleicht würde er so etwas sagen wie, dass er selten mit jemandem zusammengearbeitet hatte, der über so ein sicheres, detektivisches Gespür verfügte. Obwohl sie zugeben musste, dass von Zusammenarbeit nur im weitesten Sinne die Rede sein konnte.

»Geben Sie in der Banane auch Auftritte? Meine Nichte feiert nächste Woche Geburtstag.«

Die aufkeimende Hoffnung fiel wie eine Staubwolke in sich zusammen. Sie schnaubte und schob trotzig das Kinn vor. Oh, wie witzig er sich doch fand. Das arrogante Grinsen war ihm trotz seiner Nahtoderfahrung offensichtlich nicht abhandengekommen.

»Wozu brauchen Sie mich da?« Isa verschränkte die Arme vor der Brust. »Sie sind doch selbst ein super Act. Der Mann mit dem Stock im Hintern.«

Er blinzelte gegen das Licht an, das von der Seite auf sein Gesicht fiel, dann lachte er kurz und rau auf. Ohne einen Abschiedsgruß lief er zu seinem Auto und stieg ein.

Sie wartete nicht, bis er vom Hof gefahren war, sondern ließ die Tür mit Nachdruck zufallen.

Dann sah sie sich unschlüssig im Flur um. Es war Zeit für einen ausgiebigen Frühjahrsputz.

Aber erst würde sie noch in Ruhe einen Kaffee trinken.

Danksagung

Meinen herzlichen Dank

an Mareike Fröhlich, die mich von Anfang an ermutigt, unterstützt und mir viel beigebracht hat.

Außerdem an Stefanie Lill, die an mich und das Manuskript geglaubt und mich in die Agentur Marcel Hartges geholt hat. Und an meinen Agenten Tilo Eckardt, der mir mit seiner großartigen Erfahrung zur Seite steht.

Herzlichen Dank dem ganzen Team von Blanvalet, allen voran Julia Abrahams, für die wertschätzende, fruchtbare Zusammenarbeit. Und auch Sabine Biskup, fürs taktvolle Lektorieren.

Außerdem danke ich allen, die mir mit meinen Fragen rund um die Polizeiarbeit und die Region, in der ich Grimmingen verortet habe, mit ihrer Expertise weitergeholfen haben.

Zuletzt ein großes Dankeschön an meine Familie und meine Freunde, für die geteilte Freude mit mir und für mich.